新潮文庫

磁極反転の日

伊与原 新著

新潮社版

10673

〈目　　次〉

磁極反転の日

Initial Phase

2 years BR (BR : Before the Reversal) ——磁極反転まで二年

〈宇宙天気日報〉

太陽活動およびその磁気圏への影響について、概況をお知らせします。

活動領域３０２７などでＢクラスの小さな活動が多数発生しましたが、太陽活動は概ね静穏でした。今後とも太陽活動は静穏な状態が予想されます。

太陽風の磁場強度はやや強い５ナノテスラ前後で推移していますが、地磁気に大きな擾乱は認められません。Ｋ指数日合計は11で、やや静穏でした。今後もこの状態が続くでしょう。


「どういうこった、こりゃあ」

周三はハンドルを握る軽トラックのスピードを緩め、前方の路肩に目をやった。国道とはいえすれ違うのがやっとの峠道に沿って、路上駐車の列が続いている。

「昔に戻ったみてえだに。思い出すら？」助手席の恭子が、呑気な声で訊く。

「ああ？　ああ」生返事を返した周三は、前のめりになって慎重に車を進める。「こらあ、駐車場まで続いとるわ」

　対向車が来れば避けようがない。頭上ではもみじが美しく色づいているというのに、そちらに目をやることもできなかった。

　峠への入り口に設けられた未舗装の駐車場に入ると、案の定、そこも車でいっぱいだった。だが、どの車の周りにも人の姿は見えず、辺りは不思議なほど静まり返っている。

「参ったなあ。まだ昼前だちゅうのに」周三は渋い顔でフロントガラス越しに左右を見回した。

「去年は車なんか一台もなかったんにねえ」恭子がつぶやくように応じる。

　長野県下伊那郡大鹿村でシイタケを栽培している周三は、毎年この時期にこの峠を訪れていた。種菌を植えつける原木を伐採するためだ。峠の奥に、ちょうどよい樹齢のコナラがあるのだ。

　周三は白いマイクロバスの隣にわずかに空いたスペースを見つけると、半ば草むらに突っ込むようにして駐車した。

「ほれ、あれ見てみな。横のマイクロバス」キーを抜きながら、窓の外に向けてあごをしゃくる。

「『零(ゼロ)への階段』？」恭子がボディに書かれた文字をたどたどしく読んだ。

「大方、どこかの宗教だに」

「宗教にしちゃあ、妙な名前だなえ」

軽トラックを降りた周三は、荷台から小ぶりのチェーンソーを取り出し、山中へと続く林道の入り口に立った。身支度をする恭子を待ちながら、木材で組み上げられた看板を見上げる。

〈分杭峠(ぶんぐい)　標高一四二四米(メートル)〉

分杭峠――。

伊那市と大鹿村の境界に位置するこの峠が日本有数の〝パワースポット〟としてもてはやされていたのは、もう十年以上前のことだ。

分杭峠は〝ゼロ磁場〟という特異な土地であり、人体に良い影響を与える〝気〟を周囲に発生させている――周三はそう聞いていた。ここが「中央構造線」の真上に位置していることが、一帯に〝ゼロ磁場〟を生み出しているという。

西南日本を縦断する長大な断層「中央構造線」は周三にも馴染(なじ)み深いものだ。大鹿村には「中央構造線博物館」という村随一の立派な施設があり、全国から多くの人々が見学に訪れる。

だが、周三には〝ゼロ磁場〟なるものが何を意味するのかまるで理解できなかったし、〝気〟の存在についても半信半疑だった。峠では方位磁針が効かなくなると言い張る者も村にはいたが、試してみる気にもならなかった。

当初は、ここで瞑想にふけりたいというパワースポット愛好家や、長らく病に苦しんでいる人々が訪問者の大半であった。彼らは〝気〟が満ちているという「気場」と呼ばれる斜面を好み、そこに何時間も居座った。「気場」にしばらくたたずんでいただけで体調が改善されたという声が、実際に多くあったらしい。

全国から観光客が殺到するようになったのは、当時のスピリチュアルブームに乗ったマスコミが分杭峠を大きく取り上げてからだ。「気場」には階段状のベンチが整備され、〝気〟が浸透しているという沢には水を汲むための取水口が設けられた。休日ともなると、その「水場」の水を持ち帰ろうとする人々が、ポリタンクを手に大行列をつくった。

ひどい交通渋滞が起きたために、峠に至る国道一五二号では通行規制が実施され、シャトルバスが運行された。地元の自治体はこのパワースポットを積極的に宣伝して町おこしを目論み、ペットボトルに詰めた「ゼロ磁場の水」を販売する業者も現れた。

周三ら地元の住民を困惑させた狂騒は数年間続いたが、その後のスピリチュアルブームの沈静化とともに、徐々に訪問者も減っていった。とくにここ二、三年は人の姿もまばらで、以前のひっそりとした分杭峠に戻りつつあると思っていたのだが——。

周三は恭子を従えて、濡れた落ち葉の林道を奥へと進む。

雨は朝のうちに上がったが、その後ぐっと冷え込んだ。まだ日差しはなく、木々が覆いかぶさる山道はうす暗い。駐車場にはあれだけ車があったというのに、誰とも行き合わない。

十分ほど歩くと、後ろで恭子が「ねえ」と言った。

「ああ?」と振り返ると、恭子が前を見つめて立ち止まっている。

「何か、変な声がせん?」

「声?」周三は耳をすました。

「ほら」

「ああ——」確かに「気場」の方からかすかに声がする。「ありゃあ、歌でも歌っとるんか?」

「大勢おるみたい」恭子の声に不安が混じる。

確かにひとりの声ではない。合唱しているようにも聞こえる。

周三は眉をひそめて小さくうなずくと、再び歩き出した。恭子もペースを合わせてついてくる。

「気場」に近づくにつれ、その不気味さが際立ってきた。歌ではなく、呪文のようなものを繰り返し唱えているのだ。

周三は早足になった。ぬかるんだ地面で、長靴の底がすべる。目の前のカーブを曲がれば「気場」が見えるはずだ――。

視界が開けたところで、周三は思わず立ちつくした。恭子が周三のジャンパーの袖をつかむ。

「なんな、こりゃあ……」

周三の目に飛び込んできたのは、異様な光景だった。

まばらな木々の向こう、数十メートル先にある「気場」の斜面を、全身白ずくめの集団が覆い尽くしているのだ。

老若男女とりまぜて、五、六十人はいるだろう。皆、フードのついた白いつなぎに、白いゴム長靴、白いゴム手袋という奇妙ないでたちだ。

「零への階段！」

「Stairway to Zero!」

「零への階段！」

「Stairway to Zero!」

全員で声を合わせて叫んでいる。その様子はまるで、極端に縦長のひな壇を埋めた合唱団だ。斜面の一番下には、指揮者と思しき男の姿も見える。

日本語で発せられる言葉は、マイクロバスのボディにあったものだ。合間にはさまれる英語は、周三には理解できない。

「あの人らの格好、あれに似とらんかね？　ほれ――」恭子が周三の袖を引っ張る。

「原発だら。福島の」

周三も、当時テレビで幾度となく目にした白い作業服を思い出していた。福島第一原子力発電所の事故が起きた際、その処理にあたる作業員たちが着ていた防護服によく似ているのだ。

「それに、あれ――」恭子が「気場」の向こうを指差す。「あんなもん、あったかね？」

それは二棟のプレハブだった。山林の一部を拓いて建てたらしい。

周三は両腕の肌が粟立つのを感じた。これまで様々なカルト教団が起こしてきた陰惨な事件が、立て続けに脳裏をよぎったのだ。

　白装束の集団がこちらに気づく気配はない。だが、異常な雰囲気に圧倒された周三は、そこから一歩も動けなかった。

　彼らの声はますます狂気をはらみ、張りを増していく。

「零への階段！」

「Stairway to Zero!」

　全員が目をかっと見開き、鬼気迫る顔つきで声を張り上げているのが、この距離からでも見て取れる。ひな壇の中ほどにいる若い女は叫ぶ度に長い黒髪を振り乱し、最上段に立つ初老の男は発声に合わせて両の拳（こぶし）を宙に打ちつけている。

　最前列の端にいる女に目を引かれた。はち切れんばかりに膨らんだ下腹を両手で支えている。妊娠しているのだ。

　いつ止（や）むともなく繰り返されるシュプレヒコールが峠で複雑にこだまし、目まいを誘う。

「零への階段！」

「Stairway to Zero!」

「零への階段！」

「Stairway to Zero!」

その光景には言葉にできない禍々(まがまが)しさがあるにもかかわらず、どうしても目が離せない。周三は現実感を喪失してしまいそうになっていた。

「──ちょっとあんた、大丈夫?」

恭子の声で我に返った。気づけば、周三は恭子の右腕を強くつかんでいた。

Phase I

東京オーロラ

1

11 months BR

〈宇宙天気臨時情報〉

　太陽活動およびその磁気圏への影響について、臨時情報をお知らせします。

気象庁地磁気観測所（柿岡（かきおか））によると、11月12日3時34分（UT）にSC型（急始型）の非常に大きな地磁気嵐が発生しました。地磁気水平成分の変化量は約372ナノテスラで、現在も継続中です。

　この地磁気嵐は、10日（UT）に発生したCME（コロナ質量放出）の影響によるものと思われます。

夜九時の新宿駅南口は、家路を急ぐ人々と繁華街へ向かう人々が入り乱れ、ごった返していた。南口が面する甲州街道の陸橋は車で埋めつくされ、左車線ではタクシーの列がじわじわと動いている。

ただでさえひどい喧騒(けんそう)の中、駅舎の出入り口で輪になっていた学生風のグループが突然けたたましい笑い声を上げた。彼らを背に道路の方を向いて立っていた浅田柊(あさだしゅう)は、たまらずスマートフォンを強く耳に押しつける。

「——そうです。山本先生にこちらの番号を教えていただきまして、早速お電話させていただきました。夜分に申し訳ございません。もしご都合がつくようでしたら、明日お仕事が終わる頃にでも近くまでうかがいますので、喫茶店かどこかで一時間ほど——」

スピーカーにかすかな雑音が入ったかと思うと、急に無音になる。

「もしもし？　あれ？　もしもーし」

柊はスマートフォンを耳から離し、画面を確かめた。まただ。電波状況を示すステータスバーが一本も立っていない。

「ああ、もう」口をとがらせて小さく言うと、〈通話終了〉の文字をタップする。

辺りを見回せば、多くの男女が首をかしげて携帯電話に繰り返し問いかけたり、苛々（いらいら）と液晶画面を叩（たた）いたりしていた。キャリアを問わず、一斉に通話ができなくなったらしい。

すぐ隣で若い女性が大きなため息をついた。大事な連絡でも待っていたのか、弱り顔でスマートフォンを見つめている。柊と似たようなグレーのスーツを着ているが、歳（とし）は一回りほど違う。就職活動中の女子大生だろう。

顔を上げた女子大生と目が合った。女子大生は、柊の全身に素早く走らせた視線を足もとで止める。地味なスーツに真っ白なスニーカーという組合せが目を引いたのかもしれない。通勤時だけはスニーカーだという女性は少なからずいるだろうが、柊はどこへ取材に向かうときもこのスタイルだ。

正面の広い歩道に目をやると、金髪の男が迷彩柄のカバーを付けたスマートフォンを握りしめ、恨めしそうに夜空を見上げていた。その男の腕にからみついた派手な女が、甘えた声で男にぶつぶつ文句を言っている。

柊のようにオフィスを持たないフリーランスの記者にとって、携帯端末は生命線だ。ここまで通信状況が悪くなると、仕事にならない。

ずっと気づいていなかったが、液晶画面の隅に、新着メールを知らせるアイコンが出ていた。開いてみると、「宇宙天気情報センター」のメール配信サービスからだった。毎日届く通常の「宇宙天気日報」ではなく、「宇宙天気臨時情報」だ。

〈――非常に大きな地磁気嵐が発生しました〉

メールの一文を見て、柊は心の中で舌打ちした。三日前にも届いた宇宙天気臨時情報が「コロナ質量放出」の発生を伝えていたことを思い出したのだ。地磁気嵐による深刻な通信障害が今日にでも起こり得ることは、三日前の時点で十分予見できたはずだった。

取材相手の連絡先は、携帯電話の番号しか聞いていない。締め切りに間に合わせるためには、遅くとも明後日(あさって)までには話を聞いておく必要がある。だが、これほどのクラスの磁気嵐なら、三日はおさまらないだろう。

柊はスマートフォンを乱暴にバッグに放り込んだ。

宇宙天気予報とは、太陽から吹きつけるプラズマの流れ「太陽風」や、太陽表面の爆発現象である「太陽フレア」、それにともなう地磁気の乱れ「地磁気嵐」などの情報を提供するサービスだ。

その活用法を世間に広めたと自負しているこの自分が、肝心なときにそれを見逃すとは――。相当疲れがたまっているに違いない。

確かにここ数週間、ひどくタイトなスケジュールで取材と執筆を強いられている。だがそれは柊自身が望んだことでもあり、文句を言える立場にはない。

仕方なくパスケースを取り出し、改札口に向かって歩き出したとき、背後の歩道で野太い声が上がった。

「おいっ！」

振り返ると、さっき空を見つめていた金髪の男が右手を高く突き上げ、大口を開けて天頂を指差していた。左手は隣の女の肩を強く揺すっている。

「ほらっ！　あれ！」

その緊迫した声に、周囲の通行人たちも足を止め、何事かと顔を空に向けた。輪になって騒いでいた学生グループは一瞬互いに顔を見合わせ、歩道に飛び出していく。

「うおっ！　マジか⁉」

「やべえ！　やべえよ！」

学生たちが天に向かって喚声を上げると、改札口の近くに溜(た)まっていた人々も怪訝(けげん)な顔でそちらに動き出した。悲鳴に近い女性の叫び声も聞こえてくる。甲州街道の陸橋では異変に気づいた車から次々にドライバーが降りてきて、後続の車が盛大にクラクションを鳴らす。広い歩道はたちまち人で埋めつくされ、辺りは騒然とし始めた。

人波に押されるようにして駅舎の外へ出た柊は、天を仰いで思わず息をのんだ。

澄みきった南の夜空に、赤い光の筋が見える。その色からして明らかに雲とは違う。

南東から北西へと、夜空に巨大なアーチを形づくっている。赤い輝きはみるみるうちに濃くなって、ゆらゆらとうねり始めた。光の筋はどんどん立体的になり、カーテン状のひだを作り出す。

真っ赤なカーテンが不規則に揺れ動くさまを見て、柊を含むその場のすべての人々が、光の正体を確信した。

「ほんとにオーロラ⁉ なんで⁉」

「揺れてる揺れてる！ 動いてるよ！」

「すごい！ なんか怖い！」

皆口々に喚(わめ)いている。目の前の数人が興奮したように携帯電話を空に向けるのを見て、柊も慌(あわ)ててスマートフォンを取り出した。うまく撮れるかどうか分からないが、カメラを動画撮影モードにして、レンズをオーロラに向ける。

カーテンのひだが深くなり、急に大きく動き出した。同時に、夜空のいたるところで赤い光の束が噴き出し、渦を巻き始める。

「ああっ、すげえ！」

誰かが叫んだのと同時に、四方八方でカーテンが広がり、あっと言う間に全天をオーロラが埋めつくした。大小さまざまな深紅のカーテンが、いっせいに激しく脈打ち始める。

それはまるで、オーロラの爆発だった。全天から降り注ぐ赤い光の束の迫力に、柊は腰を抜かしそうになっていた。手が震えて、もはやスマートフォンなど構えていられない。オーロラというのは、もっと静かで厳かなものだと思っていた。これほど激しい現象が起こるとは、想像もしていなかった。

柊だけではない。そこにいる誰もがまばたきするのも忘れていた。初めて目にするオーロラの色彩が緑や青ではなく、血のような赤であるということが、感動よりも恐怖に近い感情をかき立てているのだろう。皆ただ口を開いて固まるか、か細い悲鳴や低い畏怖の声をもらすばかりだ。

この狂騒が何分間続いただろう。おそらくわずか二、三分のことだったはずだ。柊が我に返ったときには、あれだけ激しかったオーロラの動きもすっかり緩慢になり、小さなカーテンはいつの間にか消えていた。最初に現れた大きなアーチだけが、ゆっくり揺れている。

柊は周囲を見渡した。未だ興奮冷めやらぬ群衆のざわめきが、再び耳に入ってくる。

確かにここは新宿駅南口だ。激しく打ち続ける胸の鼓動を抑えようと、深呼吸をする。取材の約束を取りつけるのには失敗したが、この時間に屋外にいたのは幸運だったという他ない。

柊の頭の中に、記事のリードが浮かんできた。

2

〈十一月十二日、東京の夜空にオーロラが舞った。それも、極めて珍しいといわれる真っ赤なオーロラが。赤いオーロラが出ると、北極地方に暮らす人々は今でも目を背けるという。血を思わせる深紅のオーロラは、古来より不吉なものと考えられてきたからだ。これが宇宙で起こる凶事の前触れだとは思いたくないが、制御不能に陥って落下する人工衛星の数は増加の一途をたどっている。最も差し迫っているのは、ロシアの商業用宇宙ステーション「スヴェート」の落下危機だ——〉

持ち込んだノートパソコンにそこまで打ち込んで、柊は手を止めた。カーソルを動かし、一行目の〈東京の夜空にオーロラが舞った〉の前に、〈ついに〉という言葉を挿入する。

近々日本でもオーロラが見られるかもしれないということは、すでに一部で報道されていた。オーロラの出現も、頻発する電波障害も、人工衛星の落下も、原因はすべて同じ――「地磁気」の急激な減衰によるものだ。

方位磁針が北を指すことから分かるように、地球はその中心に棒磁石を置いたかのような磁気をまとっている。その「地磁気」――学術的には「地球磁場」という用語もよく使われる――の強さが百年以上にわたり緩やかに減少しているという事実は、専門家の間では何十年も前から常識だったらしい。

一九五〇年頃までの減少率は、年間〇・〇五パーセント。それ以降、減少率は徐々に高まり、二〇〇〇年には年間〇・〇七パーセントに達していた。この割合で減り続けると仮定すると、地磁気が消滅するのはおよそ千二百年後という計算になる。

ただし、この仮定を現実的なものと捉える研究者はほとんどいなかった。地球の歴史において、地磁気の強さは、数千年、あるいはそれ以上の周期で増加と減少を繰返してきたことがよく知られているからだ。磁場はいずれ回復に転じるだろう――漠然とそう考えられていた。

今振り返ってみれば、異変の予兆はあった。一年ほど前、地磁気強度の減少率がそれまでの三倍、年間〇・二パーセントに跳ね上がったのだ。跳ね上がったといっても、値としてはまだまだ小さい。研究者の間ではこの揺らぎの原因が議論されたものの、世間にその事実が知れわたることはなかった。

しかし、そこから事態は研究者たちも想像だにしなかった展開を見せた。

春を迎えた頃、地磁気がこれまでとは桁違い（けたちが）の勢いで急激な減衰を示し始めたのだ。六月の時点で以前の八〇パーセントというレベルにまで急落した磁場強度は、その後も一定の割合で激減を続け、わずか三ヶ月後の九月には五〇パーセントを割り込んだ。まさに地磁気の崩壊とでも言うべき状況だった。

この異常事態が起きる前、日本付近における磁場強度は約四六マイクロテスラに保たれていた。そして、現在の値は約一七マイクロテスラ。すでに当初の三分の一近くにまで落ち込んでいる。このまま減衰が止まらなければ、地球磁場はあと半年もしないうちにゼロになる。

我々の惑星が突如引き起こしたこの現象は、観測史上初というのはもちろんのこと、おそらく人類がこれまでに経験したことがない未曾有（みぞう）の事態であるというのが、識者の一致した意見だった。

ドアが開き、小さなセミナールームに小高（こだか）が入ってきた。柊は慌てて席を立ち、頭を下げる。

「朝早くに、すみません」

小高は柊の白いスニーカーにちらと目をやり、からかうように言う。「さすがは浅田さんだね。フットワークが軽い」

「問い合わせ、殺到してますよね？」

「もう電話鳴りっぱなし。僕のところでもそうなんだから、オーロラプロパーの連中は電話線を引きちぎりたい気分だろうな」

「申し訳ありません。そんなときに」

「浅田さんの頼みなら、断れないじゃん」小高は本気とも冗談ともつかない調子で言うと、楕円形(だえんけい)のテーブルをはさんで柊の向かいに座った。目がひどく充血している。

「もしかして、徹夜だったんですか？」

「ここはオーロラを観測する施設じゃないけど、推移は見届けないとさ。サブストームがおさまるのを待ってたら、朝になった。徹夜なんて久しぶりだよ」

ここは東京都小金井市にある総務省所管の研究機関「情報通信研究機構」の一室だ。小高の正式な肩書きは宇宙環境インフォマティクス研究室の研究マネージャーだが、研究所内に設置された「宇宙天気情報センター」の責任者の一人でもある。

「でも、僕でいいの？　必要ならオーロラの専門家を紹介するけど？」

「記事にしたいのはオーロラのことだけじゃないんです。メインは例の宇宙ステーションの問題で、それに磁気嵐とか通信障害のこともからめてみようかと」

「なるほどね。困ったときの——」小高が意地悪く語尾を上げる。

「小高さん頼みってわけじゃないですよ」柊は笑いながら首を振った。「小高さんはどんなことでも分かりやすく説明してくださるので。私みたいな科学オンチにも」

「まあ、浅田さんには借りがあるからね。メール配信サービスの利用者がドカンと増えたのは浅田さんのおかげだって、センターのみんなが言ってるよ。先月、ついに百万人を突破したんだ」

「へえ、そうなんですね——」柊はどこか複雑な思いで答えた。

柊が小高と初めて会ったのは、四ヶ月ほど前——地磁気強度の激減が電波障害という形で市民生活を脅かし始めた頃のことだ。衛星放送を含むテレビやラジオの受信が不調になったり、ＧＰＳや携帯電話が使えなくなることが増え、テレビのワイドショーなどでも話題になり始めていた。

知り合いのサイエンスライターから「宇宙天気予報」なるものの存在を聞いた柊は、それで何か記事が書けないかと考えた。予報の利用者として想定されていたのは、通信事業者、報道機関、人工衛星の運用機関、航空事業者、短波無線の利用者などで、一般にはまだほとんど知られておらず、耳新しい話題だと思ったのだ。
とはいえ、柊は典型的な文科系で、太陽と地球に関する科学知識は何も持ち合わせていなかった。そんな柊の取材に、ときに皮肉を交えながらも根気よく付き合ってくれたのが、この小高だったのだ。

数回の取材を経て書き上げた記事は、柊が当時唯一(ゆいいつ)契約していた週刊誌に掲載された。宇宙天気予報の読み方をかみ砕いて解説した上で、電波障害が当たり前のように起こる昨今、宇宙天気予報は一般市民にこそ必要な情報である、と読者に訴えた。
タイトルは『もう一つの天気予報――宇宙天気をチェックして電波障害時代を乗り切れ！』。今になって思えばずい分軽薄なタイトルだが、それも無理はない。柊自身を含め、人々は地磁気という実体のないものに関してまるで無知で、進行しつつある事態の深刻さも認識していなかった。一般市民にとっての大問題は、待ち合わせている友人と携帯電話で連絡がとれないことであり、予約したレストランに向かうのにカーナビが使えないことであったのだ。

記事は柊の期待を上回る反響を呼んだ。多くのメディアから問い合わせがあり、いくつかの雑誌やウェブサイトで同じような記事を書いた。民放の情報番組にも何度か呼ばれ、ゲスト解説者として出演した。そのときだけは、宇宙天気予報に詳しいジャーナリストとして扱われた。

小高の言うとおり、今や「宇宙天気」は誰もが知る言葉になった。だがそれと引き換えに、「浅田柊」の名はわずか数ヶ月ですっかり世間から忘れ去られてしまった――。

柊は気を取り直して口角を上げ、努めて朗らかに訊いた。

「まだ続きそうですか？　磁気嵐」

「そうねえ、明後日ぐらいまでは影響が残ると思うよ。さっきもみんなで検討してたんだけどさ」

小高が廊下の先に向けてあごをしゃくった。宇宙天気情報センターのカンファレンスルームがあるのだ。柊も一度だけ見学させてもらったことがあるが、カラフルな画像やさまざまなデータを映す無数のモニターに囲まれた大きな部屋だ。宇宙天気予報の内容は毎日そこで合議され、各所に配信されている。

「じゃあ、オーロラは今夜も出そうですか？」

「出るかもね。昨日みたいに派手にブレークアップすることはないだろうけど」

「ブレークアップ？」

「オーロラ爆発のことだよ」

「ああ。ニュースでもそう言ってました」

柊が感じたとおり、あれはまさに〝爆発〟と呼ぶべき現象だったのだ。磁気圏の急激な擾乱(じょうらん)によってオーロラが突然明るさを増し、爆発的に全天に広がることをいうらしい。

「原因となった九日のコロナ質量放出も、それほど大規模なものじゃなかったんだけどね。今朝も太陽フレアが起きたから、週末あたりにまた小さな磁気嵐が来るかもしれない」

太陽フレアや、太陽からプラズマの塊が放出される「コロナ質量放出」が発生すると、それが数日かけて地球に届き、地磁気嵐を引き起こす。太陽が雄叫(おたけ)びとともに噴き出す風に、地球が翻弄(ほんろう)されるのだ。磁場強度の激減とともに急激に縮小しつつある地球の磁気圏は、小規模なフレアやコロナ質量放出によっても激しく揺らぎ、磁気嵐をかつてないほど頻発させている。

小高が訊いた。

「浅田さんは、直(じか)に見た？　昨夜のオーロラ爆発」

「ええ。ちょうど新宿駅にいて」

「新宿か。大騒ぎだったでしょ」

「もうパニック寸前って感じでした。都内では追突事故がたくさん起きたみたいですね」

「そりゃ面食らって脇見運転もしちゃうよなあ。でも、これから飽きるほど見られるわけだから、そのうち事故もなくなるよ」

「やっぱりそうなんですね。ニュースで解説者も言ってましたけど」

「こないだ、ある研究グループの計算結果を見せてもらったんだけど、今のペースで地磁気が弱まり続けると、来月には本州がオーロラベルトの中に入ってくる」

オーロラベルトとは、オーロラが頻繁に出現する緯度帯のことで、極を取り巻いてベルト状に分布している。

柊はすかさずキーボードを叩き、小高の言葉をメモした。「来月には、本州がオーロラベルトに――」

「北半球のオーロラベルトは、北極圏カナダ、アラスカ、アイスランド、スカンジナビア半島の付け根あたりを通っていた。これまではね。今みたいに磁気圏が縮小していくと、オーロラベルトがどんどん赤道側に近づいてくるんだよ」

太陽風としてやってきたプラズマ粒子は、地球の磁気圏内に入り込むと、磁力線に沿って極地方の超高層大気に突入する。それが大気中の原子や分子と衝突することで起こる発光現象が、オーロラだ。地磁気の減衰によって太陽風プラズマが侵入しやすい地域が変わるというのは、柊にもなんとなくイメージできた。

それからしばらくオーロラについて解説を受けたあとで、本題に入る。

「ロシアの宇宙ステーション、予想落下時期が少し早まったみたいですね」

「らしいね。『スヴェート』は民間のステーションだし、あまり情報が入ってこないんだよ。専門じゃないから詳しいことは分からないけど、ギャラクティカ社は、姿勢制御が完全に不能な状態に陥ったため、と説明しているそうだ。主系のエンジンがダメでも、冗長系――予備の推進システム――はかろうじて生きている、と言ってたはずなんだけど、今度は冗長系を制御するコンピューターがやられたんだと」

「やっぱりそれも放射線のせいですか？」

「うん。バンアレン帯の高エネルギー粒子か、宇宙線か。そういった放射線がCPUにあたると、半導体内で電離が起きて、過電流が流れる。それが蓄積すると、そのうちCPU自体がいかれてしまう。『トータルドーズ効果』っていうんだけど」

「トータルドーズ効果――」柊は小さくつぶやいて、初めて聞くその言葉をパソコンに打ち込んだ。

「でもねえ」小高が顔をしかめる。「ギャラクティカ社の言ってることが全部本当かどうかは分からない。そもそも『スヴェート』の冗長系には根本的な設計ミスがあって、事故直後から姿勢制御なんてまるでできていなかったという話も聞こえてきてる」

「民間企業ですもんね。株価の暴落をなんとか抑えようとして、事故の程度を軽く見せかけていたってことはあるかも」

「事故の経過を報告しているロシア連邦宇宙局にしても、ギャラクティカ社とは一蓮托生みたいなところがあるっていうしさ。彼らの発表を鵜呑みにするのは危ないよ」

「落下時期についてもですか？」

「発表では、今月の二十五日か二十六日だっけ？ さすがに今回は真面目に見積もったと思うけどさ。落下地点によっては大惨事になるわけだし。『スヴェート』は全長三〇メートル、重さは一五〇トン以上あるんだ。今までに落ちてきた衛星のサイズとは桁が違う。大気圏突入でバラバラに分解したとしても、かなり大きな金属塊が燃え尽きずに落ちてくるはずだよ」

あと二週間ほどで地上に落ちてくるという「スヴェート」は、ロシアの宇宙ベンチャー企業「ギャラクティカ社」によって建設が進められていた世界初の商業用宇宙ステーションだ。

すでに三つのモジュール――基本機能モジュール、居住モジュール、実験モジュール――が打ち上げられ、高度約四〇〇キロメートルの軌道上での組み立てが完了していた。この夏には新たな実験モジュールの連結が予定されていたが、計画は無期延期となった。理由はもちろん、地磁気の異常だ。

地球の磁気圏は、人体や電子機器にとって有害な宇宙線や太陽風プラズマの軌道を曲げ、それらが直接地球に降り注ぐのを防いでいる。言わば地球の〝盾〟だ。地磁気の減衰によってその盾は薄く弱々しいものとなり、上空まで侵入してくる宇宙線と太陽風プラズマの量が激増した。

こうした高エネルギー粒子が最初に攻撃を加えたのが、周回衛星と静止衛星だ。ソフト、ハードの両面でトラブルが多発し、多くの人工衛星が制御不能に陥った。軌道を逸脱した衛星同士の衝突事故が頻発し、スペースデブリ――宇宙ゴミが大量に発生した。この数ヶ月ですでに数えきれないほどの人工衛星とスペースデブリが地球に向けて落下したと言われている。

その大半は大気圏突入時に燃え尽きているものの、燃え残った金属片による人的、物的被害の報告が世界中で相次いでいる。十月末に落下した重量五トンクラスの米国の衛星による被害は甚大で、直撃を受けたメキシコの農村では五人が死亡、十数名が大怪我を負った。

宇宙ステーション「スヴェート」が見舞われたトラブルも、軌道上にまき散らされたスペースデブリによって引き起こされたものだった。人間の頭ほどの大きさの衛星の破片が、運悪く「スヴェート」のメインエンジンを直撃したのだ。推力を失い、高度を維持できなくなった「スヴェート」は、空気抵抗を受けて落下し始めた。

不運はさらに続いた。三人のロシア人宇宙飛行士が危険を冒してステーション内に残り、冗長系のセットアップをおこなっているときに、大規模な太陽フレアが発生したのだ。

太陽フレアは太陽風プラズマだけでなく大量の放射線も放出する。飛行士たちはすぐに遮蔽効果の高い格納庫へ避難したものの、急性放射線障害を起こしかねない量の放射線を浴びた。ロシア連邦宇宙局はすぐにソユーズ宇宙船を向かわせて、宇宙飛行士たちを収容した。三人の詳細な容態は不明だが、今も入院中だという。

柊はため息をついた。「結局制御不能だなんて、被曝した宇宙飛行士たちが気の毒ですよ。こんなことになるなら、もっと早く退避させればよかったのに」

「確かに、国際宇宙ステーションの飛行士たちは、地磁気の異変が明らかになった時点ですぐに撤収したからね」

「無人になってもＩＳＳはちゃんとコントロールされてますよね？」

「今のところは。そのうちＩＳＳに同じことが起きても不思議じゃない」

「同じことって、コンピューターのダウンですか？」

「それもあるし、スペースデブリの衝突だって十分あり得る。今みたいに磁気嵐が頻発すると、超高層大気が膨張してデブリの軌道が変わりやすくなるんだ。放射線だけでなく、不意に軌道上に現れたデブリにやられて落ちてくる人工衛星もこれから増えてくるよ」

　そのとき、ドアが開いてマグカップを手にした若い男が入ってきた。ノブを握ったまま柊を見て一瞬固まり、「ああ」と頰を緩める。以前、宇宙天気情報センターの観測システムについて説明してくれた研究員だ。

「その節はどうも」柊は頭を下げた。「またお邪魔してます」

「ご活躍のようで」若い研究員は愛想よく言いながら部屋の隅のコーヒーメーカーに歩み寄り、サーバーの中身をマグカップに注ぐ。「読みましたよ、こないだの『週刊グローブ』。飛行機の話」

「どんな記事？」小高が訊いた。

研究員がコーヒーをすすりながら答える。「二、三週間前、ひどいデリンジャー現象のせいで短波無線が全滅して、北極まわりのジェット機が何機も何時間か行方不明になったでしょ？　あの話です。タイトルは確か……何でしたっけ？」

柊は少し躊躇して、「『航空機が消える』――とか、そういう感じです」とだけ言った。本当は、デスクが考えた『北極は現代のバミューダ・トライアングルだ！』というサブタイトルもついていたのだが、小高の前で口にする気にはなれなかった。

「今日は何の取材です？」研究員が気楽な調子で訊く。

「昨夜のオーロラのこととか、『スヴェート』のこととか、色々です」

「『スヴェート』と言えば、こないだちょっと面白いことを聞きましたよ」研究員が不敵な笑みを浮かべた。

「記事に書いてもいい話ですか？」

「いいですけど、僕が言ったって書かないでくださいね」

「おい、あんまり怪しげな話はするなよ。うちの信用問題になる」小高が半分真顔でたしなめる。

「大丈夫ですよ」柊は二人の顔を交互に見て言った。「ソースをぼかす書き方はいくらでもありますから」

「まあ、とりあえず聞いてくださいよ」研究員はそこで声をひそめた。「『スヴェート』やISSが回ってる高度四〇〇キロあたりの低軌道に、ここ数ヶ月で尋常でない量のデブリが発生しています。それは事実です。で、その正体が中国の軍事衛星の破片じゃないかって噂があるんです」

「他の衛星と衝突したんですか？」

研究員はもったいぶって首を振った。「自爆させたっていうんですよ。中国が」

「自爆？」

「ご多分に漏れず、最初はコンピューターがやられて制御不能になったんだと思います。それが地上に落ちて他国に回収されたりすれば、軍事機密が漏洩する恐れがある」

「そうなるくらいなら、自分たちの手で――」

「そういうことです」

「それがもし本当なら、迷惑な話だな。わざとデブリを増やすなんて、よその衛星はどうなってもいいってことか」小高が眉間にしわを寄せた。

「いっそのこと、『スヴェート』も自爆させられたらいいのに」柊がつぶやく。

「さすがに自爆装置はついてないねえ」小高が頬を緩めた。「だからなんとかして撃ち落とそうっていうんでしょ」

「日本でも地対空ミサイルが配備されるという話がありますよね。北朝鮮のミサイル発射実験のときにも出てきた、例の『PAC－3』」

「『スヴェート』が大気圏に突入する時間と場所を計算するのはものすごく難しいんだよ。落下予想範囲に日本が含まれているのは確かだけど、本当の直前にならないと正確な落下地点なんか分かりっこない。落下前日とか、前々日とか。ミサイルの準備が間に合うといいけど」

小高はため息まじりにそう言うと、頭のうしろで両手を組んで、背もたれに体をあずけた。

3

〈宇宙天気日報〉

太陽活動はやや活発で、活動領域3418、3421でCクラスフレアが数回発生しました。18日16時（UT）に発生したプロトン現象（太陽高エネルギー粒子）は現在も継続中で、静止軌道の10メガエレクトロンボルト以上のプロトン粒子フラックスは緩やかに上昇しています。

太陽風速度は通常速度の420キロメートル／秒前後からやや高速な480キロメートル／秒前後へと上昇しており、今後とも地磁気活動は活発な状態が続くと予想されます。


青梅（おうめ）行きの快速は、家路を急ぐ乗客で混み合っていた。このところ、人々の帰宅が明らかに早まっている。実際、外食産業の売り上げが減っているという報道も目にした。国民の間に漂う漠然とした不安感が、家族と過ごす時間を増やしているに違いない。

柊は吊（つ）り革（かわ）につかまり、じっと中吊りを眺めている。『週刊グローブ』の広告だ。

もはや毎号恒例になりつつある地磁気問題の特集が目玉で、黄色の極太文字で『太陽風がくる！』という特集タイトルが打たれている。

特集のラインナップには柊の書いた記事もある。『人工衛星が降ってくる！——宇宙ゴミの絨毯爆撃が始まる』というタイトルは、デスクの意見を聞きながら柊が考えた。

中吊り広告に自分の記事が載っているのを見るのは、もちろん嬉しい。柊の目標の一つでもあった。それなのに、さっきから小高の顔が脳裏にちらついて仕方がない。記事の中身について言えば、小高が話してくれたことを大げさに脚色して書いたつもりはない。ただ、このタイトルを見たら、小高はどう思うだろう——。

柊は小さくため息をついた。これも記事を使ってもらうためだ。例えば、柊の記事の右隣に並ぶのは、別の契約記者の手による『厚労省が隠す〝不都合な真実〟——殺人宇宙線の恐怖』。こういう過激なタイトルの中で埋もれてしまわないためには、多少の煽りもやむを得ない。

今年こそ〝何でも屋のフリーライター〟から〝フリージャーナリスト〟へと脱皮しよう——そう誓った三十歳の誕生日から、すでに五年の月日が流れようとしている。宇宙天気予報の記事のおかげで仕事が増えた今が、そのチャンスだった。

扱う題材を地磁気問題に絞り込み、人工衛星や通信にかかわる技術的な問題から、起こり得る健康被害まで、毎日忙しく取材して原稿を書いている。何かひとつ得意分野をつくることは、ジャーナリストとして世間に認知される近道なはずだ。問題は、柊がもともと科学技術に対する見識や情熱を持ち合わせていなかったということだ。付け焼き刃の知識で書いた記事に、読者を惹きつける迫力などあろうはずがない。このままではいつか仕事を失ってしまうという恐怖感は、常に頭にあった。

「――だったら、お前が読者にアピールできることは何だ?」――デスクからは毎日のようにそう言われている。一の事実を十にふくらませて、センセーショナルな原稿を書くことだろうか。だが、そんな記事はすでに世の中にあふれている。自分にしか果たせない役割が何かある――はずだ。ジャーナリストとして、自分にも伝えたいことがある――はずだ。

柊は車窓に映る自分の顔を見つめた。今日はとくにクマがひどい。柊は左目の下を指で撫でた。

中野駅を出てしばらくすると、身を寄せ合うようにしてドアにもたれていた若いカップルが、突然窓ガラスに額を押しつけた。男の方が小声で「ほんとだ、赤い赤い」と言っている。柊は、女が人差し指で窓をつつく方角に目をやった。

見れば、中央線の車窓から大きく開けて見える南西の夜空に、赤い光の帯がぼんやりと浮かび始めている。ほぼ同時にあちこちで上がった「オーロラ」というささやき声が、たちまち車両全体に伝播(でんぱ)した。吊り革につかまっている乗客はもちろん、南を背にしてシートに座っていた人々までもが首を回して外を見つめる。

さすがにもう誰も騒ぎ立てたりはしない。だが、隣同士でひそひそと交わされる言葉に明るい調子はなかった。一人で乗っている客たちとてそれは同じで、赤い極光にうっとり見とれているような者はいない。

柊の目の前に座る若い女はすぐにオーロラから目を背けたが、その瞳(ひとみ)の奥にはかすかな怯(おび)えの色があった。隣に立つサラリーマンも、どこかいらついた様子でネクタイを緩めている。車両内に充満する息苦しさの正体は、すべての乗客が共有する得体の知れない不安感だ。

柊は、その不安感を増幅させるような言葉ばかりが並ぶ『週刊グローブ』の中吊り広告を、複雑な思いでもう一度見つめた。

阿佐ケ谷駅で降り、商店街を抜ける。

帰宅前に姉に電話をしておこうかとスマートフォンを取り出したが、電波が入らない。夜空を見上げると、オーロラはその形をさっきよりもくっきりと見せていた。

住宅街を北に十分ほど歩き、よくある小ぎれいな分譲マンションに入ると、エレベーターで八階に上がる。

「ただいま――」

力なく告げながらドアを開けると、奥の方から樹の歓声が聞こえてきた。

「絶対そうだよ！　赤いのが動いてるもん！」

声が遠い。どうやらベランダにいるようだ。

「ほんとに？　夕焼けじゃないの？」姉の楓がリビングの方から応じている。

「違う。もう真っ暗だもん。あ！　また動いた！」

玄関を入ってすぐ左の引き戸を開け、ベッドの上にバッグを放り投げる。この和室は物置としても使われているので、柊のスペースは三畳ほどしかない。ここは姉夫婦と甥の樹が暮らすマンションで、柊は半年ほど前からこの一室に居候している。

そのまま短い廊下を進み、リビングに向かう。

柊の姿を見るなり、カウンターキッチンの向こうで楓が眉をひそめた。

「何あんた、手ぶらじゃない。お味噌は？　メールしたでしょ？」

「届いてないよ。今、携帯通じないみたい。地磁気が乱れてるって宇宙天気予報にも出てた」

「それでか。さっきから樹が」楓が野菜を刻みながら、ベランダに顔を向けた。

樹はベランダフェンスのそばに置いた踏み台に立ち、手すりにあごをのせて、空を見上げている。

「オーロラでしょ？　出てたよ、今」

「あの子、先週からずっと待ち続けてたからね。毎晩毎晩ベランダに出ずっぱりで」

「五日ぶりぐらいだね」

先週十二日、東日本を中心に広く観測された赤いオーロラは、それから三日間、毎晩夜空を飾った。過去にも北海道などでオーロラが見られたことはある。しかし、ほとんどの日本人にとっては、あれが初めてのオーロラ体験だっただろう。

初日のオーロラ爆発を見逃した人々も、翌日は夜空を見上げてその出現を待った。大半の国民は、その美しさに触れた感動と、起きるはずのないことが起きた恐怖がないまぜになった複雑な思いで、妖（あや）しく輝く深紅のカーテンを眺めたはずだ。

柊は開け放たれた掃き出し窓から外をのぞいた。八階からだと視界をさえぎる建物もない。身じろぎもしない樹に、後ろから声をかけた。

「ただいま、いっくん」

「見て！　また赤いオーロラ」この春小学校に上がったばかりの樹が、左の上空を指差す。

「おお、すごいねー」サンダルを履いて、ベランダに出た。

雲ひとつない南東の空で、光のカーテンのひだが不規則に揺れている。

何階か下のベランダからも、子供たちの騒ぐ声が聞こえてくる。かと思うと、別の部屋からは慌てて窓を閉めるような音もした。オーロラに対する人々の反応は、様々だ。

「あんたの記事じゃないけど——」いつの間にか楓が窓辺に立っていた。「やっぱり気味悪いよね。真っ赤なオーロラなんて」

無意識のうちにか、楓は妊娠五ヶ月に入って目立ち始めたお腹をさすっている。

「気味悪くないよ。すごいよ」樹が鼻の穴をふくらませる。

「写真とかテレビで見るオーロラは、たいてい緑色じゃない？　お母さん、緑色のオーロラが見てみたいな」

楓は朗らかに言った。もともと大ざっぱな性格ではあったが、小さな子供を持ち、しかも妊娠中の母親にしては、珍しい態度かもしれない。

先週の衝撃的なオーロラ爆発は、地磁気問題に対する日本人の意識を大きく変えた。

そもそも地磁気というものは、五感を通じて感じられるものではない。一部の動物たちならともかく、人間にとって、周囲の磁場が急激に弱まっていることを実感するのは不可能だ。すでに日常生活の中でいろんな不具合が生じていたとはいえ、それらはすべて二次的かつ技術的な問題に過ぎない。

そういう意味で、赤いオーロラは視覚を通して肌身に感じる初めての〝異変〟だった。それは、太陽の息づかいがついに自分たちのところまで聞こえてきたという直接的な証拠なのだ。そして、今やほとんどの人々が、太陽の吐息が人間にとってとても歓迎できない代物（しろもの）であることを知っている。

赤い光のダンスを十五分ほど眺めたあと、三人で食卓に着いた。

「卓志（たくし）さん、最近忙しいの？　毎晩遅いけど」

レンコンのはさみ揚げを口に運びながら訊いた。姉の得意料理だ。

「なんかねえ。また新製品が出るとかって言ってたから」

義兄の卓志は、大手電機メーカーのグループ会社に勤めるシステムエンジニアだ。

柊は姉夫婦に、とくに卓志には、心から感謝していた。仕事が減り、当時住んでいたマンションを引き払わざるを得なくなった柊に、二人が救いの手を差し伸べてくれた。安アパートに引っ越すぐらいなら、しばらくうちの和室を使えばいい——そう提案したのは、楓ではなく、卓志の方だったらしい。提案に同意した楓には、妹から少しばかり家賃を取ろうという思惑があったようだが、それも卓志が拒否した。

結局、柊は食費と光熱費だけを支払って、ここに住まわせてもらっている。同居の条件は、身重の楓の体調がおもわしくないとき、代わりに家事をこなし、樹の面倒を見るということだけだ。年内には出て行く約束になっているが、最近の楓の言動を見ていると、出産後数ヶ月は柊がいた方が何かと便利だと思い始めているふしがある。

柊は壁掛け時計に目をやると、手もとのリモコンをリビングのテレビに向けた。楓は何か言いたげに柊の顔を見たが、口は開かない。食事中はテレビを消すというのがこの家のルールだが、柊が情報収集のためにニュース番組を見ることだけは特例として黙認されている。

テレビはNHKの夜七時のニュースを映し出した。時おり映像が乱れるものの、視聴はできる。トップニュースは、ロシアの宇宙ステーション「スヴェート」の落下問題だ。ロシア連邦宇宙局による会見の様子が流れているが、落下日時がちょうど一週間後の二十六日未明以降にずれ込みそうだということの他に、とくに目新しい情報はない。

続いてNASA――アメリカ航空宇宙局の報道担当官が大写しになった。身振り手振りをまじえて語るブロンドの女性の腰の辺りにテロップが重なる。

〈太陽活動の度合いに応じて上層大気の温度と密度が変わると、宇宙ステーションにはたらく空気抵抗が大きく変わる。大気圏再突入の時間と場所を特定するのは現時点では非常に難しい〉

画面は官房長官の記者会見に切り替わる。生真面目な表情で語る長官自身の肉声は流さず、アナウンサーがその発表内容を要約した。

〈――藤川官房長官は今日午後の会見で、官邸危機管理センターに「ロシア宇宙ステーション落下に関する情報連絡室」を設置したことを発表し、文部科学省のホームページにロシア連邦宇宙局からの情報の仮訳を随時掲載するとともに、政府としても情報収集を強化していく方針である、と述べました〉

音声だけを聞いていた楓が、冷めた口調で言う。

「今ごろ、情報連絡室を設置、だって。遅いよね」

「でもさ、NASAですら今の段階ではほとんど何も予測できてないんだよ。日本政府に独自の情報収集ができるなんてとても思えない」

テレビにはカーキ色の自衛隊車両が映っていたが、やがて洋上を進むグレーの護衛艦の映像に変わった。アナウンサーが原稿を読み上げている。

〈――落下に備え、牟田防衛大臣は、地上配備型PAC―3迎撃システムおよびイー

ジス艦の配備に向けて、航空自衛隊および海上自衛隊との調整に入っている、と述べました〉

楓もいつの間にか画面に見入っている。

「ねえ、イージス艦って、どういうの？」

「最新鋭のハイテク護衛艦。高性能のレーダーと『PAC―3』みたいな弾道ミサイル迎撃システムを備えてる」

「ふーん」楓が箸(はし)の先でリビングのマガジンラックを指した。「あんたが書いた記事によると、これからもっとたくさん衛星が落っこちてくるんでしょ？　絨毯爆撃みたいになるんでしょ？　その度に撃ち落としてたら、そのうちミサイルが足りなくなるんじゃない？」

本気か嫌味か分からないその質問を、柊は黙って受け流した。

「ねえ、柊ちゃん」隣の樹が箸を握ったまま言う。

「なあに？」

「北極の人は赤いオーロラを見ないんでしょ？　オーロラ見たら、病気になるから？」

「病気？　そんなこと、誰が言ってたの？」

「シンジくん。僕が毎日オーロラ見るって言ったら、そんなことしたら病気になるって」

「たぶん、お母さんにそう言われてるんだろうね。その子」楓が冷蔵庫から持ってきた漬物を食卓に置き、意地の悪い笑みを浮かべて柊を見た。

「『週刊グローブ』でも読んだんじゃないの？　殺人宇宙線だの、恐怖の太陽風だのって、今週号でも散々煽ってるじゃない。あんたの記事みたいに」

「ちょっと、いっくんの前で変なこと言わないでよ」

柊は自分の書いた記事を楓に褒められたことがない。地磁気問題をメインに扱うようになってからは、以前のように「あの記事読んだよ」と言われることさえなくなった。

樹は怪訝な顔で二人の顔を見比べている。

「大丈夫だよ」柊は樹の頭に手をのせた。「病気になんかならない。今のところはね」

ここ二ヶ月ほどで、太陽風や宇宙線に含まれる高エネルギー粒子が人体に有害だということが広く世間に知られるようになった。とくに、宇宙ステーション「スヴェート」の宇宙飛行士たちが太陽フレアによって高線量で被曝したことは、人々の心にぬぐい難い恐怖心を植えつけた。

それ以来、太陽フレアやコロナ質量放出を――ひいてはそれに起因する磁気嵐やオーロラの発生を――過剰に恐れる人が増えたことは確かだ。そうした人々は宇宙天気予報を日々チェックして、高エネルギー粒子の飛来を警戒している。太陽活動が激しい日には外出を控えたり、地下室に避難したりする人も出てきているらしい。

楓が室内を見回しながら訊く。

「ひどい磁気嵐が起きてるようなときでも、東京の放射線量は増えてないんでしょ?」

「厚労省はそう言ってるね。文科省も」

磁気圏が太陽風や宇宙線の侵入を防ぐ〝盾〟となっているのは確かだが、高エネルギー粒子を防御する能力は、実は大気の方が圧倒的に高い。たとえ地磁気が消失しても、大気分子が高エネルギー粒子のエネルギーを吸収してしまうので、地表まではほとんど届かない――それが政府と専門家たちの見解だった。

「あんた、さっきこの子に『今のところは』って言ったけど、そういう言い方はちょっとずるいんじゃない?」

「メディアに携わる人間として」

「ずるいってどういうことよ」 柊は箸を置き、楓をにらんだ。

「責任逃れみたいに聞こえるってこと」 楓はまったく動じない。

「分からないんだからしょうがないじゃない！　地磁気がなくなると何が起きるかなんて、誰も経験してないんだから！」

思わず声を荒らげたのは、うしろめたい気持ちがあるからだ。誰にも確かなことが言えないのをいいことに、ただ人目を引くだけの派手な記事を書いている――それは柊自身が一番よく分かっている。

樹の視線を感じた柊は、息を整えて言い添えた。

「最悪の場合を想定しておくのが、予防原則なんだよ」

「予防原則だかなんだか知らないけど、いい加減な情報でいい加減なことばっかり言う人が多いから、みんな悩むのよ。産婦人科で出会う妊婦さんたちなんて、本当にかわいそう。いろんな情報に振り回されちゃって」

「そう言えば、最近、妊婦さんとか赤ちゃんがいるお母さんの間で、ガウスメーターが売れてるって聞いた」

「磁気を測る機械でしょ？　持ってる人、見たことあるわよ。安いものでも十万円近くするらしいじゃない」

地磁気というのは本来かなり微弱なものだ。例えば、肩こり用磁気治療器の永久磁石がつくる磁場と比較すると、その千分の一から一万分の一程度の強さでしかない。

したがって、地磁気強度を正確に測るためには、それ相応の精度をもつ磁力計が必要になる。最近、新開発の磁気センサー素子を使った廉価版の高感度ガウスメーターが出回り始めたが、まだまだ高価だ。

柊は渋い顔で、べったら漬をひとつ口に放り込んだ。

「地磁気の減少は、地球全体で起こってることなの。身の回りの磁場を測ってああだこうだ言っても仕方ない。ここは周りより磁気が強いから大丈夫だとか、弱いから危険だとかいうことは、ないんだよ」

「そういう人たちにとっては、お守りみたいなものなんでしょ」楓も漬物鉢に箸をのばす。「機械を持って常に磁気を測っていないと、不安なのよ。理屈じゃないの」

楓が我がことのように言ったのが、意外だった。

「お姉ちゃん、共感できるんだ」

「そういうわけじゃないけど。でも、一部の母親たちはそれだけ追いつめられてるってことよ。あんたも、そういう悩んでる人たちに取材して、彼女たちの思いを記事にしなさいよ。実はね――」楓が箸を置いて柊を見つめた。「産婦人科で知り合ったあるお母さんに頼まれたのよ。あんたに講演をしてほしいって」

「講演？」もちろん柊にそんな経験はない。

「その人――山内さんていうんだけど、地磁気問題に関心のあるお母さんたちが集まる勉強会に参加してるんだって。毎週二十人ほどが集まるらしいんだけど。山内さん、あんたが週刊誌に地磁気関連の記事を書いていて、テレビにも出たことがあるってことを誰かから聞きつけたらしくてね。是非あんたに一度その勉強会で話をしてほしいって。会の代表の人もすごく乗り気らしいのよ」

4

城教授は、スクラップブックをめくる手を止めて、開いたページを柊の方に向けた。手あかで黒ずんだルービックキューブをかちゃかちゃと回しながら、かん高い声で言う。

「日本で有名なのは、長崎の五島列島です。このときは五百八十三頭のイルカが生きたまま集団で座礁しました」

新聞記事の切り抜きに、浜辺に打ち上げられた無数のイルカが写っている。続いて城は英語で書かれた論文のコピーを開いて見せる。

「これは、ケンブリッジ大学が北スコットランドでおこなった調査結果です。このグラフの縦軸は地磁気K指数、つまり地磁気の擾乱の度合いを示す指数で、値が大きいほど変化が激しいということになります。ああ、よくご存じなんでしたね、宇宙天気関係の用語は」

「ええ、まあ、少しは」柊はぎこちなく微笑む。

城は、何週間も洗っていないようなマグカップのインスタントコーヒーをすすった。柊にも淹れてくれたのだが、茶渋が染みついたカップを見ると、口をつける気にならない。

城教授は東都工科大学理学部の生物圏環境科学科に籍を置く「生物磁気学」の専門家で、磁場環境が生物に与える影響を研究している。

近代的なオフィスビルと変わらない情報通信研究機構とは違って、城の研究室はいかにも〝実験室〟といった雰囲気だ。スチール製の棚には用途の分からない古めかしい装置がところせましと並び、木製の作業台には工具と書類が散乱している。

部屋に足を踏み入れたときから、一番奥にある金属製の檻のようなものが気になって仕方がない。檻は三畳ほどの広さで、中央に埃をかぶった大きな椅子が置いてある。

城を紹介してくれたのは情報通信研究機構の小高だった。小高は「ちょっと変わった人で、怪しげな噂もあるけどね」と言っていたが、想像していたよりはまともな研究者に見える。ルービックキューブを片時も離さないことには驚いたが、説明には彼なりのサービス精神が感じられる。案外、自分の研究の意義を理解してほしいという思いが強いのかもしれない。

色がはげかけたルービックキューブは、いつの間にか二面揃(そろ)っていた。城は感情の読めない顔つきで折れ線グラフをなぞる。

「この図から明らかなように、磁気嵐が起きたり、地磁気の乱れが激しい日が続いたときに、集団座礁がより多く発生しています。要するに、イルカやクジラ、サケなどの回遊魚が地磁気を使って方角を感知している可能性がある、ということです」

「なるほど」柊はグラフを見たままうなずいた。

「地磁気をナビゲーションに利用している生物の中で一番よく研究されているのは、ハトです。伝書バトレースを主催する団体は、レース前に宇宙天気予報をチェックするそうですよ」

「本当ですか?」初めて聞く話だった。

「二十年以上前になりますが、とある国際伝書バトレースが開催された際、太陽フレアによる大きな磁気嵐が起きましてね。フランスからイギリスに向けて放たれた五千羽のうち、九割以上が行方不明になったんです」城はにこりともせずに言った。

「気の毒に……」レース用の伝書バトは高価なものだと聞いたことがある。

「こういった動物の脳には、方位磁針としてはたらく小さな磁石があると考えられています。ハトの頭にヘルムホルツコイルを取り付けて、方向感覚を失わせる実験もおこなわれました」

「ヘルムホルツ――コイル」一音ずつ確かめるように繰り返して、メモをとる。

「均一な磁場を作り出すコイルです」

城はおもむろに立ち上がると、「どういうものかと言いますと――」と言いながら、例の金属製の檻へと向かう。柊もICレコーダーを持ってあとに続く。

城は檻の扉をくぐり、椅子の上に置いてあった手製のヘッドギアのようなものを手にした。たまった埃をふっと吹いて、檻の外にいる柊に掲げて見せる。

「これがそうです。形はちょっと特殊ですが」

「ということは、先生も同じような実験を――？」しかも、人間を使っておこなっていたということだろうか。

「昔のことです。今はもう被験者を探すのも難しい」城は平然と答えた。小高の言う「怪しげな噂」とは、この人体実験のことか――。

「結果はどうだったんでしょう？」

「我々の実験では、はっきりしたことは分かりませんでした。人間はどうしてもさまざまな情報を総合して判断を下してしまいますから、地磁気の効果だけを分離して精密に測定するのが難しいのです。ただ、イギリスのグループがおこなった同様の実験では、人間も磁場を感知しているという有意な結果が得られています。しかも、おもしろいことに、男性よりも女性の方が磁気に対する感度が高いらしい」

「へえ。私はひどい方向音痴ですけど」

冗談めかして言った言葉にも、城はまるで反応しない。柊は一人ひきつった笑みを浮かべ、気をとり直して続ける。

「そうしますと、このまま地磁気が弱まっていけば、人間の体に何か悪影響が出てきてもおかしくない、ということでしょうか？」

「あなたは普段、重力を意識して生活していますか？」

「重力ですか？　いえ、とくには……」

「無重力状態で長時間過ごすと、体に不具合が生じますよね？」

「ああ、宇宙飛行士の筋力が落ちるとか」

「地磁気だって同じです。我々は普段、地磁気を知覚することも、意識することもありません。ですが、重力と同じように、地磁気も生物圏にとってごく基本的な物理環境です。生物は、当たり前のように地磁気が存在する中で、進化をとげてきました。それが突然なくなれば、何か不具合が生じるだろう――そう考える方が自然だとは思いませんか?」

「確かに」

「例えば、地磁気の擾乱が大きいときに心筋梗塞の発症が増えるという報告がありま す。磁場環境によってアレルギーが誘発されることもありますし、地磁気変化と血圧、脈拍数、白血球数、血液凝固系の機能には相関があると言われています。循環器系だけでなく、代謝系、さらには自律神経系や精神活動に対する影響についても研究が始まっています」

「精神活動ですか。意外です」

「地磁気が乱れると自殺が増えるという話があるのです。磁気嵐の発生時にはほとんどの人に交感神経の緊張が見られますし、統合失調症の発症が増えるとも言われています。まだ確かな因果関係が実証されたわけではありませんし、あくまで〝お話〟の段階ではありますが」

「にしても、それはすごく興味深い〝お話〟ですね」

柊はそう言って唇をきゅっと結んだ。記事のタイトルが浮かんだのだ。『身投げするイルカ、狂うハト、次は人間だ！――地磁気と脳の知られざる関係』――というのはどうだろう。悪くない、と思うと同時に、今度は楓の顔が浮かんだ。

そんな柊の頭の中を見透かしたかのように、城が言う。

「もっと言いますと、地磁気が極端に弱くなったことで生物が絶滅したという〝お話〟もあります。恐竜絶滅の原因として提唱されている仮説の一つに『地磁気変動説』がありますし、地層に残された有孔虫という微生物の化石を調べてみると、地磁気がひどく弱まった時代に有孔虫が激減していたというデータがあるのです」

「それは、地表に降り注ぐ放射線が増えたせいでしょうか？」

「可能性としては、それも捨てきれません。ですが、ご存じのとおり、放射線は厚い大気の層によってほとんど遮蔽されます。より深刻だと考えられているのは、紫外線の増加です」

「紫外線？　日焼けを起こす、あの紫外線ですか？」

「はい。高エネルギー宇宙線が大気上層に届くと、オゾン層を破壊するのです。そうなると、世界全域で太陽からの強烈な紫外線がダイレクトに生物圏を襲います。陸上の生物にとっては、致命的です」

「そうなんですね。紫外線て、そんなに怖いんだ」

「怖いですよ」城は眉一つ動かさず言い切った。「ま、放射線や紫外線は私の守備範囲ではありませんから、この辺にしておきますが」

柊はさっきから目を付けていた壁のポスターを指差した。

「先生は植物の育ち方と地磁気の関係についても研究されているとうかがったのですが――このポスターもそうですか？」

植物の種子や根の写真とグラフが並び、その隙間を説明文が埋めている。学会かシンポジウムでの発表に使われたものだろう。城はまたルービックキューブをもてあそび始める。

「ええ。今年からうちの大学院生が生物学科の研究室と共同で始めた実験の結果です。磁場環境をコントロールして、磁気の強さや向きによって植物の生長がどのような影響を受けるかを調べています。例えば、トウモロコシやインゲンについては、蒔く前の種に強磁場を加えてやると生長が著しく促進されるというデータが得られています」

「つまり、磁場は強ければ強いほどいいと？」

「一概には言えません。タンポポの場合は逆で、磁場を強くすると開花が遅れるという報告があるのです」

「なるほど……」

記事にするのに都合がいいとは言えない事実だ。

「磁場が植物の生長に働きかけるメカニズムについては、まだ何も解明されていないというのが現状です。ある種の成長ホルモンを介して作用しているのだろうという説もありますが、研究はこれからです。ちなみに、磁場は植物の雌雄決定にも影響を及ぼしているかもしれないんですよ。キュウリの場合、幼根が北向きになると雌花が多くなるそうです」

「植物の世界でも女の方が磁気に敏感なんですね。不思議」

「ほう」城が初めてぴくりと眉を上げた。「面白い視点ですね。それに関連して一つ付け加えますと、人間の発生も地磁気と関わりがあると言われています。地磁気の擾乱で月経周期が乱れるとか、月経開始は地磁気が静穏な日に多いとか、出産は地磁気活動の活発な時間帯に多いとか。もちろんまだ〝お話〟の域を出ませんが」

城の研究室を辞し、理学部の校舎を出ようとしたとき、正面玄関そばの掲示板に貼られた通知が目に入った。

〈学生の皆さんへ〉と題されたその掲示物には、来週中に予想されている宇宙ステーション「スヴェート」の落下にともない、全学休講となる可能性があると記されていた。大学ですらこうなのだから、小・中・高校ではさらに慎重な措置が施されるのだろう。

夕方四時の大学構内は学生の姿もまばらだ。正門へと続くメインストリートでは、色づいたイチョウの落ち葉が木枯らしに舞っている。柊はストールを首までしっかり巻き直し、灰色の雲におおわれた空を見上げた。

オーロラの出現以来、日本全体がこの空のようにどんよりとした不安におおわれている。城が言うように、地磁気の異常が本当に人々の交感神経を常に緊張させているのかもしれない。

次号の『週刊グローブ』では、地磁気変動による経済問題を特集することになっている。通信、運輸、電力供給、安全保障から食糧生産にいたるまで、経済的なリスクを挙げればきりがない。当然のことながら、株価の下落はとどまるところを知らず、世界大恐慌に至るのも時間の問題だと見られている。

このまま地磁気が減衰を続ければ、磁場強度がある値を下回った時点で、人々の緊張の糸がぷつんと切れるのではないか。そして、そのまま一気にパニックへとなだれ込むのではないか。その閾値が何マイクロテスラなのかは分からない。ただ、そんな想像をする度に、柊の背筋に冷たいものが走る。

人々が緊張感を保っていられるという意味では、「スヴェート」の落下にも良い面がある。少なくとも、それに意識を集中している間は、他の恐怖から解放されるからだ——。

柊はそんなことを考えながら、足早に正門をくぐった。

5

柊が講演会場に到着したのは、開始時刻の五分前だった。前の取材が長引いたのだ。今日まで三連休だというのに、高円寺駅からほど近い杉並区のコミュニティセンターには三十人近い女性たちが集まっていた。一番広い第一集会室が押さえられていたが、他の部屋からパイプ椅子を持ち込まなければ席が足りないほどだった。

講演会を主催した「地磁気問題を考える母親の会」代表の寒川清美とは、会場で初めて顔を合わせた。メールや電話でのやりとりを通じて感じていたとおり、早口で端的なもの言いをする女性だった。年齢は四十歳前後、中肉で髪を明るく染めた、ごく普通の主婦に見えた。

寒川との挨拶もそこそこに、ペットボトルのお茶を一本渡されて、すぐ壇上に立たされた。演壇脇のホワイトボードには、『宇宙天気予報をどう活かすか』という講演題目と、柊の名前――肩書きは〈ジャーナリスト〉となっている――が大きな文字で書かれている。

聴衆は二十代から四十代の主婦と思しき女性が中心で、お腹の大きな女性の姿も見える。楓にこの話を持ちかけた山内という女性がどこにいるのかは分からないが、彼女も妊婦のはずだ。皆真剣な表情で、手もとにノートを開いている人も多い。

柊は簡単に自己紹介を済ませると、宇宙天気に関する基礎知識から話を始めた。慣れないことに初めは緊張したが、格好をつけずに要点を箇条書きにしたメモに目を落としながら進めているうちに、舌もなめらかになった。

太陽風や宇宙線に含まれる高エネルギー粒子が人体に与える影響に話が及ぶと、柊の言葉にいちいちうなずく人々の姿が目立った。やはり一番の関心事であり、それなりに情報も浸透している話題のようだ。

寒川からは講演題目にとらわれる必要はないと言われていたので、宇宙天気の話題はほどほどで切り上げ、三日前に東都工科大学の城教授に取材した内容を紹介した。磁場環境そのものが生命活動に重大な影響を及ぼしているというのは、会場を埋めた聴衆が初めて耳にする話だったようだ。母親たちの目の色が変わるのが柊にもはっきりと分かった。

一時間もつか心配していたが、あっと言う間に五十分が経っていた。残りの十分間は質疑応答にあてられた。質問は、最後に取り上げた「生物磁気学」関連の内容に集中した。

とくに、「植物の生長が磁場の影響を受けるというが、それは人間にも言えることなのか？」という主旨の質問が、表現を変えつつ三件ほど相次いだ。柊としては、「繰り返し実験ができる植物においてさえ、まだ詳しいメカニズムが解明されていません。人間を含む動物についての研究は、まだまだこれからという状況のようです」と答えるしかなかった。

講演終了後、場所を二階の和室に移して、柊を囲む懇談会が開かれた。

十五畳ほどの和室には地磁気問題関連のポスターが貼られ、勉強会の資料やファイルが詰め込まれたカラーボックスが並んでいた。出しっ放しの長机には、茶菓子と二台のノートパソコンが置かれたままになっている。どんなコネクションを使ったのか分からないが、どうやらこの部屋は「地磁気問題を考える母親の会」に事実上専有されているらしい。

柊を上座に据えて、十四人の母親たちが長机を囲む。この場に残って懇談会に参加したのは、勉強会の中心メンバーばかりらしかった。皆我が家のようにくつろいで、談笑している。市民運動家を思わせるような女性は一人も見当たらず、PTAか子供会の集まりにしか見えない。

「あらためまして、今日は本当にありがとうございました」

柊に緑茶をすすめながら、隣の寒川が頭を下げた。

「本当に興味深いお話ばっかりで」向かいに座る小太りの女性が満面の笑みを浮かべる。「最後の植物のお話なんかとくに。ねえ」

その言葉に、左右の女性たちがうんうんとうなずいた。その一人が言う。

「私はね、月経や出産が地磁気の変化と関係あるっていう話。あると思うのよね、そういうことって。あ、ご挨拶が遅れました、山内です。この度はお姉さんに無理を申しまして」

「ああ、山内さん。こちらこそ、姉がいつもお世話になっております」柊は居住まいを正した。言われてみれば、山内のお腹は少しふっくらしている。

柊は愛想笑いを浮かべて続けた。「確かに、女性の方が地磁気に敏感だと言われると、なんだか身につまされますよね」

「山内さんの他にも、うちのメンバーには妊娠中のお母さんが何人かいるんです。あそこにいる曾根さんもそう」寒川が長机の一番端の小柄な女性に笑顔を向ける。曾根という女性は、遠慮がちに会釈を返した。まだ妊娠初期なのか、お腹のふくらみは見えない。

寒川が訊いた。「浅田さんは——お子さんは?」

柊は愛想笑いを苦笑いに変えて、かぶりを振る。「実は、結婚もまだでして……」

一瞬気まずい空気が流れると、小太りの女性が慌ててかん高い声を上げた。

「でも、本当に心強いです。浅田さんのような女性ジャーナリストの方が、こちら側にいてくださるなんて」

「こちら側……?」柊は違和感を覚えたが、はっきり聞き返すことができない。

今度は寒川が言う。「浅田さんのお話をうかがった限り、その東都工科大学の城先生という方も、こちら側みたいですね」

周囲の母親たちがまた一斉にうんうんとうなずいた。

山内が口をとがらせる。「城先生みたいな人にこそ、メディアに出てもっとしゃべって欲しい。御用学者の話なんて、もううんざりだもん」

そういうことか——。柊は湯のみを口につけ、山内に同調する女たちを上目づかいで盗み見た。

この母親たちは、世間を二つに分けて考えているのだ。地磁気問題に関する情報を隠蔽(いんぺい)し、危機を過小評価しようとする側と、地磁気問題をより深刻に捉(とら)え、情報公開を求めていこうとする側に。前者を代表するのは政府やその御用学者たちで、後者は彼女らのように意識の高い市民と一部のジャーナリスト、ということなのだろう。

柊は壁に貼られた一枚の折れ線グラフにふと目をとめた。メンバーの手によって日々点が打たれていっているようだ。柊はそれを指差して訊(き)いた。

「あれは、地磁気強度のグラフですか？」

「はーい。今日の正午は、一五・二マイクロテスラでした」長机の端の方で、一人の女性が手を挙げた。女性は手のひらに余るほどのサイズの機械を持っている。本体から延びたコードの先に棒状のセンサーが見えた。ガウスメーターだ。

「当番制で、毎日零時と正午に測っているんです」寒川はそう言って机のノートパソコンを指差した。「結果はうちのホームページでも公開しています」

「正確な測定値は、地磁気観測所のサイトに出ていますが……」

「現状を自分たちの手で把握しておくことが大事ですから。人任せにはできません。すべての情報が開示されているかどうかなんて、分かりませんからね」

「なるほど……」ガウスメーターはお守りみたいなもの——。楓の言葉を思い出した。

「とうとう以前の三分の一を下回りましたね。このまま地磁気の減衰が続いても、健康被害が出るほどの高エネルギー宇宙線が地表に届く恐れはない——政府はそう言っています。でも、大きな太陽フレアが起きたりしたら、どうなるか分からないですよね？　ロシアの宇宙飛行士みたいに、被曝するかもしれない」

「でも、彼らは大気圏外にいましたからね」

柊がなだめるように言ったが、寒川は構わずに続ける。

「それに、高エネルギー宇宙線が大気と衝突して生まれる二次宇宙線は、確実に増えるはずです。二次宇宙線によるリスクについてだって、はっきりしたことは誰にも分からない」

「小さいお子さんがいる方や、妊娠中の方は、確かに心配でしょうね。それはよく分かります」柊はうなずいて見せた。

正面の小太りの女性が言う。「でも、その城先生という方がなさっている研究のことを知って、怖いのは放射線だけじゃないってことがよく分かりました。地磁気が弱くなること自体が発育によくないなんて、すっごく恐ろしいです」

続いて山内が口を開く。「そう。むしろ、どんなリスクがあるか分からないという方が怖い。だから、うちの勉強会では、今世間で起きている異常を調べ上げていってるんです」

隣では寒川が分厚いファイルを開いていた。「調べてみると、半年ほど前からおかしなことがたくさん起きているんです。身近なところでは、ペットの異常行動とか花の狂い咲きの報告が急に増えています。それに、植物の奇形の目撃例も」

「だから、城先生の研究のことを聞いて、納得って感じ」小太りの女が口をはさむ。

「もっと心配なことを言うと、原因不明の頭痛を訴える子供が全国で現れていたり」

「そうおっしゃっているお医者さまがいるんです」また小太りの女が付け加える。

寒川がファイルをめくる手を止め、あるページを開いて柊の前に置いた。ウェブサイトをプリントした紙が綴じてある。

「浅田さんのお話をうかがっていて思い出したのが、これです」

「『ADHDと地磁気問題』——」柊は記事のタイトルを声に出して読んだ。「どなたかのブログですか？　ああ、これか。『ある小児神経科医のブログ』」

「今年に入ってから、ADHD——注意欠陥・多動性障害と診断された児童が増えているという指摘です。学会で症例数をまとめた報告があったそうです」

「ADHDというと、学級崩壊の一因となっているという、あれですね」

「そうそう。それで最近また学級崩壊が増えてるんですって。うちの地元でもよく聞きますもの」

　小太りの女の追従に、山内が反論する。

「学級崩壊の原因が必ずしもADHDの子にあるわけじゃないよ。そういう子の行動が引き金になるケースもあるってだけ」

　寒川が話を戻す。「このブログのお医者さんも、地磁気の激減が子供の脳の働きに悪い影響を及ぼしているのではないか、と書いています。城先生のおっしゃる交感神経の興奮や緊張とも何か関係があるのかな、と思いました。素人考えですけど」

　そのとき、少し離れたところでノートパソコンを開いていた若い母親が、「あっ！」と声を上げた。「テレビ！　誰かテレビつけて！　ネットのニュースに速報が出たよ！『宇宙ステーションの軌道計算結果をJAXAが発表』だって」

　誰かがリモコンを操作したらしく、部屋の隅のテレビから音声が流れてきた。民放も報道特別番組を放送しているようだ。夕方のニュースでよく見るキャスターが、落ち着かない様子でしゃべっている。

〈――ご覧いただきましたとおり、たった今、藤川官房長官が緊急記者会見を開きまして、「国民の皆さまには、当日は不要不急の外出は避け、冷静に対応していただきたい」と述べました。日本に落下する可能性がどれくらいあるかについては言及せず、

「政府として注意深く推移を見守る」と繰り返すにとどまりましたが、その辺りについてはいかがでしょう？〉

キャスターの問いかけに、隣の専門家らしき男が訳知り顔でうなずく。

〈そうですね。本来こういった軌道計算は、誤差が大きいんです。ＮＡＳＡは、落下の数時間前になればそれなりに正確な推定が可能になるだろう、と言っていますが、今はそれ以上のことはなかなか〉

キャスターはフロアディレクターの指示に注意を向け、手もとの原稿をめくる。

〈えー、もう一度お伝えします。地球に落下しつつあるロシアの宇宙ステーション「スヴェート」について、ＪＡＸＡ――宇宙航空研究開発機構が軌道計算の結果を発表しました。落下が予想される明後日二十六日の午後一時から同五時ごろの間に、「スヴェート」が日本上空に飛来する可能性は二回ある、という結果です。最初の飛来が午後一時半ごろで、北方領土の上空。二回目は午後三時ごろ、新潟県から関東地方にかけての上空です。

とくに、もっとも落下の確率が高い時刻である午後三時前後に、ちょうど関東地方に飛来するという結果が出たことで、官邸危機管理センターに緊張が走っています。繰り返します。予想落下軌道上に首都圏が含まれる、という結果です。この時間は、

番組内容を一部変更して、報道特別番組をお届けしています――〉

それから番組終了までの十五分間、柊を含む全員がひと言も言葉を発することなく、テレビの画面を見つめ続けた。コマーシャルに入ったところで、ようやく山内が口を開いた。

「――こりゃ大変だ」

「怖いけど、こればっかりは祈るしかないですものねえ」小太りの女が両手を合わせた。

母親たちが落ち着きを失っているのが、手にとるように分かる。不穏なニュースを聞いて、子供たちのもとへ帰りたくなったに違いない。それを察した寒川が言った。

「皆さんいろいろ心配事もあるでしょうし、今日はもうお開きにしましょうか。浅田さん、この度は本当にありがとうございました。素晴らしい仲間が増えて、心強いです。今後ともぜひご指導ください」

「え――」仲間？ 今後とも？ 柊が返答に困っているうちに、和室は拍手に包まれた。

メンバーは後片付けがあるということだったので、寒川に見送られてひと足先に和室を出た。

廊下を進み、階段を下りようとしたとき、後ろから誰かが追いかけてくる足音に気づいた。振り返って見れば、一番端の席におとなしく座っていた曾根という妊婦だった。

「あの、ちょっとすみません」小さな歩幅で小走りにやってくる。

「ああ、走らなくていいですから」柊は慌ててそちらに駆け寄った。

「ごめんなさい」曾根は足を止め、その白い細面を上げる。「どうしても聞いていただきたいことがあるんです」

曾根はさっきまでいた和室の方をうかがうと、柊をそばの給湯室の中に押し込んだ。

「なんです？」さすがに怪訝な顔で訊いた。

「浅田さんは記者さんだから、いろんな情報をお持ちだと思って。あの——」曾根は思い詰めたような目で見つめてくる。「最近、都内のあちこちの病院で妊婦が消えてるっていう話、聞いたことありませんか？」

「消えてる？」よく意味が分からない。「減ってるってことですか？」

「いえ、文字通り、消えてるんです。それまで通ってきてた妊婦さんたちが、ある日を境に、みんなぱったり姿を見せなくなるんです」

「集団転院か何かでしょうか」

「それがよく分からないんです。妊婦さんたちとは連絡もとれなくなるらしくて。実は、私が前に通っていた産婦人科の医院でも同じことがあったんです。突然私の他に誰も通ってこなくなったので、すごく不安になって」

「よく分かりませんけど……それは確かに不安になりますね」

「実はここはとんでもない医院で、みんな逃げ出したんじゃないかって、そう思いました。それで私も慌てて今の病院に移ったんです」

「もしかしたら、そんな風に悪い噂の連鎖反応が起きたのかもしれませんけど」

「でも、そんなことがあちこちの病院で同時に起きますか？」曾根は柊に一歩詰め寄った。「今の病院で知り合った妊婦さんたちの中にも、私と似たような経緯でそこに移ってきた人が何人もいるんです。同じことが起きた病院や医院の数は、たぶん二つや三つじゃありません」

「うーん」柊はあごに手をやった。「確かにちょっと気味悪い話ですね」

「わたし、前に通っていた産婦人科ですごく親しくなった妊婦さんがいるんです。でも彼女も突然いなくなっちゃって。携帯も通じないし、自宅のマンションを訪ねても誰も出てこない。今どこでどうしているのか、すごく心配で」

「それはご心配でしょうけど……どうして私に？」

「その消えちゃった友だち、地磁気問題にすごく関心があって、心配もしてて。ガウスメーターも持ち歩いてたし、私にいろんなことを教えてくれました。彼女、行方不明になる直前、妙なことを言ってたんです」

「妙なこと?」

「ええ。『地磁気はそのうちゼロになる。だから、ここにいちゃいけない』って」

「ここにいちゃいけないって……じゃあ、どこならいいっていうんだろう……」

柊は眉間にしわを寄せたまま、しばらく曾根と見つめ合った。

6

明け方になってうとうとしたが、樹の声で目が覚めた。

「――じゃあ、今日は学校行かなくていいの?」パジャマ姿のまま楓に訊いている。

「いいの。でも外に遊びに行っちゃダメよ。学校で先生にもそう言われたでしょ? 空から宇宙ステーションのかけらが降ってくるかもしれないから」

まだ六時過ぎだが、楓はもうキッチンに立っている。柊は毛布をはぎとると、リビングのソファに体を起こし、つけっぱなしのテレビに目を向けた。「スヴェート」の予想落下時刻まで、あと九時間。ＮＨＫの画面には相変わらず東日本の地図が映っていて、予想落下軌道が誤差範囲とともに描かれている。台風の予想進路を知らせる画面と似たようなものだ。

画面の隅に〈二十六日午前三時発表〉と表示されているので、さっき見たものから更新はされていない。本日午後三時前後における予想軌道の中心線は、佐渡島から千葉県の銚子に伸びている。ただし、中心線の両側に設定された誤差範囲は相当広く、関東地方の太平洋側でいうと伊豆半島から福島県いわき市あたりまでが含まれている。

昨日から地磁気の活動が静穏なのがせめてもの救いだ。電波状況が良好なことは、報道態勢だけでなく、講じられているすべての落下対策にとって重要だろう。

リビングのドアが開き、新聞を手にした卓志が入ってきた。すでに着替えているところを見ると、ずい分前から起きていたようだ。

「こういう休みは、全然うれしくないねえ」卓志は食卓の上に新聞を放ると、いつもの席に腰を下ろす。「さすがに今日は柊ちゃんも休業でしょ？」

「取材したくても、取材先が出てきてないだろうしね。街の様子ぐらいは見に行ってもいいかなと思ったんだけど」

「ちょっと、バカなことしないでよ？」楓が食卓にコーヒーを並べながら柊をにらむ。

予想飛来範囲の企業や学校は、そのほとんどが今日いっぱいの休業を決定している。公共交通機関も多くが運休しているので、そもそも身動きがとれない。

「同じマスコミでも、テレビの人たちは大変だねえ」卓志はあくびまじりに言うと、食卓のリモコンでチャンネルを変えた。

民放では、スタジオでキャスターが繰り返し最新情報を読み上げる合間に、各地からの中継映像を流している。首相官邸前やＪＡＸＡの調布航空宇宙センターからの中継はもちろんのこと、新潟や宇都宮にまでリポーターを出していた。

午前八時を回ったとき、スタジオに新しい情報が届いたらしく、キャスターの顔つきが変わった。

〈えー、予想落下軌道が更新されました。ＮＡＳＡの観測情報に基づき、ＪＡＸＡが軌道計算を更新しました。画像出ますか？〉

画面に東日本の地図が映った。予想軌道の中心線が少し西に寄っている。キャスターの声だけが流れてくる。

〈これは――軌道の中心線が少し首都圏に近づきましたか？　そうですね。新潟県柏崎市のあたりから東京湾の東を通るラインですね〉

「ちょっと、ほんとに大丈夫なの？」さすがの楓も、怯えた声を出した。

「んなこと言ったって、どうしようもないだろ？　今からどこかに避難するって言うのかよ」卓志も珍しくいら立ちをあらわにする。

リビングの隅に座り込んだ樹は携帯ゲーム機に夢中で、両親の言い合いを気に留めている様子はない。

楓の話によれば、昨日までに子供を遠くの親戚宅などに避難させた親はたくさんいるらしい。父親だけを残して新幹線で東京を離れる母子の様子もニュースで報道されていた。

しばらくすると、官房長官の記者会見が始まった。作業服に身を包んだ長官が、緊張した面持ちで黒いファイルの中身を読み上げている。

〈──政府としましては、万が一に備え、弾道ミサイル防衛能力を有する部隊を展開させ、警戒態勢をとらせています。また、国民の皆さまの安全を確保できるよう、自衛隊、警察、消防、海上保安庁が所要の態勢をとることとします。国民の皆さまにおかれましては、テレビ、ラジオの情報に注意し、安全が確認されるまで屋内にて待機してください。小さな破片が広範囲に落下する可能性があります。落下物らしきものを発見した場合には、決して近寄らず、警察、消防に連絡してください──〉

その後、民放各局でヘリコプターによる中継が始まった。高速道路のインターチェンジは首都圏から脱出しようとする車で大渋滞が起こっている。その一方で、予想落下地点と名指しされた松戸駅前の映像には、人っ子一人映っていない。

カーキ色の大きなトレーラーに載せられた航空自衛隊の地上配備型PAC―3迎撃システムが、市ヶ谷駐屯地、朝霞駐屯地、習志野駐屯地へと移動配備される様子が繰り返し流れ、房総沖と佐渡沖に展開するイージス艦の様子が空撮された。だが、予想落下空域でのヘリコプターの飛行が許されているのは、今の時間帯だけだろう。

スタジオでは軍事評論家が映像に解説を加えている。

〈房総沖に展開しているのはイージス艦「こんごう」、佐渡沖の方は「みょうこう」ですね。搭載されているフェーズドアレイ・レーダーは、同時に二百以上の目標を追尾できると言われています。どちらの艦もSM―3というミサイルを積んでいて、弾道ミサイルを迎撃する能力を有しています。ただ、接近する弾道ミサイルの探知と追尾には、通常その噴射熱が利用されるんです。今回のように、ターゲットが落下してくる宇宙ステーションだという場合、果たしてどこまでうまく対応できるか――〉

正午になると、新たな予想落下地域が発表された。今回は軌道ではなく、楕円で描かれている。いよいよ絞られてきたらしい。

〈――最新の情報では、予想落下時間も更新されています。午後二時半を中心に、その前後一時間のうちに落下する可能性が高い、ということです。予想落下地域からは、新潟県が外れてきましたね。楕円の中心は——千葉県の木更津あたりでしょうか〉

いつの間にか、家族がリビングで身を寄せ合っていた。柊、楓、卓志の三人が並んでソファに座り、ゲーム機を手にした樹が卓志のひざの間にもぐりこんでいる。緊張しながらも、柊は不思議な感慨にとらわれていた。もしここに居候させてもらっていなければ、どんな思いでこの瞬間を過ごしていただろう——。

それからの三時間は、本当に長く感じられた。

緊張による疲れがピークに達しようとしていた午後二時四十五分、スタジオの中でマイクを通さない大声が響いた。画面の端から手が伸びて、キャスターに乱暴に原稿を握らせる。

〈たった今情報が入りました。官邸危機管理センターからの情報です。防衛省によりますと、房総沖に展開していたイージス艦「こんごう」のレーダーが、高度約一〇キロの上空を南東に向かって通過した複数の飛翔体を捉えたということです。複数の飛翔体というのはもちろん分裂した「スヴェート」のことだと思われますが、これは日本上空を無事に通り過ぎたと考えていいのでしょうか——〉

さらに別の原稿が届く。キャスターの顔が輝いた。

〈あ、来ましたね。「スヴェート」は先ほど、房総沖およそ一一〇キロメートルを中心とした海域に落下した模様。宇宙ステーション「スヴェート」は無事に日本列島を通過、房総沖に落下した模様です〉

柊はため息をついた。知らぬ間に右手が楓に握られている。

「――よかった」楓が放心したようにつぶやいた。

「やれやれ」卓志が大きく伸びをする。

「ミサイル、撃たなかったの？」樹が卓志を見上げて訊いた。

「うん。撃たずにすんだ」

「ふーん。でもよかったね。次の人工衛星が落ちてきたときに、また使えるじゃん」

柊は楓と顔を見合わせた。

Phase II
白と黒

7

9 months BR

〈宇宙天気日報〉
1月10日12時（UT）頃から続いていたSG型（緩始型）磁気嵐は12日21時（UT）頃終了しましたが、今後とも地磁気活動はやや活発な状態が予想されます。極めて異常な地磁気日変化（タイプN）が依然として継続しているため、K指数日合計は21と高い水準を維持しています。

「――ですから、先ほどから申し上げているとおり、直ちに人体に深刻な影響を及ぼすものではないと、そういうことになります」

水島洋基（みずしまひろき）は、受話器を握る左手で頬づえをついたまま、マニュアルどおりに答えた。うんざりした気持ちが声に表れないよう気をつけてはいるが、右手のボールペンはメモ用紙に落書きした四角形を繰り返しなぞっている。

電話の向こうの中年女性はしつこく食い下がる。「直ちに」という言葉がどうしても引っかかるらしい。水島はボールペンで頭をかいた。

「直ちに、と申しましたのは、このまま地磁気の強さがかなりのレベルまで低下したとしても、すぐに、つまり急性障害のような形でですね、体調を崩したり、病気を発症したりする心配はない、という意味です。ええ、そうですね。おっしゃるとおり、今週から一三マイクロテスラ台に入ってきていますが――」

最近は正確な磁場強度の値を挙げて問い合わせてくる市民が増えた。茨城県の柿岡にある地磁気観測所が毎日発表するデータを、各メディアが気象情報と並べて報じているためだ。磁場の減少速度は徐々に緩やかになってきているものの、依然として下げ止まる気配はない。

「具体的な数値と言われましてもですねえ、何マイクロテスラを下回ると危険かということは、なかなか申し上げられないんですよ。いわゆる疫学（えきがく）的なデータなどもございませんし。ええ、そうですね。今のところ、有害な宇宙線が増えているという報告はありません」

毎日のように繰り返している台詞（せりふ）なので、頭を働かせることはない。続きが自動的に口をついて出た。

「ですから、とりあえず紫外線にだけご注意ください。真冬だからと油断せず、外出時には必ず日焼け止めを塗っていただいて、できればサングラスをかける。あとは、なるべくビタミンを摂（と）ることでしょうか。とくに、ビタミンCとEがいいようですよ。抗酸化作用があるとかで」

向いの席でノートパソコンのキーボードを叩（たた）いていた若い女性スタッフが、くすりと笑う。紫外線対策についてご託を並べるのが、しつこい問い合わせ電話を打ち切る水島の常套（じょうとう）手段だからだ。

だが、今日の相手はその手に乗らず、強引に話を元に戻した。

「佃（つくだ）さん？　ああ、ニュースキャスターの。夜のニュースというのは、国際学会の臨時会合のことですかね？　そのことでしたら、近日中に文科省の方から詳しい発表があると聞いておりますので、どうぞそちらを——え？　いや、たらい回しとかそういうことではなくてですね——」

最良の情報を提供したつもりが、女はこれぞ縦割り行政の典型だとばかりにいきり立った。かん高い声がもれ出る受話器を耳から離し、大きくため息をつく。

それからたっぷり十五分ほど質問攻めにされて、ようやく解放された。受話器を置いた水島は、力なくかぶりを振りながら、なで肩を自分で揉んだ。

「お疲れさまです」向かいの女性スタッフがまたえくぼを見せた。彼女は臨時職員として水島のサポートについてくれている。

「そう思うんなら、お茶でも淹れてよ」

「ポットのお湯、いい感じに沸いてますよ」

「マジで？　助かるわー」水島は調子よく応じて席を立つ。

すかさず女性スタッフが「じゃあ、ついでにわたしの分も」と空になった湯のみを差し出してくる。

これが二人のお決まりのやり取りだ。水島は湯のみを受け取って、オフィスの隅にある流し台に向かう。

電気ポットには〈環境省　低炭素社会推進室〉と印字されたシールが貼られたままになっている。

中央合同庁舎五号館二十一階にあるこの部屋の看板が「低炭素社会推進室」から

「地磁気変動リスク評価室」に掛け替えられたのは、わずか四ヶ月前のことだ。「低炭素社会推進室」は大幅に減員され、総務課の一画を間借りする形で引っ越していった。残った事務系スタッフは、部屋の備品とともにほとんど居抜きの状態で「地磁気変動リスク評価室」に配置換えとなった。一般市民やマスコミへの対応を担当させられている入省十年目の水島もそうだ。

急場しのぎの対応を迫られたのは、環境省に限ったことではない。昨年の春に突如始まった地球磁場の崩壊は、硬直化した役所にとってあまりにも急激に推移した。異常事態にいち早く反応した文部科学省でさえ、担当部署を設置し、専門家による調査委員会を招集したのは六月に入ってからのことなのだ。

地磁気問題が政府を挙げて取り組むべき一大事だと認識されると、他の省庁も大慌（おおあわ）てで文部科学省にならった。環境省は、それまで地球温暖化対策一辺倒だった地球環境局に「地磁気変動リスク評価室」を新設した。時間との戦いという点では、地球温暖化問題よりも緊急度ははるかに高い。

地磁気変動リスク評価室は、市民からの問い合わせを積極的に受け付けているわけではない。政策評価広報課の相談窓口にかかってきた電話のうち、しつこいものだけが水島に回ってくるのだ。

緑茶の入った湯のみを両手に持ち、席に戻る。

「ありがとうございまーす」女性スタッフが早速ひと口すすって、眉を上げる。

「ん！　おいしーい。また腕を上げてません？　お世辞じゃなくって」

「最近、家でも毎日やってるからね」

「奥さん、お茶淹れてくれないんですか？」

「お茶ぐらい僕がサービスしないと」

「もしかして、ケンカでもしてるんですか？　だってネクタイも曲がってるし、寝ぐせもついてる」女性スタッフが水島の頭を見て一人笑う。「あ、それはいつものことか」

「ケンカなんてしてないよ」水島は後頭部を乱暴に撫でつけた。

「だったら、奥さんのこと怒らせたんでしょ。何悪いことしたんです？」

「何言ってんの。ただの夫婦環境保全の一環だよ」

茶化して言うが、どこかぎこちない笑顔になった。

喧嘩になるならまだいい。いら立ちでも八つ当たりでも、互いの思いをぶつけ合えるのなら。

だが、そんな時期はとっくに過ぎ去った――。

しばらく湯のみの茶柱を見つめていた水島は、喉が焼けるのも構わず、熱い緑茶をごくりと飲み込んだ。

そのとき、室長の田部井が足早にオフィスに入ってきた。神経質そうにまばたきを繰り返す癖が今日は一段と激しい。上機嫌というわけではなさそうだ。

事務系一般職として入省した水島と違い、田部井は理工系総合職の幹部職員だ。大学院で海洋物理学を専攻していたというだけあって、地球科学に関する知識は豊富だった。

しかし、その田部井にしても、過去に地磁気というものに関わった経験はない。そもそも、環境省がいうところの〝環境〟とは、大気環境、水環境、海洋環境、地盤環境のことであり、磁場環境は守備範囲外だったのだ。当然、省内に地磁気の専門家はいない。

水島同様、ほとんどの職員は、地磁気が地球環境の重要な一部だということを認識していなかったはずだ。そして、地磁気がすべての生命にとって欠かせない存在であるということも――。

「おい水島。昨日頼んだ局長レクの資料、できてるか？」田部井はいつもの早口で言ったが、眉間にしわが寄っている。

「はい。あとは、プレゼンファイルをプリントすれば」

「それ大至急。十五分後に小会議室Bだ」田部井は腕時計を指で小刻みに叩いた。

「十五分後って、レクは明日じゃ――」

「スケジュールが変わったんだ。明日は朝から局長と文科省に行かなきゃならん。お前もついて来い」

「何ごとですか？」

「地磁気変動調査委員会から関係省庁の担当者に招集がかかった。今夜IUGGの会議から帰ってくる委員の先生方が、明日午後に予定されている記者会見の前に、ブリーフィングをしてくれるそうだ」

学識経験者と行政機関の職員二十五名で構成される「地磁気変動調査委員会」は、この問題についての学術的な解釈と判定を一任された組織だ。数名の委員が、一昨日までボストンで開かれていたIUGG――国際測地学・地球物理学連合の臨時会合に出席していた。

「ずい分急な話ですね」

「重大な発表があるらしい」田部井は椅子にかけてあった上着を羽織る。「文科省に出向く前に、局長にも必要最低限の知識と、うちの評価室の立ち位置ぐらいは押さえておいてもらわないと」

田部井はひと息に言い捨てると、慌ただしく部屋を出て行った。

「〈人類を含めた生物圏にかかわるリスク・アセスメント〉――」

田部井がスクリーンの文字をレーザーポインターでなぞり、淡白な調子で続ける。

「ひと言でまとめますと、それが我々『地磁気変動リスク評価室』の中心業務となります。ここからは具体的な調査内容の報告にうつらせていただきたいと思いますが、ここまでの説明で何かご不明な点がありましたら、お願いします」

水島はすかさず立ち上がり、落としていた照明をつけた。今月付けで着任した地球環境局の新局長は、返事もせずに手元の資料をめくっている。この小さな会議室にいるのは、水島を入れて三人だけだ。

今投影しているスライドは、もともと与党の国会議員へのレクチャー用に田部井が作成したものだ。明日に備えて水島が新しいデータを付け加えていた。

素人（しろうと）向けの資料で基本的なところから説明しなければならないのは、この局長が文科系の事務畑出身だからというだけではない。三年にわたって出向していたナイロビの「国連環境計画」から、先月本省に帰任したばかりなのだ。

水島は、もったいぶった顔つきでグラフに目を落としている将来の事務次官候補と、その言葉をじっと待つ田部井の顔を見比べた。この緊急時にこんな素人を局のトップに据えるとは、官僚人事の慣習はそう簡単には変えられないらしい。

「その、『生物圏にかかわるリスク』という表現だが――」

局長がようやく口を開いた。太い声が小さな部屋に響く。

「ちょっと抽象的に過ぎるな。重要なのは人間への影響だ。ハトやらクジラやら、地磁気を利用して生きている生物がいるというのはよく分かったが、生態系全体への影響なんて評価できるわけがない」

「まあ、それはそうですが」田部井は声を抑えて応じたが、まばたきだけが激しくなった。

そんなことは田部井にもよく分かっているはずだ。この評価室を設置する際、他省庁との差別化をはかるために、前の局長がいかにも環境省らしい〝色〟をこじつけて作文をしたに過ぎない。

局長が続ける。「太陽風とか宇宙線といった有害なものが、大量に地球に降り注ぐ――さっきの話によれば、それが問題のすべてなわけだろう？ 人体にとっては」

「すべてとは言い切れませんが、まず第一に考慮すべきことと思われます」

「まず整理しておきたいんだが、初めの方に出てきた磁気圏の図、あれをもう一度見せてくれ」

田部井がマウスを操作して、そのスライドをスクリーンに映した。水島は再び照明を落とす。

スライドの中央には小さな地球のイラストが、左端には太陽がある。地球を幾重にも包むように描かれた何本もの曲線は、磁力線だ。地球それ自体が一つの磁石であるかのように、磁力線はすべて南極から出て、北極へとつながっている。この磁力線によって囲まれた領域が、磁気圏ということになる。

「磁気圏がそんな形をしているのは、要はあれと同じだな?」局長が8の字を横にした形を指で描いた。「ほれ、子供の頃、棒磁石の周りに砂鉄をまいて観察した、あれだよ」

「そうですね。ただ、砂鉄が作る模様は左右対称だったはずですが、磁気圏はこのように非対称になっています」

田部井はレーザー光でその概形をなぞった。地球の左側――つまり太陽に面した側――の磁力線は縦にひしゃげ、右側の磁力線は横に引き伸ばされてスライドの端まで続いている。

「太陽風が常に地球に吹きつけているせいで、磁気圏は太陽側で押しつぶされているわけです」田部井は太陽風を表す数本の太い矢印を指し示した。「言い換えれば、太陽風は磁気圏内には入り込めず、それを避けるようにして後方に流れていくことになります」

「そう言えば、磁気圏全体の形は彗星にも似ているな。太陽と反対側には尾が伸びている」

磁気圏は非常に広大で、圧縮された太陽側でさえ、地表から約六万五〇〇〇キロメートル――地球半径の約十倍――の領域にまで広がっている。この図を見ると、磁気圏が太陽風や宇宙線の侵入を防ぐバリアとして働いていることが容易にイメージできる。こうした事実のほとんどを、水島は今の部署にくるまで知らなかった。

局長が田部井を見据えて言う。

「国民にとっては、太陽風だの宇宙線だのという呼び名はどうでもいいんだ。要はどちらも放射線ということだろう?」

「放射線、あるいは高エネルギー粒子線を含んでいる、という言い方が正しいでしょうね。宇宙線というのは、銀河系内の超新星爆発などで生まれたもので、定常的に地球に降り注いでいます。九割が陽子で、残りがアルファ粒子や電子。もろに曝されると極めて危険です。

太陽風の正体も、陽子、電子、プラズマなどの荷電粒子ですが、一部に太陽宇宙線と呼ばれる非常にエネルギーの高い粒子が含まれています。大規模な太陽フレアが発生した場合、磁気圏外での被曝量は数万ミリシーベルトにもなります」

「浴びれば即死だな」

局長は他人事のように言って、スクリーンの方にあごをしゃくる。

「磁気圏の内側だってすでに危ないんだろう？　現に、例の『スヴェート』の宇宙飛行士たちは、ひどい被曝をしたじゃないか」

「地球のそばまで届く高エネルギー粒子の量が増えているのは確かでしょうね。航空機の高高度の飛行が禁じられるのも、時間の問題かと思われます」

「空の上はやむを得ないとして、問題は地上だよ」局長は机を両手で叩いた。「大気さえあれば大丈夫だというのは、どこまでコンセンサスが得られている話なんだ？」

「コンセンサスと言われると難しいのですが、それが専門家の意見の趨勢(すうせい)です。要は、バリアは二重構造になっているとお考えください。外側のバリアが磁気圏、内側のバリアが大気です。磁気圏のバリアをくぐり抜けて大気上層にたどりついた高エネルギー粒子も、分厚い大気の層を通過する間にそのエネルギーを失って、地表にはほとんど届きません。大気との衝突で生成される二次宇宙線が、我々のところまでいくらか到達する程度――ということです」

「『ほとんど届かない』とか『いくらか到達する』とか、そういう言い回しが問題なんだ。有史以来、人類は磁気圏を失った経験がないわけだから、地表に届く放射線がどれだけ増えるか分からないじゃないか。モノがモノだけに、説明の仕方を少しでも間違うと、国民はパニックに陥る」

「それは、そうかもしれません」田部井は喉がつかえたような声で答えた。

「まあいい。とにかく、より確実に想定できるリスクは、放射線ではなく、紫外線だというわけだな？　紫外線の増加も宇宙線と太陽風が原因だというから、こんがらがってくるんだが」

田部井は磁気圏のイラストにレーザーポインターを当てた。

「先ほど申しましたように、地磁気が弱まって磁気圏のバリアが失われますと、大量の宇宙線と太陽風プラズマが大気上層まで侵入してきます。すると、成層圏の窒素分子が解離して窒素酸化物ができます。その窒素酸化物が触媒となって成層圏のオゾンが分解され、オゾン層の破壊が進んでいくわけです」

「つまり、オゾンホールが地球全体に広がるわけか」局長がうめくように言う。

「その可能性が高いでしょう」田部井が地球の輪郭をレーザー光でなぞる。「極めて強力な紫外線が、生物圏、とくに陸上生物に致命的なダメージを与えるおそれがあります。考えられるリスクは、細胞増殖の異常、免疫系の損傷、がんの発生」

「問題は——」局長がだぶついた二重あごをつまむ。

「今後の地磁気変動の推移、でしょうか」田部井は小さくうなずいた。「まさにそのことについての国際学会の見解を、地磁気変動調査委員会の先生方が明日——」

「いや、そういうことじゃなくて。問題は、うちと厚労省との棲み分けだな」

「え?」珍しく田部井が小さな目を見開く。

水島も思わず局長の顔を見直した。局長はどこか忌々しげに続ける。

「厚労省の地磁気変動対策推進室。あそこが健康被害の可能性と対策について調査している」

「それは存じておりますが——」田部井が目を瞬かせた。

「厚生科学審議会の下に専門委員会を立ち上げて、皮膚がんや放射線医学の専門家を大勢そろえているそうだ。国民が心配しているのは、生態系へのダメージじゃない。まずは自分の体だよ。つまり、国民に向けた政府の広報は、厚労省の見解をベースにおこなわれる」

「現に、そうなっていますね」

「のん気なことを言ってる場合じゃないよ」局長は太い声を張った。「来年度の地磁気対策関連予算案を見てみろ。総務省と厚労省にほとんど持っていかれてるじゃないか」

情報通信関係を所管する総務省は、現時点でもっとも切実な問題を抱えている省庁だ。大量の人員を割いて通信障害への対応をおこなっているが、地磁気が相手では打てる手も限られている。

局長は眉間のしわを深くした。

「重要なのは、環境省として今後どんな風に存在感を出していくかだ。明日の文科省の説明会にも、官房長官と大臣たちが顔を揃えるんだぞ」

田部井は黙り込み、せわしなくまばたきを繰り返している。局長はそんな田部井を見もせずに、声のトーンを落とした。

「オゾン層がらみの問題については、うちに一日の長がある。厚労省や総務省が目をつけていない切り口で我々が情報発信できることが、他にもまだあるはずだ。私は『地磁気変動リスク評価室』にそういうことを期待している」

「――検討します」田部井はやっとそれだけ答えた。

「説明を続けていいよ」

田部井は顔色こそ変えなかったものの、さっきより強張った声でレクチャーを再開した。

水島の耳には、田部井の言葉がもう何も入ってこない。

今まで使命感に燃えて仕事をしてきたとはとても言えない。それでも、この期に及んで官僚の理屈をふりかざす局長の態度を目の当たりにすると、緊張が途切れ、全身の力が抜けた。

漠然とした虚しさが、水島の思いを2LDKの官舎に引き戻す。

明かりのついていないリビングに、物音のしない寝室――。

田部井の言葉が、ふと頭に浮かぶ。

考えられるリスクは、細胞増殖の異常――。

人類による環境破壊とは、訳が違う。地球それ自体が狂い始めたのだ。人間の手では、止めようがない。

水島は暗い会議室の片隅でひとり慄然とした。

8

広い会議室にはスクリーンとプロジェクターが用意され、それを囲むようにして白い長机がコの字型にセットされている。

すでに着席しているスーツ姿の男たちは、各省庁の局長、課長、室長クラスの役人だ。もちろん地球環境局長と田部井の姿もある。大臣たちのネームプレートが置かれた上座側の一列はまだ空いていた。

水島が座っているのは、部屋の後方にぎっしり並べられたパイプ椅子だ。水島のようなヒラの担当者たちが三十人ばかり、窮屈そうに控えている。

参考になればと持参した資料に目を落としていると、周りのささやくような私語が止(や)んだ。顔を上げると、前のドアから官房長官が急ぎ足で入ってきた。あとに続くのは、地磁気変動調査委員会の国松委員長と二人の委員だ。少し間を空けて、文部科学大臣、総務大臣、国土交通大臣、経済産業大臣、環境大臣が秘書官をともなって現れた。

官房長官は席に着くなり言った。

「時間もございませんので、余計な挨拶（あいさつ）は抜きにします。私からは一点だけ。ご案内のとおり、本日午後二時よりこの庁舎で記者会見をおこないます。慌ただしい話ですが、それだけ重要性があるとご理解ください。ほぼ同時刻に、IUGG――国際測地学・地球物理学連合がプレスリリースを出すそうですが、科学的な知識がないとなかなか理解し難い部分があるようです。午後の会見には、マスコミにその中身を解説するという意味合いもございます。その辺りの経緯も含めて、国松委員長の方からご説明をいただきます。では、よろしくお願いいたします」

国松は素早い身のこなしで立ち上がった。背は低いが、背筋が伸びている。六十歳にしては黒々とした髪を後ろに撫でつけ、政治家たちに負けないほど仕立ての良さそうなスーツを着ている。一見研究者らしくないが、国松は東京大学理学部の教授だ。

「国松です。昨夜ボストンから戻ったばかりでして、皆さんにお配りすべきレジュメも用意できませんでした。申し訳ありません」

国松はやや大げさに眉根を寄せ、付け加える。

「歳（とし）とるとあきませんな。時差ぼけもひどなるばっかりですわ」

急に関西弁になったことで思い出した。国松はもともと大阪生まれなのだ。

「さて――」よそ行きの話しぶりに戻った国松は、右側に座る二人の委員に手のひらを向ける。

「私ども三名は、マサチューセッツ工科大学で開かれた『地磁気変動に関する特別コミッション』の臨時総会に出席して参りました。ご承知のとおり、このコミッションは、この度の異変を受けて、昨年IUGGが急遽立ち上げたものです。メンバーには主だった国々の地磁気研究者が集められておりまして、日本人研究者も我々を含め七名が名を連ねております。

コミッションでは、各国の研究機関による観測データおよびシミュレーション結果を収集し、検討を加えて参りましたが、ようやく第一次評価レポートが出せる運びとなりました。レポートには具体的なデータが多数挙げられていて、かなり大部です。まあ、専門家向けと言っていいでしょう。プレスリリースはその重要な部分だけを要約したものになります。その内容をご覧いただく前に、ひと言だけ前置きを」

国松は手もとのノートパソコンを操作した。スクリーンに映し出されたのは、地球を表す大きな円だ。点線で示された自転軸が、北極と南極を結んでいる。円の中心には、棒磁石のイラストがほぼ自転軸に沿って描かれていた。

「地磁気というのは、このように、地球の中心に棒磁石を置いたようなものだと言うことができます」

国松はレーザーポインターで棒磁石をなぞった。

「もちろん、実際に棒磁石が埋まっているわけではありません。地球の最深部は『コア』と呼ばれています。コアは鉄やニッケルといった金属でできていて、外側の層は融(と)けて液体になっている。地磁気はその液体金属の流れによって生み出されています。その磁場の〝形〟が、棒磁石がつくるものとほぼ同じなのです。棒磁石が作り出す磁場のことを『双極子磁場』と呼んでおります。皆さんにはまず、この『双極子磁場』という言葉をご記憶いただきたい」

国松がスライドを先に進めると、箇条書きの文章が現れた。急いで作ったものらしく、装飾一つない。

「それでは、レポートの中身に入ります。現在我々が直面している現象の解釈については、三つのオプションが存在します。コミッションでは、それぞれの蓋然(がいぜん)性を評価し、一つの結論にいたりました」

国松はスライドの文章を読み上げつつ、言葉を付け加えていく。

「第一のオプションは、『地磁気永年変化』です。双極子磁場の強度――つまり、地球の中心に置いた棒磁石の磁気の強さは、数千年程度の周期で揺らいでいます。過去数万年間で申しますと、その棒磁石の強さは、ときに半分近くまで落ち込んだり、はたまた一・五倍程度にまで増加したりということを繰り返してきたわけです」

テーブルの役人たちはそれぞれノートパソコンを開き、黙々とスライドの内容を打ち込んでいく。国松の視線は自然と大臣たちに向かった。

「地磁気永年変化は常に生じている自然変動であり、心配することは何もありません。当初は我々も、極めて異常な地磁気永年変化が起こっている、という立場で研究を進めておりました。しかし、現在の双極子磁場はすでに以前の四分の一近くまで減衰している」

「永年変化の範囲を逸脱しているということですか?」総務大臣が口をはさむ。「つまり、いずれかの時点で回復に転じるという見込みはないと――」

この工学部出身の大臣が地磁気問題に並々ならぬ関心を寄せていることは、霞が関に知れ渡っている。省内の担当者たちを頻繁に呼びつけては、自らの発案で具体的な指示まで与えているらしい。

「減衰の度合いも、そのスピードも、地磁気永年変化の定義には当てはまらない。それがコミッションとしての判定です。つまり、第一のオプションは棄却せざるを得ない」国松はレーザーの光でスクリーンに大きくバツ印を描いた。

国松の口ぶりは淡々としているが、どうやら今回の発表に明るい材料は出てこないらしい。水島の周りの空気も、心なしか張りつめたものになる。

国松はノートパソコンのキーを一つ叩き、スライドを先に進めた。

「第二のオプションは、『地磁気エクスカーション』です。これは、双極子磁場が通常の四分の一程度にまで弱まって、磁極の位置が地理的な極から大きくはずれるという現象です。つまり、地球の中心の棒磁石が非常に小さくなり、自転軸からはずれて大きくぐらついてしまう——ひとまずその程度の理解でよろしいかと思いますが、お分かりいただけますでしょうか」

皆身じろぎもせずスクリーンを見つめる中、官房長官が自信なさげに言った。

「それは、かなり稀な現象——なのでしょうね」

「過去数十万年間の記録を見ますと、エクスカーション・イベントは何度も起きています。最近のものですと、およそ四万年前」

水島の隣に座っていた男が、鼻で笑うように息をもらした。細身のスーツに身を包み、強くカールした髪を長く伸ばした若い男だ。現実主義者の政治家たちが、現実離れした時間スケールの話に必死でついていこうとしているのだ。可笑しくなるのも分かる。

官房長官が続けて訊いた。

「英語の『エクスカーション』は確か『旅行』という意味だったと思うのですが……磁極が遠出するというイメージなのでしょうかね」

「そうです」国松は力強くうなずいた。「まさに磁極の旅行でありますから、比較的短期間でもとの位置に戻ります。磁場強度の方も回復する」

「短期間というのは、どれぐらいですか？　数年？　あるいは――」

長官の問いをさえぎって、国松が首を横に大きく振った。「あきませんな。また私らの悪い癖が出てしまいましたわ。短期間というのは、地球史の時間スケールで見れば、という意味です」

「と言いますと……？」

「回復に要する時間は、千年のオーダーだとお考えください」

「千年？」長官が声を上ずらせた。

室内がざわめく中、前のテーブルでは総務大臣が身を乗り出して問い質（ただ）している。

「今のような状態が千年も続くんですか？」

「これが地磁気エクスカーションだとすれば、ですが」

「そんな……とてももたない」曖昧（あいまい）に言った大臣の言葉に、苦悩の色がかえって濃くにじんだ。

「恐縮ですが——」国松はわずかに眉根を寄せた。「もっと厳しい事実をお伝えしなければなりません。コミッションは、このオプションも支持しません。数値シミュレーションの結果を見ても、地磁気の減衰はまだまだ続くと考えられる。おそらく事態はもっと深刻です」

ざわめきが大きくなる。水島も思わず隣の男と顔を見合わせた。男は器用に片方の眉だけ上げて、面倒くさそうに肩をすくめた。

国松が再びキーを叩く。スクリーンに現れた言葉に、水島は息を呑んだ。

「それが、第三のオプション——『地磁気逆転』です」

室内からざわめきが消えた。皆一様に息がつまったような顔をしているのは、「逆転」という言葉の響きにぎゅっと心をつかまれたからに違いない。

「逆転というのは、その、言葉どおりの……逆転ですか?」官房長官がつかえながらよく分からないことを言った。

「言葉のとおり、地磁気の極性が反転するのです。N極とS極がひっくり返る」

国松はそう言って別のスライドを映した。地球を表す円が二つ並んでいて、それぞれの中心に棒磁石が描かれている。棒磁石は、N極が白、S極が黒に塗り分けられていた。

国松がレーザーポインターで左側の地球を指す。

「こちらが現在の地球です。棒磁石の向きにご注目ください。北極側にS極が、南極側にN極がきています。直感と逆なので、よく誤解されているのですが。棒磁石のN極から伸びる磁力線は、南極から出て北極に入り、磁石のS極に戻る。つまり、地表では磁力線が南から北に向かって走っていることになります。方位磁針は磁力線の向きに沿って止まるので、北を指し示すというわけです。そこはよろしいですね？」

何人かがうなずく一方で、国土交通大臣とどこかの局長は、首をかしげたまま指でしきりに空をなぞっている。

「ですが、地磁気はずっとこのような状態だったわけではありません。右側の図のように、北極側にN極が、南極側にS極がきていた時代が何度もあった」

国松がレーザー光を当てた右の地球の棒磁石は、左のものと白黒が逆になっている。

「地球の歴史を通じて、棒磁石のN極とS極は幾度となく反転を繰り返してきました。それが地磁気逆転というイベントです」

ずっと口を半開きにしていた総務大臣が、確かめるように言う。

「ということは、地磁気が逆転すると、方位磁針は南を指すわけですか」

「そのとおりです」国松は小さくうなずくと、ふっと息をもらした。「まあ、方位磁針のメーカーは喜ぶかもしれまへんな」

「にわかには信じられないようなお話ですが……」官房長官は頬を引きつらせて周囲を見渡し、あらためて国松に訊ねる。「それもやはり何万年に一度といったような出来事ということでしょうか？」

「過去五百万年間で言いますと、だいたい二十万年に一度というペースで逆転しています。例えば、この図をご覧ください」

スクリーン上に、白と黒で塗り分けられた細長いバーコードのような図が映し出された。バーコードの横には年代を示す目盛りがついている。

「これは、過去五百万年間における地磁気の極性の変遷を示した図——地磁気極性逆転表と呼ばれるものです。例えば、現在を含む最近の期間は、黒く塗られていますね。黒で示された期間は『正磁極期』と呼ばれ、今の地磁気と同じ極性——北極側にS極が、南極側にN極がきています。一方、白く塗られた期間は、現在とNSがひっくり返った『逆磁極期』です」

国松は、白黒のボックスごとに記された文字を指し示す。

「このように、磁極期には名前がつけられています。現在は『ブリュンヌ期』と呼ばれる正磁極期で、その前は『マツヤマ期』という逆磁極期でした。マツヤマ期からブリュンヌ期に転じたこの一番最近の逆転は、およそ七十八万年前に起こりました」

「七十八万年前……」

ただ呆然と繰り返した長官に、国松が淡々と告げる。

「したがって、前回の逆転からは相当長い時間が経過していることになります。近々逆転が起きてもおかしくない状態ではあった。近々と言っても、この先数万年のうちに、という意味ですが」

「大地震みたいなものか」総務大臣がつぶやくように言う。「いや、予想が立つ年代の桁が三つほど違うな」

「地磁気が逆転するときは、どんなことが起きるのでしょう?」官房長官が訊いた。

「始まり方は地磁気エクスカーションに似ていますが、もっと極端です」国松は左側の地球の棒磁石を指し示す。「地磁気強度が減り続け、双極子磁場は最終的にほぼ消滅します」

「消滅?」

「一時的に磁場がゼロになる可能性があるということです。少なくとも、ゼロに近い状態がある程度のスパンで継続します」

「そのスパンというのは……」長官が恐る恐る尋ねる。

「諸説あります。広く受け入れられている見積りとしては、数千年から一万年程度、でしょうか」

国松の答えに、総務大臣は天井を仰いで目を閉じた。国松は大臣に一瞥を投げ、今度は右側の図にレーザー光を当てる。

「いったん消滅した棒磁石は、このように逆の極性を持って回復していきます。かなり乱暴にまとめましたが、これが地磁気逆転の一連のプロセスです」

もう誰も発言しなかった。険しい顔でスクリーンをにらみつける閣僚らがいる一方で、官僚たちの表情にあからさまな感情は見て取れない。

国松は一同の様子をうかがうように周囲を見回している。水島は最後に何か救いのある言葉を期待したが、国松の口から出たのは冷徹な駄目押しだった。

「そしてこれが、『地磁気変動に関する特別コミッション』が支持する唯一のオプションです。今後、IUGGはこのシナリオに則って国際社会に指針を示していくことになります。以上が今回のプレスリリースの肝ということになりましょうか」

いったん話に区切りをつけた国松の視線を受けても、官房長官はしばらく立ち上がらなかった。閣僚たちの顔を順に見ながら、声を絞り出す。

「ありがとうございました。なんとも、途方もないような話で――」テーブルに両手をついて、どうにか腰を上げる。「それでは、もう少し個別的な問題について、各省庁から質問を受けつけたいと思いますが——」

長官が最後まで言い終わらないうちに、水島の隣の男がパイプ椅子をけって起立した。思いもよらないその行動に、水島は椅子をきしらせてのけぞる。

「はい！」男は大声を張り上げて、右手を挙げる。思ったよりも背が高い。

こちら側の席から質問が出ることなど想定していなかった官房長官は、目を白黒させて言葉につまっている。全員があきれ顔で注目する中、男はカールした髪をひと撫でして言った。

「厚労省の乾（いぬい）です。ひとつよろしいでしょうか？」

「どうぞ」長官に代わって、国松が平然と応じる。

乾と名乗った男は、国松に軽く会釈（えしゃく）すると、どこか無邪気な笑みを浮かべて訊いた。

「数千年から一万年も磁場がほぼゼロになって、人類は生きていられるのでしょうか？」

9

「数千年から一万年も磁場がほぼゼロになって、人類は生きていられるのでしょうか？」

ネット系ニュース配信会社の若い記者が、声を張り上げた。

今日の特設記者会見場は、大臣の定例会見などで使われる部屋に比べて相当広いのだろう。先ほどから文部科学省広報室の役人が質問者たちにマイクを手渡そうとしているのだが、今度の記者もそれが届くのを待たなかった。

柊（しゅう）は質問内容をノートに走り書きした。パソコンが置ける小さなテーブルがついた座席は数が限られていて、ただのパイプ椅子に座る柊は手書きでメモをとるしかない。それでも席が確保できただけましだ。会場の後方にはカメラマンに混じって立ち見の記者たちがひしめいている。

今日の記者会見は、記者クラブだけでなく、雑誌協会やインターネット報道協会などにもオープンにされたため、三百人を超える報道関係者が集まっていた。柊は『週刊グローブ』を発行する出版社の記者として参加している。

正面に置かれた長机の真ん中に座る地磁気変動調査委員会の国松委員長が、机上のマイクに手をかけた。

「国民の皆さんの最大の関心がそこにあるということは、承知しております。しかしながら、私ども地磁気変動調査委員会は、今回の現象――地磁気の動きそのもの、という意味ですが――について科学的事実をまず正しく捉え、将来の予測を立てていくということに活動の主眼を置いております。ですから、私を含め、委員はほとんどが地球物理学の専門家です。要は、医学や生物学については門外漢だということです」

国松の口調には、あらゆる曖昧さを排除しようとする意思が感じられる。

「したがいまして、当委員会は、現時点ではそういった問題について公式に見解を述べる立場にございません。地磁気の極端な減衰が生命活動にどのような影響を及ぼすかについては、厚労省の専門委員会等が調査研究を進めているところだと聞いています。今後は当委員会でも、そうした関係機関と連携を深めつつ、国民の皆様に情報提供をおこなっていきたいと考えております。ただし――」

淡々と話し続けた国松は、そこで息を継いだ。視線を前列の記者たちに向け直して、続ける。

「あくまで個人的な意見として言わせていただくとすれば、先ほどのご質問は、二つに切り分けて考える必要がある。一つは、種としての人類が生き残れるのかどうか、という問題。そしてもう一つは、人類が現在の文明を維持しつつ生存し続けられるのかどうか、という問題です」

国松は眉一つ動かさず、会場を見渡した。

「一つ目の問題について言えば、過去に繰り返し起きた地磁気逆転イベントの際に、哺乳類などの高等生物が大量に絶滅したという痕跡は見つかっておりません。しかしながら、二つ目の問題については、あまり楽観的にはなれない」

質問した記者が、挙手せずに再び発言する。

「つまり、人類が絶滅することはないが、現代文明は滅びるかもしれない、という意味ですか？」

国松はうなずいた。「少なくとも私自身は、そのような危惧を持っています」

会場が大きくざわめき、カメラのフラッシュが一斉に焚かれた。柊自身、さっきから震える指を押さえつけるようにして、国松の言葉を書き留めている。

ペンを走らせながら、委員たちの様子をうかがった。違う意見や補足説明が出ないかと期待したが、国松の左右に座る学者たちは、身じろぎもせず正面を見据えている。隣の長机に控える文部科学審議官と研究開発局長は、手もとの資料に目を落としたまま、顔すら上げない。

柊はノートにはさんだ紙束を急いでめくった。ＩＵＧＧ――国際測地学・地球物理学連合が出したプレスリリースだ。日本語版が入手できたのは会見場に向かう直前だったので、まだ一読しかできていない。指される可能性は低くても、質問すべきことはすべて挙げておきたかった。

文中に出てくる「地磁気逆転」という五文字が、赤いインクで幾重にも囲んである。柊にとっても、突然胸元に突きつけられたような言葉だった。地磁気問題の取材を続けている中で、数十万年前に北極と南極が反転したというような話は聞いたことがあった。しかし、それが今まさに進行している事態だとは思ってもみなかったのだ。

進行役の海洋地球課長が、部屋の右端で手を挙げた女性を指した。

「東西テレビの香西と申します。逆転が起こるタイミング、つまり、地磁気がゼロになる時期については、いかがでしょう？」

「プレスリリースにも書かれていますが、早くて半年、遅くとも一年以内には双極子磁場がほぼ消失し、地表で観測される磁場強度が最小値をとるだろうと予測しています」

「最小値？　ちょっとよく分からないのですが……」女性記者が戸惑ったように言った。「双極子磁場が消えてしまっても、地磁気はゼロにならないのですか？」

「そう考えています」国松は諭すように続ける。「双極子磁場というのは、地球の中心に置いた棒磁石がつくる磁場で、地磁気の大部分――大雑把に言って九割程度――

を占めています。逆転を起こすのは、この成分ですね。ですが、残り一割――非双極子磁場と呼ばれる成分――は、逆転時にも消失しないと考えられているのです」

目の前に座る記者が、隣の男に「今何て言った？　非双極子？」などとささやいている。皆、国松の言葉を聞き漏らすまいと必死だった。

続いて指名されたのは、白髪の男性だった。

「大日新聞の佐々木です。えー、地磁気は地球の中心にあるコアという場所でつくられているというお話だったと思うんですが、逆転のときに双極子磁場がゼロになるということは、コアの運動が止まってしまうということなんでしょうか？」

「違います」国松はきっぱりと言った。「先ほども申しましたとおり、コアの外側の層は鉄を主成分とする液体金属でできています。地球中心部の熱によって、その液体金属は対流を起こします。具体的に言いますと、自転軸の向きに伸びたロール状の流れがいくつもできる。その流れが巨大な電流を生み出し、双極子磁場を維持しているわけです。発電機の原理に似ていることから、ダイナモ作用と呼んでいます」

周りの記者たちの手が、一瞬動きを止めた。ため息をつく音も聞こえる。聞き慣れない専門用語が次々と押し寄せてくるのだ。集中力が切れそうになるのも分かる。

国松は落ち着いた声で続ける。「現在の地球で、コアの対流運動が停止することは

あり得ません。また、大局的に見た流れの向きは地球の自転方向によって決まってい
て、変わることはない。つまり、地磁気逆転の際には、コアの流れが止まるわけでも、
流れが突然逆向きになるわけでもない。ダイナモ理論によれば、磁場の極性はどちら
も等価――つまりN極とS極は常に入れ替え可能で、逆転は自発的に起こるというこ
とになります」
「自発的にということは――」質問した記者がペンで頭を掻く。「えー、逆転が起こ
るのはまったくの偶然で、きっかけすらないと、そういう意味ですか？」
「それについては、まだよく分かっておりません」
近くで誰かが「また、分かってない、かよ」とつぶやいた。記者たちの間に漂い始
めたいら立ちを、国松が感じ取っている様子はない。
「ダイナモ作用は非線形現象ですから、カオス的な振る舞いをします。つまり、複雑
で予測困難な動きです。例えば、コンピューターで地磁気ダイナモのシミュレーショ
ンをおこなうと、逆転はランダムに起こります。しかしその一方で、実際の地球では、
コアの流れに生じる擾乱などが逆転の引き金になっている、という説もあるのです」
「ということはですよ」最前列にいた小太りの記者が、指されてもいないのに立ち上
がった。「それを逆手にとって、逆転を阻止することはできませんかね？」

「どういうことでしょう」国松が真顔で訊き返す。

小太りの記者は得意げに言う。「要は、コアの流れを人工的に乱して、逆転しかかった地磁気を元に戻してやるわけですよ。核爆弾か何かをコアにぶち込んで」

わずかに目を細めた国松の口から出たのは、それまでとはまるでトーンの違う台詞だった。

「えらい威勢のええ話ですが、そういうSF映画でもあるんでっか？」

たじろいだ記者を真っすぐ見据え、国松がもとの口調に戻って続ける。

「核爆発にそのような効果が期待できるのかどうか、私には分かりません。仮に試してみる価値があるとしても、現在の掘削技術で地下何キロメートルまで到達できるか、ご存じですか？　せいぜい一〇キロかそこらです。地表からコアまでの距離は、およそ二九〇〇キロメートル。温度は三〇〇〇度、圧力は一四〇万気圧にも達します。これらの数値が何を意味するか、お分かりですね？」

国松の冷徹な言葉に、小太りの記者は黙って席についた。記者席のあちこちで失笑が漏れる。

だが、柊はその記者の言動を馬鹿になどできなかった。以前の無知な自分なら、似たようなことを考えたかもしれない。地磁気逆転などというSFじみた事態には、S

F的な解決策を提示するぐらいしかできないではないか——。

海洋地球課長が困惑顔のまま次に指名したのは、髪を肩まで伸ばした男だった。男は聞いたことのない横文字の社名を告げると、自信に満ちた声で言った。

「地磁気の逆転は、ポールシフトとも関係があると言われていますよね？　ポールシフトが起きる可能性については、どうお考えですか？」

「ポールシフトというのは——」国松は眉をひそめた。「磁極の移動、という意味でしょうか？　それでしたら——」

「いやいやそうじゃなくて」男はいら立ちもあらわに右手を振って、国松の言葉をさえぎる。「だから、ポールシフトですよ。自転軸の移動。そういう重要な情報を隠そうとするような態度は、許されませんよ」

レベルの高い議論が始まりそうな雰囲気に、会場の空気が張りつめる。「ポールシフト」なる用語は、柊も聞いたことがなかった。

左右の委員が国松に何かささやいた。国松は小さく首をかしげ、再びマイクに手をかける。

「何を指して自転軸の移動とおっしゃっているのか分かりかねますが——いずれにせよ、今回の現象とは無関係だと思いますが」

「無関係なわけないでしょう！」男は声を荒らげた。

「磁極と自転軸は一体なんだから！」

国松はあくまで冷静に応じる。「確かに、地球の自転軸は、公転軌道面に対してゆっくりと、わずかに揺らいでいます。ですが、それは地磁気の変化が原因ではありません。反転しようとしているのは磁場の極性だけです。地軸が動くわけではない」

噛み合わない議論に、記者席がざわつき始める。

「ないと言いきれますか⁉　地軸が急に九〇度傾いたり、ひっくり返ったりするという話があるでしょうが！　実際、その度に大変な天変地異が起こっているんです！それこそ人類存亡の危機じゃないですか！」

男がわめき続ける中、国松は左隣の委員と顔を見合わせた。慌てた海洋地球課長が男の方へ駆け寄ろうとする。

そのとき、柊のすぐ斜め後ろで大きな声が上がった。

「オカルトですよ。その人が言ってるのは」

発言したのは出入口のそばに立つ若い男だった。報道関係者には見えない。やせた長身をダークスーツで包み、無造作に丸めた資料を手に腕組みをしている。強く縮れた髪が印象的だ。

会場は一瞬で静まり返った。全員の視線を一身に受けながら、男は平然と続ける。

「聖書や神話に残されている天変地異やカタストロフィは、そのポールシフトなるもののせいだって話でしょ？　地軸がバタンと横倒しになって超古代文明が滅んだとか、アトランティス大陸というのはかつて赤道付近にあった南極大陸のことだとか、その手の話」

海洋地球課長は、また君か、とでも言いたげな顔でスーツの男をにらんでいる。柊は男が首から下げている身分証に目をやった。名前までは読み取れないが、マークが見える。あれは確か、厚生労働省のシンボルマークだ。

「そっち系の雑誌やサイトがどんな記事を書こうと勝手ですが、先生方がそんなものに付き合う必要はありませんよ。時間の無駄です」

無邪気に国松に笑いかける厚生労働省の男を、隣の男性が肘で二度ほどつついた。たしなめるように何かささやいている。似たようなスーツを着ているので同僚かと思ったが、身分証のマークが違う。隣の男は環境省の役人のようだ。

厚生労働省の男は、柔らかく微笑んで海洋地球課長に言った。

「次の質問に移った方がいいですよ」

どよめきのおさまらない会場に、マイクを通した課長の声が響く。

「お静かにねがいます。どうぞ静粛に。質疑を続けます——」

その後も、さして意味のない質問が続いた。あまりに不勉強な質問や、揚げ足取りのような質問、非科学的な質問などが、大半を占めた。

そのうち柊は手を挙げるのをやめた。報道する側といっても、所詮はこの程度なのだ。メディアの種類を問わず、提供される情報は玉石混淆だと言われるが、実際は玉より石の方がはるかに多いことがよく分かる。

自分が書いている記事はどうだろう。煽っているという批判は甘んじて受けるが、価値のない石ころだと言われるのは我慢できない。少なくとも、自分なりに勉強し、現場に足を運んで取材した記事ばかりなのだ。ここに集まっている記者の大半よりは、ずっとましじゃないか——。

柊はそんなことを考えながら、どこか暗い気持ちでノートを閉じた。

10

庁舎一階のホールに出ると、そこにはもう報道関係者たちの姿はなかった。記者会見が終わるや否や、我れ先にと部屋を飛び出していったのだ。水島と乾はその人波をやり過ごし、ゆっくりと会見場をあとにした。

「それでも地球は回っている」正面玄関に向かって歩きながら、乾が唐突に言った。

「たとえ地磁気が逆転しようとも」

「何ですか？ ガリレオでしたっけ？」隣を歩く水島は、とりあえずそう応じてみた。何を言い出すか分からない男であることは、もう承知している。

「俺の今日の感想。地磁気が逆転しようが何だろうが、政治家はやっぱり政治家だし、役人は役人だし、マスコミはマスコミだね。いつもと同じ。急に変われるもんじゃない」

乾哲太（てった）は、厚生労働省「地磁気変動対策推進室」のスタッフだった。午前中の関係省庁向けレクチャーが終わったとき、たまたま隣に座っていただけの水島に声をかけてきた。

「――この庁舎って、メシ食えるところあるんですかね？」

それが第一声だった。そして、誘われるまま地下一階の食堂で一緒に昼食をとった。

日替り定食をつつきながら話をしてみると、乾がここにいる経緯は、水島と似たようなものだった。五ヶ月前に地磁気変動対策推進室が急ごしらえされたとき、「健康統計調査室」という部署から配置換えになったらしい。本人曰（いわ）く、省内で一番暇な部署で一番暇にしていたから、だそうだ。

入省年次で言えば、乾の方が二年先輩だった。専門職員などではなく、ただの事務系スタッフだと言っていたが、どこか歯切れが悪かった。もしかしたら、総合職――いわゆるキャリア職員なのではないかとも思ったが、それ以上訊くのはやめておいた。

環境省で一般市民やマスコミへの対応を担当している水島は、午後の記者会見にも出ておくよう田部井室長から言われていた。それを乾に伝えると、乾は「じゃあ俺も」と気楽に言って、水島とともに文部科学省に残った。

何を考えているのか分からないところが乾にはある。だが、その飄々(ひょうひょう)とした立ち居振る舞いのせいか、水島は半日行動をともにしただけで、乾に対する警戒心を解いていた。

文部科学省の庁舎から、桜田通りに出る。厚生労働省と環境省はどちらも中央合同庁舎五号館にあるので、帰る先は同じだ。

すでに日は落ちかけていて、風が冷たい。乾がコートのボタンを留めながら言った。

「信念にも、二種類あるよね」

「どういうのと、どういうのです？」

「ガリレオってのは、ほんとに偉い。『それでも地球は回っている』とは言わなかったという説もあるけどね。あの時代にあれだけのことをやるってのは、信念がなきゃ無理だ。自分で観察して、実験して、自分の頭で考え抜いて、自力で得た信念」

「まあ、そうなんでしょうね」

「あの『ポールシフト』の記者だって、ある意味信念の人だよ。自分の頭で考えたわけではなく、他人の言っていることを鵜呑みにして得た信念。期待とか不安が形を変えただけの信念」

「ダメな信念ですね」

「そう。盲信ともいう。どっちも手強いよね。覆そうと思っても」

「どっちもですか」水島は乾の話に引き込まれていた。こういう議論が新鮮だったのだ。

「いい信念は合理的だから、手強い。ダメな信念は非合理的だから、やっぱり手強い」

「それにしても、色々詳しいですね。ガリレオからオカルトまで。びっくりしましたよ。あのポールシフトの話も。乾さん、文系出身ですよね？」

「文学部。でも、科学史みたいなことやってたから」

「科学史？　珍しいですね」

「今の科学は昔の非科学で、昔の科学は今の非科学だ——みたいなこと言うじゃない。歴史を見てみると、オカルト的なものの中にも、あとで立派な科学になれたものと、結局オカルトのままだったものがあって、面白いよ。ポールシフトとの関連で言うと、一九五〇年に大ベストセラーになった、ヴェリコフスキーの『衝突する宇宙』とかね。ヴェリコフスキーは、世界各地の伝説に出てくる天変地異をとことん集めてきて、それを統一的に説明するメカニズムを考え出した」

「怪しいなあ」水島は苦笑いを浮かべた。

「ひと言で言うと、太陽系の他の天体が軌道を変えて何度も地球に接近遭遇した、というのがそのメカニズム。それを採用すれば、ノアの大洪水も起こせるし、ソドムとゴモラも滅ぼせるし、地球の自転も止められるし、地軸もひっくり返せる」

「そんな本が売れたんですか？」

「売れた売れた。あまりに支持者が増えたもんだから、科学者たちも放っておけなくなった。アメリカ科学振興協会がヴェリコフスキーの説を議論するシンポジウムを開いたほど」乾は鼻で笑うように言った。「わりと最近でも、『神々の指紋』って本がバカ売れしたじゃん」

「その手の話はいつの時代でもニーズがあるってことですかね」

「でもさ、突拍子のなさで言えば、ウェゲナーが一九一五年に発表した『大陸と海洋の起源』も相当なものだったわけ。いわゆる大陸移動説の本なんだけど、当時の科学の常識では、大陸が動くなんてことはとても受け入れられなかった。それでも、こちらはプレートテクトニクスという新たなパラダイムの土台となった」

「オカルトと科学の違いを見抜くのは意外に難しいってことですか」

「いや、ちょっと訓練すれば済む話。たいていの場合はね」乾はこともなげに言う。

「むしろ問題は、オカルトっぽい方向に走りたくなる人々の心。地磁気逆転も立派な天変地異だからね。何でもいいから納得できる説明をしてほしいって人は、たくさんいるさ」

地磁気の問題に話が戻ったところで、水島はふと思い出した。

「僕、市民からの問い合わせ窓口を担当してるって言ったじゃないですか。一昨日、妙な電話があったんですよ。かけてきたのは、シイタケ農家のおじいさんなんですけどね。長野の大鹿村ってところの――」

「大鹿村？」乾が鋭く反応した。

「あ、もう分かりました？　さすが」

「懐かしいね。分杭峠(ぶんぐい)」

「〝ゼロ磁場地帯〟とかいうらしいですね。そんなパワースポットがあったなんて、僕は知りませんでしたけど」

「疑似科学のお手本のような話だよ。〝気〟とか〝波動エネルギー〟とか、お約束のオカルト用語を使っているあたりは陳腐だけど、それに『中央構造線』とか『磁場』とか、科学が不得意な人たちを思考停止に誘うような呪文（じゅもん）が混ぜ込んである」

「その峠、ほんとに磁場がゼロってことはないんですよね？」

「ないでしょ」乾はつまらなそうに言った。

「実際に磁場を測ってみれば、すぐ分かりそうなもんですけど」

「そういう実証的な人は、はなからそんな話には取り合わない。信者に向かって、磁力計で測ってみろ、なんて言ってみな。怒られるよ。機械に頼らず五感で〝気〟を感じろって。信仰は常に無条件でないと」

「なるほど。確かに手強そうですね」

乾が水島の横顔を見下ろした。「そのおじいさん、心配にでもなったわけ？ 自分の村は他所（よそ）より早く地磁気がなくなるんじゃないかって」

「いえ、おじいさんは常識的な人でした。相談というより、通報に近いんですけど——実は、分杭峠の奥に、妙な団体が住み着いてるらしいんですよ」

「新興宗教みたいなの？」

「たぶん。白い防護服を着た集団が、五、六十人。最初に見かけたのは、一年ちょっと前だそうです。その時は粗末なプレハブが二棟あっただけらしいんですが、二ヶ月ほど前にまた山に入ったときには、ずい分立派な建物ができていて、そこで集団生活をしているようだった、と」

「防護服ってのは、放射性物質を扱うときに着るような、あれ？」

「そうです。場所が場所だけに、地磁気問題と何か関係があるんだろうってことで、うちに電話してきたそうです」

「ふうん」乾はまた正面に向き直った。

「そりゃ気持ち悪いですよね。全身白ずくめの集団なんて。何か問題でも起こしやしないか心配になるのは、よく分かります」

「よく分かります、はいいけどさ、おたくの部署で何か対応できるわけ？」

「とりあえず地元の警察には問い合わせてみようと思ってますけど。今日のレクチャーのことやなんかで、バタバタしちゃってて」

11

コートを羽織りながら、リビングをのぞいた。アニメのDVDを見ている樹に声をかける。

「じゃあ、お仕事に行ってくるからね」

「うん」樹はテレビの画面に目を向けたまま言う。

「お母さん、何時に帰るか、言ってた?」

「知らない」

覇気のない返事を寄越す樹の横顔を見ていると、ため息が出た。

廊下に出ると、寝室からパジャマ姿で義兄の卓志が顔をのぞかせた。

「お姉ちゃん、今日も小学校?」靴をはきながら義兄に訊ねる。

「うん。あの発表があってからは、ほとんど毎日みたい。何も土曜まで集まらなくてもいいと思うけどねえ」卓志はうんざりしたように言った。

楓は樹の通う小学校でPTAの役員をしている。もともと楓は姉御肌で、世話好きなところがあった。妊娠が分かったあとも、「一度引き受けたことだから」と言って、大きなお腹をかかえて頑張っていた。二ヶ月ほど前からPTAの会合が極端に増え、家を空けることが多くなっている。

その楓の様子が、このところおかしい。あのおおらかだった姉が、いつも思いつめた顔をして、笑うことがなくなった。

「昨日も夕飯作らなかったって、いっくんが。そんなに遅かったの？」

「違うんだよ。あいつ、ずーっとネット見てて、気づいたら九時過ぎてたんだって。俺も冷凍のチャーハン食わされてさ。いい加減にしろって怒ったら、いい加減なのはあなたの方だって、逆ギレされたよ」

「また例の情報収集？」

「誰が書いたかも分かんないようなネットの記事をせっせとプリントして、PTAの集まりに持っていってるみたい。しかも、ネガティブな恐怖情報ばっかり。どうやら、会長の影響みたいだね」

「会長さんて、フリーでウェブ関係の仕事してるお父さんでしょ？」

「うん。その人がPTAのブログを開設したんだって。地磁気問題について保護者に情報発信していこうって。僕もちらっと見たけどさ、結構過激なことが書いてあったよ。柊ちゃんに偉そうなこと言えないよ、あれじゃあ」

「ふーん。それでネットにハマったのか。お姉ちゃん、今までそんなの見る習慣なかったからね。免疫がないっていうか」

「ネット依存症一歩手前だよ。やたら機嫌も悪いしね。こないだなんか、教育委員会に電話かけてたんだよ？　怒鳴りこそしてなかったけど、給食の安全性はどうかとか、屋外での体育の授業についてどう考えているのかとか、しつこく訊いてたよ」

「学校の先生すっ飛ばしちゃって、平気なのかな」

「先生たちとは対立してるみたい。樹がかわいそうだよ。外で遊ぶのも禁止されてるみたいだし、そのうち友だちなくすんじゃないかって、心配でさ――」

アニメの放つ光だけが漏れる薄暗いリビングの方に目をやって、玄関を出た。

駅へと向かいながら、空を見上げた。もう癖のようになっている。何が見えるわけでもないが、頭上の磁気圏が気になるのだ。

今日もどんよりと曇っている。この冬はすっきりしない天気の日が多く、寒さも厳しい。

一説によれば、それも地磁気のせいだという。地磁気が弱まると、大気上層に降り注ぐ宇宙線の量が増える。宇宙線には、大気の一部をイオン化して、雲のもとになる凝結核を作り出す効果がある。雲の量が増えると、それが太陽光をより多く反射して、気温が下がるということらしい。最近出た『週刊グローブ』にも、『地磁気逆転で氷河期がくる！』という記事が載っていた。

先週おこなわれた地磁気変動調査委員会の発表は、国民に大きな衝撃を与えた。メディアでも巷（ちまた）でも「地磁気逆転」という言葉が飛び交い、十日経（た）っても話題はそれ一色だ。だが今のところ、人々の間に大きなパニックは起きていない。パニックに陥って駆け出す前に、一瞬ぽかんと周囲の人々と顔を見合わせているような状況なのかもしれない。地磁気逆転というものが何なのか、まだ十分に咀嚼（そしゃく）できていないのだ。

目に見えないところで大変なことが起きている――それはすべての国民が理解した。しかし、本当に身につまされるような問題は今のところ何一つ起きていない。それがこの地磁気問題の不思議なところだった。メディアを乱れ飛ぶ情報のスケールの大きさと、日常生活の変わりなさの間に、大きな隔たりがある。

もちろんこの先は分からない。明らかな健康被害がもたらされる前に、食糧危機とエネルギー危機を含む経済危機が深刻な社会不安を引き起こす可能性は高い。

卓志は、先週の記者会見の中継を会社で同僚たちと見たそうだ。地磁気逆転という目まいがしそうな事態にひとしきり驚いたあと、同僚の一人は皆に向かって「で、うちの会社はどうすんの？」と言ったらしい。

多くの人々が、似たような反応をしたに違いない。巨大な暗雲が近づいてくるのを眺めながら、人々は日常を生きている。どれほどの嵐(あらし)が吹き荒れるのかは、誰にも分からない。

柊にしてもそうだ。目下の心配事は、自分の体や将来のことではない。原稿の締め切りと、記事のネタ探しだ。

最近、気がかりなことが二つ増えた。一つは、楓のことだ。卓志は「ネット依存症」と言ったが、このままでは「地磁気ノイローゼ」になりかねない。精神的に追いつめられることは、お腹の赤ちゃんにとってもいいはずがない。

高円寺駅で電車を降り、杉並区のコミュニティセンターに向かう。二ヶ月前に講演をした「地磁気問題を考える母親の会」代表の寒川と、午前十一時に会う約束をしている。もう一つの気がかりなことについて、手がかりを得るためだ。

それは、曾根あかりのことだった。都内の病院から妊婦たちが消えているという話を知らないか——講演後にそう訊いてきた妊娠中の女性だ。その曾根と、連絡が取れなくなっている。

先月、取材の合間をぬって、曾根に教えてもらった三つの産科医院を訪ねた。曾根の話が本当なら、記事になるかもしれないと思ったからだ。

もちろんその真相は、『妊婦が消える！』などとセンセーショナルな見出しがつくようなことではないかもしれない。曾根が周りの妊婦たちから聞いたのは、せいぜい杉並区、練馬区、世田谷区周辺での出来事なのだ。もしかしたら、設備もケアも行き届いた新しい病院がその地域にできて、耳聡い妊婦たちの転院が相次いだだけかもしれない。ただ――失踪した曾根の友人が地磁気問題に並々ならぬ関心をもっていたということが、どうしても気になっていた。

　結局、先月の訪問では、どの医院でも医師から話を聞くことはできなかった。それは予想していたことだ。だからと言って、何も情報が得られなかったわけではない。ある産婦人科医院では、受付にいた年配の女性がその事実をあっさり認めた。

「――去年の十月ごろのことでしょ？　おかしな話よねえ。ほんのひと月ほどの間に、みーんな転院しちゃったんだもの。しかもね、紹介状を書いてほしいっていう人もいなかったし、検査データをくれっていう人もいなかったのよ？　ほんとおかしな話よねえ。誰かにうちの悪い噂でも流されたんだよって、私たちは言ってたんだけど」

　その女性は、うしろの診察室の方を気にしながら、声をひそめてそう言った。

　別の医院では、診察を終えて出てきた若い妊婦から興味深いことを聞いた。

「――ああ、あの地磁気ノイローゼのママたちのことかな。待合室で地磁気の話ばっかりしてたちょっと怖いママさんがリーダー格だったんだけど。そのグループが先生に何も言わずにごっそりいなくなったっていうのは、知ってる」

若い妊婦はそう言うと、「そのときはここもがらがらになったんだけど」と付け加えた。

妊婦たちの失踪は、やはり地磁気問題と関係がある——柊はそう確信した。他の産科も訪ねてみようと考えた柊は、五日ほど前、曾根の携帯に電話をかけた。ところが、何度かけても曾根は電話に出なかった。以来毎日かけ続けているが、一度もつながらない。

コミュニティセンターに着くと、二階の和室にいた寒川を、一階ロビーにあるラウンジに連れ出した。挨拶もそこそこに、寒川に訊く。

「最近、曾根さんにお会いになりましたか？」

「曾根さん？」意外な名前だったのか、寒川は怪訝な顔をした。「このところ勉強会には顔を出していませんが——一昨日、電話がありましたよ」

「電話？」

「ええ。東京を離れることになったから、勉強会を辞めさせてほしいって」

「引っ越すってことでしょうか？」

「たぶん。詳しいことは何もおっしゃらなかったけど」

「曾根さんのお住まいがどこか、ご存じですか？」

「ええ。すぐ近くですよ。野方の方だったはずですから——」

寒川は、さしてためらうことなく曾根の住所を教えてくれた。

環七通りでタクシーを拾い、野方駅方面に向かった。運転手は、カーナビが役に立たない日が多いことをしきりに嘆きながらも、難なくその住所にたどりついた。

そこは二階建ての小ぎれいなアパートだった。階段で二階に上がり、通路の中ほどにある部屋の前で表札を確かめる。そこにはまだ〈曾根〉の名前があった。面格子のついた窓から見る限り、部屋の照明はついていない。

柊はインターホンを押した。返事はない。しばらく待って、もう一度押す。中で物音がして、ドアが開いた。曾根が生気のない表情で立っている。

「こんにちは。突然ごめんなさい」柊は笑顔を作って言った。

曾根はしばらく柊を見つめ、目をそらした。顔色が悪く、ずい分やつれたように見える。

「何度も電話したんですけど——番号変わりました？」

「いえ……すみませんでした」消え入るような声だ。

「お引っ越しだそうですね」柊はキッチンに積まれた段ボール箱の山に目をやった。側面に引っ越し業者のロゴが入っている。

「はい」曾根は能面のような顔で答えた。

「実は、先月、曾根さんに教えていただいた産科に行ってきたんです。先生とは話せませんでしたけど、興味深いことが分かりましたよ。やっぱり、曾根さんの言うとおり――」

「もういいですから」つぶやくようにさえぎった。

「え？」

「だから、もういいんです。あのことは」曾根はいら立ちをあらわにした。「忘れてください。変なこと言ってすみませんでした」

「どういうことです？」

「勘違いだったって言ってるんです！」突然曾根が叫んだ。「妊婦さんは消えてなんかいません！　私の友だちも、ちゃんと見つかりました！　お願いだから、もう余計なことはしないで！」

曾根はひと息にそう言うと、勢いよくドアを閉めた。

「――そうですか……。分かりました。また土曜日にうかがいます。よろしくお願いします」

12

水島はそう言って電話を切った。携帯電話をコートのポケットに突っ込むと、小さくため息をついて庁舎に向かう。

かけていたのは、船橋にある妻の実家だ。妻の聡美とはもうひと月近く会っていない。週末には船橋の家を訪ねるようにしているのだが、いつも顔が見られるとは限らなかった。調子が悪い日は部屋から出てこないからだ。せめて声だけでも聞けないかと思って電話をしてみたのだが、今朝はだめだった。

心療内科の医者からは、うつ病と診断されている。しばらくの間実家で過ごさせてはどうかと提案してきたのは、聡美の両親だった。聡美の様子については以前から義母に報告していたし、こういうことになった理由もよく理解してくれている。

洋基さん、お仕事たいへんなのに、聡美の面倒まで見られないわよ――そう言った義母の表情に、水島に対する非難の色は感じられなかった。その点でも彼女の両親には感謝している。だが、しばらくの間――と船橋に帰してから、すでに三ヶ月が過ぎようとしている。義母の話を聞く限り、聡美の病状が改善している様子はない。

すべてのきっかけは、不妊だった。

聡美とは大学のサークルで知り合った。結婚したのは二人が二十五歳のときで、同期の仲間うちでは一番早かった。聡美が子供をたくさん欲しがっていたことが、早く結婚を決めた理由の一つだ。結婚前、聡美は、三十歳までに三人産むのが目標だ、とよく言っていた。

結局一度も妊娠することなく三十歳を迎えたとき、聡美の希望で不妊治療を始めることにした。検査の結果、水島の方に問題はなく、聡美に軽度の排卵障害があるという診断が下された。

それから二年間にわたる通院と投薬が続いた。普通の婦人科から、不妊治療専門のクリニックへと通院先を変え、あらゆる治療方法を試した。水島自身、非協力的だったとは思わない。二、三ヶ月に一度は一緒にクリニックに足を運んだし、治療内容もよく理解しているつもりだった。

生理がくるたびに泣いたりいらついたりする聡美に対しては、焦(あせ)らなくてもいいじゃないか、と言葉をかけてきた。初めのころは素直にうなずいていた聡美も、やがて

「あなたは子供欲しくないの⁉　辛(つら)い治療を受けてるのは私なのよ！」と怒鳴り散らすようになった。

決定的な出来事が起きたのは、去年の夏のことだ。妊娠が分かったのだ。聡美は涙を流して喜んだ。だが、神の仕業だとすれば、それはあまりに残酷な気まぐれだった。聡美は妊娠六週目で流産した。

幸福の絶頂からいきなり地獄へと突き落とされた聡美は、精神のバランスを崩した。キッチンのものを手当たり次第に水島に投げつけたかと思うと、カーテンを閉め切った寝室で何日も泣き続けた。クリニックに通うどころか、自宅マンションからも一歩も出ない日々。家事をしないので、家の中は荒れた。

そこへ追い打ちをかけたのが、地磁気問題だ。インターネット上に飛び交う情報を目にしたのだろう。地磁気変動リスク評価室に異動したばかりの水島に、放射線や紫外線の増加が妊娠や胎児に与える影響をしつこく問い質(ただ)した。

水島は、深刻な影響があるという確かな根拠はない、と繰り返したのだが、聡美は聞く耳をもたなかった。自分の不妊も、流産してしまったことも、すべて地磁気のせいだ、と言い出した。今になって思えば、聡美は自分の体以外の何かに、身に降りかかる不幸の原因を求めたかったのかもしれない。

地磁気のせいで、自分はもう二度と妊娠できない――聡美はそう思い込むようになった。ときには優しくなだめ、ときには激しい口調で叱っていた水島も、すぐに疲れ果てた。二人の間に会話すらなくなったある日、帰宅した水島は目を疑うような光景を見た。聡美がうつろな表情で自分の腹を力まかせに殴りつけていたのだ。

水島は、もう自分の力ではどうにもならないことを悟った。義母に連絡し、聡美を心療内科に連れて行った。

しかし――水島は思う。聡美が心を病んだ原因は、きっと自分の態度にもあるのだ。不妊のことを本当に自分自身の問題として受け止めていなかったから、こんなことになったのではないか。そしてそれは、今も変わっていないのかもしれない。聡美が実家で過ごしてくれていることに、どこかほっとしている自分はいないだろうか――。

答えの出ない思いにふけりながらエレベーターを待っていると、うしろから「おはよう」と声をかけられた。室長の田部井だった。

「どうした？　暗い顔して。疲れてるのか？」

「いえ、まあ……ちょっと」無理に明るい声を出した。

「あまり無理するなよ。全部の電話に真面目につき合ってたら、とてももたんぞ」

先々週の記者発表以降、当然のことながら、市民や報道機関からの問い合わせが激増した。とくに苦労しているのは、ヒステリックな市民への対応だ。そうした人々の目的は、不安と不満を役所にぶつけることにあって、こちらがどう回答しようと初めから納得する気などないように思える。サポート役の女性スタッフが質問内容をまとめてマニュアル化を進めてくれてはいるが、役に立つかどうかは分からない。

「そろそろ落ち着いてくれればいいんですけどね」水島は苦笑いを浮かべた。

「昨日、政策評価広報課の課長にも言っておいた。クレーマーみたいな人間からの問い合わせは、もうこっちに回すなと」

「ありがとうございます。でも、今度は広報課が困りませんかね」

「それも広報の仕事だろう。困るなら、クレーマー対応の専門職員を置けばいい。民間ならそうしてる」

　エレベーターに乗り込むと、田部井が思い出したように言った。

「そう言えば、あれどうなった？　長野のシイタケ農家のじいさんからの通報。白装束の不気味な集団の話」

「え？　ああ」田部井が気にかけているとは思わなかったので、少し驚いた。その問い合わせは本来、地磁気変動リスク評価室が対応すべき性質のものではない。

「怪しい新興宗教かもしれないと言ってただろう？　うちが情報をつかんでいたのに

それを放置して、あとで何か問題が起きた、なんてことになっても困る」

「長野県警に電話をしてみたんですが、警察でもその存在は把握していました。『零への階段』という団体だそうです。新興宗教のようなものと見なされているようですが、宗教法人としての登記はされていないとのことでした」

「『零への階段』──変わった名前だな。どういう意味だ？」

「さあ」水島は首をかしげた。「警察の人も、〝ゼロ磁場地帯〟と何か関係があるのかもしれないと言ってましたけど」

「ゼロ磁場地帯？」

そう言って眉根を寄せた田部井に、分杭峠というパワースポットについて簡単に説明した。

「その団体、近隣の住民と何かトラブルを起こしてるのか？」田部井が訊いた。

「大きないざこざはないみたいですね。細い林道に車を何台も停めるので困るとか、大量のゴミを溜め込んでいて悪臭がひどいとか。今のところ警察への通報はその程度のことだそうです。合宿所のようなものを建てた山林は『零への階段』が買い取った土地だということですし、法的に問題になるようなことは何もありません」

「何をしでかすか分からないので、ちゃんと監視しておいてくれよってことか。警察が事情を知っているのなら、我々が心配することもないかもしれんが——」田部井は神経質そうにまばたきを繰り返した。「その連中、どこか危険なカルトから派生した団体ということはないだろうな？」

「僕もそう思って、団体のウェブサイトを見てみたんです。あまり信者の獲得には熱心じゃないのか、お粗末なサイトでしたけど、代表者の名前は載ってました。船戸（ふなと）亘（わたる）という男です。で、その男の名前で検索をかけてみると、意外なことが分かったんですよ」

「理系の研究者だったとか？」田部井が皮肉をこめて言った。

「当たらずとも遠からずです。船戸という人物は、環境保護団体の元幹部でした。三年ほど前に脱退したみたいですけど。経歴を見ると、大学では環境科学のようなことを勉強していたようですね」

「どこの団体にいたんだ？」

「『GMI』です。最近ときどき名前聞きますよね」

「『GMI』か——」

　正式名称は「NPO法人ガイア・マインド・インスティテュート」。水島も具体的な活動内容まではよく知らないが、有名なミュージシャンや若手俳優が賛同者に名前を連ねているとして、一時話題になった。

　廊下を歩きながら何か考え込んでいた田部井が、不意に口を開いた。

「お前、国環研の立花先生、知ってるか？」

「国環研」というのは茨城県つくば市にある「国立環境研究所」の略称だ。所管官庁である環境省とは関係が深い。

「面識はありません。以前、うちが主催のシンポジウムで講演をお願いしたときに、会場でお見かけしたくらいで」

「東西テレビの『ニュース・インサイト』ってあるだろう？」

「佃(つくだ)浩一郎の番組ですね」

「立花先生に出演依頼がきてるんだ。あの番組のディレクターが、私の高校の同級生でな。直接私のところに連絡がきた。『佃とトークバトル』というコーナーで、地磁気逆転についてじっくり話を聞きたいということらしい」

「でも、立花先生のご専門は古環境ですよね？　地磁気の話なんか――」

「あえての人選だそうだ。地球と生物圏の歴史を俯瞰(ふかん)できるような研究者がいいんだと。そのコーナーに、もう一人ゲストが呼ばれていてな。『ＧＭＩ』代表の副島(そえじま)という人物だ」

「へえ。偶然ですね」

「佃浩一郎は最近その副島氏に心酔しているらしい」田部井が水島の目をのぞきこんでくる。「お前に頼むつもりはなかったんだが——行ってくるか？」

「どこへですか？」

「明後日の収録だよ。立花先生の鞄持ち(かばんも)ちだ」

「鞄持ち？」水島は不安になった。「立花先生って、そういうのが必要な人なんですか」

「安心しろ。難しい人じゃない。でも、テレビ向きかと言われると、ちょっとな。たまにはああいう人にメディアでしゃべってもらうのもいいだろうと思って、反対はしなかった。反対どころか、渋る先生を説得したほどだ。ただ、現場で何が起きるか分からないから、誰か付いてた方がいい」

「何ですかそれ。余計不安になりましたよ」水島は口をとがらせた。

「ついでに『ＧＭＩ』の副島氏と名刺交換ぐらいしておいても損はないだろう？　チャンスがあれば『零への階段』についても訊(たず)ねてみればいい」

「田部井君に言われて来たの？」

つくばエクスプレスのボックス席に腰を落ち着けると、唐突に立花が訊いた。

「は？　ええ、まあ」それまでずっと無言だったので、声がうわずった。

「付き添いなど不要だと言ったんだが」

「室長とは昔からのお知り合いなんですか？」

「彼が大学院生の頃から。彼の指導教員は私の友人でね」

立花は車窓に顔を向けて言った。国立環境研究所を一昨年定年退職し、今はシニアスタッフとして籍を置いているとのことだったので、まだ六十二歳のはずだ。実年齢よりずっと老けて見えるのは、長く伸ばしたあごひげのせいだろう。

「田部井君の頼みでなければ、引き受けなかった」立花がそのあごひげをしごいた。

「『先生のためにわざわざ事前収録にしてもらったんですよ』などと、恩着せがましいことまで言い出す始末だ」

「そうですよね。普段はあのコーナーも生放送ですもんね」

今日は特別に午後四時からスタジオで収録をして、編集したものを今夜の放送で流すと聞いている。

「本当は私のためじゃなくて、テレビ局のためだ」

立花はつまらなそうに言ったが、水島にはよく意味が分からなかった。

秋葉原駅で電車を降り、タクシーで新富町にある東西テレビに向かう。

真新しい社屋のエントランスホールにはスタッフの若い男が待っていて、水島たちをスタジオに案内した。

「立花先生、入られまーす！」

スタッフの大声とともに天井の高いスタジオに足を踏み入れると、テレビで見慣れた「ニュース・インサイト」のセットにはすでにキャスターの佃浩一郎がいた。

佃はトレードマークである派手なフレームの眼鏡に手をやり、四十代ぐらいの男と話し込んでいる。あれがおそらく「ＧＭＩ」代表の副島だろう。長い髪をうしろでしばり、白いシャツにジーンズというラフないでたちだ。

インカムをつけたディレクターを中心に、立花を交えて打ち合わせが始まった。台本に目を落としているのは佃だけで、立花と副島はただディレクターの説明を聞いている。副島はまだ話も終わらないうちに女性スタッフを呼びつけ、鏡を持ってこさせて髪をしばり直した。

十五分ほどで収録が始まった。

「さて、今日は素晴らしい論客をお二方お招きしています――」

佃が二人のゲストを紹介する声がスタジオに響く。さすがにその声はよく通り、スタジオの隅に立っている水島にも一言一句はっきり聴こえる。佃はけれん味たっぷりに前口上を述べた。

「今夜のテーマは連日お届けしております地磁気逆転問題の第五弾。今回は少し毛色を変えてですね、視点をぐーっと遠くにセットして、過去そして未来の人類と文明について考えてみたい。まず初めに、副島さん。副島さんが代表をつとめる環境保護団体『GMI』は、若い世代を中心に支持を集めています。独自の文明観、自然観をお持ちの副島さんは、今回の危機をどのように捉えていらっしゃいますか？」

副島はいかにも思慮深そうにうなずくと、人差し指を立てた。ゆっくり間を置いて口を開く。

「ひと言で言えば、現代文明と科学技術について見つめ直す契機になると捉えています」

「と言いますと？」

「自然の前では人類も文明も無力だということを認識する機会を得たということです。地球がその気になれば、我々など簡単に葬り去ることができる。今回の危機で、主従関係がはっきりしたわけです」

「つまり、地球が主で、人類は従であると」

「人類はその誕生以来、地球に対する戦いを絶えず挑んできました。自然を破壊し、支配し、コントロールしようとしてきたわけです。しかし、今の状況を見てください。人類は地球の破壊者でも支配者でもなかった。ただの思い上がりだったのです」

副島は自信たっぷりに断定した。欧米人のような大げさな身振りが鼻につくが、その端的な言葉には確かに力がある。

隣の立花はそんな副島に一瞥もくれず、あごひげをしごきながらカメラをにらんでいる。

「なるほど」佃はわざとらしいほど深くうなずいた。「確かに、地球温暖化も、森林破壊も、環境汚染も、すべて人間がしでかしたことでした。逆に言えば、人類がその気になれば、食い止めたり、制御したりすることができる問題ですよね。ところが、今回の危機はそうではないと」

「ええ。地球の前にただひれ伏すしかないという意味では、非常に暗示的な出来事だと思います」

「思い上がった人類に、ついに地球が牙をむいた、というわけですね」

眉間にしわを寄せた佃が、今度は立花の方に向き直った。

「さて、立花先生。先生は古環境がご専門ということで、地球と人類の来し方行く末についてもある種の哲学をお持ちだと思いますが、その辺りいかがでしょう？」

「まず――」立花は射るような目で佃を見すえた。「『地球が牙をむく』だとか、『地球が悲鳴を上げている』といった類いのくだらん擬人化は、もう止めることだ。地球が人類に罰を与えているかのような表現は、誤りであるばかりでなく、科学的に正しい理解をする上で害をなす」

「もちろんそれは比喩的な表現です」佃がややたじろいで反論する。「しかしですね、人間が好き勝手をすると、しっぺ返しをくらう。これは教訓として忘れてはならないのではないでしょうか」

立花は、ふん、と鼻息をもらした。「例えば、少し異常気象が続くと、あなた方テレビ屋は、『これは地球温暖化の代償だ』とか、『何かが狂い始めている』などと平気で口にする。あなたもこの番組でよく煽ってるだろう？　たいていの場合、何も狂っちゃいない。もちろん、しっぺ返しでもない。ただの自然変動だ。分かりますか？　自然変動」

「人為的ではない、地球そのものの揺らぎ、ということですね？」

「揺らぎどころじゃないものもある。巨大地震や火山の破局噴火がそうだ。今回の地磁気逆転も自然変動の一つだよ。人間が何をしていようが、起きるときは起きる」

「ということはですよ、先生」佃は試すような目をした。「この未曾有の危機に際して我々がなすべきは、まずこの事態を粛々と受け止めることだと、そうおっしゃりたいわけですか？」

「ただ粛々と受け止めたって、何の役にも立たん」立花はあっさり否定した。「まずはその目をよく見開いて、現象を正しく理解することだ。現象をよく知らなければ、対策の立てようがない」

「では、私たちが第一に理解すべきことは、何だとお考えですか？」

「地球史の時間スケールで見れば、地磁気逆転は決して珍しい現象ではない、ということだ。カタストロフィでもハルマゲドンでもない」

立花はフリップをテーブルに立てた。スタッフに用意させていたらしい。最近あちこちで目にするようになった白黒のバーコード――地磁気極性逆転表だ。相当古い時代まで遡って描かれているのか、水島が見慣れているものよりも、白黒の縞模様が細かいように見える。

「これは一億年前から現在までの地磁気極性逆転表だ。これを見れば、恐竜の時代以降、いかに頻繁に逆転が起きていたかがよく分かる。はっきりした逆転だけでも、百回近い。過去五百万年間の平均的な逆転頻度は二十万年に一度。地磁気エクスカーシヨンも含めると、数万年に一度は地磁気強度が極端に減少しているわけだ。地磁気変動調査委員会の国松委員長も言っていたように、磁場強度がゼロに近づくたびに高等生物が絶滅したというような証拠はない」

「いやいやいや」副島が人差し指を振りながら口をはさむ。「地磁気逆転の際に、有孔虫が激減していたというデータがありますよね？　古環境がご専門ならご存じでしょう？」

「有孔虫といいますのは？」佃が副島に訊いた。

「海にいる原生生物です。石灰質の殻をもっているので、微化石として地層に残りやすい」

「そういう報告があることは知っているが、地磁気を利用して生きている回遊魚やハトやミツバチですら、その度に生存の危機には陥ったりはしていない。因果関係も分からない一つの事例を取り立てて鬼の首を取ったように騒ぐのは、もういい加減にしてもらいたい」

立花はうんざりしたように言うと、フリップを叩いた。

「人類だってそうでしょうが。前回の地磁気逆転は七十八万年前だ。その頃、我々の直系の祖先と考えられるホモ・エレクトスはすでにアフリカを出て、ユーラシア大陸に広がっていた。彼らも今の我々と同じように、夜空に輝くオーロラを見ていたはずだ。彼らが地磁気逆転で滅びなかったからこそ、こうして我々がいる」

「違う違う」副島が残念そうにかぶりを振った。

「何が違いますか?」佃が副島に続きを促す。

「滅び方が違うのですよ。私たちが生きている世界は、原人の世界とは違います。現代人は複雑で脆弱なシステムの上で生かされている。別の言い方をすれば、現代文明の中でしか生きられなくなっている。原人にとっては、大自然が〝環境〟だった。現代人にとっては、現代文明が〝環境〟なのです。その〝環境〟が壊れると、人類はたやすく滅びてしまう」

「グローバル化が進んだ今日、地磁気逆転に端を発した経済危機が、三度目の世界大戦を引き起こすのではないか。巷ではそんな心配も聞こえてきますね」佃が言った。

「私たちの提言は、いたってシンプルです。これを機に、現代文明という〝環境〟から、我々がもといた自然という〝環境〟に、段階的にシフトしていけばいい」

「つまり、文明や科学技術というものは、今となっては邪魔な鎧であると。その鎧を少しずつ脱いで、裸の状態に戻っていこうじゃないかと」佃がおもねるように補足した。

「GPSや高度な通信技術、人工衛星などが使えなくても、人は生きていける。それがもうすぐ明らかになるでしょう。そこが理解できれば、もう一歩先へ進めます。実は、飛行機も車も、コンピューターだって要らないのです。さらには、原子力どころか、今のように膨大なエネルギーを消費する必要などどこにもないことが分かってくる」

「経済成長や技術革新に価値を見いだす時代は、もう終わりにしていいんじゃないか。そういうことですね？」

「というより、終わりにせざるを得ません。人類は、いるべき地位に戻るのです」

副島がそう言い切ると、束の間の沈黙が流れた。それを破って、立花が息を吐く。

「森へ帰れ、か――」

「はい？」佃が訊き返す。

「さっきからこの男が言っていることは、よくある環境原理主義者の言い分だ。目新しい提言でも何でもない」

「環境原理主義者？」佃は目を丸くした。

「自然は人間よりも優れた存在だ。人間よりも自然を愛せ。経済の発展や技術の進歩は悪だ。究極的には、人間など地球上から消えた方がいい。それが環境原理主義の教義だよ」

「まるで違います。そんな極端なものとは」副島は肩をすくめた。

佃が険しい顔で見つめる中、立花が続ける。

「人類が地球環境の変化に対応すべく絶えず努力を続けてきたのは、自明のことだ。人類を繰り返し苦しめてきた危機は、地磁気の減衰などではない。寒さだ。人類の歴史は、寒冷化との戦いの歴史だといってもいい。ヒト属が大きく進化を遂げた更新世は、氷期と間氷期が交互に訪れる氷河時代だったからだ」

「今は間氷期にあたる時代ですよね？」佃が確かめるように言う。「つまり、大きく見れば、今も私たちは氷河時代を生きているというわけですか」

立花がうなずく。「だが、激しい寒冷化を引き起こすのは氷期だけじゃない。今から七万四千年前、インドネシアのトバ火山が過去十万年で最大規模の破局噴火を起こした。噴出した硫酸塩エアロゾルが作る雲が地球全体を覆い、地表の平均気温は一気に一〇度から一五度も下がった」

「一〇度から一五度――」佃が驚いて繰り返す。

「その過酷な寒冷化が数年間続くうちに、ホモ・サピエンスの人口は一万人程度にまで激減したと言われている。それは、現世人類の遺伝的多様性が極めて小さく、我々の祖先をたどるとわずか千組から一万組ほどのカップルに行きつくという遺伝学的事実からも支持される。いわゆる『ボトルネック効果』だ」

「そんなことぐらい知ってますよ」副島が隣でいらついた声を上げる。「今、寒冷化の話は関係ないでしょう?」

「関係はある。寒冷化は一例だ。生存を賭けた危機に直面したとき、我々の祖先はどうしてきたと思う?」

かぶりを振って目をそらした副島に、立花が言った。

「知恵を絞ったんだよ。ホモ・サピエンスだけがもつ好奇心と創造力を駆使して。そして、もっとも重要な知恵の一つが、科学技術だ。文明から自然にシフトする? 技術革新に価値を見いだす時代は終わりにする? あんたが言ってることは、もし氷期が来たら、薪でもくべて震えてろというのと同じだ。あんたの考えは、我々の祖先よりも遥かに程度が低い」

「先生、そういう言い方はちょっと……」佃がディレクターの方をうかがい見た。副島は腕組みをして、そっぽを向いている。

立花は構わず続けた。「自然に帰りたい人間は、帰ればいい。佃さんのように年収が一億もあるような人気キャスターなら、優雅な農村生活が送れるだろう。だが、世界人口の大半を占める発展途上国の人々はどうなる？　科学技術を捨てて自然に帰るなど、無責任極まりない言い分だ。地磁気逆転で現代文明が危機に瀕するだろうということには、私も同意する。だが、この危機は新しい知恵で、科学で乗り越えていくしかない」

そのあと、佃がやや強引なまとめのコメントを述べ、収録は打ち切られた。もう副島に口を開く気がないことを、ディレクターが察したのだろう。

水島は、田部井がこれを事前収録にさせた理由をようやく理解した。討論の後半三分の一ほどはほとんど使えない可能性が高い。

仏頂面でスタジオを出て行こうとする副島を、出入口のそばで捕まえた。手渡した名刺に目を落とし、副島が口をとがらせる。

「国環研もよくあんな環境意識の低い人を雇ってるね。呆れたよ」

「まあ、あそこは行政機関じゃなくて、研究機関ですから。いろんなスタンスの研究者がいらっしゃいます」

「わざわざ本省からあの人のお守りに来たの？」

副島はスタジオの隅に一瞥を投げた。立花がパイプ椅子に座り、のん気な顔でコーヒーをすっている。

「いえ、そういうわけじゃ」水島は苦笑いを浮かべた。「実は、ちょっとおうかがいしたいことがありまして。船戸さんて、ご存じですよね?」

「船戸って、船戸亘?」

「ええ。以前『GMI』にいらした。『GMI』を辞められたあとの船戸さんの活動について、何かご存じですか?」

「いや」副島はかぶりを振った。「もう何年も連絡をとってない。研究が忙しいとか言い出して、うちの活動には途中から顔を出さなくなったからね」

「研究? 何の研究ですか?」

「よく分からないけど、人類学だとか言ってたよ」副島は口の端を歪め、立花の方にあごをしゃくった。「あのじいさんと話が合うかもしれない」

Phase III

13 多極化

7 months BR

〈宇宙天気日報〉

　太陽活動は活発で、3月9日15時45分（UT）に活動領域3542でMクラスフレアが発生しました。太陽風の磁場が強く南を向いた状態が続いているため、地磁気活動はやや活発です。太陽放射嵐はS4級（NOAAスケール）で、航空機の乗員、乗客への放射線レベルは「中」です。無線通信障害はR2級（NOAAスケール）で、短波通信およびGPSに短時間の障害が発生する可能性があります。

三月に入っても相変わらず曇りがちで、なかなか気温が上がらない。

気象庁の発表によると、この冬——十二月から二月——の平均気温は、ここ三十年でもっとも低かったそうだ。原因は日照時間の極端な少なさで、記録が残されている一九〇〇年以降の最少記録を更新したらしい。

東京における磁場強度は以前の四分の一を割り込み、一〇マイクロテスラ台に入った。日本列島は非双極子磁場の影響を比較的強く受けているために、磁場の落ち込みがまだ抑えられている。同じ中緯度に位置するアメリカやヨーロッパの国々では、すでに一〇マイクロテスラを下回っているらしい。

千駄ケ谷駅からほど近い小さなカフェの店内には、柊(しゅう)の他にもう一組しか客はいない。その三人連れの中年女性たちは、奥の壁際(かべぎわ)に置かれた薪(まき)ストーブのそばに陣取り、顔を突き合わせて話し込んでいる。

柊はあえて出入口に近い窓際の席を選んだ。待ち合わせているのが初対面の男性だというのが一つ。その男は話の内容を他人の耳に触れさせたくないだろうというのがもう一つの理由だ。

柊は手帳にはさんでおいた一枚の名刺を取り出し、テーブルに置いた。

〈東京大成銀行 代々木支店 副支店長 北川史哉(ふみや)〉

この名刺は、先週の金曜日、曾根あかりが暮らしていたアパートで偶然見つけた。

曾根の豹変ぶりがどうしても気になって、柊は二月の初めに再び野方のアパートを訪ねた。しかし、曾根はすでに引っ越したあとで、ドアの郵便受けには大量のチラシがたまっていた。曾根の家族と連絡がとれないかと思い、「地磁気問題を考える母親の会」の寒川に訊ねてみたが、寒川は曾根の夫の名前や職業すら知らなかった。曾根はプライベートなことを誰にも話したがらなかったらしい。会のメンバーで同じく妊婦でもある山内が、曾根が通っていたという産科を教えてくれた。その医院を訪ねて何人かの妊婦に曾根のことを訊いてみたが、曾根と個人的に付き合いのある女性は見つからなかった。

手づまりになった柊は、先週もう一度野方に出向いた。アパートを周旋している不動産業者を訪ねてみたが、曾根の転居先に関する情報は何も得られなかった。こうなれば近所の住人に聞込みでもするしかないと、アパートに向かった。曾根が住んでいた部屋には、まだ誰も入居していないようだった。念のためにチャイムを押そうとして、ドアのすき間から小さな紙片が一センチほど飛び出ているのに気づいた。それがこの名刺だった。

曾根を心配してアパートまで訪ねてきた男——。名刺を置いていったということは、家族ではないだろう。踏み込み過ぎではないかと二日間悩んだが、結局名刺の番号に電話をかけた。

柊が曾根あかりの名前を出した瞬間、北川が激しく動揺するのが電話越しに分かった。ここに至るまでの経緯をかいつまんで話すと、北川は今日の昼休みにでも直接会って話がしたいと言った。会社の近くは困るというので、一駅離れたここ千駄ケ谷を選んだ。

待ち合わせ時刻の午後一時半を五分回ったとき、ドアのカウベルが鳴って、スーツ姿の男が入ってきた。銀行員らしく髪を横分けにした、色の白い男だ。大手都市銀行の副支店長ということで、もう少し年配の男性を想像していたが、まだ四十そこそこに見える。

「浅田さん、ですか――?」目が合うなり、男が言った。

物腰が柔らかく、身のこなしもスマートだ。この若さで重職についているということは、エリートなのだろう。ある種の女性には魅力的に映るかもしれない。

注文したコーヒーが来るのを待って、北川が唐突に語り始めた。

「――認知はすると言ってあったんです。できる限り経済的な援助もすると。どうしても産むと言われれば、そうするしかない。今だって毎月彼女の口座に定額を振り込んでいます。あかりは仕事をしていませんし、出産費用だってかかる」

「北川さんは、ご結婚なさってるんですね？」

「妻とは別居して四年になります。離婚には絶対応じないと言われてましてね」北川は卑屈な笑みを浮かべた。「あかりは、二年前までうちの支店で窓口を担当してたんです。まずいことに、私との関係が噂（うわさ）になってしまいましてね。私が上からいろいろ言われたこともあって、退職しました。しばらく小さな会社で経理をやってたんですが、妊娠が分かってそこも辞めました」

　他人事（ひとごと）のように言う北川を見ていると、途中から相づちを打つ気もなくなった。

「あかりさんの引っ越しについては、何もお聞きになっていなかったんですね？」

「なんにも」北川は、自分こそ被害者だとでも言いたげに、かぶりを振った。「今年に入ってからまったく連絡がつかなくなったんです。電話には出ないし、メールもエラーで戻ってくる。さすがに心配になって先月アパートを訪ねたら、もぬけの殻ですからね。わけが分かりませんよ」

「どこに引っ越したか、お心当たりはないんですか？」

「ありません。そもそも、引っ越す理由がないでしょう？　出産する病院だって決まってたわけだし、金銭面で困っていたわけでもない」

「最後にお会いになったのは?」

「去年のクリスマスです。一人で過ごさせるのもかわいそうだと思って、ケーキを持ってアパートを訪ねたんです。でも、具合が悪いからと言って、部屋にも入れてもらえませんでした」

「様子がおかしくなり始めたのは、その頃からですか?」

「たぶんそうかな。彼女からの電話がぱったりこなくなったんです。こちらから連絡してみても、いつもふさぎ込んでいて、体調のこともろくに話さなくなって」

つまり、柊が曾根から〝消えた妊婦〟の話を聞いた一ヶ月後、曾根自身にも何か大きな変化があったということになる。

「あかりさんから、地磁気の話を聞いたことはありませんか?」

「地磁気?」北川が怪訝な顔で訊き返してくる。「例の地磁気逆転のことですか?」

「ええ。地磁気問題のことをすごく心配している妊婦さんがいるとか、あかりさん自身もそうだとか」

「さあ」北川は首をかしげた。「そんな話はしたことありませんが」

「では、前に通っていた産院で親しくしていた妊婦さんの話はいかがです? そういうお友達がいたことはご存じではありませんか?」

「知りませんね。もともと彼女はあまり社交的なタイプじゃない。友だちの話なんて聞いたことありませんよ」

聞いたことがないのではなく、北川の方に聞く気がなかったのではないか——。柊は腹立ちを抑えられなくなってきていた。

「北川さんは、アパートに名刺を置いたあと、どこを探されたんです？」問いつめるような口調になった。

「探すって……探しようがないでしょう？」

「心配じゃないんですか？」

「心配ですよ！」北川が気色ばんだ。「だから忙しい中こうしてあなたに会いにきてる！　地磁気騒動でうちの銀行も大変なんです。あなたも記者なら分かるでしょう！」

近頃、銀行から預金を引き上げる人々が増えている。インフレを心配した人々が、資産を現金以外の形——金や不動産——に変えようとしているのだ。

奥のテーブルの中年女性三人組が、何事かとこちらの様子をうかがっている。北川はコップの水をひと口含み、息を吐いた。

「すみません。ただ、あかりは犯罪に巻き込まれて失踪したわけじゃない。きちんとあの部屋を引き払って転居したんです。警察に相談する類(たぐ)いの話でもないでしょう」

「そうですね」柊も冷めたコーヒーで喉(のど)をうるおし、声のトーンを落とす。「例えば、あかりさんのご実家はどうでしょう? さすがに何か連絡があったのではないでしょうか?」

「何とも言えませんね」北川は力なく言った。「彼女の実家は栃木の宇都宮にあるんですが、もう何年も帰ってないと言っていました。一人娘のせいか、ご両親には少し過干渉なところがあったようで、関係は必ずしも良くないようです」

「お腹に赤ちゃんがいることはご存じなんでしょうか?」

「ええ」北川はうなずいた。「父親が誰かは言えない、結婚もしない、と伝えたそうです。お父さんには、二度とうちの敷居はまたがせない、と言われたらしい」

「ご実家の住所か電話番号は分かりますか?」

「いえ。でも、会社に情報が残っているかもしれない。何とかして調べてみます」

北川は肩を落としたまま、両手でコップを握りしめた。


阿佐ヶ谷のマンションに帰ると、リビングのソファに樹(いつき)が座っていた。テレビもつけず、ひじかけにだらんと上体をあずけている。足もとにはランドセルが転がっていた。

「お母さんは？」

力なくかぶりを振った樹を見て、やっと気づいた。顔が赤く、額に汗が浮かんでいる。柊はソファの前にひざをつき、額に手を当てた。

「あっつい。お熱あるじゃない。いつから具合悪いの？」

「今日の……朝」樹は小さな声で言った。

柊は樹を抱き上げて子供部屋に向かい、ベッドに寝かせた。体温計を腋にはさませて、冷却シートを額に貼ってやる。体温は三十八度五分。ただの風邪にしては少し熱が高い気もするが、インフルエンザの流行はとっくに終息したはずだ。

「どうして今朝お母さんに言わなかったの？」掛け布団を整えながら訊いた。

「だって……」樹は口ごもり、右手で左腕をさすった。見れば、トレーナーの袖口から肌色のテープがのぞいている。

「これ、どうしたの？」柊は袖をまくった。左手首の内側に、大判の絆創膏が二枚貼ってある。自分で貼ったらしく、傷を覆いきれていない。線状の出血のあとは、引っかき傷のように見えた。

「お母さんに、言わない？」樹が視線だけを柊に向ける。

「約束はできないけど」優しく左手を握って訊ねる。「もしかして、外に遊びに行ってるの？」

「……うん」樹はかすれた声で答えた。

どうやら樹は、母親の言いつけに背いて外で遊んでいたせいで体調を崩したと思いこんでいるらしい。

「この怪我も、そのときにしたの？」

「何日か前、スーパーの隣の空き地に高学年の男の子たちがいて、『巨大ネズミにやられた猫がいる』って騒いでたんだ」

「巨大ネズミ？ その子たち、ほんとに巨大ネズミを見たの？」

「それは分からないけど……スーパーの裏のゴミ置き場に巨大ネズミが出たって、前にシンジ君も言ってたから。柊ちゃんの記事にも、巨大ネズミに食べられた猫の話が書いてあったでしょ？ だから、僕も絶対見たいと思って。そしたら、右の耳がぐちゃぐちゃになった猫がいたの」

「ぐちゃぐちゃって、怪我してたってこと？」

「うん。たぶん、巨大ネズミに嚙まれたんだよ。僕を見てにゃあにゃあ鳴くから、お腹空いているのかなと思って、うちの冷蔵庫からソーセージ持って行ったの。だって怪我してるし、かわいそうじゃん。ソーセージ、喜んで食べたんだよ。でも、背中を撫でようとしたら、引っかかれた」

「ちゃんと消毒した？」

樹が首を横に振ったので、絆創膏を剝がしてみた。傷口はもう乾いていたが、少し赤く腫れている。念のために、消毒液をふりかけてやった。

謎の巨大ネズミが世間を騒がせ始めたのは、一ヶ月ほど前のことだ。都内のファミリーレストランで、尻尾まで含めると全長一メートルを超えるネズミが捕獲されたのだ。それが奇怪なニュースとして報道されると、巨大ネズミの目撃情報が都内のあちこちから寄せられた。警察が出動したケースもあったらしい。

その後、地下鉄の構内で体長一メートル近いネズミの死体が相次いで見つかり、騒動は一気に過熱した。インターネット上には人々が撮影したネズミの画像があふれ、巨大ネズミがペットの猫を食い殺すというショッキングな事件がテレビのワイドショーをにぎわした。職場や学校や家庭で、巨大ネズミの目撃談が交わされた。

実際、柊自身も異常に大きなネズミを何度か見ている。一度はマンションのゴミ置き場、あとは地下鉄のホームだ。さすがに一メートルということはなかったが、五、六十センチはあろうかというドブネズミが線路の脇を走っていった。

巨大ネズミの出現は、オーロラに引き続き、人々が直に目撃した明らかな異変だった。それを地磁気逆転と結びつけるような言説が巷に氾濫したのも無理はない。要は、地磁気の減衰にともなう放射線や紫外線の増加が、ネズミを異常に巨大化させたというのだ。

樹が言ったように、柊も『週刊グローブ』に書いた『異形生物大発生！――自然界からの警告』という記事の中で、巨大ネズミ騒動を取り上げた。因果関係は不明でも、これだけの騒ぎになっている現象に触れないわけにはいかなかったのだ。

楓が帰宅したのは、午後八時を回った頃だった。樹は柊が与えた解熱剤を飲んで眠っていた。

楓は子供部屋からリビングに戻るなり、咎めるように訊いてきた。

「ほんとに風邪なの？　ノラ猫にひっかかれたって言ったんでしょ？」

「そんなの私に分かるわけないじゃない」むっとして言い返した。「心配なら、明日病院で診てもらいなよ。お姉ちゃんが忙しいなら、私が連れて行く。だいたい今日だって、どうしてこんな時間まで――」

そのとき、玄関のドアが開く音がした。卓志だ。二時間ほど前、いつまで経っても連絡が取れない楓の代わりに、柊から卓志の携帯電話に連絡を入れておいたのだ。

廊下を踏みならしてリビングに入ってきた卓志が、まだ上着を着たままの楓を怒鳴りつける。

「子供が熱出してるってのに、こんな時間まで何やってたんだ！」

「大きな声出さないでよ」楓は大きなお腹を右手で支え、ダイニングの椅子(いす)に腰かけた。「樹が目を覚ましちゃうじゃない」

「毎日何の会合か知らないが、子供の具合が悪いことにも気づかないなんて、本末転倒だろう！」

声を低くしてなじる卓志を、楓が真っすぐ見つめ返す。

「私はね、子供たちを守るために活動してるのよ。いつもこの子たちのことを一番に考えてる」楓はお腹をさすりながら言った。

楓は相変わらず毎日のようにＰＴＡの集まりに出かけている。会長がブログを通じて発信する情報は柊もたじろぐほどヒステリックなものになっていて、保護者の間では反発の声も広がり始めているらしい。最近は寒川が代表をつとめる「地磁気問題を考える母親の会」とも情報交換をしているようで、食卓に勉強会の資料を広げて夜遅くまで読みふけっている。

卓志が眉根(まゆね)を寄せて問い質(ただ)す。

「それで考えてると言えるのか？　外で遊ぶな、なんて極端なことを言って。だから樹が僕たちに何も言わなくなる。だからこんなことになるんだ！」

「私は間違ってない。あなたに分かってもらおうとは思わない。でも、樹はいつか分かってくれるわ」

「ちょっと――」たまらず口をはさもうとするが、二人は柊に目もくれない。

「最近樹が学校を休みがちなのも、お前のせいで友だちがいなくなっているからだろう。理由もなく体育の授業を休ませたり、一人だけ弁当を持たせたりしていれば、そうなるのも当たり前だ。イジメにでもあってるんじゃないのか？」

「友だちより、命の方が大事よ」

「本気で言ってるのか？」卓志は目をむいた。「いい加減に目を覚ませ。実際、放射線量は増えていない。健康被害だって何も報道されてないじゃないか。世間ではお前みたいなのを『地磁気ノイローゼ』と言うんだ」

「騙（だま）されてるのは世間の方だってことが分からないの？　これからもっと色んなことが起こる」

　楓はそう断言して、卓志をにらみつけた。

「だいたい、あなたにそんな偉そうなことを言われる筋合いはないわよ。あなたが家族のために何をしてくれてるって言うの？　こんな大変なことが起きてるっていうのに、勝手なことばっかり」

「僕だって——」卓志は何か言いかけて、そのまま口をつぐんだ。

卓志が会社を辞めたのは、先月のことだ。突然のことで、楓にもほとんど相談はなかったらしい。一緒に退職した同僚数人でベンチャー企業を立ち上げるということだが、地磁気問題に関連した事業だということ以外、柊も詳しいことは聞かされていない。

このところ卓志は開業の準備に忙しく、マンションに帰ってこない日も多い。柊と顔を合わせることも、めっきり減ってしまった。

楓は卓志から目をそらし、冷たい声で言い捨てた。

「無知な人はいいわね、気楽で」

三日経っても、樹の熱は下がらなかった。一昨日、近所の小児科に楓が連れて行ったが、ただの風邪だろうと言われたそうだ。

今日はさすがに楓も外出はせず、樹の世話をしながらノートパソコンをいじっている。ＰＴＡの仕事をしているらしい。

柊は間借りしている和室で朝から原稿を書いていた。調べものをしようとブラウザを立ち上げると、ニュースサイトのトップページに赤字で打たれた速報が目に飛び込んできた。

〈都内で確認されている巨大ネズミについて、午後一時より厚労省が緊急会見。新型感染症を媒介の疑い〉

巨大ネズミ――。感染症――。

慌てて液晶画面の時刻に目をやる。十二時五十七分。

部屋を飛び出してリビングに駆け込んだ。テレビのリモコンをつかみ、NHKにチャンネルを合わせる。

「どうしたの？　血相変えて」ダイニングにいた楓が怪訝な顔でやってきた。

ボリュームを上げたのと同時に、画面にアナウンサーが映る。

〈一時になりました。この時間は予定を変更して、厚生労働省による緊急会見を――〉

「厚労省って、地磁気変動対策推進室？」楓が勢い込んで言った。「何か新しい情報でも――」

「しーっ！」柊は人差し指を唇に当てる。

画面が切り替わり、記者会見場の様子が映った。厚生労働省のマークが並んだボードをバックに三人の役人が座っている。真ん中の男がマイクを握った。

〈えー、東京都内で確認されております大型の齧歯類が媒介する可能性のある新型感染症について、ご報告ならびに注意喚起を申し上げます〉

「それって、巨大ネズミのこと？」隣の楓が訊ねてくる。柊は黙ってうなずいた。

〈すでに報道されておりますとおり、先般より地下鉄の駅構内において、大型齧歯類の死骸が数体発見されております。そのうち一体の処理に携わった地下鉄職員二名が、ウイルス性と見られる呼吸器疾患を発症し、死亡いたしました。えー、二名とも死亡したということでございます〉

死亡という言葉を聞いて会見場に起こったざわめきが、マイクを通じて伝わってくる。

〈二名に共通する感染源が他に存在しないことから、大型齧歯類が媒介するウイルスが原因である可能性が非常に高いと考えられます。病原体について詳しいことはまだ不明ですが、現在、健康局新感染症対策室が各研究機関と協力してウイルスの特定を進めているところでございます。

えー、ここからは国民の皆様へのお願いということでございますが、大型齧歯類には、近づかないようにしてください。死骸を発見した場合も、絶対に触らず、すぐに最寄りの保健所に連絡してください。なお、念のため、小型の齧歯類――いわゆるドブネズミやハツカネズミなどにつきましても、同様の対応をお願いいたします〉

「うちのマンションにも出たのよ。大きなネズミ」楓が険しい顔で言った。

「うん。知ってる――」

〈なお、すでに大型齧歯類に接触したという方、ならびに感染の機会に心当たりのある方は、大至急最寄りの保健所までご一報ください。この感染症は、初期症状として感冒様症状――つまり風邪に似た症状を呈するとのことでございます――〉

　感冒様症状？　まさか――。

　そのとき、リビングのドアが静かに開いた。パジャマ姿の樹が立っている。

「お母さん」咳をしながら言った。

「どうしたの？　気分悪い？」

　樹はかぶりを振って左の袖をまくった。引っかき傷を示して顔をしかめる。

「なんかね、昨日の夜からずっと、ここが痛い。それと、腋の下も」

「腋の下？」左の腋に手を差し入れた楓は、目を丸くして声を上げる。「何これ⁉　すごく腫れてるじゃない！」

さすがに血の気が引いた。鼓動がますます速くなる。

楓は「どうしよう。もう一度病院行く?」などと言いながら、一人うろたえている。

柊は意を決して楓に声をかけた。

「ねえ、お姉ちゃん。あのね――」

柊はそこでひと呼吸おき、努めて冷静に言った。

「まさかとは思うんだけど――」

14

後学期が終わった東都工科大学のキャンパスは、閑散としていた。

寒々しく葉を落としたままのイチョウ並木の下を理学部に向かって歩きながら、柊はスマートフォンを耳に押しつけた。今日は電波状況が悪く、頻繁に音声が途切れる。

〈卓志です――〉

地下鉄に乗っている間に入っていたメッセージだ。

〈今日も微熱は続いてるんだけど、とりあえず小康状態。引っかき傷の膿(うみ)から何か菌が出ないかどうか、調べることになりました。また連絡します〉

あの日、ノラ猫が負っていた怪我のことを知った楓は、激しく取り乱した。訳の分からないことを喚いて救急車を呼ぼうとする楓を押しとどめ、柊が保健所に電話をかけた。だが、記者会見の直後で問い合わせが殺到しているのか、何度かけてもつながらなかった。

しびれを切らした楓がタクシーを呼び、直接三人で荻窪にある杉並保健所に出向いた。すでにそこには百人近い区民が行列をなしていた。

もちろん、実際に巨大ネズミと接触した来訪者などほとんどいなかったはずだ。過去にドブネズミの死体を処分したことや、自宅の食糧がネズミにかじられていたことを心配して保健所を訪れた人々が大半だった。別の窓口には、保健所に自宅や職場のネズミ駆除を依頼したいという人々が集まってきていた。

担当医師との面談まで、二時間も待たされた。順番が回ってきた頃には、樹はぐったりしていた。問題の引っかき傷が巨大ネズミではなくノラ猫によるものだということを柊が医師に伝えると、楓がその横から、巨大ネズミに噛まれたノラ猫だ、としつこく訴えた。

だがそれは、小学生の男の子たちが面白半分に言ったことである可能性が高い。それを知った医師は、困ったような顔で樹を診察し、念のため文京区にある都立病院の感染症外来を受診するよう勧めた。ただしそれは、新型感染症を怖れてというよりも、リンパ節の腫れがひどいことを心配してのことらしかった。

翌日その病院を受診した樹は、精密検査を受けるため、入院することになった。楓は病院に泊まり込み、樹につき添っている。卓志も毎日病室を訪れ、二人のために着替えや日用品を届けているようだ。

柊は今回のことに責任を感じていた。自分が書いた記事の中で巨大ネズミに襲われた猫のことを取り上げたからこそ、樹はあのノラ猫に興味を持ち、ソーセージを手に近づいたのだ。

柊は、病室を見舞うこと以外で、樹のために自分がなすべきことを探した。見つかった答えは、ジャーナリストらしく、新型感染症について少しでも多くの情報を集める、ということだけだった。

とはいえ、柊には医療関係のつてがほとんどない。結局、東都工科大学の城教授のもとを訪ねることにした。

城は前回同様、古びた機器と工具が散乱する研究室で論文を読んでいた。くたびれたジャケットの肩には白いふけが積もっていて、左手には例の黒ずんだルービックキューブが握られている。柊の顔を見るなり、挨拶も抜きに城が言った。

「異形生物の記事、読ませていただきました。真偽のほどはともかく、なかなか面白かった。まあどうぞ」

「ありがとうございます」すすめられるまま、向かいの椅子に腰を下ろす。「先生のところにも、何か情報は入ってますか？」

「植物関係の話は比較的多いですね。うちの専門ですから。あなたも書いていたような、狂い咲きや植物の奇形の報告です。千葉でひまわりが咲いたとか、おしべの数の異常とか。一番多いのは、立ち枯れです」

「針葉樹林があちこちで全滅しているという話は、私も聞きました」

「植林されたところがとくにひどいようです。しかし、そのおかげで今年はスギ花粉がまったく飛んでいない。私は助かっています」城はにこりともせず言った。

「原因は分かっているんですか？」

「オゾン層の破壊による紫外線の増加が一因かもしれません。紫外線は光合成を阻害するのですよ」

「なるほど」

柊はICレコーダーとノートを取り出した。メモを取りながら本題に入る。

「とくに、巨大ネズミについては大ごとになってきましたから、編集長にも早く第一弾を書けとせっつかれてるんです。今度は新型感染症メインで」

　それは本当のことだったが、柊はまだ返事をしていない。人命にかかわる情報だと思うと、派手な見出しをつけたいだけのような記事にはできない。樹のことが、柊を慎重にさせていた。

「どこの薬局でも殺鼠剤が品切れだそうですね。ニュースで見ました」城が表情を変えずに言った。

「大々的な駆除に乗り出した自治体もあるそうです。巨大かどうかにかかわらず、ネズミ自体の数が増えているという話もありますから、これを機に一掃しようということですかね」

「私も見かけましたよ。こないだ地下鉄のホームで。五、六十センチはあった。ホームにいた人たちがこぞって携帯で写真を撮っていました。体が白っぽかったから、たぶんラットでしょう」

「ラット？　ドブネズミじゃなくて？」

　体長が一メートル近い、いわゆる巨大ネズミと呼ばれている個体は、柊の知る限りすべて灰褐色をしている。

「そこは大学の最寄り駅でしてね。昔から小さなラットがちょろちょろ走っていたんです。生物系の研究室から逃げ出した実験動物の子孫という説が有力です」

「巨大ラットもいるということは――いろんな種類のネズミが巨大化している？」

「巨大化しているのかどうかはともかく、遺伝形質が急速に変化している可能性はありますね」

「やはり、宇宙線や紫外線が原因でしょうか？」

「影響があるとすれば、宇宙線の方でしょう。宇宙線はＤＮＡを損傷したり、変化させたりします。突然変異というやつです。ネズミはライフサイクルが早い。世代が変わるごとに巨大化しているということはあり得ます」

「つまり、進化してるんだ――」柊は不思議な感慨にとらわれた。

「そうですね」城は平然と言った。「地磁気逆転時のように磁場強度が極端に減少した時期に、生物進化が大幅に加速したのではないかと考えている研究者はいるのです。宇宙線がＤＮＡを損傷させると、遺伝子の重複が進みます。重複した遺伝子の一方では、突然変異の蓄積が容易に起こります。もう一方の遺伝子が正常に機能している限り、生存に支障がないからです。つまり、重複遺伝子は進化を効率的に駆動するわけです」

「なるほど――」柊は一心不乱にペンを走らせた。「巨大ネズミだけでなく、生物全般に適用できる考え方だというわけですね」

城は小さくうなずいた。「いずれにせよ、地磁気逆転を迎えようという今、このまま生物圏が変わらずにいられるということはありませんよ。ネズミがビッグサイズに進化するぐらいならまだいいが、今回のように未知のウイルスや病気が次々と出てくる可能性だってある」

「先生は、ウイルスの専門家にお知り合いはいらっしゃいませんか？ ネズミが媒介するウイルスに詳しい方がおられれば、なおありがたいのですが」

「第二弾の記事の取材ですね？」

「それもありますが、実は――」

柊は樹の病気のことを話した。

ルービックキューブをいじりながら聞いていた城が、パソコンの方に向き直った。食べかすやほこりが隙間(すきま)に溜(た)まったキーボードを引き寄せると、メールソフトを立ち上げて検索を始める。

「知り合いに、城南医科大学で講師をしている男がいます。彼が所属している感染症学教室は、厚労省の要請で今回の新型感染症について研究を進めているグループの一つです。取材が可能かどうか、訊いてみましょう」

城南医科大学の感染症学教室は、離れのような小さな校舎の二階にあった。

廊下から様子をうかがう限り、医局というよりは、生物系の研究室のような雰囲気だ。

その講師は、度の強そうな眼鏡をかけた若白髪の男だった。こぢんまりしたオフィスで名刺を交換すると、眼鏡を上げて言った。

「城先生のご紹介ということでお話しはいたしますが……まだ記事にはしないということでよろしいのですね？」

「ええ、それはもちろん」

「ウイルスについて詳しいことが分かり次第、厚労省から発表があるはずです。おそらく新感染症に指定されるでしょう。そう時間はかかりません。そのあとであれば、何を書いていただいても結構です」

講師の男は早口で確認を済ませると、急に眉根を寄せた。

「城先生にうかがったのですが、甥御(おいご)さんが体調を崩されているとか」

「ええ。ノラ猫に引っかかれたことが原因らしいのですが。その猫というのが、例の巨大ネズミに耳をかじられたという噂がありまして、両親がひどく心配してるんです」

「なるほど」講師は白衣のポケットに両手を突っ込んだ。「しかし、万が一その噂が本当で、耳を嚙んだという巨大ネズミがウイルスを保有していたとしても、あの手のウイルスが猫を宿主にするとは、ちょっと考えにくい」

「そういうことをうかがうと、すごく安心します」柊は口もとを緩めた。「『あの手の』ということは――あのウイルスがどういうものか、もう見当がついているのでしょうか？」

「まあ、それは初めから」講師は小さくうなずいた。「巨大ネズミの死骸を処理した地下鉄職員のお二人は、最終的に肺水腫による呼吸不全を起こして亡くなりました。この病態は、ハンタウイルス肺症候群に非常によく似ています」

「ハンタウイルス？」

「もともとは、南北アメリカ大陸に棲む齧歯類を宿主とするウイルスです。ハンタウイルス肺症候群を発症すると、風邪に似た初期症状が急激に悪化し、肺水腫にいたります。高病原性のウイルスの場合、致死率は五〇パーセントにのぼると言われています」

「五〇パーセント――すごく高いですね」

「有効な治療法が確立されていないんです。ワクチンもありませんしね」

「死骸に触るだけで感染するものなんですか？」

「ハンタウイルスは飛沫感染するんです。宿主の糞尿の粒子から」

「ということは——ネズミの姿は見ていなくても、知らずに糞に近づくだけで感染する可能性があるということですね」

「ええ。それに、南米で見つかった株は、ヒトからヒトへ感染することが分かっています」

「ヒトからヒト？」柊の背筋に冷たいものが走った。「つまり、パンデミックになる可能性もあると——」

「もちろん、ウイルス株の感染力によりますが」

今、人々は危機に敏感になっている。中途半端な情報だけが先行して流れると、パニックに陥りかねない。

「地下鉄の駅員さんたちが感染したのも、ハンタウイルスの仲間である可能性が高いわけですか？」

「今のところ、その新種だろうと考えています。二人とも死亡したことから見て、病原性は相当強い。国立感染症研究所の病原体ゲノム解析研究センターと協力して、ウイルスの同定を進めているところです」

「それにしても――」柊はあごに手をやった。「ハンタウイルスなんて、私は今まで聞いたことがないのですが……」

「そうですね。日本では一九八〇年代に医学系の実験動物を扱う人たちの間で感染が発生しましたが、それ以降は報告されていません」

だったら、なぜ今ごろ――？　柊の疑問は、徐々に地磁気問題との関係へと移っていく。

「新種のハンタウイルスの出現は、ネズミの巨大化と何か関係があるのでしょうか？」

「巨大化ですか」講師は渋い顔で繰り返した。「宿主と見られる大型齧歯類の正体については、我々の共同研究者が情報を集めているのですが、残念ながら、これまでに見つかった死骸はすでに焼却されてしまっていましてね」

「では、地磁気逆転との関係はいかがでしょう？」

「それは城先生のご専門でしょう」講師は苦笑いを浮かべた。

「城先生は、地磁気逆転時には生物の進化が加速する可能性があるとおっしゃっていましたが」

「つまり、放射線の増加によって新種のウイルスが生まれたということですか？　まあ、あり得ないとは言い切れませんが──」講師は腕組みをした。

「可能性は高くないということでしょうか？」

「一般的には、ＤＮＡ量が少ない下等な生命体ほど放射線に耐性があるんです。ウイルスは放射線を浴びてもほとんど変異しませんし、変異したとしても、死滅してしまう場合が多い。個人的には、城先生のお考えには与（くみ）しかねますね」

15

入院して一週間で、樹の微熱はおさまった。投与されていた数種類の抗生物質のいずれかが効いたらしい。

結局、呼吸器障害に至ることもなく、新型感染症の疑いは完全になくなった。引っかき傷の膿を培養して検出されたのは、バルトネラ菌と呼ばれる細菌で、最終的な診断名は「バルトネラ症」。菌を持った犬や猫に噛まれたり引っかかれたりして感染する疾患で、とくに珍しい病気ではないということだった。

新型感染症の病原体については、城南医科大学の講師が言ったとおり、ハンタウイルスの仲間であることが確認された。同じブニヤウイルス科に分類されるものの、ハンタウイルスとは属が異なる可能性があるとして、今は便宜上「ヒビヤウイルス」と呼ばれている。この名前は、巨大ネズミの死体が見つかった地下鉄の駅名に由来している。

樹の退院が決まった日、ヒビヤウイルス肺症候群による九人目の死者が出た。亡くなったのは、業務用米穀製品を扱う会社の古い倉庫に清掃に入った社員だ。巨大ネズミとの接触がなかったことから、倉庫に残っていた糞尿に汚染されたほこりを吸い込んだことによる空気感染と見られている。

発症者は現在までに二十一名が確認されているので、致死率は四割を超えていることになる。感染ルートがまったく不明な患者も数名報告されており、ヒト—ヒト感染を疑う専門家も出てきていた。

こうした情報に接した人々が神経質になるのは当然のことだ。地下鉄の乗客たちはもちろん、道行く人もほぼ全員が高機能マスクを着用している。多くの家庭で保存食が処分され、ネズミの駆除と建物の補修が徹底的におこなわれた。

全国の保健所には、毎日数千件もの巨大ネズミ情報が寄せられているという。インターネットの世界を観察する限り、目撃された巨大ネズミのバリエーションも増え続けている。

一部のマスコミはパンデミックの恐怖を煽り立てているが、柊は少し違った切り口でこの問題を扱ってみたいと考えていた。

その取材先として思いついたのが、今向かっている国立環境研究所だ。

つくば駅から並木の美しい通りをバスに揺られ、正門前で下車した。プリントしてきた案内図を見ながら、いくつもの研究棟の間を抜け、敷地の一番奥へと進んでいく。

やがて、きれいに区画整理された広い畑が見えてきた。実験圃場だ。

待ち合わせ場所に指定された小さな温室は、圃場の隅にひっそりと建っていた。

ガラス越しに人影が見える。人目を引く長いあごひげ――立花だ。一メートルほどの背丈の草に囲まれて、熱心にその手入れをしている。

「あのう」出入口から中をのぞき、声をかけた。「『週刊グローブ』の浅田と申しますが――」

「ああ」立花は柊の方に振り向いて、帽子のひさしを上げた。「ちょっと待っててください。すぐ済みますから」

「申し訳ありません。お仕事中に」

「いや。これは仕事じゃないから」軍手でこめかみの汗をぬぐう。

「は?」

「これは趣味。私はもう半分リタイアした身だからね」

作業を終えた立花と、温室のそばのベンチに並んで座った。

立花は水筒の麦茶を中ぶたに注ぎ、柊に差し出した。

「で、どうして私? 古環境の研究者なら、他にもたくさんいるでしょう?」

「先日の『ニュース・インサイト』を見せていただいたんです」

「あれを見て私に取材したいと言ってきたのは、あなたが初めてだ」立花はにこりともせずに言った。

あの討論で見せた立花のドライな態度が、柊には新鮮に映った。科学者というのは概してドライな人種だが、乾き方にも種類があるということを、柊も取材を通じて理解している。立花に感じるのは、研究者によく見られる無邪気さや遊び心さえ拒絶するような、父性的な乾き方だ。今起きている一連の現象について、立花には城とはまた異なる見方があるに違いない——。柊はそう直感していた。

「それに、先生は小氷期に関する論文をたくさんお書きになっているとうかがいましたので」

小氷期というのは、十四世紀から十九世紀半ばにかけて続いた寒冷な時代のことだ。

この時代には全地球的に氷河の拡大が見られ、世界中で飢饉が頻発した。イギリスのテムズ川が完全に凍りついたというのは有名な話だ。

「私に訊きたいというのは、寒冷化の話なの？」立花が意外そうにあごひげをしごいた。「あなたが送ってきてくれた記事を読んで、てっきり地磁気逆転と生物の変化の話かと思っていたが」

「宇宙線と寒冷化、それに、ネズミが媒介する疫病の話です」

「なるほど。ペストか」

「ええ。自分なりにいろいろ調べてみたんですが、小氷期の状況が今とよく似ていることがどうしても気になって」

「パンデミックと言えるようなペストの大流行が初めて起こったのは、十四世紀半ばのことだ。ヨーロッパ全土で人口の三割が命を落としたと言われている。それから十八世紀まで、何度か大規模な流行があった。時代的には小氷期と重なっている」

「小氷期の原因として、太陽活動の著しい低下が挙げられていますよね？」

「そう」立花は大きくうなずいた。「とくに、小氷期中頃の一番寒さが厳しかった時代には、太陽黒点がほとんど見られなくてね。太陽活動が極端に弱々しかったと考えられている。マウンダー極小期と呼ばれるイベントだ。太陽活動が低下すると、太陽系の外から地球にやって来る宇宙線の量が増える。地磁気と同じように、太陽磁場も宇宙線のバリアとして機能しているからだ」

「そこから先は、最近よく耳にする例の仮説ですね。宇宙線が増えることで寒冷化が起きるという」

「まあ、そういうメカニズムもあり得るんじゃないか、ということだな。宇宙線は雲の凝結核を効率的に作り出すから、大気中に飛び込んでくる宇宙線量が増えると、雲の量が増える。雲は太陽光の反射率を上げるので、平均気温が下がる。そんなロジックだよ」

立花は厚い雲に覆われた空を見上げた。人々がペストに怯えていた小氷期も、今と同じような暗鬱な日々が続いていたに違いない。

柊は立花の方に向き直った。

「宇宙線の増加とペスト流行の間に、何らかの因果関係があるとは考えられないでしょうか?」

「宇宙線がペスト菌に突然変異を起こして感染力を高めたとか、そういうことかね?」

「はい。放射線が生物進化のスピードを速めるかどうかに興味があるんです」

柊は立花の横顔を見つめるが、立花は虚空に目をやったままだ。

「宇宙線量が急激に増加するのは、言うまでもなく、今のような地磁気逆転時だ。過去の逆転イベントにともなって生物種が変化したかどうかという研究は何十年も前からおこなわれている。それらしいデータもあるにはあるのだが、まだはっきりしたことは分かっていない。地磁気以外の要因をなかなか排除できないからだ」

「地磁気以外、と言いますと？」

「一番大きいのは、気候変動だよ。地層に残された花粉の分析から、七十八万年前の逆転時に一時的な寒冷化が起きたというデータも報告されている」

「つまり、地磁気や宇宙線ではなく、同時に起きた寒冷化が生物や生態系を変化させたのだ、ということですね」

「ペストの流行もそうだ。小氷期という気候がエサを不足させ、ネズミを市街地に呼び寄せたのかもしれない」

「ヒビヤウイルスについても、そう解釈した方がいいということでしょうか。つまり、この冬の厳しい寒さのせいで、巨大ネズミが地下鉄や建物の中に巣くうようになった――」

柊は頬に手をやってしばらく考え込んだ。

「でも、巨大ネズミの出現そのものについてはいかがでしょう？　各地から寄せられた目撃情報を見る限り、いろんな種類のネズミが突然変異を起こしたように巨大化しているると思われるのですが」

「そもそも、巨大化なんて本当の話なのかね？」

立花が眉をひそめて柊を見つめ返したとき、斜め後ろで大きな声がした。

「そうですよ。いい加減なことを言っちゃあ、いけない」

驚いて振り返ると、スーツを着た背の高い男が立っていた。両手をポケットに入れ、口の端をゆがめてこちらを見つめている。目の奥だけが笑っているように見えた。

この男、どこかで――。

天然パーマの髪と首から下げた厚生労働省の身分証を見て、思い出した。文部科学省で地磁気逆転に関する記者会見が開かれたとき、ある記者の発言に対して後方から「オカルトですよ」と大声で言い放った男だ。

男の後ろに半分隠れるようにして立っていたもう一人の男が、一歩前に出て頭を下げる。こちらの男は環境省の身分証を下げている。記憶が定かではないが、記者会見場でこの厚生労働省の男の隣にいた人物かもしれない。

「お話し中、すみません」環境省の男が立花と柊を交互に見て、申し訳なさそうに言った。「立花先生、こちら、厚労省の乾さんです」

「ああ、君が。話は水島君から聞いているよ」

乾と呼ばれた男は名刺も出さずにただお辞儀をして、所属と名前を告げた。「地磁気変動対策推進室」のスタッフだという。

「あの……お仕事のお話でしたら、どうぞそちらを先に――」

柊がそう言って立ち上がると、立花がかぶりを振った。

「いや、いいんだ。彼らはたぶん遊びにきただけ。だよな？」

「せめて、勉強しに来たことにしてくださいよ」

きまり悪そうに言った水島の横から、乾が訊いてくる。

「そちらは、取材か何かですか？」

柊は慌てて名刺を取り出し、自己紹介をした。

「『週刊グローブ』――」名刺に目を落としていた乾が、ぱっと顔を上げた。「もしかして、『異形生物大発生！』を書いた人？」

「え？」柊は驚いた。「お読みいただいたんですか」

「まあ、仕事柄」乾は平然と言った。「次はヒビヤウイルスについて書くわけですか。巨大ネズミの次だし、当然そうなるか」

柊は戸惑いを隠せないまま、訊ねる。

「さっき、『いい加減なこと』とおっしゃいましたけど……巨大ネズミのことでしょうか？」

「というより、ネズミが突然変異で巨大化してるって話。そんな事実はありませんよ」

「でも、現に一メートルもあるネズミが目撃されていますが――」

「あれは、そういう種なんです」

「正体が分かったんですか？」声が上ずった。「まだ調査中だと聞きましたが」

「地下鉄の駅構内で見つかった死骸の写真を見たペットショップのオーナーが、なぜか地磁気変動対策推進室に連絡をくれましてね。この世のあらゆる奇妙なことは、とにかくうちに通報すればいいと思ってるのかもしれない」

乾は苦笑して肩をすくめ、続けた。

「そのオーナーが、あのネズミは『アフリカオニネズミ』だと言うんです。最大の特徴である頬袋が見えるから、間違いないと」

「アフリカオニネズミ？」

「アフリカに生息する固有種で、小型犬ほどの大きさになる大型ネズミです。一時期アメリカでペットとして人気が出たのですが、サル痘という病気を媒介したとして、輸入が禁じられた。野生化して都市に適応したものが今もニューヨークなどで目撃されています。〝巨大ネズミ〟としてね」

「それが日本に渡ってきたということですか？」

「貨物船にでも紛れ込んできたんでしょう。不運にも、新種のハンタウイルスを持った個体がね。一年で五十匹も子を産むそうですから、爆発的に増えてもおかしくない」

「でも、そんな情報まだどこにも——」

「健康局の新感染症対策室にはもう伝えてあります。数日前、やっとそれらしきネズミの生け捕りに成功したそうですから、もうすぐ確定するでしょう」

「だったら、あれは」思わず急き込んで言った。「あれはどうなるんです？ 巨大化したラットとか、その他の——」

「ひと言で言えば」乾が人差し指を立ててさえぎった。「観察者バイアス」

隣にいた立花が、ふっと息をもらした。乾の横で立ちつくしている水島は、あきらめの表情を浮かべて乾と柊のやり取りを見守っている。

乾は柊の名刺をもてあそびながら、どこか楽しそうに続けた。

「例えば、こんな話をご存じないですか？　テヘランで放射線の影響を受けた巨大ネズミが大量に発生し、軍隊が出動する騒ぎになった。事故後のチェルノブイリに入った調査チームが巨大ネズミに襲われ、死者が出た」

「初耳ですが……それ、ほんとの話ですか？」

「まさか」乾が肩をすくめる。「かつて広まったことがある噂ですよ。イランはずさんな核開発を強行しているから、そんなこともあり得るだろう。チェルノブイリでは、自分たちの想像を超えるようなことが起きているはずだ——。人々の心には、潜在的にそんな期待がある。観察者が期待を持っていると、それに反する事象が目に入らなくなる。これが、観察者バイアス」

「つまり、錯覚ってことですか？」

「ぎょっとするほど丸々と太ったネズミぐらい、昔からいましたよ。街で大きなネズミを見かけると、異常な大きさだと思い込む。大きなネズミの目撃情報ばかりが巷にあふれ、あたかも世界中のネズミが巨大化しているような錯覚を生む。その錯覚を支えているのは、アフリカオニネズミの存在です。あれは本物の〝巨大〟ネズミですからね」

「そんな……」柊は絶句した。

ずっと黙っていた立花が、静かに口を開く。

「私も、彼と同じ意見だ。宇宙線による突然変異の可能性を云々する前に、本当にそれが異常な現象なのかどうかを客観的に見極める必要があるだろうな。あなたが記事に書いた他の『異形生物』たちについても」

乾は柊の目を真っすぐ見つめ、柔らかく微笑んだ。

「読者の期待に応えるのも結構ですが、行き過ぎるとオカルトになりますよ」


阿佐ケ谷駅前の洋菓子店でショートケーキを四つ買い、商店街を抜ける。

ふと夜空を見上げると、雲の切れ目に赤いオーロラがのぞいていた。通りには勤め帰りの人々が大勢いるが、誰もがマスクで覆った顔を伏せ、早足で歩いている。数週間ぶりに姿を見せた光のカーテンを眺めている者はいない。

いつだったか情報通信研究機構の小高も言っていたように、人々はもうオーロラに飽きてしまっている。求められているのは常に「非日常」なのだ。たとえそれが恐怖の対象でも。

柊が記事にした「異形生物」たちは、オーロラの代替物に過ぎなかった。しかも、立花と乾によって、それがまがい物であることが看破されてしまった。

今日の取材は、収穫が多かった。新しい情報という点でもそうだし、立花と乾の言葉は今も柊の心に突き刺さったままだ。

今日学んだことをそのまま記事にすることはできる。だがそれは、浅田柊という人間を素通りした記事だ。それとも、今の自分の戸惑いをそのまま書けばいいのだろうか。いずれにせよ、「異形生物」たちは実は異形ではなかったという記事を、編集長が受け入れるとはとても思えない——。

そんなことを考えているうちに、マンションに着いていた。

ドアを開けると、廊下にリビングの明かりがもれている。こんな光景は十日ぶりだ。

今日樹が退院してきたので、お祝いをすることになっていた。

「ケーキ買ってきたよ」リビングに入るなり、言った。

「やったーっ！」ソファの上で飛び跳ねていた樹が、駆け寄ってくる。

ダイニングの方に目をやると、楓が食卓でノートパソコンを開いていた。その周りには大量の書類が散乱している。

樹の好物をたくさん作ると言っていたはずなのに、料理は何も並んでいない。それどころか、キッチンからは食べ物の匂いすらしてこない。

「お姉ちゃん、どうかしたの？　何も作ってないじゃない」

柊は楓のうしろに立ち、パソコンをのぞきこむ。液晶画面には、数値と線が描かれた地図のようなものが表示されていた。

「これ何？　どこの地図？」

「私、決めた」楓がぽつりと言った。

「何を？」

「すぐに東京を離れる。樹を連れて」

「松本に帰るの？　そう言えば、こないだお母さんが電話してきたよ。楓はどこで産むつもりなのかって。こっちに帰ってこないのかって。お姉ちゃん、最近お母さんからの電話に出ないんだってね。お母さん、すごく怒って——」

「松本には帰らない」楓はきっぱりと言った。

楓は二ヶ月後に出産を控えている。樹のときは、実家の松本で里帰り出産をした。

「じゃあ、どこに行くのよ？　出産できる病院、そんな簡単に見つからないでしょ？」

「北海道に引っ越す」

「北海道？」

「できるだけ東の果てがいい。根室とか」

「どういうこと？　なんで根室なの？」

「知り合いがそっちに移住していて、誘われてるの。東京で暮らすのはリスクが多すぎる。樹にも、お腹の子にも」

16

「——新しい北極？　いえ、先ほども申しましたように、モンゴルが新たに北極になるというわけではないんです。極の位置が移動してくるわけではなくて——」

水島は受話器をあごと肩ではさみ、同じ説明を繰り返した。空いた両手は、書類の山に紛れ込んだ報告書を探している。

「非双極子磁場の『目玉』と我々は呼んでいますが——え？　いえ、〝非〟双極子磁場です。非常識の〝非〟。もともとモンゴルの辺りには、目玉のような磁気の吸い込み口があったわけです。ええ、地磁気が減り始めるずっと前からです。いや、どこに避難すれば安全かというのは、ちょっと私どもにも——」

それから五分ほど疑問に答え、半ば強引に話を切り上げた。報告書が見つかったのだ。受話器を置くのを見計らったように、室長の田部井に呼ばれた。

「おい水島、報告書まだか」

「すみません、今持っていきます」

書類を手に、小走りで田部井のデスクに向かう。高知県にあるダム貯水池の水質調査結果だ。

先日、アメリカの人工衛星が制御不能に陥り、破片の一部が高知県内に落下した。そうした事故はもう珍しいことではなくなったが、今回は、その衛星がプルトニウム二三八を積んでいたことが問題になった。プルトニウムの崩壊熱を利用した発電炉を搭載していたのだ。

破片の一つがそのダム貯水池に落ちたという目撃証言があり、急遽水質調査が実施された。幸いなことに、放射性物質による汚染は認められなかった。

報告書をめくりながら、田部井が言った。

「さっきの電話、また『多極化』の話か？」

「はい。でも、今のはまだマシです。非双極子磁場についての基本的な質問だけで、移住の相談ではありませんでしたから」水島は苦笑いを浮かべる。

「先週、例の佃浩一郎の番組でも『多極化』の特集を放送したそうだからな。しばらくは関連の問い合わせが続くかもしれん」

磁場強度の低下が進むにつれ、地磁気の分布も大きく様変わりしようとしていた。

地磁気逆転に向けて消失しようとしているのは、双極子磁場――地球の中心に置いた棒磁石が作る磁場――だ。それ以外の、非双極子磁場と呼ばれる成分は、徐々に減衰はしているものの、まだかなりの強度を保っている。双極子磁場の大部分が失われた現在、地磁気の分布は非双極子磁場のそれに近づきつつあった。

非双極子磁場というのは、極地方以外に分布する小さな磁極のようなものだ。主要なものとして五つの小磁極が存在し、それぞれが磁力線の吸い込み口、あるいはわき出し口――非双極子磁場の目玉――になっている。モンゴル、アメリカ、南大西洋にある吸い込み口が小さな北極で、アフリカ大陸西方とオーストラリア南部にあるわき出し口が小さな南極だと考えると分かりやすい。

つまり、現在の地磁気分布では、従来の北極と南極の他に、それと同等か、より磁場の強い三つの北極と、二つの南極が共存しているのだ。一部のマスコミがこれを「地磁気の多極化」と呼び始めると、それがまたたく間に世間に浸透した。

日本列島にもっとも近く、強い影響を与えているのは、モンゴルに中心をもつ目玉だ。この磁場の吸い込み口は、日本にとってのもう一つの北極のように振る舞うので、方位磁針は以前よりも大きく西に振れる。

田部井は報告書から目を離し、水島を見上げた。

「その特集でやってたんだがな、一部の人間の間で、モンゴルやコートジボワールが聖地のように扱われているらしい」

「目玉の中心地ってことでですか」

「すでに酔狂なアメリカ人やヨーロッパ人が集まってきていて、キャンプを張ったり、コミューンを作って共同生活を始めたりしているそうだ」

「やっぱり、少しでも磁場の強いところにいたいという人もいるんですね。そっちの方が健康被害が少ないと思ってるんでしょうか」

「そんな実利的な理由ばかりじゃないと思うがな。二〇一二年の年末に、世界が終末を迎えるという話があっただろう？」

「ありましたねえ。マヤの暦で予言されてるとかで」

「あのとき、フランスのどこかの山にいれば助かるとかで、世界中から人がたくさん集まっただろう？　あれと同じようなもんだよ」

「一種の信仰ですか」

「日本人で実際にモンゴルまで行く人間はほとんどいないだろうが、少しでも近づこうとする人間は出てくるかもしれん。例えば、佐賀や長崎あたりまで行けば、非双極子磁場の強さは東京の三割増になる」

「今のところ、九州方面に引っ越したいという電話はありませんね。モンゴルの磁極からはなるべく離れた方がいいのか、という問い合わせばかりです」

本来、高エネルギー宇宙線による被曝量が多いのは、極地方だ。そこでは、磁力線に沿って飛んできた高エネルギー宇宙線が、簡単に大気圏まで侵入することができる。例えば、高緯度を飛ぶ航空機では、低緯度を飛ぶものに比べて、単位時間あたりの被曝量が二倍以上になることが知られている。

北極と南極がその機能を失いつつある今、磁力線の強力な吸い込み口となっているモンゴルは、宇宙線による被曝のリスクが高いエリアだと言える。

田部井は報告書を机に投げて、やや乱暴に言った。

「なるべく東に逃げようというのは、もう少しものを考える人間だな」

「移住先の候補として、北海道の道東、根室や知床を挙げる人が多いですね。あ、八丈島か小笠原諸島はどうかと尋ねてきた人もいましたよ。小笠原まで行けば、確かに相当違ってくる」

田部井はせわしなくまばたきを繰り返し、ため息まじりに言った。

「無磁場環境を嫌う人間は西へ向かい、宇宙線が怖い人間は東へ逃げる。どっちが正解かは分からんが、そのうち混乱が起きるかもしれんな」

庁舎を飛び出たときには、夜十時を回っていた。

すでに約束の時間を十五分過ぎている。日比谷公園の脇を、早足で内幸町の方に向かう。

巨大なオフィスビルの地下にある飲食店街へと下りていくと、その店はすぐに見つかった。入り口に立てられた黒板に〈ALL 500円!〉と書かれたワンコインバーだ。

ジャズが流れるせまい店内を見渡すと、半分ほどの席が埋まっている。乾は、カウンターの一番奥でスツールに腰かけ、新聞を読んでいた。

「遅くなってすみません」

水島が隣のスツールに座ると、乾が四つ折りにした新聞を突きつけてきた。

「この記事、読んだ?」

それは大日新聞の社会面だった。水島は囲み記事のタイトルを読み上げる。

「〈生物圏に異変じわり 動植物の奇形、異常行動が増加中?〉——。あの浅田さんの記事に似てますね」

「最近埼玉で生まれたという耳のないウサギのことを、大きく取り上げてる。週刊誌も形無しだぜ。〈地磁気逆転、あるいはそれにともなう放射線の増加との関係は不明だが……〉と断ってはいるが、読者の恐怖を煽る書き方をしてる。耳なしウサギや奇形植物が一定の確率で生まれることは、既知の事実なのに」

「大手新聞社のやることじゃないですよね」

「何が起こっても不思議ではないのだから、何を書いても構わない――。そんな風潮が大手マスコミにまではびこってる。まったく、レベル低すぎ」乾はそう吐き捨てて、グラスを傾けた。

水島は生ビールを注文して、乾のグラスの茶色い液体をのぞきこむ。

「何飲んでるんです？　黒ビールですか？」

「ルートビア」

「え？　てことは、ノンアルコール？」

「俺、酒飲めない」

「だったら、バーでなくてもよかったのに」

「この辺りでルートビアが飲める店、ここしかないから」

「そんなの、どこがうまいんです？　湿布みたいな風味の飲み物でしょ？　昔アメリカで間違って注文して、えらい目に遭いましたよ」

水島は一口目の生ビールを喉に流し込み、「ああ」と声をもらした。

「外で生ビール飲むなんて久しぶりですよ。このところ忙しくて」

「年度末だし、普通は忙しくて当然」乾は平然と言った。「うちの部署の連中も、まだみんな役所に残ってる。予算に関わってる奴らは、当分徹夜続きだ」

「またそんな他人事みたいに」水島は手の甲で口をぬぐう。「週明けに衆院で予算案が通過すれば、少しは落ち着くんじゃないですか。それにしても、すごい額ですよね。厚労省の地磁気対策関連予算」

「とくに強気な要求を出したのが、医政局」

「やっぱり医療分野ですよね。今年度ついた補正予算の三倍でしょ？」

「ああ。地磁気問題に関わる医学研究を支援するという名目で、莫大な経費を計上してる。この機を逃すなとばかりに、すでに有象無象がその金にたかってるぜ。何でもかんでも地磁気問題にこじつけて」

「額は違いますけど、うちも同じようなものですよ」

「で、おたくは何が忙しい？　電話番か？」乾が口の端をゆがめて訊く。

「昼間は電話番に時間を取られるせいで、書類仕事がこなせないんですよ」

「巨大ネズミの問い合わせ、まだ来るの？」

「いえ。正体がアフリカオニネズミだと報道された翌日から、そっちはパッタリなくなりました。乾さんたちのおかげですよ」

ヒビヤウイルス肺症候群の発症者は四十人を超えた。だが、アフリカオニネズミの駆除が進むとともに、感染者が増加するペースは徐々に緩やかになっている。

ドブネズミなどの小型齧歯類（げっしるい）がヒビヤウイルスを媒介する可能性はまだ残っているものの、ヒト―ヒト感染を疑う声はほとんど聞かれなくなった。爆発的な感染拡大を懸念（けねん）する論調はメディアからも消え、人々は落ち着きを取り戻しつつある。

乾はポップコーンを口に放り込んで、訊いた。

「じゃあ、今の流行（はや）りは何？」

「もっぱら『多極化』ですよ――」

水島は昼間の出来事を乾に話した。つまらなそうな顔で聞いていた乾は、二杯目のルートビアで唇をしめらせてから、口を開く。

「おたくの室長が言うように、非双極子磁場の目玉に集まってくるような手合いは、合理的な動機など持ち合わせていない。ニューエイジ思想やスピリチュアルなものに取り憑（つ）かれた一部の連中にしてみれば、地磁気逆転は待ちに待った天変地異なのさ」

「待ちに待ったって、どういうことです？」

「選民思想じみた妄想を抱いている人間にとっては、世界の終わりとともに、自分たちだけが生き残るチャンスだ。非双極子磁場の目玉にいれば、『アセンション』が起きると信じている連中もいるかもしれない」

「アセンション？」

「ニューエイジ用語。『次元上昇』とも言う。天変地異とともに、人類がより高次元の存在へと進化すること。こんなこと、説明するのもバカバカしい」

「そういうマンガ、読んだことあるかも」

「だいたい、〝高次元の存在〟って何だ？」酔ったはずもないのに、乾が珍しく荒っぽい口調で吐き捨てる。「科学的なタームを、定義もできないような与太話に使いやがって」

次元上昇——。その言葉を反芻（はんすう）しているうちに、水島はふと思い出した。

「『零への階段』も、そういう団体なんですかね。ほら、例の分杭峠の」

「ああ、白装束の集団」

「彼らはおそらく、磁極じゃなくて、〝ゼロ磁場〟の方を崇拝しているわけですけど。団体名に『階段』とついてるところが、どことなくアセンションに通じる気がしません？」

「その団体については、何か分かったの？」

「まあ、ほんの少しですけど――」

水島はこれまでに得た情報をかいつまんで説明した。

「代表の船戸という男は、なんで『GMI』を辞めたの？」乾がコースターをもてあそびながら訊く。「自分だけ神がかっちゃったから？」

「いえ、人類学の研究が忙しいからと言って、活動に参加しなくなったそうです」

「人類学？」

乾は眉をひそめ、しばらく考え込んだ。

帰りに立ち寄ったコンビニで、缶ビールを二本買った。乾といたワンコインバーで、生ビール二杯とウイスキーのソーダ割りを一杯飲んだが、今夜はもう少し飲みたい気分だった。

江東区清澄にある官舎の敷地は、もう静まり返っている。ここには、聡美と結婚したときに入居した。当時はまだ建て替えられたばかりで、初めは官舎暮らしに難色を示していた聡美も、一目見てここを気に入った。

郵便受けを開くと、聡美宛てのダイレクトメールが二通入っていた。その中身を確かめながら階段を上る。

一通は、ＥＸ菌なるものを飲料にした商品の広告だった。どこかの博士が開発したというＥＸ菌には、体内の放射性物質を排出する効果がある、と大げさに書いてある。

もう一通は、塩の広告だ。特殊な製法で作られたというこの塩は、不純物のない美しい結晶をしていて、料理に使うと低線量被曝の治癒に効果があり、盛り塩として部屋の隅に置くと放射線の侵入を防ぐ、という触れ込みだった。

水島は、玄関のドアを開けて廊下の照明をつけ、一番手前にある夫婦の寝室に入った。

ベッドの上には、聡美宛てに送られてきたダイレクトメールや試供品、入会案内の封筒などが散乱している。ほとんどの商品は、放射線対策や弱磁場対策に効果があると謳った健康食品やサプリメントの類いだ。

去年、地磁気減衰の脅威が広く世間に知れ渡ると、聡美はインターネットを通じてこうした商品を手当り次第に買いあさった。当時の聡美は、根拠があろうがなかろうが、妊娠する上でマイナス要因となりそうなことを完全に排除しようとしていたのだ。

水島は、高価なインチキ商品に金をつぎ込む妻に、ひと言の文句も言わなかった。

聡美に命じられるまま、水道水から「磁化水」なるものを作る装置をキッチンに取り付けた。そのメーカーのウェブサイトによれば、地磁気の弱化によって水源地の水が〝劣化〟しているので、その装置を使って水道水を〝磁化〟してやる必要があるということだった。装置と言っても、一組の磁石の間を水が通るようにしただけのものだ。十万円の価値があるとはとても思えない。

聡美は、この手の商品を扱う業界の顧客リストに載ってしまっているらしい。一度も購入したことがない会社からも、頻繁にダイレクトメールが送られてくる。

水島はベッドの端に腰かけて、今日届いた二通を郵便物の山の上に放り投げた。聡美が実家に帰ってからというもの、リビングに布団を敷いて寝ているので、マットレスの感触を味わうのも久しぶりだった。

缶ビールのプルタブを乱暴に引き上げ、一息にあおる。

乾がこのありさまを見たら、何と言うだろう——。水島は思わず自嘲した。乾の前では、無知な市民の相手も大変だ、などと愚痴っているくせに、自宅は怪しげな地磁気関連商品であふれている。半ばノイローゼのようになってしまった妻の説得すらできないでいるのだ。

水島はベッドに仰向けに倒れ込んだ。

投げ出した右手が、厚手の紙に触れた。何気なくそれを手にとった水島は、思わず体を起こした。〈ゼロ磁場〉と〈階段〉という文字が目に飛び込んできたからだ。

それは自然食品販売会社のパンフレットで、裏表紙にあたるページに〈特別セミナーのお知らせ――妊娠をお考えの皆さんへ〉と書かれている。問題の文字は、案内文の冒頭にあった。

〈私たちは今、ゼロ磁場への階段を上り始めています。このような時代に子供を産み育てることには、たいへんな不安がともなうでしょう。このセミナーでは、そんな女性たちに――〉

水島はその先を読みとばし、右下にある講師の顔写真に目をやった。その横に書かれていた名前は、〈船戸みつ子〉。肩書きは聞いたことのない民間研究所の代表となっている。

ゼロ磁場への階段――。

船戸――。

水島は、ベッドに散らばった郵便物をかき集め、その自然食品販売会社から送られてきたものが他にもないか、探し始めた。

17

高円寺にあるコミュニティセンター二階の和室には、九人の母親たちが集まっていた。

前回柊がここを訪ねたときに比べると、少し人数が減っている。「地磁気問題を考える母親の会」代表の寒川と、山内ら三、四人の主要メンバーは揃っていたが、その他は初めて見る顔ばかりのような気がした。

部屋の中の様子も、以前より雑然としている。壁に貼られた地磁気問題啓蒙のためのポスターはところどころ剥がれかけていて、横倒しになったボックスファイルから飛び出た資料が畳の上に落ちている。

長机の真ん中に一つ空いた座布団を柊にすすめながら、寒川が申し訳なさそうに言った。

「ごめんなさい。今日はちょっと集まりが悪くて」

「新しい方もたくさんいらっしゃるようですね」

柊がそう応じて座布団の上で膝を折ると、正面に座る小太りの女性があからさまな作り笑いを浮かべた。

「そうなんです。メンバーがかなり入れ替わったんですよ。うちもいろいろありまして――」小太りの女性は含みを持たせて言う。

「だから」話題を変えるように、横の山内が口をはさんだ。「新しいメンバーにも、ぜひ浅田さんのお話を、と思って」

「そう言えば、最近うちの姉もときどきここにお邪魔しているようで」柊は山内に頭を下げた。山内は楓と同じ産科に通っている。

「楓さんだけじゃないですよ。他の小学校からも、ＰＴＡの役員さんが勉強会に参加してくださるようになりました」

「地磁気問題に対する教育関係者の意識はまだまだ低いですからね」寒川が真顔で言った。「教師たちに任せていられないという気持ちはよく分かります。まず親たちが声を上げていかないと」

柊が寒川の誘いに応じてもう一度この場で話をする気になったのは、楓の一件があったからだ。北海道に移住すると宣言して以来、楓はその計画の中身をろくに柊に説明しようとしない。ここへ来れば、妊婦や幼い子供を抱える母親たちの間の移住事情について、何か情報が得られるのではないかと思ったのだ。

柊は言葉を選びながら、その話題を振ってみた。

「うちの姉が言っていたのですが――最近、北海道などに移住するお母さんたちが出始めたようですね。姉も、根室に移住した知り合いから誘われたみたいで……」

「そうなんです！」小太りの女性が前のめりになった。「それでうちもね――」

「ちょっと」山内が眉をひそめて女性を小突く。

そのやり取りを見ていた寒川が、小さくため息をついた。怪訝な顔の柊に向き直り、あきらめたように言う。

「会のメンバーの中にも、移住の話ばかりする方たちが出てきましてね」

「そう、移住推進派」小太りの女性が口をとがらせた。

「ここには顔を出さずに、別の場所に集まって移住の検討会のようなことを始めたんです。実際にもう何人かは子供を連れて北海道に引っ越したそうです」寒川は淡々と言った。

「他のメンバーに移住の斡旋みたいなことをされても困るし、その人たちには退会してもらおうということになって」山内が無理に明るい声を出した。

「そうでしたか……」柊は神妙な顔で言った。

つまりは、「移住推進派」と「反移住派」に分裂したということか――。メンバーが大幅に入れ替わっていた理由が、やっと分かった。この部屋の散らかりようが、最近この会に起きたもめ事を反映しているような気がした。

寒川は感情を表に出すことなく続ける。

「確かに、このまま地磁気の『多極化』が続いた場合、モンゴルにある磁極の近くでは、宇宙線被曝のリスクが高くなる可能性があると思います。ですが、東都工科大の城先生のお話にもあったように、人体にとっては無磁場環境も大きなリスクになり得る。わざわざ日本で一番磁場の弱いところを選んで引っ越すなどということは、時期尚早ではないか。私たちは、そういうスタンスです」

「そう」小太りの女性が大きくうなずいた。「もしかしたら、ちょっとでも磁場の強い場所で暮らす方がいいということになるかもしれませんもの。私が聞いた話ではね、対馬がいいんですって、長崎の。あそこが今一番磁場が強いんですって」

どうやらこの女性は「反移住派」というわけでもないらしい。不安なことを拾い集めずにはいられないくせに、何かを決断して思い切った行動に出るのも怖いのだ。世の多くの母親は、この女性と似たようなものだろう。

「でも、移住する、と簡単に言っても、そんな田舎で生活の基盤を一から作り上げるのは、大変なことですよね？」柊は寒川に意見を求めた。

「だと思います。移住にもいろいろなパターンがあるようですが、うちの元メンバーの一人は、ある農業法人を頼ったようです」

「移住者を支援するような団体ですか？」

「ええ。詳しいことは私も知りませんが、北海道の農場で移住者が共同生活をするということでした。自給自足とまではいかないでしょうが、経済的な負担は少なくて済むようですね」

「昔よく話題になった農業コミューンみたいなものでしょうか」

「思想的な背景があるのかどうかは分かりません」寒川はかぶりを振った。「いずれにせよ、自分たちだけどこかに逃げ出せば済むような話ではありませんよ」

「モンゴルの磁極だって、そのうち消えてなくなるかもしれないし」山内が口をはさむ。

寒川は壁に貼られた手書きのグラフを指差した。会のメンバーがガウスメーターで毎日測定している地磁気強度の記録だ。

「私たちの計測では、東京の磁場は一昨日ついに一〇マイクロテスラを切りました。地表に届く放射線量に大きな変化はないと政府は言い続けていますが、二次宇宙線についてはデータを一切公表していません。私たちがもっと強く情報開示を求めていかないと」

「ヒビヤウイルスも怖いですしねえ」小太りの女性が両腕で自分の胸を抱きしめた。

「あの巨大ネズミが〝アフリカなんとかネズミ〟だというのは分かっても、ヒビヤウイルスが新種のウイルスだってことに変わりはないんでしょう？　これからも新しい病気がどんどん出てくるかもと思うと、ほんとに怖くって」

「御用学者は、新しいウイルスの発生と地磁気逆転との関係を否定してるけど、鵜呑みにはできないよね」山内が険しい顔で同意する。

「今日はその辺りのことも含めて、浅田さんに解説をお願いしたいんです」寒川が柊の目を見て言った。「先日『週刊グローブ』に書かれた『異形生物大発生！』という記事も、たいへん興味深く拝見しました」

「それはどうも……ありがとうございます」柊は歯切れ悪く礼を言った。

新顔たちが熱い視線を向けてくる中、用意してきた資料を配り、取材メモを見ながら記事の内容を詳しく説明した。長机を囲んだ九人の母親たちは、感心したように柊の話にうなずいていた。とくに、城教授の言う「地磁気逆転が生物の進化を加速する」という仮説は、記事で触れられていないこともあって、ひときわ興味を引いたようだった。

ところが、国立環境研究所で立花と乾に聞かされた「観察者バイアス」のことに話が及ぶと、案の定、皆の瞳が曇った。

柊は言葉をかみしめるようにして、解説を締めくくった。

「――このことを第二弾の記事にしようかとも思ったのですが、まだできずにいます。自分で書いておきながら、『異形生物』たちのことをどう解釈すべきか分からなくなったというのが、正直なところです。ですが、巨大ネズミの正体がアフリカオニネズミだと分かってからというもの、ネット上の巨大ネズミ目撃情報が目に見えて減ったのは本当なんです。奇形植物やペットの異常行動だけでなく、巷にあふれているいろんな〝異常〟も、同じように説明できるかもしれない」

「でもですよ」寒川が間髪をいれずに反論する。「それが『観察者バイアス』だと言っているのは、国立研究所の学者と、厚労省の役人なんですよね？　二人とも、あちら側の人間でしょう？」

「いえ、厚労省の人はともかく、立花先生がいわゆる御用学者だとは、私には思えませんでしたが……」

つい立花と乾に肩入れしようとしている自分に気づき、柊は口ごもった。ジャーナリストの端くれとして、さすがに抵抗を感じたのだ。

「それに」今度は山内が畳み掛けてくる。「私たちが集めた資料によれば、原因不明の頭痛、下痢、不眠などを訴えて病院を訪れる人が、明らかに増えています。うつ病の患者数が増加しているという話も新聞に出てましたよね？　こういうことは、ちゃんと数字として出ているわけですから」

それも構図としては同じだ。体調不良を地磁気と結びつけて過度に心配する人間が増えたと考えれば、説明がつく――。柊はそう思ったが、口には出さずにおいた。

どこか気まずい空気が流れる中、寒川が声のトーンを明るくして言った。

「では、いったん休憩ということにして、お茶でも淹れましょう」

新入りの母親たちは、ほっとしたような表情で立ち上がり、てきぱきとお茶の準備を始めた。

緑茶をすすりながら茶菓子をつまんでいるうちに、すっかり雰囲気も和んだ。

「そうそう、山内さん、あれ知ってます？」小太りの女性が、チョコレートの包み紙をむきながら言った。「妊婦さん用の放射線防護エプロン」

「知ってる知ってる！」山内が声を高くした。「お腹のところに鉛が入ってるやつでしょ？　こないだマタニティ雑誌で広告見たよ」

「私のお友だち、買ったって言ってました」別の若い母親が、長机の端で手を挙げた。

「色はピンクとかオレンジでかわいい感じらしいんですけど、とにかく重いんですって。とても着けて歩けないって、不満そうでした」

「そりゃそうだよね。そうでなくてもお腹が重いのに」山内が可笑しそうに言った。

「それにしても、地磁気関連商品、最近すっごく増えてると思わない？」

「ビジネスチャンスととらえている企業も多いでしょうからね」柊もうなずく。

「地磁気関連商品は、数が増えてるだけじゃなくて、だんだん大掛かりになってきてるでしょう？」寒川が一同を見回して言った。「うちの近所にも、例の『ＧＭジェネレーター』を入れたお宅があるわよ」

小太りの女性が「へーっ！」とかん高い声を上げ、何人かが「すごーい」と驚きの声をもらした。

「ＧＭジェネレーター」というのは、ひと言で言うと、〝正常な〟磁場環境を室内に実現するための装置だ。とあるベンチャー企業が開発したシステムで、ニュース番組で取り上げられるなど大きな話題となっている。

外観は金属のフレームが直方体に組まれただけのもので、柵のない檻のようにも見える。フレームには三組のコイルが内蔵されていて、それぞれが直交する三軸方向に磁場を発生する。その強さを調整することで、以前の地磁気と同等の磁場をフレーム内部の空間に作り出すという仕組みだ。ユーザーはフレームを室内に設置し、その中で生活することになる。

このシステムが優れているのは、外部の磁場変動をセンサーで検知して、フレーム内部の磁場を常に一定に保つことができるという点にある。つまり、地磁気が今後どのように変化しようとも、ユーザーがそれを気にかける必要はない。

「でも、さすがに全部の部屋には入れられないでしょ?」山内が訊いた。

「そんなことしたら、何千万かかるか分かりませんよ!」小太りの女性が目を丸くする。

「そのお宅では、まず寝室にだけ入れたそうよ。過ごす時間が一番長いからって」寒川が言った。

「そう言えば——」山内が柊に視線を向けてくる。「楓さんのご主人も、そっち関係のお仕事をされてるんですよね?」

「え——」思わず言葉につまった。山内が知っているとは思っていなかったのだ。

「ええ、まあ、そっち関係というか……」

柊がそのことを楓から聞いたのは、三日ほど前のことだ。北海道移住の件についてあれこれ問い質しているうちに、楓が卓志に対する不満を柊にぶちまけたのだ。卓志が仲間と立ち上げたのは、「磁場環境測定」をおもな業務とする会社だという。精密な磁場計測器を用いて一般家庭や会社の磁場環境を三次元的に測定し、「GMジェネレーター」をはじめとする磁場制御システムの導入についてコンサルティングをおこなうらしい。

会社が軌道に乗るかどうか分からないし、仕事が増えれば卓志も出張ばかりになる。そもそも、地磁気の心配ばかりするなと楓には言っておきながら、人の不安につけこむような仕事を始めたことが何より腹立たしい――というのが楓の言い分だった。

興味深そうに視線を向けてくる一同に、柊はぎこちなく笑いかけた。

「――詳しいことは私も聞いていないのですが、システムエンジニアとして、今は地磁気に関わる仕事をしているようです――」

18

曾根あかりの実家は、宇都宮駅からタクシーで十分ほどの静かな住宅街にあった。

黒ずんだブロック塀に囲まれた古い一戸建てで、増築されたと思しき二階の一部だけ、屋根の色が違っている。手入れが行き届いているとは言えない庭木の枝が、塀の穴から外にはみ出していた。

〈曾根〉と彫られた表札を確かめてインターホンを押すと、「はい」と女性の声が応えた。

「突然申し訳ありません。私、浅田と申します。実は、あかりさんのことでお伺いしたいことがありまして、東京から参りました」

数秒間の沈黙のあと、「お待ちください」と女性は告げた。しばらくして玄関のドアが開き、六十前後の小柄な女性が出てきた。切れ長の目が、曾根あかりと瓜二つだ。

直接家を訪ねて正解だった——。名刺を取り出しながら、柊は思った。曾根の不倫相手だった東京大成銀行の北川からは、ここの住所とともに電話番号も知らされていた。だが、電話越しに何を訴えたところで、怪しまれて途中で切られるのがオチだっただろう。

「『週刊グローブ』……」曾根の母親は名刺を見てつぶやくと、はっとして顔を上げた。「娘に、あかりに何かあったのでしょうか？」

「いえ、そういうわけでは——」

言いかけた柊の腕を、曾根の母親がいきなりつかんだ。奥の方を気にしながら門の外に出ると、声をひそめて言う。

「今、主人が家にいるんです。主人に聞かれると面倒なので」

腕をつかまれたまま、家の斜め向かいにある月極駐車場の敷地に入った。

柊は、時間をかけて丁寧にこれまでの経緯を説明した。ただ、曾根が身ごもった子の父親の素性だけは、伏せておいた。

柊の話を聞き終えた曾根の母親は、目を潤ませて言った。

「――やっぱり、あの子の居場所はご存じないのですね」

「ということは、あかりさんがどこに引っ越したかは、ご両親も――」

「知りません」曾根の母親は細い首を横に振る。

「お母さまも、あかりさんとあまり連絡をとられていなかったんでしょうか？」

「あの子はもう何年もこの家には帰っていませんが、私とはたまに電話で話をしていたんです。妊娠が分かってからも、月に一度くらいは。地磁気のことが心配だから、母親たちの勉強会に出ているという話も、聞いたことがあります。最後にあかりの声を聞いたのは、一月の終わり頃だったと思います。私の携帯に、知らない番号から電話があったんです」

「知らない番号？」

「ええ。携帯電話の番号です。『あんた、番号変わったの？』と訊いたら、『携帯は解約したので、知り合いの電話を借りてかけている。アパートも引き払った』なんて言うんです。びっくりして、どういうことか訊ねたんですが、『出産のためにこれからしばらく東京を離れるけど、心配は要らないから』って」

「あかりさんは、妊娠何ヶ月ですか？」

「今は――」曾根の母親は指を折って数えた。「七ヶ月に入るか入らないかだと思います。だから私、『いったいどこで産むつもりなの？』って、しつこく問い質しました。でもあの子、『ちゃんとしたところだから心配ない。事情があって居場所は言えないけど、生まれてくる赤ちゃんのためにも、警察に相談したりは絶対にしないで』としか言わなくて」

曾根が電話を借りた人物の存在が、気になった。一時行方が分からなくなっていたという友人の妊婦のことだろうか――。

「その、知り合いという方の名前は、お分かりになりますか？」

「あの人がそうなのか、確かなことは分かりませんけれど」曾根の母親は記憶をたどるように言う。「電話があった翌日、どうしても心配になって、その番号にかけ直してみたんです。そしたら、落ち着いた女性の声で『はい、小早川です』と」

「小早川さん、ですね」柊は念を押しながら、メモをとる。

「聞き覚えのない名前でした。少なくとも、あの子の学生時代の友だちに、小早川という人はいないはずです」

「その小早川という女性と、何かお話しになりましたか？」

「いいえ、私が名乗った途端、一方的に切られてしまったんです。それから何度かかけたのですが、出てもらえませんでした。そのうち、電話をつなぐことができない、というアナウンスが流れるようになってしまって」

「その電話のあとは、まったくの音信不通ですか？　例えば、電子メールが送られてきたりということは――」

続きをさえぎるように、曾根の母親が一歩柊に近寄った。

「十日ほど前、手紙が届いたんです。ちょっと待っていてください。取ってきます」

母親は柊の腕に軽く触れると、小走りで駐車場を出て行った。

二分もしないうちに戻ってきた曾根の母親は、白い無地の封筒を柊に差し出した。中に入っていたのは、細長い一筆箋と一枚の写真だ。

一筆箋には、〈母子ともに元気です。あと四ヶ月、がんばります〉とだけ、ボールペンで書かれていた。確かに娘の筆跡だという。

柊は写真を手に取った。薄暗い廊下のようなところで、白い壁をバックに、水色のマタニティウェアを着た曾根が立っている。柊が知っている姿とは違って、お腹が大きい。相変わらず笑顔はないが、頬が少しふっくらしたように見える。

「ここ、病院でしょうか？」柊は白い壁を示して訊いた。

「分かりません。封筒には住所も何も書かれていませんし」

「消印は――」柊は封筒の表を確かめた。「都内だ。池袋の郵便局ですね」

「とりあえず元気そうな姿を見て、少しは安心したのですけれど……」曾根の母親は辛そうに肩を落とした。

結局、聞き出せたのはそれだけだった。曾根からの手紙は封筒ごと柊の方でしばらく預からせてもらうことになった。新たな情報が入ればすぐに連絡をとり合うことを約束して、駐車場の入り口で別れの挨拶を交わした。

「わざわざ来ていただいたのに、お茶も出さずにこんなところで、申し訳ありません」曾根の母親は最後にもう一度頭を下げた。「主人は、娘のことになると、すごく感情的になるものですから。あの人はあの人なりに、自分を責めているんだと思います。自分が勘当したせいで、あの子が姿を消してしまったんじゃないかって」

柊は、野方駅前にあるマタニティクリニックの前で、誰かが出てくるのをじっと待っていた。

　ここは、曾根が失踪前に通っていた産科医院だ。先日ここを訪ねたときは、曾根と付き合いのある妊婦を見つけることはできなかった。だが今はもう一つ手がかりがある。

　午後三時過ぎに宇都宮から新宿に戻った柊は、その足でここ中野区野方までやって来た。二時間近くクリニックの玄関脇に立ち、何人かの妊婦に声をかけてきたが、すべて空振りに終わっている。そろそろ医院のスタッフに見とがめられるかもしれない。最後に話を聞いた妊婦が出てきてから、二十分以上経つ。すでにガラス扉には〈本日の診療は終了しました〉と書かれた札がかかっている。今日はあきらめて帰ろうと踵を返したとき、扉が開く音がして、背後から声をかけられた。

「柊――？」

　驚いて玄関の方を振り返ると、マタニティウェアの女性が目を丸くして立っている。

「日奈子――？」長かった髪がショートになっているが、間違いない。高校時代の同級生、田上日奈子だ。

「やっぱり柊だ！　すごい偶然！」日奈子は顔を輝かせて近づいてくる。「どうしたの？　もしかして、ここに通ってるの？」

「ううん、違うんだけど……日奈子こそ、なんで東京に？」日奈子は地元の松本で就職し、社内結婚した。柊も結婚式に出ている。

「去年の秋、ダンナの転勤でこっちに来たの。ごめんね、連絡もせずに」日奈子はふくらんだお腹をさすりながら、早口でしゃべり続ける。「引っ越してきてすぐ妊娠が分かって、もうバタバタでさあ。今六ヶ月なの。同窓会で会って以来だから……あれ、何年前だっけ？　こっちはテレビで柊の顔を見てるから、そんなに久しぶりって感じしないけど」

「テレビなんて、去年のことだよ」柊は自嘲した。

「でもすごい活躍じゃん。松本でみんな言ってたんだよ。番組で挨拶する柊のお辞儀の仕方、道場で礼するときとまったく同じだって」日奈子がおどけて極端に両肘を張り、手を腰に当てて固い動きで頭を下げる。「あれがすっごい可笑しくてさ」

「なによそれ」柊は笑いながら口をとがらせた。

柊と日奈子は同じ弓道部に所属していた。柊は二年生のときに副部長をつとめた。同学年の女子部員五人は仲がよく、どこへ行くのも何をするのも一緒だった。卒業後も松本でよく集まっていたのだが、柊以外の四人が相次いで結婚してからはそんな機会もすっかり減っている。

互いの近況を報告し合ったあとで、あらためて日奈子が柊のパンツスーツに目をやった。

「どこかでお茶でもしたいけど――仕事中？」

「うん、まあ」

「取材？　でも、なんで産婦人科になんか」

いぶかしがる日奈子の顔を見ながら、考えた。いくら友人とはいえ、まだ失踪事件と決まったわけでもないことをすべて話すわけにはいかない。

「詳しくは言えないんだけど、人を捜してるの」柊は手帳にはさんだ曾根の写真を見せた。「以前このクリニックに通ってたこの妊婦さん――曾根あかりさんという人なんだけど――見たことない？」

「うーん」日奈子が首をかしげる。「見覚えないなあ」

「じゃあ、『小早川』って名前の女の人、知らない？」

「その人も妊婦さんなの？」

「それはちょっと分かんないんだけど、このクリニックに出入りしてる可能性が――」

そのとき、再びガラス扉が開いて、ピンク色のスリングをかけた女性が出てきた。

日奈子が親しげに声をかけた。

検診でも受けていたのか、乳児を抱いている。こちらに会釈するその若い母親に、日奈子が親しげに声をかけた。

「どうだった?」

「うん、母子ともに何も問題ないって」

「よかったでちゅねー」スリングの中をのぞきこんで言った日奈子が、ぱっと顔を上げた。「そうだ、祐美さんなら知ってるかも。わたしよりここ長いし。ねえ、曾根さんて妊婦さん、知ってる?」

「曾根あかりさんという方です」柊は付け加えながら写真を見せた。

「さあ」若い母親が眉根を寄せる。「ちょっと分かんないですけど……」

「じゃあ、もう一人は? 名前、何だっけ?」日奈子が横から言う。

「小早川さんという女性なんですが、いかがでしょう?」

「小早川……あ!」若い母親が手をたたいた。「あの『説明会』の人が、確か『小早川さん』って呼ばれてたような気が。ここの待合室で一度会っただけなんですけど、かっこいい名字だったから印象に残ってるんです」

「かっこいいって、また戦国武将?」日奈子が笑いながら柊に顔を向ける。「祐美さんて、こう見えて歴史オタクなんだよ」

「その『説明会』というのは？」柊は日奈子に構わず訊いた。

「ここに通ってた知り合いのプレママが、その小早川さんて人に誘われて『説明会』に行くって言ってたんです。『何の説明会？』って訊いたんだけど、はぐらかされちゃって。そのあと、そのプレママもこのクリニックで見かけなくなったので、結局何も分からずじまいだったんですけど」

「見かけなくなったということは、転院されたんでしょうか？」

「たぶん。だから、新しくできるクリニックの説明会だったのかなって思ったりしたんです。ほら、分娩の受け入れに定員とかありそうじゃないですか。だからあんまり人に言いたくなかったのかなって。どのみちわたしはもう臨月も近かったし、転院なんてとても考えられなかったですけどね。それか——」

若い母親はスリングを揺らしながら、虚空に視線を向けた。

「もしかしたら、地磁気関係の『説明会』だったのかもしれない。そのプレママ、『小早川さん、地磁気問題についてもすごく詳しいんだよ。わたしもいろいろ教えてもらってるんだ』って言ってましたから」

「そっか！」日奈子が口をはさむ。「だから柊が取材してるのか。地磁気と言えば、我らが浅田柊だもんね」

「まあ、それだけじゃないんだけど……」

柊の歯切れの悪さも意に介さず、日奈子はのん気な調子で続ける。

「地磁気の説明会かあ。プレママ向けだったら、わたしも参加してみたいかも」

若い母親は顔の前で手を振った。「いや、分かんないよ。全部わたしの想像だし」

間違いない——柊は確信した。

突然姿を消した妊婦たちの周辺には、小早川という女の影が見える。曾根が親しくしていたという妊婦も、同じように小早川の手引きで行方をくらましたのだろう。さらに小早川は、友人の身を案じていた曾根の前にも現れ、どこかに連れ去ったのだ。

柊はボールペンを握りしめ、若い母親に訊いた。

「そのお知り合いの妊婦さんのお名前を、教えていただけませんか？」

女性の名前は、駒井千夏（こまいちなつ）といった。正確な住所までは知らないが、住んでいるマンションは分かるというので、その場所を教えてもらった。

夫と二人暮らしとのことだったので、夜八時になるのを待って、そこを訪ねた。

それは中野駅から北に歩いて五分ほどのところにある古い分譲マンションだった。

真っ白に吹き付けられた外壁と、ベランダの柵にほどこされた草花模様の装飾が、かえって時代を感じさせる。

正面玄関の郵便受けに名札がついていたので、部屋番号はすぐに分かった。オートロックの自動ドアの脇にあるインターホンでその番号を押すと、暗い声の男性が出た。駒井千夏の夫だというその男は、柊の来訪の意図を聞いても、よく事情が飲み込めないようだった。だが、千夏と同じ場所にいると思われる妊婦の母親が、娘の様子をとても心配しているのだ、と告げると、渋々ながら話を聞いてくれることになった。

ドアを開けた駒井の夫は、仕事から帰ったばかりなのか、ワイシャツにスーツのパンツという姿だった。せまい土間には、ビールの空き缶が大量に入ったゴミ袋が転がっている。

柊があらためて経緯を説明すると、駒井の夫は面倒くさそうに言った。

「お教えできることなんて、何もありませんよ」

「ご主人も、奥さまの居場所はご存じない？」

「仕方ないじゃないですか。それが条件だっていうんだから」

「条件？」

「その施設に入るための条件ですよ。場所も名前も、家族にさえ言っちゃいけないそうです。『選ばれた妊婦だけに与えられた秘密の特典みたいなものだから』って。そんなおかしな話があるかって、最初は俺も反対しましたよ。施設があるのは田舎の方だっていうし、何かあったときにすぐ駆けつけることもできない。でも千夏のやつ、『赤ちゃんのためには最高の環境だから』って、絶対に引こうとしないんです。俺も根負けしちゃいましてね。里帰り出産だとでも思うことにして、あきらめました」

「あきらめたって……ご心配ではないんですか？」

「そりゃあ多少は心配ですけど」駒井の夫は口をとがらせた。「定期的に連絡も寄越しますし、お腹の子も順調そうだし」

「連絡があるんですか？」

「連絡っていっても、手紙ですけど。月に一回ぐらい」

「それ、見せていただくことはできませんか？」

駒井の夫は、聞こえよがしにため息をついてリビングに消えると、白い封筒を持って戻ってきた。中から取り出したのは、細長い一筆箋と一枚の写真だ。

見比べるまでもなく、曾根が母親に送ったのと同じ一筆箋だった。〈六ヶ月目に突入！ こないだお腹けったよ！ すべて順調でーす！〉と書いてある。

写真の構図もまるで同じだ。白い壁の前で、若い妊婦が笑顔でピースサインをしている。まだ表情にあどけなさが残る、茶髪の女性だった。

封筒をあらためた柊は、消印の〈池袋〉という文字を見て確信した。
妊婦たちの家族との連絡は、完全に管理されている——。
柊の背中に冷たいものが走った。

Phase IV

急転回

19

5 months BR

〈宇宙天気日報〉

5月13日、活動領域3609でCクラスフレアが数回発生しました。22時頃（UT）に衝撃波が到達し、地磁気活動はやや活発です。無線通信障害はR2級（NOAAスケール）で、短波通信およびGPSに短時間の障害が発生する可能性があります。

（注：地磁気強度の低下にともない、航空機の乗員、乗客への放射線レベルは非常に高い状態が続いているため、太陽放射嵐のクラスによるリスク評価は中止しています）

「ただいま――」

取材から戻った柊は、真っ暗な廊下に向かって言った。

誰の返事もないことにも、もう馴れた。居候だったはずの自分が、気づけばここの主になっている。

フローリングの足触りは五月とは思えないほど冷たい。和室にバッグを置き、コンビニの袋だけ持って、リビングに入る。

テレビをつけると、ちょうど「佃とトークバトル」のコーナーが始まったところだった。キャスターの佃浩一郎の他に、今日もパネラーが二人いる。

佃の険しい顔がアップになった。

〈――つまり、今地表で観測されている放射線量の増加は、おもに二次宇宙線によるものと、そう考えていいわけですね?〉

〈そういうことです。この図をご覧ください〉

力強く答えた男は、西都大学宇宙線研究所の教授だ。このところ、この赤ら顔をした男をテレビで見ない日はない。

教授は、カラフルなイラストが描かれたフリップを机に立てた。上から〈宇宙〉〈大気〉〈地表〉と色分けがしてあって、宇宙空間から大気に〈高エネルギー宇宙線〉

と書かれた赤い矢印が飛び込んでいる。赤い矢印は大気中でたくさんの青い矢印へと枝分かれし、青い矢印はさらに白い矢印へと枝分かれしている。

それを順に指で示しながら、赤ら顔の教授が言う。

〈宇宙からやってくる高エネルギー宇宙線はですね、大気上層で酸素や窒素の原子核と衝突して、陽子や中性子、パイ中間子などを放出します。青い矢印で示したのがそうです。それらがまた別の原子核にぶつかったり変化したりして、白い矢印で示したガンマ線や電子などを放出する〉

〈なるほど。まるで玉突きのように次々と、いろんな種類の放射線が〉佃が言った。

〈はい。それら大気中で生じた二次的な素粒子を総称して、二次宇宙線と呼んでいるわけです〉

〈そういったものが、常に地表に降り注いでいると〉

〈ですから「宇宙線シャワー」とも呼ばれます〉

〈今、そのシャワーが俄然勢いを増してきているということですね？〉

〈そういうことです。地磁気のシールド効果が著しく弱まったことで、大気上層に入射してくる高エネルギー宇宙線の量がぐっと増えましたからね。シャワーの根もとに供給される水量が増えたようなものです〉

〈しかし、これまでの専門家の説明によれば、エネルギーの高い危険な粒子は、大気を通過するうちに勢いをそがれてしまって地表まで届かない、と。我々のところまで届くのは、エネルギーの低い素粒子だけだ、という話だったと思うのですが〉

〈それは、高いエネルギーを持った粒子が地上まで届くのは稀だ、という意味です。まったく届かないわけではない。入ってくる宇宙線量が増えた分、地表に達する高エネルギー粒子の数も増えるのは当然のことです。今年一月の段階で年間〇・三八ミリシーベルトだった宇宙線量が、今月に入ると年間二ミリシーベルトに跳ね上がったわけだから。相当なもんですよ〉赤ら顔の教授は一人うなずいた。

〈〇・三八だったものが、いきなり二に。ざっと五倍ですね〉佃は五本の指を開いた。

　地表で観測される自然放射線量が目に見えて増え始めたのは、およそ一ヶ月前——東京の地磁気強度が八マイクロテスラ台に入った頃のことだった。

　文部科学省がそのデータを公表すると、当然のことながらニュースはそれ一色になった。怖れていたことが、ついに現実になりつつある——。ヒビヤウイルス症候群の終息によって束の間の安堵にひたっていた国民の間に、再び暗澹たる空気が漂った。柊もこの一ヶ月間、宇宙線についての取材と記事の執筆に忙殺された。

　佃はもう一人のパネラーに視線を向けた。

縁なし眼鏡をかけた、四十代ぐらいの男だ。男の下に出たテロップによると、国立放射線医学研究センターの研究員らしい。

〈先生はいかがでしょう？　国民の間にはたいへん不安が広がっていますが、放射線医学の専門家としてのお立場から、今の状況をどのようにお考えですか？〉

〈まあ、線量の絶対値を見る限り、それほど心配するレベルではないでしょうね。年間二ミリシーベルトといいますのは、胃のレントゲン検査三回分ぐらいの線量ですから〉

　眼鏡の研究員がこともなげに応じると、佃が眉根を寄せた。

〈しかしですね、ＩＣＲＰ――国際放射線防護委員会が定めた線量限度は、一般人に対して年間一ミリシーベルトですよね？〉

〈限度と言いますか、宇宙線を含む自然放射線によるもの以外の被曝を、実効線量で年間一ミリシーベルトまでに抑えましょう、ということですね〉

〈いずれにせよ、それに比して二ミリシーベルトというのは、決して小さな数字ではないと思うのですが〉

〈世界には、地盤から出る自然放射線として年間一〇ミリシーベルト近い線量を浴びている地域もありますが、そこに暮らす人々に健康被害が出ているという報告はあり

ません。そういうことから考えても、あまり深刻に考える必要はないかと――〉

眼鏡の研究員のコメントは、完全に政府の見解を踏襲したものだ。文部科学省も厚生労働省も、健康に影響が出るような線量ではないとして、冷静な対応を呼びかけている。最近では、そのことを訴える政府公報のＣＭが、しつこいほどテレビから流れてくる。しかし、政府が躍起になればなるほど、その裏に何か重大な事実が隠されているのではないかという疑心暗鬼を生んでいるのもまた事実だった。

横で何か言いたそうにしていた赤ら顔の教授が、限界だとばかりに口を開いた。

〈将来的にもそうだという保証はないでしょう？　逆転に向けて、双極子磁場の強さはまだまだ減っていく。その値がゼロに近づけば、宇宙線量が劇的に増加する可能性だってあるわけだから〉

〈人体に危険が及ぶレベルにまで至る可能性は、十分あると〉佃が言った。

〈そういうことです。問題は定常的な宇宙線だけじゃありませんよ。太陽フレアにともなう高エネルギーの太陽宇宙線だって、これからバンバン大気中に入ってくるわけだから。イベント的な被曝（ひばく）が起こり得る〉

〈なるほど。教授はずいぶん前から、二次宇宙線が急増する可能性について警鐘を鳴らされていたとうかがっていますが〉佃が焚（た）きつけるように言った。

〈そうです。昨年、地磁気に異常が見られ始めた段階で、当然予想しておくべきことだったんです。現に、私はずっとそう訴え続けてきたわけだから〉

柊は思わず鼻息をもらした。この教授はよくテレビでそう言っているが、額面どおりには受け取れない。柊の知る限り、この男が以前から積極的に何かを発信していたという形跡はない。後出しで偉そうなことを言いながら、不安を煽るようなコメントを連発するこの教授が、柊は好きになれなかった。

柊はコンビニの袋を持ってキッチンへ向かった。

テレビからは、佃が眼鏡の研究員に話を振る声が聞こえてくるが、その口からオリジナリティのある意見が出てくるとは思えない。佃が、アジテーターと御用学者をわざわざ揃えてこのコーナーを構成したのは、明らかだった。

コンビニで買ったパスタを電子レンジに入れたとき、ダイニングの電話が鳴った。楓の顔が浮かんで、慌てて駆け寄る。もう予定日だったからだ。

「もしもし」勢い込んで受話器を取ると、義兄の卓志の声がした。

「今、樹が電話してきた。さっき生まれたって。女の子」

「よかった――」柊は大きく息をついた。「お姉ちゃんは？　元気だって？」

「うん。樹の話だと、宿舎にベテランの助産師さんが来てくれてたみたい。樹の面倒は、周りのお母さんたちが見てくれてるって」

柊たちの反対を押し切って、楓は樹を連れて北海道に渡った。四月の初めのことだ。

楓が頼ったのは、「地磁気問題を考える母親の会」の寒川が言っていた、根室にある農業法人だった。酪農と野菜の生産を中心に、チーズ作りもおこなっているという。

そこにいるのはほとんどが本州から避難してきた家族ということだったが、楓たちのように母親と子供だけというケースが多いらしい。子供を含め六十人ほどが、二棟ある宿舎で共同生活をしているそうだ。樹は宿舎の子供たちと一緒に、地元の公立小学校に通っている。

楓はまったく連絡を寄越さないが、樹が週に一度のペースで宿舎からここへ電話をかけてくる。それは、東京を発つ前に柊が樹に約束させたことだった。樹は卓志とも同じように連絡をとっている。少なくとも樹はもう向こうの生活に慣れ、大自然に囲まれた暮らしを楽しんでいるようだ。

「お義兄さんは、今どこ？」

「博多のビジネスホテル。先週から九州を回ってる。売り上げはともかく、忙しくしてるよ」

卓志は出張続きで、もう一ヶ月以上このマンションに帰ってきていない。

「北海道には行かないの？　娘の顔、見たいでしょ？」

「そりゃ見たいさ。でも、無事に生まれたんだから、そのうち帰ってくるんじゃないかと思うんだけど」卓志は無邪気に言った。

「どうかな」柊は冷ややかにつぶやく。「宇宙線がこんなことになってるし、当分戻ってこないかもしれないよ？」

「夏になっても帰ってこないようだったら、連れ戻しに行くさ」

「——うん」

卓志ののん気な言葉に生返事をしながら、柊は不安を感じていた。卓志と楓の間にあるこの温度差は、そのうち二人の間に埋められない溝（みぞ）を生むかもしれない——。

卓志にとって宇宙線は概念に過ぎないかもしれないが、楓にとっては実体だ。とくに、今の楓はじりじりするような宇宙線の温度を肌に感じているに違いない。同じ感覚を共有する人間たちと根室で共同生活しているうちに、その感度はさらに研ぎすまされていくだろう。

「ところでさ」卓志がぎこちなく話題を変えた。「例の件なんだけど、考えてくれた？」

「ああ……うん」柊は口ごもった。「編集長にもそれとなく訊いてみたんだけど、やっぱり感触はよくなかった」

磁場環境コンサルティングという新しいビジネスの存在を『週刊グローブ』で取り上げてもらえないか──柊は卓志からそう頼まれていた。柊の記事が宇宙天気予報を有名にしたことを知った卓志の同僚が、会社のいい宣伝になると考えついたことらしい。

「そっかあ。なんとかならないかなあ」

卓志の情けない声を聞きながら、柊はため息をついた。

「機会があればもう一度編集長にぶつけてみるけど……私もいろいろ抱えてるし、あんまり期待しないで」

柊は突き放すように告げると、暗い気持ちで電話を切った。

20

〈宇宙天気臨時情報〉

ＧＯＥＳ衛星の観測によると、静止軌道の10メガエレクトロンボルト以上のプロトン粒子フラックスが25日11時頃（ＵＴ）から上昇を始め、プロトン現象（太陽高エネルギー粒子）が発生しました。この現象は、活動領域３６１０で発生したＭクラスフレアおよびＣＭＥ（コロナ質量放出）の影響により発生したものと考えられます。今後もこの領域でＭクラスおよびＸクラスフレアが発生する可能性があり、注意が必要です。


〈こんにちは、正午のニュースです〉

市民からの電話を受けていた水島のうしろで、アナウンサーの声が響いた。斜め向かいの席の同僚が、リモコンをテレビに向けて突っ立っている。

〈まず初めに、地磁気関連の情報をまとめてお伝えします――〉

水島はボリュームを下げろと目で訴えるが、同僚は画面を食いいるように見つめていて気づかない。双子の女の子の父親になったばかりのこの同僚は、地磁気問題が起きて以来、ニュース中毒になった。おかげで、地磁気変動リスク評価室では、昼休みになると必ずテレビがついている。

幸い、電話はすぐに切ることができた。水島は首の後ろをもみながら緑茶をひと口含み、テレビに目をやる。かくいう水島も、昼休みはここでテレビにかじりついて簡単な昼食をとるのが習慣になっていた。

〈――アメリカのエネルギー省を中心に実施されている航空機による全地球規模の放射線モニタリング結果について、昨日、文部科学省が中間報告をおこないました〉

　画面が文部科学省の会見場に切り替わり、水島も顔見知りの海洋地球課長が映る。課長は、グラデーションのついたカラーで塗り分けられた世界地図のパネルを手に、何か説明していた。その映像をバックに、アナウンサーが続ける。

〈文部科学省によりますと、非双極子磁場のいわゆる「目玉」に相当する地域で宇宙線量の顕著な増加が観測されていて、現在のペースで増加が続いた場合、モンゴルを中心とした一帯では年内にも年間三〇ミリシーベルトを超える可能性があるということです。日本付近における線量増加率も世界平均を大きく上回っており、文部科学省では、今後の推移を慎重に見守る必要があるとして――〉

　このニュースは今朝の新聞でも大きく取り上げられていた。放射線業務従事者に許されている線量限度が一年間に五〇ミリシーベルト、五年間で一〇〇ミリシーベルトであることを考えれば、決して小さな値ではない。

「文科省は気楽でいいよな」テレビの前の長椅子(ながいす)に陣取った同僚が、ため息まじりに言う。「データだけ出して、『推移を見守る』と言ってりゃいいんだから」

「うちだって、よそからは同じように思われてるんじゃない？」水島は同僚の隣に移動すると、コンビニの袋からおにぎりを取り出した。「環境省の連中は、細々としたリスクをあげつらうだけで、具体的な対策を何一つ打ち出してないって」

アナウンサーの横に控えていた科学担当の解説委員がしゃべり始める。

〈専門家の間では、線量の増加はいずれかの時点で頭打ちになるだろうという見方が強いようですが、いずれにしましても、モンゴルや中国北部では、子供や妊娠中の女性が安心して暮らせる線量ではなくなってくる可能性が高いと思われます。在留邦人に向けた対策も急がれますね〉

「うちの弟が、駐在で家族と一緒に北京にいるんだ」自分の席で愛妻弁当をつついていた田部井室長が、ぼそっと言った。

「それは心配ですね」水島が応じる。

「子供たちだけでも帰国させるべきかどうか、こないだ電話で相談されたよ。日本もこれからどうなるか分からないと言っておいたけど」

解説委員の言葉にうなずいていたアナウンサーが、〈次です〉と手もとの原稿をめくった。

〈依然として、北半球では異常低温が続いています〉

画面が今朝の日比谷公園の様子に変わった。園内を歩く人々はみな冬物のコートを着ている。

〈東京都心でも今朝は二度台まで気温が下がり、都内の広い範囲で霜が観測されました。東京で五月に霜が降りたのはおよそ九十年ぶりで、観測史上もっとも遅い記録だということです〉

映像は植え込みのクローズアップになり、下草を覆う霜と地面に立つ霜柱が映し出された。

〈気象庁によりますと、気温の低下は月を追うごとに大きくなっており、東京における今年三月の平均気温は平年より二・九度低く、四月においては平年を三・六度下回っています。今月についても、平年との気温差は四度を超える見込みです〉

資料に目を落としていた解説委員が、顔を上げる。

〈この異常低温の原因の一つとして、宇宙線によって生じた雲による日射量の低下が考えられていますが、必ずしも定量化された議論にはなっておりません。低層雲が昨年の同時期に比べて二〇パーセント近く増加しているという観測データも報告されているものの、精度的にはかなり問題があるようです〉

〈なるほど。他にも考えられる要因はあるのでしょうか？〉アナウンサーが言った。

〈はい。成層圏、とくにオゾン層の緯度による温度差が大きくなったことで、対流圏――地表付近の空気の厚い層のことですが――の大気の流れが乱れている可能性が指摘されています。この三月以降、地球規模で見た大気の大きな流れ――いわゆる大気大循環が、この季節には観測されたことのない特異なパターンを示しているのは確かなんですね〉

解説委員は一枚のフリップをテーブルに立てた。地球の北半球のイラストの上に、日本列島の西側で大きく南にうねった太い矢印が描かれている。偏西風だ。

〈現在の北半球に見られる最大の特徴は、偏西風ジェット気流――とくに寒帯と温帯の境界をなす寒帯前線ジェット気流が、このように極端に南下していることです。そのため、北極地域の寒気が日本上空に入り込みやすくなっているわけです〉

〈今年は夏が来ないのではないか――街ではそんな声も聞かれますが、この寒さはまだ当分続くのでしょうか？〉アナウンサーが眉根を寄せて訊いた。

〈気象庁ではそう見ています。ただし、先ほど申しました低層雲や成層圏の変化が、長期予報のシミュレーションにまだきちんと組み込まれていない、というのが現状のようです。信頼性の高い予報を得るのは難しいと言わざるを得ないでしょうね〉

アナウンサーが正面に向き直り、話題を変える。
〈この異常低温を受け、全国のコメ農家に危機感が広がっています〉
水が張られただけの水田風景が、画面に流れた。〈今月二十五日 富山県南砺市〉と
テロップが出ている。
〈沖縄を除く各地のコメ産地で、田植えに踏み切れないという状態が続いています。
全国農業協同組合中央会が実施したアンケート調査によれば、およそ九割の農家が
「今年は田植えをおこなわない」と回答したということです〉
首に手ぬぐいを巻いた老人が映り、差し出されたマイクに向かってしわがれた声を
出す。
〈なーん、とても無理やちゃ。気温は上がらんし、日も照らんし。植えても育ちよう
がないが。田植えもできんなんて、生まれて初めてやけどなあ〉
水島は、頬張りかけたおにぎりをじっと見つめた。同じように箸を止めていた田部
井が、険しい顔で言う。
「農水省は、農協に圧力をかけて、強引に田植えをさせようと動き始めているらし
い」
「輸入米の確保がうまくいってないんでしょ？」隣の同僚が、振り向いて言った。

「ああ。不作に終わってもいいから、とにかく国内の作付けを少しでも増やしておきたいんだ。農家の反発は必至だろうな」

テレビ画面では、アナウンサーが手もとの原稿をめくっている。

〈次です。二十一日に起きた中華アジア航空一三二便の被曝事故を受け、国連の専門機関であるICAO──国際民間航空機関は、事故調査・予防部会の専門スタッフを成田、北京の双方に派遣することを決定しました。ICAOでは、民間航空機の安全監視体制の強化を各国に要請するとともに──〉

田部井が箸の先でテレビを指した。

「この件で、今日は運輸安全委員会の担当者も出席するそうだ」

「ああ、連絡会議ですか」水島は小さく息をつく。「そりゃ長くなりそうだな」

被曝事故が起きたのは、五日前のことだ。極めて大きな太陽フレアが発生し、北京から成田に向かっていた中国の旅客機の乗員乗客二百二十四名が、健康被害が懸念されるレベルの高エネルギー宇宙線を浴びた。

幸い、急性放射線障害を起こすほどの被曝ではなかったものの、一部の乗客については今も都内の病院で経過観察が続けられている。

ICAOは先月の段階で、民間機の高度七〇〇〇メートル以上での飛行を禁じる通達を各国に出していた。大気上層まで侵入する高エネルギー粒子の増加に対しての措置だ。にもかかわらず、この旅客機は高度一万一〇〇〇メートルという高高度を航行していたらしい。

「なんでパイロットがあんな違反を犯したのか、分かったんですかね？」水島が言った。

田部井がかぶりを振る。「ただ、事故が起きた時間帯、コックピットと地上管制室との間で交信が途絶えていたという話があるらしい」

「デリンジャー現象ですか」

「たぶんな。機長は、大きなフレアが発生した場合、管制室から連絡があるはずだと高をくっていたのかもしれん。ところが、フレアと同時に通信障害が起きてしまった」

「自分のフライト中にX10クラスが起きるとは、思ってもみなかったんでしょうね」

太陽フレアはエネルギーが低い順に、A、B、C、M、Xという等級に分けられている。今回のフレアはXクラスのさらに十倍、X10という最大級のものだった。

「とにかく」田部井は弁当箱のふたを閉めた。「なにせ相手は中国だ。そう簡単に調査は進まんだろう」

午後から文部科学省で開かれた「地磁気変動問題担当者連絡会議」は、今度の被曝事故に関する情報交換に終始した。

今年度に入って内閣官房が設置したこの連絡会議は、各省庁の担当課長、室長クラスが週に一度集まって、施策のすり合わせをおこなうというものだ。水島も、田部井につきしたがって毎回出席している。厚生労働省の室長の後ろには、ひたすらあくびを嚙み殺す乾の姿もあった。

運輸安全委員会の担当者による説明と質疑応答のあと、内閣参事官が省庁横断の航空機被曝対策チームを設置することを告げて、会議は閉会となった。

水島は、乾と連れ立って文部科学省の庁舎を出た。外に出るなり、乾が大きく伸びをして言う。

「いいなあ、おたくは」

「何のことです？」水島はコートの袖に腕を通しながら、隣を歩く乾を見上げる。

「被曝事故のことに決まってる。おたくの部署は、あの事故のせいで仕事が増えるなんてことはないだろ？」

「分かりませんよ。飛行機に乗っても大丈夫なのかっていう問い合わせの電話は、かかってくると思うなあ」

「二次宇宙線が増え始めたせいで、厚生科学審議会の下に新しく『低線量被曝のリスク管理に関するワーキンググループ』ってのができてさ。今それを担当させられてる。チェルノブイリ事故に関する症例対照研究とかコホート研究について、統計学的な妥当性を再評価せよ、だとさ。ほら俺、昔『健康統計調査室』にいたから。そういう仕事にうってつけだと思われたらしい」

「ずいぶん専門的な仕事のように思えますけど、大丈夫なんですか?」水島は眉をひそめた。

「こちとらしがない公務員。やれと言われりゃ、やるしかない」

「でも、統計学的な評価なんて。乾さん、文学部出身でしょ? 科学史専攻の」

「ああ」乾は気の抜けた声をもらした。「文学部に入り直す前は、理学部の物理学科にいたから。簡単な算数ぐらいならできるさ」

物理学科? やはりこの男、ただ者ではない――。水島はあらためてその横顔を見つめた。

「まったく」乾は正面を向いたまま、ため息まじりに言った。「あの事故のせいで、省内にまた別のワーキンググループができるぜ。『太陽フレア等によるイベント的な高線量被曝のリスク管理に関するワーキンググループ』みたいなのが。うちの部署だけじゃあ、もう手が回らん」

桜田通りですれ違ったスーツ姿の男が、新聞を持っていた。〈国内線・国際線ともキャンセル相次ぐ〉という見出しが見える。

「また大げさな煽り記事が氾濫しそうですね」水島はため息まじりに言う。「『恐怖の太陽フレアが人類を焼きつくす!』とかなんとか」

乾が何か思い出したように人差し指を立てた。

「煽り記事で思い出したけど、先週、あの『週刊グローブ』の記者さんから電話があった」

「浅田さんですか? なんでまた乾さんに?」

「誰でもいいから厚労省の人間に話を聞きたかったらしい。事件と呼んでいいのかどうかも分からんが、奇妙な話を追ってるようだ」

「犯罪か何かですか?」

点滅し始めた信号の前で立ち止まった乾が、水島に顔を向けた。

「厚労省内で、〝消えた妊婦〟の話を聞いたことがないか? と言うんだ」

「消えた妊婦?」

浅田が数ヶ月にわたる取材を通じてつかんだという事件の概要を、乾はそのまま水島に伝えた。それは、聞けば聞くほど不気味な話だった。

「――俺もそんな話は初耳だった」乾が言った。「彼女は、妊婦の失踪と地磁気問題との間に何らかの関係があるとみている。だが、うちには何の情報も入ってきていない」

「失踪といっても、妊婦さんたちはどこかの病院に入っているんですよね?」

「身内にも所在を明かしてはならないなどという医療機関があるとは思えない。そんなことを条件に妊婦を受け入れている病院があるとすれば、大問題だ」

「確かに」水島はあごに手をやった。

「俺が気になったのは、消えた妊婦たちが参加したという『説明会』」

「あ――」意味ありげな視線を向けてくる乾を見て、ひらめいた。「もしかして、船戸みつ子の『セミナー』?」

「単なる連想だけど」乾がうなずく。「おたくの話を聞いてたからね」

妻の聡美あてに送られてきた「特別セミナー」の案内文に〈ゼロ磁場〉と〈船戸〉という文字を見つけた水島は、船戸みつ子が代表をつとめる民間研究所について調べてみた。団体のおもな活動は、スピリチュアルがかった自然療法と怪しげな自然食品の販売で、女性を対象にしたセミナーや講演会も度々開いていた。

研究所のウェブサイトに「船戸亘」の名前は見当たらなかったが、案の定、リンク先に「零への階段」のサイトが含まれていた。船戸亘と船戸みつ子は夫婦である可能性がある——水島はそう考えている。

「もし——」水島は勢い込んで言った。「もし、消えた妊婦たちが船戸みつ子のセミナーに参加していたとすれば、そのあと連れて行かれたのは——分杭峠？」

「そう早まっちゃいけない」乾は抑揚のない口調で言った。「推測の上に推測を重ねるのは、科学の世界じゃ御法度」

21

高尾行きの中央線は、不思議な静寂に包まれていた。

暖房が効いているはずなのに、車両にはどこか寒々しい空気が満ちていて、柊の背中ににじんだ汗が体を冷やしていく。周囲の乗客たちも、皆一様に顔を強張らせたままだ。

阿佐ケ谷駅のホームで騒いでいた女子高校生の二人組が、柊の右側に立って吊り革につかまり、身じろぎもせず窓の外を見つめている。

高架になっている線路の南側で、視界が大きく開けた。

街は、一面の銀世界だった。

比喩ではない。どこまでも広がる家並みが、白い雪で覆われていた。視界のはるか先では、雪の純白が薄墨色の曇天へとなめらかにつながっている。

昨夜、日付が六月一日に変わった頃に降り始めた雨が、未明に雪になった。雪は今朝八時過ぎまで降り続き、東京都心部で五センチの積雪となった。
二、三日前から季節外れの大寒波が東日本を襲っていて、もしかしたらみぞれまじりの雨になるかもしれないという予報は出ていた。六月のみぞれというだけでも耳を疑うようなことなのに、目の前の光景を受け入れろというのはとても無理な話だ。
「やばくない？」じっと雪景色を見つめていた女子高校生の一人が、つぶやくように言った。

「やばいよね」その隣でもう一人が小さく答える。

「てか、夏服いつ着んの？　ほんとは今日衣替えじゃん？」

「今年は無理じゃない？」女子高校生は真顔で言うと、首に巻いた赤いマフラーを鼻先まで上げた。「夏服よりブレザーのが好きだし、別にいいけど」

「来るらしいよ。氷河期」

「マジ？」

「お父さんが言ってた。ほら、最近まで地球温暖化って騒いでたじゃん。でも、お父さんが子供の頃は、もうすぐ氷河期がくるってみんな心配してたんだって。今になってそれがホントになったんだって」

「マジかあ。うち、寒いのマジで無理なんだよねー」

二人はともに頰を緩めたが、まるで楽しそうには見えなかった。やがて女子高校生たちは再び黙り込んだ。

彼女たちと違って、大人たちは不安を隠そうともしない。すぐ左に立っているサラリーマン風の男は、怯えた目を窓の外に向けたまま、脂ぎった顔をしきりに手のひらで拭っている。ドアの脇にいる中年女性は、手すりをきつく握りしめ、ただ呆然と外の景色を見つめている。柊の斜め前に座っている初老の男は、膝を小さく揺すりながら、乱暴に新聞を折り畳んだ。

柊は、何ヶ月か前の『週刊グローブ』に載っていた記事のことを思い出した。確か、『地磁気逆転で氷河期がくる！』というタイトルだったはずだ。煽り記事が読者を惹きつけるのは、人々の心にある不安と楽観の境界線をうまく突いている場合だけだ。

本当に雪に埋もれた東京を目の当たりにした今、あの記事は人々の心にどんな感情を呼び起こすだろう。

当然ながら、今回の大寒波を受けて「氷河期」などという言葉を発した専門家はいない。この積雪をトップニュースとして伝えた今朝の報道にも、その言葉は見当たらなかった。実際のところ、異常な低温に見舞われているのは東アジアとヨーロッパが中心で、北米や南半球の平均気温は平年をやや下回る程度だという。

早朝に会見をおこなった気象庁の主任予報官は、「この大寒波は一時的なものであると考えられます」としつこく繰り返していた。先週の霜といい、今日の雪といい、異常気象の原因は極端な偏西風の蛇行にある。今は北から寒気が流れ込みやすい状態が続いているが、偏西風の流れのパターンが変化するにつれて、おさまってくるはずだという。

しかし、この時期に勢いを増してくるはずの太平洋高気圧の張り出しは非常に弱く、梅雨前線と呼べるものが生じる気配はないらしい。予報官の口からは、夏の訪れを期待させるような言葉は何一つ出てこなかった。

寒気を感じた柊は、ダウンコートのファスナーを少し上げた。こんな事態を経験してしまうと、地球温暖化がのどかな問題に思えてくる。もちろんそれが見過ごせない問題であることは理解しているが、肌に伝わる寒冷化というのは、もっと鋭く生命の危機を感じさせる。おそらくそれは、動物としての本能なのだ。

人類の歴史は、寒冷化との戦いの歴史——。国立環境研究所の立花がテレビ番組で言っていた言葉をふと思い出した。

このままでは、いずれ食糧危機が現実のものとなる。穀物の先物価格はすでに十倍近くまで高騰(こうとう)している。政府は二年分の備蓄米を確保していると声高に喧伝(けんでん)して、国民に落ち着いた行動を求めている。だが、寒冷化が地磁気逆転に起因している可能性がある以上、たかだか二年分では何の気休めにもならない。すでに人々は食糧の確保に走っていて、スーパーや食料品店では品薄状態が続いている。

経済状況が急速に悪化しているのはどの国でも同じようなものだが、食糧自給率が低い日本は、先進国の中でいち早く窮地に立たされるだろう。実際、円安の進行と、日本国債や日本企業の株価が下がるペースは、すでにアメリカやＥＵ諸国よりもずいぶん速くなっている。

東南アジア諸国やオーストラリアには、北半球の国々から食糧調達のための特使が大勢派遣されているらしい。オーストラリアドルは、先進国の通貨として唯一(ゆいいつ)値を上げている。寒冷化の波が低緯度地域と南半球にまで及ぶことがあれば、人類は飢え、いたるところで戦争が起こり、現代文明は滅びるだろう。

原油価格が天井知らずに高騰を続けているところに、いつまでも続く寒さが重なって、電力不足が深刻だった。政府は、火力発電所の稼働率を抑えると同時に、日本各地で原子力発電所の再稼働に踏み切った。宇宙線の心配をしながら、一方で原子力発電に頼らざるを得ないという状況は、なんとも皮肉なことだ。

柊の目の前に座っている中年男性が、夢中でスマートフォンをいじっている。画面に映るなじみ深いデザインが目に入った。宇宙天気情報センターのウェブサイトだ。

中華アジア航空一三二便の被曝事故は、太陽フレアの恐ろしさを人々の心に刻みつけた。あれ以来、人々が見せている太陽活動の情報への飢餓感は、磁場強度や磁気嵐に対するそれとは比べ物にならない。

事故直後の数日間は、宇宙天気情報センターのサイトに接続しにくい状態が続いたほどだ。今やテレビのニュース番組やワイドショーでは、フレアの規模を示す「Mクラス」や「Xクラス」という用語が当たり前のように飛び交っている。

最近、柊は太陽についてよく考える。人類は太陽を甘く見ていた。命と豊穣のシンボルだと勝手に思い込んでいた。だが、それは誤解だ。地磁気という盾をまとっていなければ、太陽は容赦なくその牙を人類に向けてくる。

今、人々は太陽を求めているのだろうか。激しく燃えさかる太陽は、この凍えた街を暖め、夏を呼び込むかもしれない。だが同時に、気まぐれに放射線を浴びせかけもするのだ。

柊はあらためて車窓の外に目をやった。相変わらず空はどんよりとして、雪を溶かすような日差しが届く気配はなかった。

雪のせいで利用客が多いのか、国分寺駅の北口にはタクシーが一台も停まっていなかった。バス停にも行列ができているところを見ると、運行がかなり遅れているようだ。

柊は慎重に雪を踏みしめながら、活気があるとは言えない駅前の通りを歩き始めた。情報通信研究機構まで、徒歩で十五分ほどの道のりだ。

六号館に入ると、宇宙天気情報センターと同じフロアにある小高のオフィスをノックした。

「ご無沙汰しております」

頭を下げた柊に、小高がからかうように言う。

「どうせまた怪しいこと書くんでしょ？」

「いえ」柊は苦笑いを浮かべた。前回小高に取材した記事に過激なタイトルをつけたことを、まだ根に持っているらしい。「私も少しは成長したつもりです」

「浅田さんが前ここへ来たのは、東京に初めてオーロラが出た翌日だった。で、今日はこの大雪。天変地異が起きると、浅田さんが現れる」

「今日はたまたまですよ。異常気象の取材じゃありません」

小高は柊に椅子をすすめると、チェックのシャツの袖をまくりながら言った。

「こないだも別の週刊誌の取材を受けたんだけど、そこはほんとにひどくてね。記事を読んでひっくり返っちゃったよ。僕がしゃべったことの間に怪しげな話をはさみ込んでるもんだから、全部僕が言ったみたいに見えちゃうんだよ。向こうはそれが狙いだったのかもしれないけど」

「ご安心ください」柊は真顔で言った。「今回の記事のタイトルは『地磁気逆転　巷にあふれるウソとホント』となっておりまして――とくにネット上に飛び交っているいろんな情報のうち、何が正しくて何がデマなのか、ここらで白黒つけておきましょう、という主旨なんです」

これは、編集長との激論の末にたどり着いた妥協案だった。ネットにはびこるデマを糾弾する記事を書きたいと言い出した柊に、編集長は激怒した。「異形生物」の第二弾を書くことを拒否した上に、今までの記事を否定しかねないことをやるというのだから、無理もない。結局、週刊誌として訴求力のあるネタも取り上げる代わりに、怪しいものは怪しいとばっさり切り捨てる――という方針で進めることで互いに納得した。

「こちらが、記事で取り上げる予定のトピックスなんですが――」柊は、それを箇条書きにした紙をテーブルに置いた。「小高さんにお話をうかがいたいのは、このうち二つです。一つ目がこれ。〈Q3：政府はスーパーフレア発生の予兆を隠蔽(いんぺい)している⁉〉」

「ああ」小高はうんざりしたようにうめき、椅子の背もたれをきしらせた。「またそれか」

「もしかして、こないだの取材というのも……」

「うん。もうすぐスーパーフレアが起きるんじゃないかって話」

スーパーフレアというのは、通常見られる最大級の太陽フレアの百倍から千倍という規模の超巨大フレアのことだ。実際に地球がそんなものに襲われたという証拠はないが、近年の研究によれば、太陽がスーパーフレアを引き起こす可能性はゼロではないという。地磁気の盾を失いかけている今それが起きれば、人類は壊滅的なダメージを受けるだろう。

柊はノートとICレコーダーを準備しながら言った。

「先日の被曝事故以降、Xクラスフレアがかつてないほど頻発していることが、噂の引き金になったようです」

「先週うちもプレスに発表したんだけど、今、太陽活動サイクルの極大期がピークを迎えつつあるんだよ。たぶんそれだけのこと」

太陽の活動度は平均十一年の周期で変化している。小高は、太陽がもっとも活発化する時期がやってきたと言っているのだ。

「スーパーフレアの前触れというわけではないと?」柊が確かめた。

「そもそも、前触れがあるかどうかもよく分からない。人類はまだ観測したことがないから」小高は平然と言って、あごを窓の方にしゃくった。「ま、六月に雪が降るようなご時世だからね。何が起きてもおかしくないという気持ちも分からないじゃないけど」

「最近はその噂に尾ひれがついてるんです。政府は国民がパニックに陥るのを怖れて、スーパーフレアの情報を隠蔽していると」

「だからね」小高は念を押すように言葉を区切った。「さっきも言ったように、そんな情報、僕たちが教えてほしいぐらいなんだって。すぐ論文に書くよ」

「ですよね」柊は思わず笑ってしまった。

「それにしても、なんでそんな隠蔽疑惑が出てきたんだろう？」

「一つは――」柊は上目づかいに小高の顔を見た。「小高さんには申し上げにくいんですが、最近、宇宙天気予報がはずれがちだということがあるようです。太陽活動のレベルとか、それによるトラブルの可能性を実際より低く見積もっているというか。だから、政府の研究機関は正しいデータを公開していないんじゃないか――という話になったんだと思います」

「まあ、こちらがとらえきれていない通信障害が頻発してるのは、確かなんだよね」

「とらえきれていない、といいますと？」

「GOES衛星などの太陽観測衛星が送ってくるデータの中に、誤作動や誤観測と見られるものがすごく増えてるんだよ。観測自体が中断してしまう時間帯さえある。原因のほとんどは、高エネルギー粒子の直撃によるコンピューターのビットエラーだろうと思うけど」

「つまり、誤った宇宙天気予報が発信されている可能性があるわけですか？」

「明らかにおかしなデータは、こちらではじくことができる。でも、何か太陽で異変が起きたときに、それを見逃しているということはあり得るだろうね」

　それからしばらく宇宙天気予報の問題点について解説を受け、次の話題に移った。

「――で、もう一つご意見をお聞きしたい噂が、これです」柊は箇条書きの一つを指で示した。

「〈Q5：地磁気逆転で大気がなくなる⁉〉」小高がおどけた口調でそれを読み上げた。

「最近、ツイッターを中心に、ネット上でこの話が急速に広まっているんです。むやみに恐怖心を煽(あお)る形で」

「知ってるよ。研究室に出入りしている大学院生から聞いたことがある」

「酸素の供給量を増やすために植林を推進する計画があるとか、政府が工業的に酸素を作り出すことを検討し始めたとか、それに付随した噂もいろいろ出てきています」

「明治時代にハレー彗星(すいせい)がやってきたときと、言ってることが変わらないなあ」

「ハレー彗星、ですか？」

「一九一〇年の接近のときだよ。彗星のせいで地上から数分間空気がなくなるといって、大騒ぎになった。酸素ボンベがわりに自転車のチューブを買い占めるような人間まで出たらしい」

「では、地磁気がゼロになると大気がなくなるというのも、事実ではないと――」

「事実だよ」小高はこともなげに言った。「大気散逸という現象だね」

「やっぱり、そうなんですね」

そういう現象が存在することは、柊も勉強済みだった。ただ、それが人類にとって本当に脅威となり得るのかどうかが、よく分からなかった。

「地磁気が太陽風の盾になっていることは、知ってるよね。磁場がないと、太陽風がダイレクトに地球に吹きつけて、大気をはぎとってしまうわけ。例えば、現在の火星や金星には磁場がない。だから、火星では年間四万トン、金星では年間数十万トンもの大気が宇宙空間に流出している」

「数十万トン——」それがどれほどの量なのか、ピンとこない。

「地磁気が失われた場合——」小高は虚空（こくう）を見つめて計算を始めた。「ちょっと乱暴だけど、大雑把に年間一〇〇万トンの大気が散逸すると仮定すると、地球の大気の質量は五×一〇の一五乗トンだから——地球からすべての大気がなくなるまで、だいたい五十億年かかるね」

「五十億年⁉」

「地球の年齢とだいたい同じだよ。つまり、地磁気逆転時に千年や一万年ぐらい磁場がゼロになったからといって、失われる大気は微々たる量だってことだね。現に、過去の逆転時にだって、大気が減って生物が滅んだなんてことは起きていない」

「そう言われれば、そうですね……」

「桁だよ、桁」小高はあごを突き出して言い放った。「この手の話をするときは、桁を考えることが何より大事なわけ。桁数が分かれば、事の重要性が判断できる。これが科学リテラシーの第一歩」

小高の得意げな顔を見ていると、ひと言だけ言いたくなった。

「小高さんのような専門家に積極的にデマを否定していただけると、たいへん説得力があると思うんですが。ネット上にこの話が氾濫していることをご存じだったのなら、なおさら――」

「それどころじゃない」小高はかぶりを振ってさえぎった。「考えてみなよ。僕らは数十万年に一度という現象を目の当たりにしてるんだよ？」

「それはまあ、そうですけど。一般市民にとっては――」

「僕ら宇宙天気屋にとっては、想像もしていなかった千載一遇のチャンスなわけよ」

小高は目を輝かせている。「見たこともないようなデータが次々送られてくるし、新しい衛星を上げようって計画も進んでるしさ。やることは山ほどある。この機会を無駄にするわけにはいかない」

22

「――心配してないわけじゃないけど、私だって忙しいの」柊はつい声を荒らげた。「あんたしかいないのよ」電話の向こうで母が粘っこい声を出す。「忙しいって言ったって、会社勤めしてるわけじゃないんだし、なんとでもなるでしょ？」「そういうこと言うんなら、もう切るよ」柊は突き放すように言った。「今後その話はお義兄さんとして」

「卓志さんじゃどうしようもないから、あんたに頼んでるんじゃない」

このところ、母が三日にあげず電話をかけてくる。根室にいる楓のもとへ出向いて、東京へ戻るよう説得しろというのだ。

「でも、今お姉ちゃんを説得するのは難しいと思うよ」柊は子機をあごと肩ではさみ、外出の支度を続けながら言った。「飛行機の被曝事故もあったし」

「北海道は大雪だっていうじゃない」母は相変わらず人の話を聞かない。「東京に帰るのが嫌なら、松本に帰ってくればいいって、お父さんも言ってるの。お父さん、みのり、みのりって、朝から晩までそればっかり」

生まれた女の子は、みのりと名付けられた。柊自身、まだ写真一枚見せられていない。孫娘の顔をひと目見たいと願う両親の気持ちはよく分かる。父は半年ほど前から膝を悪くして、遠出が難しくなった。母も父を置いて北海道へは行けないと思っているようだ。

電話越しに、父が遠くで何か言っているのが聴こえた。

「お父さん、なんて？」

「ほら、テレビでコマーシャルやってるじゃない。宇宙線を防ぐとかいう塗料。うちもあれを外壁に吹きつけてもらおうって話になってるの。工務店の近藤さんに相談してみたら、安くやってもらえるっていうし。ご近所でも、もう何軒かやったんだって」

「いくらかかるの？　ほんとに効果があるのかどうか分からないよ？　ただの気休めだって言ってる専門家も多いんだよ？」

「お父さん、吹きつけが済めば、東京のマンションよりうちの方が安全なんじゃないかって。だからね、あんたの口から楓にそれを伝えてほしいのよ」

「ちょっと、人の話聞いてる？」

「それにね――」母が受話器を顔に近づけたのが分かった。もしかしたら、父にはあまり聞かせたくないのかもしれない。「楓、あっちで疲れ切ってるんじゃないかと思うの。あんたはそう感じない？」

「そんなの分かんないよ」柊は口をとがらせた。「だって、ずっとしゃべってないし」

「私だって声は聞いてないけど。でも、いっくんと電話していて、なんとなく感じるの」

それは柊もうすうす気づいていた。樹は自分のことと妹のことはよくしゃべるが、母親の様子については最近あまり話したがらないのだ。

「楓、あんたに輪をかけて頑固でしょう。みんなの反対を押し切って北海道に行った手前、帰りたくても帰れないんじゃないかねえ。だからひとまず、松本に――」

「分かったよ」柊は一つため息をつき、努めて穏やかな声を出した。「とにかく、樹を通じてそう伝えとく。北海道に行くことも、考えてみる。ごめん、もう切るね。これからつくばまで行かなきゃならないの」

柊はそう告げて、子機を置いた。孫娘のために彼らなりに努力している両親の姿が、いじらしくも思える。柊の親たちの世代は、日常から逸脱することをどうしても疎(うと)んじる。いたずらに騒ぎ立てたり、デマや噂に振り回されることもない代わりに、危機に際して腰を上げるのも遅い。だが近頃はそういう世代までもが宇宙線対策を真剣に考えるようになっている。

　柊はコートを羽織り、部屋を出た。マンション八階の廊下を、冷たい風が吹き抜ける。あの日以来雪こそ降ってはいないが、まだ冬のような寒さが続いている。

　革手袋をはめた手でドアの鍵(かぎ)を閉めていると、足もとにサッカーボールが転がってきた。それを追って一人の男の子が駆けてくる。同じフロアに住んでいる、樹のクラスメイトだ。以前はよく自宅にも遊びに来ていた。

「こんにちは」男の子がボールを拾いながら言った。

「こんにちは。今日――学校は？」まだ午前十時を回ったばかりだ。

「行かない」男の子はかぶりを振った。「お母さんが、今日は行かなくていいって」

　昨夜から太陽活動が活発化している。それを心配した母親が学校を休ませたのだろう。

　宇宙線量が目に見えて増加し始めて以来、教育現場は大きく混乱していた。文部科学省が教育委員会や学校に注意喚起の通達を出しているわけではない。国としてただちに健康被害が生じる線量ではないという立場をとっている以上、当然のことだ。

　しかし、樹が通っていた小学校のように、ＰＴＡの役員に過激な考え方の持ち主がいる場合、宇宙天気予報の内容によっては親の判断で登校を止めさせようという動きが盛んだ。「地磁気問題を考える母親の会」代表の寒川の話によれば、PTAが登校の可否を定めたガイドラインを作成して保護者に配布している小学校や、半数近くの児童が登校しないために学級閉鎖が続いている小学校もあるらしい。

自宅にいようが校舎にいようが、浴びる線量に大きな違いが出るとは思えない。だが、親の感情というのは、そう簡単に割り切れるものではないのだろう。太陽活動が激しい日は子供に外出させたくないという気持ちは、分からないでもない。

大きな音をたててボールをつきはじめた男の子に、訊いてみた。

「おうちの中にいなくていいの？」

「マンションの建物から出たらダメ。廊下で遊ぶのはいい」男の子は自信たっぷりに言って、柊を見上げた。「ねえ。樹くんは、いつ帰ってくる？」

「うーん」柊は腕組みをした。「二学期が始まるころには、また一緒に学校に行けるようになると思うんだけど」

「樹くんと、約束したんだよね。カード交換しようって」男の子はズボンのポケットからアニメのキャラクターが描かれたカードを取り出した。「ちゃんと覚えてるかな」

国立環境研究所に到着すると、実験圃場(ほじょう)には向かわず、立ち並ぶ研究棟の一つに入った。

乾が送ってきた電子メールをスマートフォンの画面に呼び出して、立花の部屋番号を確かめる。部屋は三階なので、エレベーター脇の階段を使うことにした。

〝消えた妊婦〟の件で、情報交換をしたい――そんなメールを乾から受け取ったのは、四日前のことだ。つくばに立花を訪ねる予定があるので同席しないか、とのことだった。なぜ立花のもとで会合を持つ必要があるのか分からなかったが、断る理由もなかった。

立花のオフィスをノックすると、意外な人物が中からドアを開けた。

「水島さん？　なんで――」

「へ？　なんでって……聞いてなかったですか？」水島は情けない声を出して振り返り、テーブルでふんぞり返っている乾を見やった。

「情報を持っているのは、彼なんですよ」乾は何食わぬ顔でそう言うと、まるでこの部屋の主であるかのように、向かいの席をすすめる。「まあどうぞ」

奥のデスクで資料に目を落としていた立花が、顔を上げた。柊が挨拶(あいさつ)すると、老眼鏡をわずかに下げて目礼を返す。

水島が乾の隣の席につき、柊は二人の正面に座った。取材ノートを開いている間に、乾がいきなり本題に入る。

「この水島君が環境省で担当しているのは、地磁気問題に関する市民からの問い合わせ窓口でね。そこに、ある団体のことで通報があったんです。『零への階段』という団体です――」

乾はこれまでに「零への階段」について判明したことをすべて聞かせてくれた。白装束の怪しげな集団のことも、分杭峠というパワースポットのことも、船戸みつ子なる人物が主催している「セミナー」のことも、柊には初耳だった。

「――水島君が調べたところによれば、代表の船戸亘(わたる)と船戸みつ子は、やはり夫婦らしい」

乾にうながされるようにして、今度は水島が口を開く。

「それで、はたと思いついたわけです。もしかしたら、船戸みつ子の『セミナー』こそ、消えた妊婦さんたちが参加したという『説明会』なんじゃないかと。ネットで過去の『セミナー』の内容をあたってみると、もれなく地磁気問題と出産の話題が出てきているようなんですよ」

「なるほど。それはすごく興味深いお話ですね」柊はメモを見返しながら、ボールペンで頰を叩いた。

「もちろん、これはまだ推測の域を出ない」乾が念を押すように言った。「あくまで可能性の一つとして、おたくに情報提供しておこうということです」

「船戸みつ子が『セミナー』でしゃべっている具体的な中身については？」柊は顔を上げて訊いた。

「分かりません」乾がかぶりを振る。「まあ、本質的には『零への階段』の〝教義〟と同じようなものでしょうね」

「わざわざゼロ磁場地帯に集まっているぐらいだから、無磁場を信仰しているわけですよね？」

柊は乾と水島の顔を見比べた。少し間をおいて、水島が生真面目な調子で訊き返してくる。

「浅田さんは、『アセンション』という言葉をご存じですか？」

「アセンション……いえ」

目を瞬かせる柊に、水島が申し訳なさそうに微笑みかける。

「いや、僕も乾さんから教わるまで知らなかったんですけどね。天変地異が起きて、人類がより高次元の存在に進化すること、だそうです。おそらく『零への階段』は、地磁気逆転によるアセンションを待っている集団ではないかと」

「どういうことです？」

「彼らは、分杭峠がゼロ磁場地帯だと信じています。そこで暮らすことで、体を無磁場状態に馴らそうとしているとも言えます。来るべき地磁気逆転に備えて」

「自分たちだけが生き残って、そのアセンションとやらを迎えるために——ということですか？」

「ええ」水島がうなずいた。「もっと言うと、そのときそこでは〝新人類〟が誕生すると信じているのかもしれない」

「能力の高い子供が生まれるとか、そういうことでしょうか？」

眉根を寄せた柊に、乾が「いやいや」と首を振る。

「ヒト属の中に、新たな種が生まれるんですよ。ホモ・サピエンスが、究極の新人類『ホモ・リバーサス』へと進化する」

「リバーサス？」

思わず声を裏返した柊を見て、乾が噴き出した。

「冗談です。今僕が適当につけた種名ですよ。〝逆転のヒト〟ぐらいの意味ですが」

「なんだ、驚いた。ほんとにそんな学説があるのかと思いました」

「学説と呼べるようなものはありません。ですが、『零への階段』代表の船戸亘は、環境保護団体を去ったあと、独学で人類学の研究をしていました。地磁気逆転と人類の進化に関する研究です。今日わざわざ立花先生のところへ来ていただいた理由も、そこにある」

ずっと黙っていた立花が、革張りの椅子（いす）をきしらせて立ち上がる。柊たちのテーブルに歩み寄ると、論文のコピーを放るように置いた。

「船戸という男は、人類学愛好家の同人誌のような雑誌に論文を寄稿していた。彼の論文は何篇か見つかったが、まだマシなのはこれだな」

「『ヒト属における脳容積の増大と地磁気逆転に関する一考察』――」柊は論文のタイトルを読み上げた。

「マシといっても、まともな学術誌に投稿すれば即ゴミ箱行きだ」立花が言い捨てる。「内容的に見るべきものは何もない。昔からある与太話の焼き直しに過ぎん」

柊が論文をめくろうとすると、立花が「論文より、こっちを見なさい」と、壁に貼（は）られたポスターの前に立った。タイトルには〈鮮新世～完新世の古環境〉とあって、生物相の変遷（へんせん）を示すイラストの下に、横軸に年代をとった気温などのグラフと、白と黒のバーコード――地磁気極性逆転表が描かれている。

「船戸亘の主張を要約するとこうだ」立花が直立した原人のイラストを指差した。「ホモ・サピエンスの祖先のうち、樹上生活をやめて地上に降り、常に二足歩行をおこなうようになったのが、アウストラロピテクス。その最古種であるアウストラロピテクス・アファレンシスは、家族をつくり、道具を使った最初の人類だ。そのアウストラロピテクス・アファレンシスが出現したと見られるのが、約三六〇万年前。これはちょうど、ギルバート逆磁極期とガウス正磁極期の境界――三五八万年前の地磁気逆転――とよく一致する」

立花が白と黒のバーコードを指した。ポスターの年代の範囲内でいえば、地磁気の極性は、ギルバート逆磁極期、ガウス正磁極期、マツヤマ逆磁極期、そして現在のブリュンヌ正磁極期へと遷移してきたことになる。

「さらに、最初のホモ属といわれるホモ・ハビリスが現れるのが、約二五〇万年前。ガウス期からマツヤマ期に変わる地磁気逆転が二六〇万年前だから、年代的に遠くはない」

「少しの時代のずれは、年代測定の誤差範囲内だと考えるらしい。出てきた骨の化石の」乾が補足した。

柊は素直な驚きをもって解説を聴いていた。どういう結論が導かれようとしているかは、もう想像がついている。

「最後は、我々の直系の祖先と考えられている、ホモ・エレクトスの出現時期だ」立花が別の原人のイラストを示す。「ホモ・エレクトスは人類史上初めてアフリカ大陸を離れ、ヨーロッパから東アジアまで広がって、各地で独自の進化をとげた。彼らが誕生したのが、約一八〇万年前。この年代は、マツヤマ逆磁極期の間にあった短い正磁極期――オルドバイ・イベントと呼ばれているが――その終了時期である一七八万年前と重なる」

「つまり……」柊はおずおずと口を開いた。「地磁気が逆転する度に、人類に新たな種が登場していると――」

「船戸亘が主張しているのは、逆転にともなって起きる、脳容積の不連続的な増加だ。例えば、アウストラロピテクスとホモ・ハビリスを比べると、ホモ・ハビリスの方が一〇〇立方センチほど脳が大きい。ホモ・ハビリスがホモ・エレクトスへと進化した際には、六〇〇立方センチから九〇〇立方センチへと、脳容積が一気に三〇〇立方センチも増えている。〝脳のルビコン川〟というのを聞いたことはないか?」

「ルビコン川というと、確か古代ローマの……」それ以上の記憶は曖昧だった。

「そう。『ルビコン川を渡る』というのは、『重大な一線を越える』という意味の西洋の慣用句だ。ポンペイウスとの内戦を決意したカエサルが、法を侵して武装軍隊とともにルビコン川を渡り、イタリア本土に入ったことにちなんでいる」

「賽は投げられた！」乾が芝居がかった調子で唐突に言った。

「ああ、そのときカエサルが言った言葉――」柊はどうにかそれだけ思い出した。

「ある研究者は、サルとヒトとを隔てる脳容積の境界は、七〇〇から八〇〇立方センチであるとして、それを〝脳のルビコン川〟と呼んだ」立花が重々しく言った。「つまり、ルビコン川を渡ったのは、ホモ・エレクトスだ。そして、川を渡らせたのは、一七八万年前の地磁気逆転。近い将来、再び人類が地磁気逆転を経験するとき、我々人類は新たな進化の川を渡ることになるだろう――。これが、その論文における船戸亘の結論だ」

しばし呆然としていた柊に、乾が声をかけてきた。

「いかがです？　率直な感想は」

「感想と言われても――あまりに突拍子もない話で……」柊は無理に口角を上げた。

「でも、それだけタイミングが一致していると、もしかしたら、と思う人もいるでしょうね」

「ふん」立花が鼻息をもらす。「さっきも言ったが、この手の話は別に目新しいものじゃない。脳容積がどうのともっともらしいことを言っているが、科学的な背景は何一つ踏まえていない。年代値の数合わせ遊びみたいなもんだ」

「まあこれも、『観察者バイアス』と似たようなものでね。ほら、巨大ネズミ事件のときの」乾が席を離れ、ポスターの前に立った。「さっき立花先生が、ホモ・エレクトスが脳のルビコン川を越えたときの地磁気逆転は、マツヤマ期の中にあったごく短いイベント的な磁極期のものだと言いましたよね？　ほら、この逆転表をよく見てください。そういった小さな逆転イベントは、それぞれの磁極期の間に何度も起きている」

「確かに」柊はバーコードに目をこらした。白と黒で塗り分けられた帯の中に、細かな縞がいくつも入っている。

「つまり、ある新種の出現時期に近い地磁気逆転を探そうと思えば、簡単に見つけることができてしまうということです。一方で、マツヤマ期からブリュンヌ期へ移行した七十八万年前の逆転時には、人類の進化に特別なターニングポイントは見当たらない。要は、そうであって欲しいと思っている一致だけを見て、都合の悪い不一致は無視している。科学的な態度とはとても言えない」

「なるほど――」

「この論文を最後に、船戸亘は人類学の研究からも手を引いたようです。そして『零への階段』を設立した。今から一年半ほど前、ちょうど地磁気の減衰率がわずかに跳ね上がった時期のことです」

「それにいち早く反応したということは、先見の明があったと言えなくもないわけですね」

「まあ、ある意味では」乾も肩をすくめて同意した。「船戸にとって究極のアセンションとは、おそらく、ホモ・サピエンスを越える種の創成です。そのために彼らは分杭峠で集団生活をしている。信者のカップルがそこで子供を産むことは当然推奨されているだろうし、出産を希望している女性たちをどこからか集めてくるということも、おこなわれているかもしれない」

「船戸みつ子の『セミナー』は、そのためのものだということですか」

「可能性はあるでしょうね」乾が試すような視線を寄越した。「そしてここから先は、ジャーナリストの領分かもしれない」

乾に言われるまでもなく、柊が次に起こすべき行動は、もう決まっていた。

23

文部科学省の特設会見場は、人いきれで息苦しいほどだ。開始時刻を二十分過ぎても始まる気配がないことに、三百人の記者たちはいら立っていた。

最近は、どの記者会見に出てみても、あまり雰囲気がよくない。状況は悪くなる一方なのに、情報がパッキンの壊れた蛇口から滴(したた)る水ほどにしか出てこないからだ。記者たちも危機の当事者なのだ。不安で心がすさむのもよく分かる。

柊の目の前に座る年配の記者が、分別くさい口ぶりで隣の若い女性記者に言っている。

「まったく、学者ってのはのん気なもんだよ。これだけの人間を待たせておいて、平気なんだから。だいたい、前の評価レポートが出てからどれだけ経(た)ってる？」

「どうですかね。もう半年近く経つんじゃないですか」女性記者がおざなりに答(こた)えた。

「やっぱり、どこか浮世離れしてるんだよなあ。社会のニーズに応える気があるなら、スピード感もこっちに合わせてもらわないとさ。だいたい、彼らだって税金使って――」

そのとき、会見場に満ちていたざわめきが、前方から潮が引くように静まっていった。

国松委員長が姿を現したのだ。地磁気変動調査委員会による記者会見は、およそ一ケ月ぶりのことだった。二人の委員と文部科学審議官が、国松のあとに続いて登壇する。

今日の会見が重要なものになるということは、あらかじめ分かっていた。ボストンで開かれていたＩＵＧＧ――国際測地学・地球物理学連合の臨時会合に出席していた国松らが、昨夜帰国したのだ。その会合で第二次評価レポートが出る予定であることは、すでに大きく報道されていた。

国松は長机の中央の席につくやいなや、分厚いファイルを開いた。相変わらず動きは機敏で、長旅の疲れも感じさせない。

いつものように司会をつとめる海洋地球課長が短い挨拶をして、記者発表が始まった。国松が顔を上げ、マイクに手をかける。さすがに睡眠不足なのか、目だけは充血している。張りのある声が、会場に響いた。

「国松でございます。プレスリリースの最終確認をしておりまして、開始が遅れました。申し訳ございません」

会場の後方で、無数のフラッシュが焚かれた。国松は眩しそうにあごを引き、記者たちの顔を見渡しながら続ける。

「すでに報道されておりますとおり、IUGGの『地磁気変動に関する特別コミッション』臨時総会におきまして、第二次評価レポートが承認されました。国民の皆様には長らく情報提供をできずにおりましたが、我が国を含む世界中の研究者が総力を挙げ、寝る間も惜しんで研究を進めてきたということを、どうかご理解いただきたい」

国松の言葉には、誠実に何かに対峙しようとしている人間だけがもつ力があった。少なくとも柊にはそれが伝わった。文句を言っていた目の前の男性記者が、居心地悪そうにもぞもぞと体を動かしている。

左隣の席から紙束が回ってきた。やっとプレス向けの資料ができてきたらしい。一部とって、右隣に回す。

「まず、現在観測されている事実をまとめて申し上げます」国松がファイルに目を落とした。「すでに地磁気観測所を通じて発表されておりますが、先月末の段階で、ガウス係数のg10成分はマイナス四・二マイクロテスラ。これは、双極子磁場の強さが四・二マイクロテスラという意味ですので、逆転開始前の約一四パーセントまで落ち込んだということになります」

最近、この「ガウス係数のg10成分」なる用語がキーワードとして世間に広まりつつある。ガウス係数というのは、簡単に言うと、地磁気の各成分——双極子磁場や非双極子磁場——がそれぞれどれほどの強さかを示す値で、地球上の多数の地点で地磁気を観測することで求められる。

以前はIUGGが五年ごとに値を決定していたが、地磁気の急激な減衰が始まってからは、毎週更新されている。気象庁の地磁気観測所は、日本付近の磁場強度データだけでなく、IUGGから提供されるガウス係数もウェブサイトで公表するようになった。

ガウス係数のうち、g10成分というのは、自転軸に沿って置いた双極子——棒磁石がつくる磁場に相当する。その値の符号がマイナスということは、棒磁石のN極が南極を向いているという意味だ。

このままg10成分がゼロになり、その後、符号をプラスに転じて値が増え始めたことが確認できて初めて、地磁気が逆転した、と言うことができる。

国松は顔を上げ、記者席をまっすぐ見据えた。

「スピードは徐々に緩やかになっているものの、地磁気は依然として減少を続けています。このペースで進みますと、約四ヶ月後——九月下旬から十月上旬にはg10成分がほぼゼロに、つまりは双極子磁場を完全に失うということになります」

　柊の後ろで誰かが「とうとう地磁気消滅ってこと？」とささやいている。

「それでは、今後の展望について、コミッションの見解をご説明申し上げます」国松がファイルのページをめくった。「資料三ページの図をご覧ください」

　まだ資料が行き渡っていない記者席で会場係を呼ぶ手が上がり、「さっさと回せよ！」などといらついた声が飛び交う。

　柊はその図に目を凝らした。谷型の概形をした簡単なグラフが描かれている。予想される双極子磁場の変化を示した模式図らしい。

「一般的に、地磁気の逆転は三つのフェーズを経て起こると考えられます。現在は、双極子磁場が弱まっていく『減衰フェーズ』にあたります。地球の中心にある棒磁石が徐々に小さくなっていくイメージでよろしいかと思います。そして、双極子磁場が事実上消失した状態が、『無磁場フェーズ』であります。その後、極性が反転した双極子磁場のたねが生まれ、成長を開始する。それが『回復フェーズ』です」

　柊は国松の説明を聞きながら、グラフを指でたどった。谷底をなす水平な直線の上に〈無磁場フェーズ〉と書かれている。秋にも始まるこのフェーズがどれくらい続くかということが、人類の命運を握っているのだ。

「第二次評価レポートの中心的な内容は、各フェーズの継続期間の見積りであります。私は最初の会見で、逆転の全プロセスが完了するのに数千年から一万年かかると申し上げました。しかし、様々な角度から検討を加えた結果、今回我々が見舞われている現象は、従来考えられていた逆転のタイムスケールを大きくくつがえすものであることが判明しつつあります。

地磁気ダイナモの専門家によるワーキンググループが、あらゆる知見を取り入れたパラメーターと最新のモデルを駆使してコンピューターシミュレーションを繰り返し、確率論的にではありますが、一定の結論を得るにいたりました。読み上げます」

ほとんどの記者が顔を上げ、身を固くして国松の次の言葉を待った。国松は判決を告げる裁判官のような冷厳さで言った。

「『無磁場フェーズ』は、六〇パーセントの確率で十二ヶ月以内に終了し、『回復フェーズ』に移行する。『無磁場フェーズ』が十二ヶ月から十年にわたって続く確率は、三〇パーセント。十年から百年継続する確率は、一〇パーセント。百年以上に及ぶ確率は、一パーセント未満であります。繰り返します――」

途端に会場が大きくどよめき、国松の言葉をかき消した。喜びに満ちたささやきがほとんどだったが、中には疑念を含んだ声もあった。パイプ椅子をける音とともに、何人もの記者が会場を飛び出して行く。速報や号外を打ちにいくのだろう。

柊はノートに書きつけた数字を見つめたまま、固まっていた。全身の肌が粟立っているのが分かる。安堵で鳥肌が立ったのは、生まれて初めての経験だった。

「六〇パーセントって……また微妙な」誰かが後ろでつぶやいた。その気持ちもよく分かる。だが柊は、無磁場という凍えるような事態が十年は続かないということを、素直に喜んだ。

海洋地球課長は「お静かに願います。静粛に願います」と繰り返しているが、その必死な声音がかえって場内の騒ぎを誘発しているように見える。静まる気配のない記者たちに向けて、国松が淡々と続けた。

「『回復フェーズ』につきましては、現在進行中の『減衰フェーズ』とほぼ同程度の速度で推移するものと考えられます。つまり、『無磁場フェーズ』さえ脱すれば、地磁気は一年ほどでもとの水準まで回復すると期待できる。すべてのフェーズが極めて速く進行し、逆転は数年以内に完了する可能性が高い」

ざわめきがまた大きくなった。後ろの方から「おい、聞こえねえぞ！」と怒声が響く。質問を受けつけているわけではないのに、あちこちで発言を求める手が上がっている。

国松は海洋地球課長をそばに呼び、何か耳打ちした。課長は脂汗を浮かべて司会席に戻り、マイクを握る。

「ここでいったん質問を受け付けます。発言を希望する方は挙手を願います」

いっせいに手が上がると同時に、課長と目が合っただけの最前列の記者が立ち上がった。マイクが手渡されると、場内が少し静かになった。

「三京新聞の谷口です。今回の地磁気逆転は非常に特殊なタイプだということですが、過去にも似たような事例はあったわけですか？　普通は数千年かかるものが、数年で終わりそうだと言われても、にわかには信じられない」

大手新聞社の記者の口調には、詰問とでも言うべき響きがあった。国松は記者の視線を真正面から受け止め、口を開く。

「わずかではありますが、それをうかがわせる事例はございます。古地磁気学という研究分野から報告されたデータです」

隣の記者が小声で同僚に「コチジキ？　どんな字？」と訊ねている。同僚は早口で「古い地磁気、だろ」と答えた。柊はこの分野についてもある程度は勉強済みだった。岩石や堆積物を利用して、過去の地磁気逆転史や磁場変動を復元する学問だ。

「昔の地磁気逆転を記録しているのは、火山から流れ出た溶岩などの岩石です。溶岩には磁石になる性質をもった鉱物が含まれていて、冷え固まる過程で、その時の地磁気の方向に磁気を帯びます。方位磁針がぴたっと固定されるようなイメージです。つまり、溶岩がどちらを向いた磁石になっているかを調べてやれば、それが流れ出た当時の地磁気の方向が分かるというわけです」

国松の声に、記者たちが叩くキーボードの音が重なる。国松は時おりファイルの資料を確認しながら、なるべくゆっくりと語り続けた。

「一九八五年、オレゴン州スティーンズ山の溶岩を調査していた古地磁気学者が、驚くべき事実を発見しました。千六百万年前の溶岩に保存されていた地磁気逆転時の磁場方向が、極めて急激に変化していたのです。溶岩の冷却速度から見積もったその変化率は、一年あたり五八度にもなります」

「五八度？」記者は素頓狂な声を上げた。「ということは──」

「どのような逆転プロセスを考えるかにもよりますが、単純に割り算をすれば、磁場が一八〇度反転するのにたった三年しかかからないことになります。さらに二〇一〇年には、ネバダ州にある千五百万年前の溶岩流が記録した逆転イベントにおいて、一年で四四度という方向変化が認められました。この場合、逆転に要する時間は四年」

記者たちの間でため息にも似た声がもれた。ちゃんとデータがあるのだと言われると、科学の素養に乏しい身としては黙り込むしかない。だが、質問した三京新聞の記者は果敢に食い下がった。

「そのデータの信憑性はどうなんです？　それが広く信じられているのであれば、学界のコンセンサスとして数千年とか一万年という数字は出てこないはずですよね？」

「おっしゃるとおりです」国松はあっさり認めた。「それらの古地磁気データが本当に地磁気逆転を記録したものかどうかについては、多くの異論があります。しかし、現にその〝コンセンサス〟では説明できない急激な減衰フェーズを我々は目の当たりにしているわけです。その観測に基づいたシミュレーション結果を、従来の考えと合わないからと棄却するわけにはいきません」

国松が力強く言い切ったときには、会場は静けさを取り戻していた。海洋地球課長が落ち着きを取り戻した様子で次の発言者を指す。

「大日テレビの林です」パンツスーツに身を包んだ女性記者が、マイクを受け取った。「コンピューターシミュレーションには大きな不確実性がつきものだと思うのですが、その辺りはどうお考えでしょうか？」

いかにも賢しげにまくし立てた女性記者に、国松が深くうなずき返す。

「だからこそ、あらゆるパターンを想定した数多くのシミュレーション結果を確率としてまとめているわけです。もちろん今後も研究は続きます。新たな観測データも得られてきますから、その都度確率も変わってくるでしょう。より正しい予測に近づいていくはずです。ただし、従来の想定よりもずっと短い期間で逆転が終わりそうだという結論は、大きく変わらないと考えます」

「ですが、シミュレーションの結果というものは、さじ加減一つでいかようにも変えられると聞いています。楽観的な結果を作り出すことは簡単にできるのではないでしょうか？　つまり、人々の間にパニックが起きないように――」

「恣意的に結果を操作しているのではないか、ということですね？」国松が平然とあとを引き取った。「『地磁気変動に関する特別コミッション』は、どの国の政府からも独立した機関です。特定の組織から不当な干渉を受けることはありません」

「しかし――」と食い下がる女性記者を目だけで制して、国松が続ける。

「試算をおこなったワーキンググループのメンバーは私の古くからの知り合いばかりですが、皆サイエンスの忠実な僕です。たとえ絶望的な結果が得られようとも、顔色ひとつ変えずにそれを提出するような連中だ。そこは信じていただく他ない」

「ではもう一点だけ、よろしいでしょうか」女性記者はマイクを返さない。「無磁場フェーズが一年から十年続く確率が三〇パーセントあるとのことでしたが、一年と十年では相当な開きがありますよね？ そこはいかがでしょう？」

柊には女性記者が質問のための質問を続けているようにも感じられたが、国松は逆に声をやわらげて応じる。

「ほな何年で区切りまひょ？」

急に関西弁で振られ、女性記者は固まった。国松は厳しい顔つきに戻り、続ける。

「あなたの質問の趣旨が、何年なら許容できて何年ならできないかということなら、それに答えるのは科学の役割ではない。もし私がはっきり年数を提示したとして、あなたはその答えに納得できるのですか？」

女性記者は憮然（ぶぜん）として黙り込んだままだ。海洋地球課長が二人のやり取りを打ち切り、次の質疑に移る。

「『週刊時代』の串本です」髪にひどい寝癖をつけたままの男が、間延びした調子で訊く。「あのう、シミュレーション結果はそのまま受け入れるとしましてですね、一国民として六〇パーセントという値をどう考えればいいのかなと。降水確率が四〇パーセントもあれば、私なら傘を持って家を出ますけれど。つまり、どの程度安心していいのかということなんですが」

「先ほどの質問に対するお答えと同じく、地磁気変動調査委員会としての公式見解はありません。この評価レポートをもとに行動の指針を決めるのは、政府であり、国民一人一人です。ただ、あくまで個人的なメッセージとして言わせていただくならば――」

国松がテーブルの上で両手を組んだ。質問者ではなく、真正面を見据えて続ける。

「一年、長くて数年で地磁気は復活する可能性が高い。これは、我々が十分耐え抜くことができる長さです。安心してええとか悪いとかいうことではなく、皆で耐え抜く努力をしようやないかということです。希望はあるのですから」

国松の言葉は後半、関西弁のイントネーションになった。それがどれだけ記者たちの心に響いたか、柊にはよく分からない。明るい兆しが見えたと書く記者もいれば、まだ楽観はできないと報じるメディアもあるだろう。研究結果自体を懐疑的に論じる者もいるかもしれない。それらの立場をすべて並べ立てるというやり方だってある。

だが柊には、そのどれもが不誠実に思えた。国松のように、科学の議論から踏み出さずにいれば、誠実でいられるかもしれない。誠実ではあるが、無責任だ。責任ある記事を書こうとすれば、いずれかの態度を選ばなければならない。柊にはまだその覚悟がなかった。

24

文化センターの入ったビルは川口駅と直結していたので、すぐに見つかった。

天井の高い玄関ホールには人の姿もまばらだったが、今日の催し物が書かれた掲示板には、船戸みつ子が代表をつとめる研究所の名前と〈特別セミナー〉の文字があった。

エレベーターを十階で降り、中会議室へ向かう。角を曲がると人だかりが見えたので、そこが会場だとすぐに分かった。二十代から三十代の女性が四、五人、廊下で受付の順番を待っている。

柊はその列に並びながら、開いたドアから室内の様子をのぞき見た。すでに三、四十人ほどの女性たちが集まっている。小声で話している二人組もちらほらいるが、ほとんどは一人で参加しているようだ。皆ピンク色の冊子のようなものを読みながら、静かに待っている。少しお腹がふっくらしている女性の姿もあった。

正面の壁にはプロジェクター投影用のスクリーンが下ろされていて、その前には演台がある。講師の姿らしきものはまだどこにも見えない。

柊の順番がやってきた。受付の若い女が、にこやかに言う。

「本日はご参加ありがとうございます。会員証を拝見できますでしょうか？」

「ええ、はい」柊は財布の中から名刺大の紙片を取り出した。

船戸みつ子のセミナーには、会員しか参加できないことになっている。会員になるためには、この研究所が扱っている自然食品を通信販売で購入する必要があった。柊も仕方なく怪しげなサプリメントを三万円で一セット購入した。放射性物質を体外に排出する効果があると謳（うた）われているものだ。送られてきた商品に、会員証が同梱されていた。

柊の会員証を受け取った受付の女は、なぜかその表と裏を何度も確認して、困ったように眉尻（まゆじり）を下げた。

「申し訳ございません。この会員証は、一般会員様用のもののようなんですが……」

「一般会員？」意味が分からず訊き返した。「一般じゃない会員があるわけですか？」

「はい、特別会員という制度がございまして。通常の講演会やセミナーにはこの会員証でご入場いただけるんですが、特別セミナーに関しましては、特別会員さまのみご参加いただけることになっているんです」

「そんな……」柊は戸惑った。「でも、そんなことパンフレットにはどこにも――」

「どのパンフレットをご覧になりましたか？」

柊はバッグから自然食品のカタログを引っ張り出した。これは柊のところへではなく、水島の自宅に届いたものだった。妊娠を考えている女性のための〈特別セミナーのお知らせ〉が載っているのを見た水島が、柊に送ってくれたのだ。

「あれ？」受付の女性が首をかしげる。「このパンフレットは、特別会員様だけにお送りしているもののはずなんですが……こちらの手違いかもしれません」

「なるほど」柊は違う意味で納得した。水島の妻は特別会員だったのだ。

「誠に申し訳ございません」女性が頭を下げる。「特別セミナーだけは、どうしても……」

「分かりました」柊はすぐに方針を変えた。「今後のためにお訊きしますが、特別会員になるためには、どうすればいいんでしょうか？」

女性は少しためらったあとで、上目づかいに柊を見た。

「失礼ですが、現在妊娠をお考えということでよろしいでしょうか？」

「え？　ええ、まあ」言葉につまったので、うなずいた。

「そうしましたらですね」女性はテーブルに積まれた別のカタログを開いた。「まずは、そういった女性向けの食品ですとかサプリメントを継続的にご購入いただく、ということになります」

「それから？」

「そのあとは」女性はなぜか声をひそめた。「申し訳ございませんが、本部の方でお客さまのご購入履歴やアンケートへのご回答などを審査させていただいた上で、ということになります」

「なるほど」柊はまた納得した。本気でハマりそうな女性だけを見極めて、特別セミナーに誘っているというわけか——。

そのとき、廊下の向こうで大きな声がした。エレベーターの方だ。

そちらに目をやると、角を曲がって一人の中年女性が姿を現した。真っ白な詰め襟のジャケットに、同じく白のパンツをはいている。ダークスーツの男を二人従え、背筋を伸ばしてやってくる。受付の女性が慌てて起立したところを見ると、船戸みつ子に違いない。

廊下をキュッと鳴らしながら、そのあとを若い男が追いかけてきた。ジーンズにスニーカーというラフないでたちだ。

「おい！　何とか言えよ！」若い男は大きな声を上げ、後ろからみつ子の肩に手を伸ばした。

スーツの男たちがその腕をとって、二人掛かりで若い男を廊下の壁に押しつける。

「んだよ！　暴力か？　こっちは話をしに来たんだ！」若い男がわめいた。

船戸みつ子は男たちに一瞥もくれず、早足でこちらに近づいてくる。小柄でやせているが、顔が大きく丸い。マッチ棒のような女だ。

受付の女性が深々と頭を下げる。みつ子はその前で立ち止まり、何事もなかったかのように柊に微笑みかけた。

「そろそろ始めますよ。どうぞお入りになって」歳のわりには細くきれいな声だった。

「いえ。私には資格がないようなので」柊も負けじと微笑み返す。

みつ子は不思議そうに首をかしげると、何も言わずに会場に入った。参加者の間で大きな拍手がわき起こる。それが鳴り止まないうちに、受付の女性が廊下からドアを閉めた。いつの間にここまで来たのか、スーツの男二人が歩哨のようにドアの両側に立つ。

廊下の向こうでは、さっきの若い男がビルの警備員に囲まれていた。スーツの男たちが通報したに違いない。

「だから、俺は手を出してねーって！」いら立って声を荒らげている。

柊は小走りで男の方に駆け寄った。振り返った年配の警備員に、思いきって声をかけた。

「私が見ていた限り、その人は暴力を振るったりしていませんよ」

若い男は梅本と名乗った。

柊が差し出した名刺を見ても、初めは怪訝な顔をしていた。だが、〝消えた妊婦〟について調べているジャーナリストだと告げると、途端に顔色が変わった。柊の勘は当たっていた。川口駅前の喫茶店で、話を聞かせてもらうことになった。

ストローでアイスコーヒーをかき混ぜながら、梅本が言った。

「――最初は、船戸の研究所から健康食品を買ってただけなんです。うちのヨメさん、昔から健康オタクみたいなところがあって。青汁とか、なんとか酵母とか、俺もよく飲まされました」

「奥さまが今日のような『特別セミナー』に参加するようになったのは、いつごろからですか？」

「よく分からないけど、たぶん今年の初めぐらいからだと思います。特別会員に選ばれたって、はしゃいでましたから」

「そろそろお子さんを、という話が出たのも、その頃ですか？」

「それは去年の秋ごろかな。金が必要になるからって、近所の工場でパートも始めて」梅本は口惜しさのこもった目で、グラスの氷を見つめた。「結局はそのパート代も、妊娠しやすくなるっていうか——ホルモンバランスを整える、みたいなサプリに全部つぎ込んだみたいですけど」

それだ——。柊は心の中で手を打った。その行為のせいで、目をつけられたのだ。

「奥さまの妊娠が分かったのは、いつのことですか？」

「二月かな。そう！」梅本がぱっと顔を上げた。「初めて『特別セミナー』に行ったら、その翌々週ぐらいに妊娠が分かったんです。あいつ、テンション上がっちゃって。サプリも効いたし、セミナーで教わったことも効果があったんだって。船戸先生はすごいって」

「それで、船戸みつ子に心酔するようになった」

「そう。何回か『特別セミナー』に参加してるうちに、研究所のスタッフと直接しゃべるようになって。今日は船戸先生と話ができたとかって、大騒ぎしてましたよ。その頃から、俺とはケンカばっかり」

「奥さまは、地磁気のことについて何かおっしゃっていましたか？」

「そりゃあ言ってましたよ。毎日すごく気にしてました」

「例えば、ガウスメーターで周りの磁場強度を測るとか？」

「いや、そこまではやってなかったけど。ただ、出産までにゼロ磁場に順応しておかなくちゃならないって言ってましたね。地磁気がなくなったときに健康な子供を産むためには、それしかないって。もちろん、船戸に刷り込まれたことですけど」

梅本は半分水になったアイスコーヒーの残りを音を立てて吸い込み、続けた。

「だから、四月になってあいつが中野の研究所本部に出入りするようになったとき、もしかしたらそこに地磁気をゼロにできる部屋でもあるのかな、と思ったんです。ほら、今流行ってるでしょ？　部屋の中に磁場をつくる檻みたいなの」

「『GMジェネレーター』ですね」柊はため息まじりに言った。

「そう、それ。その逆バージョンみたいな装置があるのかなと」

「奥さまが完全に行方不明になったのは、五月の初めとおっしゃいましたよね？」

「はい。研究所に入り浸るようになってから、あいつ、すごい勢いでおかしくなっていったんです。人ってこんな簡単に変わるのかってぐらい。家には帰ってこないし、俺のことは完全に無視だし。一回マジで怒鳴りつけたら、黙ってアパート出て行って、それっきり」

梅本はゆっくりかぶりを振ると、大きく息をついた。少し間を空けてから、目を伏せたままの梅本に訊いた。

「中野の研究所本部は、訪ねられたんですよね？」

「もちろん。もう三回行きました」梅本はすねたような声を出した。「本部といっても、ただの古いマンションの一室ですよ。3LDKぐらいの。事務机がならんでて、社員が三、四人いて、あとは商品のつまった段ボールが山積みになってました。誰かが暮らしている様子もなかったし、磁場をコントロールするような装置も見当たらなかった。まあ、全部の部屋を見たわけじゃありませんけど」

「奥さんの行方について、社員たちはなんと？」

「知らないの一点張りです。三回目のときは、警察を呼ばれました」

「それで、船戸みつ子本人に――」

「うちにはまだパンフレットがしょっちゅう送られてくるんです。ここで『特別セミナー』があることを知って、来てみたんですけど」梅本は自嘲の笑みを浮かべた。

「このざまです」

「梅本さん」柊は梅本が顔を上げるのを待った。「分杭峠というところを、ご存じですか？」

「分杭峠？」梅本は眉根を寄せた。「いいえ」

「では、船戸亘という人物については？」

「亘？　知りませんけど……船戸みつ子の関係者ですか？」

柊は小さくうなずいた。そして、〝消えた妊婦〟について分かっていることを、詳しく梅本に話し始めた。

25

「まったく、気が滅入るような話ばかりだな」

渋谷駅の改札を出るなり、田部井が大きく息を吐いた。

「NOx（ノックス）が増えることは分かっていたが、生態系への影響があそこまで大きいとは、ちょっと予想外だよ」

「局長が聞いたら鼻息を荒くしそうな話でしたけど」水島は苦笑いを浮かべる。

さっきまで二人で目黒区にある大学の研究室を訪ねていた。宇宙線入射量の急増とともに破壊が進んでいるオゾン層の現状について、大気化学の専門家に意見を聞いてきたのだ。そこで耳にしたのは、紫外線の増加よりも深刻な問題になりかねない話だった。

大気上層に降り注ぐ高エネルギー粒子が増えると、オゾンとともに窒素分子が解離し、二酸化窒素をはじめとする窒素酸化物――NOxができる。窒素酸化物は酸性雨の原因物質であり、その増加は環境に大きなダメージを与える。双極子磁場が失われると、宇宙線が極域以外にも大量に入り込み、生態系の破壊は中低緯度でもっとも顕著になる――とその研究者は言うのだ。

「いくらそれが環境省の縄張りだと張り切ったところで、手立てなんかないだろうが」田部井はいらいらと目を瞬かせる。

「まあ、フロンガスは規制できても、宇宙線は止められませんからねえ」

「結局どの問題も、『無磁場フェーズ』が何年続くか次第ってことだ」

渋谷駅で外に出たのは、昼食をとるためだ。天丼がうまい天ぷら屋があると田部井が言うので、そこへ向かっている。

スクランブル交差点にさしかかったところで、水島の体をサラウンドのような大音量が震わせた。道路の向こう側に並ぶビルに設置された四つの大型ビジョンが、同時に同じスポットニュースを放映し始めたのだ。

不安をかき立てるような電子音とともに〈地磁気関連情報〉という太字のテロップが数秒流れ、民放キー局のアナウンサーがスタジオでしゃべり始める。

〈地磁気逆転にともなってこの秋にも始まると予想されている『無磁場フェーズ』について、西都大学地磁気解析センターの市田教授の研究グループが、その継続期間に関する新しい試算を発表しました〉

横断歩道に踏み出そうとしたとき、青信号が点滅し始めた。田部井は当然のように足を止め、ニュースに見入っている。

交差点前にはどんどん人がたまっていくが、皆一様にあごを上げ、口を半開きにして大型ビジョンを見つめている。

〈市田教授らによりますと、『無磁場フェーズ』は十年から百年にわたって継続するという確率が七〇パーセントともっとも高く、続いて一年から十年続く確率が二〇パーセント、一年以内に終了する確率は一〇パーセントとなっています〉

アナウンサーが言い終わるのを待たず、人だかりがざわつき始める。

「今なんつった？」水島の横で、ダウンベストを着た若い男が友人らしき男に訊いている。「確率七〇パーのやつ」

「十年から百年だって」

「ちげーよ、だから七〇パーのやつだって」

「違わねえよ。そう言ったじゃん」

「はあ？　だって全然違うじゃん！　こないだニュースでやってたのと」

同じようにあちこちで数字が飛び交っている。「うそ！　なんで？」というひと際かん高い女性の声が辺りに響く。

渋谷の若者たちはまだ知らなかったのかもしれないが、このショッキングな試算については今朝すべての主要な新聞が一面で大々的に報じていた。

画面が切り替わり、ひどく散らかった研究室が映った。前髪を眉の上で切りそろえた独特な髪型の市田教授が、液晶ディスプレイの図に解説を加えている。

〈我々が計算に使ったモデルは、ＩＵＧＧのワーキンググループのものとほとんど同じなんです。違うのは、用いたパラメーターだけでね。とくに、外核の粘性率と軽元素の取り扱い方はかなり違います。問題は、我々とＩＵＧＧのどっちが正しいのかということではなくて、採用するパラメーターによって結果に大きな違いが出ますよ、ということなんです〉

朝のニュースもこれ一色で、市田の童顔もすっかり見慣れてしまった。

横断歩道の信号は再び青に変わったが、群衆の大半がその場を動こうとしない。一部の人々だけが肩をぶつけ合いながら人ごみをかき分けて行く。スクランブル交差点は混乱した。

「今ごろ、うちの電話は鳴りっぱなしでしょうね」水島はぽつりと言った。「こないだの国松委員長の会見は何だったのかって」

「何日も経たないうちに冷や水を浴びせられるとは、思ってもみなかっただろうからな」

水島は、自分の代わりにクレーム対応をしているはずの同僚を思い浮かべて、申し訳ない気持ちになった。

「このとっちゃん坊やみたいな先生、有名な人なんでしょうか」水島が呆けたように訊いた。

「西都大の教授が無名なわけないだろう」くだらないことを訊くなとでも言いたげな顔で、田部井が応じる。「市田先生は超一流の研究者だ。超一流だが、異端児だ。東大閥を毛嫌いしていて、国松先生ともそりが合わないらしい」

再びアナウンサーの姿が映った。テーブルの上にフリップを立てている。市田教授が出した試算とＩＵＧＧによる第二次評価レポートの数値を表にまとめて比較したものだ。

アナウンサーが、隣の解説委員に向かって言う。

〈こうして比べてみますと、やはりずいぶん違いますね。ＩＵＧＧが十二ヶ月以内に

終わると言っているところを、市田教授らは十年から百年も続くと。傾向としては正反対の結果と言っていいと思いますが〉

〈そうですねえ〉解説委員がうなるように言った。〈先週、国松委員長が発表した内容を受けて、少し楽観的な空気が広がったと思っていたのですが。市田教授の言葉にもあったように、こうした予測がいかに大きな不確実性をはらんでいるかということが、早くも露呈した形になりましたね。文科省や地磁気変動調査委員会は、今のところこの試算についてコメントを出していません。ですが、政府としては、今後の政策決定に向けて、難しい判断を迫られそうですね〉

アナウンサーが正面に向き直り、カメラ目線で言う。

〈この試算を受け、小幅ながら持ち直しを見せていた株価が、再び下落を始めています。日経平均株価は――〉

次の青信号で、ようやく田部井が動き始めた。横断歩道を渡りながら、渋い顔で言う。

「覚悟しとけよ。今日はもめるぞ」

「もめるって、連絡会議ですか？」水島が訊き返す。午後二時から文部科学省の庁舎で、定例の地磁気変動問題担当者連絡会議が開かれることになっている。

「今朝、文科省の海洋地球課長と電話で話したんだ。あの温厚な課長が、珍しく怒ってた」

「勝手に試算を公表されたからですか？　でも、なんで連絡会議がもめるんです？」

「西都大の市田教授は、厚労省の厚生科学審議会の委員なんだ」

「厚労省？　文科省じゃなくて？」思わずぞんざいな口のきき方になった。「だって、市田教授は地球物理学者でしょう？」

厚生科学審議会のメンバーは、当然のことながら医学や生物学畑の学者がほとんどだ。

「どういう経緯かは知らないが、役所嫌いで有名だった市田先生が、今回初めて政府の委員を引き受けたんだ。文科省が東大の国松教授を頼ったように、厚労省はアドバイザーとして西都大の市田先生を確保したということだろう」

渋谷センター街を抜けて、落ち着いた雰囲気の飲食店が並ぶ通りに出た。

だが、田部井おすすめの天ぷら屋は、もうつぶれていた。

田部井の言った通り、連絡会議は冒頭から荒れた。

「――ですから、何度も申し上げているように、あれは市田教授の研究者としての見解です。厚生科学審議会の委員としての発言ではありません。もちろん、厚労省の公式見解でもない」厚生労働省の担当室長がうんざりしたように言った。

「そんなことは通らないでしょう！」海洋地球課長が声を震わせる。「報道によっては、市田教授の肩書きに〈厚生科学審議会委員〉というのも出てるじゃないですか！」

「私もそれ、ニュースで見ました」国土交通省の担当者が言った。「一瞬、厚労省に試算チームができたのかと思いましたよ」

「ほらご覧なさい！」海洋地球課長が言った。「我々でも勘違いしかねないんです。国民が『官』と『学』とをきちんと区別するはずがないでしょうが！　文科省と厚労省で言っていることが違うじゃないか──国民はそう思ってしまうんです。国松委員長のご尽力を、おたくはどうお考えなんですか！」

「じゃあ、こういうことですか？」厚生労働省の室長が開き直って言った。「市田教授については厚生科学審議会委員という肩書きを出さないように、と報道機関に通達すればいいわけですか？」

「そういう問題ではないでしょう！」

「だったらどうしろと言うんです？　研究者の自由な研究を制限しろと言うんです

か？　研究成果を勝手に発表するなとおっしゃりたいんですか？」

「私は、厚生科学審議会の自発的なコントロールが足りていないことを問題にしてるんです！　委員の発言がもたらす影響の大きさを自覚していただきたいと言ってるんです！」

「そんなことをこの連絡会議で問題にされても」厚生労働省の室長は、ふっと鼻息をもらした。

それが火に油を注ぐことになったのか、海洋地球課長がいきなり立ち上がった。

「地磁気変動調査委員会の見解にしたがうのは、この連絡会議の合意事項だったでしょうが！」

「まあまあまあまあ」議長の内閣参事官がなだめる。「国松委員長にも、厚生科学審議会の委員長にも、私の方から話をしてみますから。この件についてはここまでにしておきましょう」

海洋地球課長はどしんと腰を下ろし、ペットボトルの緑茶をコップにも注がずに喉に流し込んだ。厚生労働省の室長は、何事もなかったかのようによそ見をしている。

乾はその後ろで腕を組み、難しい顔で目を閉じていた。たぶん眠っているのだ。

結局、予定されていた議題の半分も消化できないまま時間切れになり、会議はお開きとなった。

水島はいつものように、乾と一緒に桜田通りまで出た。いつの間にか降り始めた霧雨に、ビル群が煙っている。抱きかけた希望をくじかれて、霞が関じゅうが落胆しているように見えた。

「役所に戻りながら、こう考えた」乾がぼそっと言った。

「はあ？」

「いい情報を出せばゴマカシだと言われる。危ないと騒げば煽り学者扱いされる。分からないと言えば税金泥棒扱いだ。とかく研究者もやりにくい」乾は首をかしげて付け加える。「ちょっと語呂が悪いな」

そこでやっと名作小説のパロディだと気づき、思わず噴き出しそうになる。

「まったく」水島はうなずいた。「でも、東大や西都大の教授クラスが個人的に出した試算を公表するのは、諸刃の剣ですよね。今回みたいにインパクトの強い結果の場合は、なおさらだ」

「大学名や教授という肩書きは、記号だからね」乾が雲を見上げて言う。「一般市民は、その記号だけを見て情報の価値を判断する。それが科学コミュニティの承認を得たものかどうかまでは、気にしない」

「東大の先生が言うんだから――ってことですよね」

「科学者と一般人の間のディスコミュニケーションも、たいていそこから始まる。科学者にとって、科学はプロセスだ。どの段階であろうと、修正もあれば棄却もあり得る。でも、一般人にとって、科学は結論だ。しかもそれは、誤謬のない価値ある成果でなければならない。お互いがその違いに気づこうとしない限り、ディスコミュニケーションは続く」

霧雨の粒に、さっきより重みを感じる。水島は「本降りになりそうですね」と言って、歩みを速めようとした。乾は慌てる様子もなく、コートのポケットから小さな折り畳み傘を取り出す。無言で差し出された傘に体を右半分だけ入れながら、訊いてみた。

「文科省も大変でしょうけど、厚労省だってこれから釈明に追われるんじゃないですか？　厚生科学審議会の委員長なんか、とくに」

「それはない」乾が言い切った。

「どうしてです？」

「形だけの釈明はするかもしれないが、厚生科学審議会の本音は違う」

「どういうことです？　だって、さっきおたくの室長が、あの新しい試算は厚労省の公式見解じゃないって――」

「あれは方便。厚生科学審議会は、『無磁場フェーズ』が十年以上続くという前提のもとに、各部会に調査研究を命じてる」

「つまり、IUGではなく、市田教授の試算を採用しているってことですか？」

「そもそも、市田教授に試算を命じ、メディアを通じて結果を公表させたのは、おそらく厚生科学審議会の委員長」

「委員長が、なんでそんなこと……」

「決まってる。『無磁場フェーズ』がごく短期間で終わるというのが共通認識になってしまうと、都合が悪いからだ。そんなことになれば、宇宙線による健康被害などの研究予算が、大幅に削減されてしまう」

「予算？　金ですか？」水島はあきれ顔で言った。

「考えてみろ。厚生科学審議会の委員は、大半が研究者だぞ。委員長を筆頭に、みな自分の研究グループに巨額な研究費を措置されている。億単位の」

「そんな――あまりに不誠実じゃないですか」

「そうとは言い切れない。『無磁場フェーズ』が長引く恐れは実際にある。予防原則に則（のっと）って研究を実施するのだと言えば、大義名分は立つ」

中央合同庁舎五号館の正面玄関に着くと、車寄せの庇の下でハンカチを取り出した。濡れた左肩を叩く水島の目の前を通って、黒塗りの車がすべり込んでくる。出迎えの職員らが頭を下げる中、素早く後部座席にまわった運転手がドアを開いた。降りてきたのは、紺色のスーツに身を包んだ初老の男だ。

痩せていて頭が小さいので、長身に見える。横顔に深く刻まれたしわが見て取れた。男は豊かな白髪を撫でつけながら、建物の中に消えた。

乾は傘をたたみながら、おもむろに口を開いた。

「今のが、佐古田栄一。東都医科大学の学長にして、厚生科学審議会の委員長」

Phase V

エクスカーション

26

3 months BR

〈宇宙天気日報〉

７月13日18時（ＵＴ）に発生したプロトン現象（太陽高エネルギー粒子）は現在も継続中で、静止軌道の10メガエレクトロンボルト以上のプロトン粒子フラックスは上昇を続けています。関係機関は念のため高エネルギー粒子線量の急増に注意してください。

なお、12日に発生したＧＯＥＳ衛星のビットエラーにより捕捉に失敗した太陽面爆発は、活動領域３６７８のＭクラスフレアでした。

未舗装の道路を十分ほど進んだところで、タクシーを降ろされた。

運転手は確かにここだと言ったのだが、看板などは見当たらない。真新しい轍だけが残った細い農道が、畑とも牧草地ともつかない草地の中に真っすぐ続いている。雪が溶けたばかりなのか、地面はひどくぬかるんでいた。柊は仕方なくキャリーバッグを右手にさげて、農道を歩き始めた。

辺りには霧がたちこめていて、視界が悪い。ずいぶん昔だが、七月の北海道を観光で訪れたことがある。そのときの爽やかさとは雲泥の差だ。

北日本を中心にしつこく居座っていた大寒波も、六月が終わる頃にはその勢いを失った。ここ根室でもさすがにもう雪は降らないが、零度近くまで冷え込む日はまだあるらしい。

五十メートルほど行くと、小さな看板があった。確かに〈ひかりのファーム〉と書いてある。

そのとき、後ろの方でかん高い喚声が上がった。子供たちの声だ。振り返ると、霧の中を舞う三つの黄色い通学帽とカラフルなランドセルが見えた。走ったり、立ち止まったり、しゃがみ込んだりしながら、こちらに近づいてくる。青いランドセルを背負っているのは——樹だ。

樹は一瞬こちらを見つめたかと思うと、弾(はじ)けるように駆け出した。

「柊ちゃーん！」

柊はキャリーバッグを草地に放り出し、樹を抱きとめた。

「元気だった？」樹の頰を両手ではさみ、言った。しばらく見ない間に、ずいぶん少年らしくなった気がする。

三人の子供たちに先導されて、緩やかな斜面を上った。徐々に牛の臭(にお)いが濃くなってくる。黒っぽい土がむき出しの畑を指差して、樹が言う。

「ここ、じゃがいも畑。ほんとはもう種まきをしなきゃダメだけど、まだやってない」

「種まきじゃなくて、種いもの植付け」樹より少し年長の女の子が、すまし顔で言った。「今年はまだ土が凍ってるから、できないんです」

左手前方に、赤い屋根が載った平屋の建物が見える。その向こうにある円筒状の構造物は、たぶんサイロだ。

「あれは、牛舎。牛の家」樹がそれを指差した。

牛舎の裏手から一人の女性が現れた。子供たちの姿に気づき、近づいてくる。ゴム長靴をはいたふくよかな中年女性だ。「おかえり」と子供たちに声をかけ、柊に目を留めて会釈した。

「お邪魔しています」

頭を下げる柊の腕にまとわりつきながら、樹が女性に言う。

「柊ちゃんだよ。僕のおばさん。お母さんの妹」

「まあ、楓さんの」女性は納得したようにうなずくと、「おめでとう」と言った。

「はい？」柊は思わず訊き返した。

女性はにっこり微笑んで、牛舎の方に戻って行く。みのりが生まれたことに対する「おめでとう」かとも思ったが、あれはもう二ヶ月前のことだ。柊はひとり首をかしげた。

さらに進むと、真新しいプレハブのチーズ工場があって、その裏手に山小屋風の建物が二棟見えた。あれが宿舎らしい。

チーズ工場の周りでは、軍手をはめた女性たちが忙しそうに動き回っていた。声をかけてくる女性たちに、樹はいちいち柊を紹介した。柊が楓の妹だと知ると、わずかに顔色を変えた女性もいた。だが、ほぼ全員が柊に向かって「おめでとう」と言った。

「お母さんは、お部屋？」宿舎の玄関の前で、樹に訊いた。

「うーん、この時間なら、保育ルームかチーズ工場――」

そのとき、背後で何かをひっくり返したような大きな音がした。振り返ると、楓が目を丸くして立ちつくしている。足もとには、ブリキのバケツが転がっていた。

カラマツの下に置かれたベンチに、楓と並んで座った。すぐ後ろには宿舎の窓があって、中から声が漏れ聞こえてくる。樹は食堂で友だちと宿題をしているはずだ。

「ほんとに驚いた」楓がかすれた声で言った。

「ここへ来ること、いっくんには伝えてあったの。あの子、ちゃんと秘密にしてくれてたんだね」柊は楓の横顔に目をやる。「お姉ちゃん、ちょっと痩せた？」

どこか寂しそうに「そうかもね」と微笑む楓を見て、柊は少し安心した。確かに疲れてはいるようだが、目つきから険が消えている。

「でも、よかった。みのりちゃんの顔が見られて。女の子だからかな、眉と目もとが卓志さんに似てる気がした。そうだ、お母さんたちに写真送らなきゃ」

みのりは宿舎一階の保育ルームで眠っていた。このファームには乳幼児をもつ母親が多い。働き手を確保するために、乳幼児は保育ルームに集められ、当番制で数人の母親が面倒を見るシステムになっているそうだ。保育士の資格をもつメンバーも一人常駐しているらしい。乳児の母親は宿舎のそばで作業することになっているし、授乳なども自由にできるので、心配はないという。

「そうだ、そう言えば」柊は座り直して体を楓の方に向けた。「ここの人たちが私を見て『おめでとう』って言うんだけど、あれ何？　みのりちゃんのことじゃないよね？」

「ファームに新人が入ってきたときは、そう言って迎えることになってるの。みんな、あんたがここに越してきたと勘違いしたんだよ」

「はあ？　でも、何がおめでたいの？」

「疎開を決意したことが。ファームの一員になったことが、だよ」楓があきらめ顔で言う。「ここの人たちはみんな純粋そうな顔をしているけれど、心のどこかで、自分たちは選ばれた人間だと思ってる。自分たち以外の人間を哀れんでる」

「お姉ちゃん……？」意外な台詞を聞いて、思わず呼びかけた。だが、次の言葉が出てこない。

「小さい子供を連れた母親は、とくにそう。命がけで子供を守るんだって、自分に酔っているようなところがある。そうすることで、自分の価値を確かめようとしているようなところが」

「ずいぶん辛辣じゃない」柊は口もとを緩めた。

「私も、そうだったのかな」楓がぽつりと言う。「パニックになってたんだね」

「てことは、今は落ち着いたんだ。地磁気強度とか宇宙線量とか、もうあまり気にならない？」

「前ほどはね」楓はうしろの宿舎を指差した。「この宿舎、屋根に鉛の板が張ってあるんだよ。保育ルームは壁にも鉛が入ってる。最初ここへ来たときは、そういう話を聞いてすごく安心してた。意識が高い人たちの仲間になれて、誇らしかった。でも、しばらくすると、それがそこまで大事なことだとは、思えなくなった」

「そうなんだ」柊はただ相づちを打った。訊ねたいことはたくさんあるが、まずは楓に吐き出させた方がいいと思った。

「口には出さないけど、ファームのメンバーだってほんとはそう思ってるはずだよ。ここに来てしばらくしたら、誰もガウスメーターなんて使わなくなるから」

「なんでどうでもよくなるんだろう？」

「どうでもいいわけじゃないよ。ずっと話題にはしてるしね。でも、たぶんだけど、満足しちゃうんじゃないかな。私はここまでやった。とうとうここまで来た――って。それでもう満足する。だって、これ以上逃げる場所はないんだもの」

ベンチの前を、手押し車を押す女性が通った。山積みにした薪を運んでいる。柊の顔を見ると、笑顔で「おめでとうございまーす」と言った。

「あ──」楓がおもむろに立ち上がった。

「どうしたの？」

「みのりが泣いてる」

柊には何も聞こえないが、母親というのは子供の泣き声に対して聴覚が鋭くなるらしい。

「今夜ここに泊まってくでしょ？」楓が柊を見下ろして訊いた。「明日になれば、ここがどんなところか、もっとよく分かるよ」

柊の隣で静かに夕食をとっていた母子が、席を立った。頭に黄色いバンダナを巻いた母親が、「お先に」と会釈を寄越す。中学生ぐらいの娘は、無表情のままトレイを持ち、先に下膳口の方に歩き出している。

一枚板の大きなテーブルが三つ並んだこの食堂では、三十人ほどが一度に食事できるようになっている。夜八時を回った今、食堂に残っているのは柊の他に二組だけだ。カウンターの奥の調理場からは、食器を洗う音が響いてくる。全員分の食事を用意するのもファームのメンバーたちだ。一週間ごとの当番制になっているらしい。

プラスチックの湯のみに入ったほうじ茶をすすっていると、樹がトレイを抱えて戻ってきた。部屋にいる楓に届けた夕食の食器を引き取りにいっていたのだ。楓のように乳児を抱えている母親は、自室で食事をとってよいことになっているという。樹がテーブルに置いたトレイには、主菜のシチューが手つかずのまま残っていた。茶碗（ちゃわん）の玄米ご飯も半分も減っていない。

「全然食べてないじゃない。お母さん、食欲ないって？」

「最近はずっとこんな感じ。あんまり食べない」樹は柊の顔を見ずに答えた。

瘦せもするはずだ――柊は小さく息を吐いた。楓は樹を産んだときから母乳の出が悪く、みのりにもミルクを作って与えていると言っていた。母乳の心配をする必要はないにしても、このままでは楓自身の体がもたないだろう。

柊の険しい顔を、樹が心配そうに見つめていることに気づいた。柊は無理に微笑んで訊いた。

「いっくんはどう？　ここのごはん、好き？」

「メニューによるけど、だいたい好き」

「普段はお母さんと部屋で食べてるの？」

樹はかぶりを振った。「だいたい、りんちゃんとりんちゃんのお母さんと、ここで食べる」

「りんちゃんて、一緒に学校から帰ってきた女の子?」

「うん。四年生」

「へえ、みんなと仲良くやってるんだ。あ、そうだ」柊は一ヶ月ほど前にマンションで言葉を交わした男の子のことを思い出した。「東京のマンションの同じ階に、いっくんの同級生がいるじゃない?」

「ああ、たっちゃん」

「あの子、いっくんに会いたがってたよ。カード交換する約束してるんだって」

「ふうん」樹はどこか他人事のように言って首をかしげる。「そんな約束したかな」

「ずいぶん冷たいじゃない。東京のお友だちのことも、忘れちゃだめだよ」柊は苦笑した。「それとも、いっくんはもう東京には帰らないつもりなの?」

「分かんない」樹はそう言って口をとがらせた。「帰ったとしても、たっちゃんと遊ぶかどうかは分かんない。カードは交換してあげてもいいけど。かわいそうだから」

「かわいそう?」

「かわいそうじゃん。東京の子供たちなんて」樹は、今まで柊が聞いたことがないような、大人びた口調で言った。

「どうしてかわいそうなの？」

「だって、何も知らないであんなところで暮らしてるから。バカなのは大人たちで、子供たちは犠牲者だから」

樹の口から出たきつい言葉に、あらためて驚いた。こんなことを楓が樹に吹き込むとも思えない。

「それ、誰が言ってたの？」

「みんな言ってるよ。りんちゃんも、りんちゃんのお母さんも、リーダーも」

リーダーというのは、「ひかりのファーム」の主宰者だ。このファームについては、訪れる前にインターネットなどを通じて可能な限り調べておいた。驚いたことに、リーダーの男は、かつて船戸が幹部をつとめていた環境保護団体「ＧＭＩ」に所属していたことがあるらしい。

調理場にいる中年男性から、「そろそろいいですか」と声をかけられた。何のことかと周りを見回せば、食堂にはもう自分たちだけしか残っていない。柊は慌てて楓の食器を自分のものと重ね、トレイを抱えて下膳口へと向かった。

食堂を出て、うす暗い廊下を進む。夜は静かに過ごす人が多いのか、あるいはもうベッドに入っているのか分からないが、宿舎は静まり返っている。タオルを頭に巻き、洗面器を抱えた女性とすれ違った。シャンプーの香りが鼻をくすぐる。女性は声をひそめて「おやすみなさい」と言った。

女性に挨拶(あいさつ)を返し、柊も声を低くして樹に言った。

「お土産があるよ。バームクーヘン。お部屋で食べよう」

「どこで買ったの？　東京？」

「そうだけど……なんで？」

「どこの工場で作ってるの？」

「そこまでは分かんないけど……」

「東京の人たちって、そういうの、まだ食べてるんだね」樹はそう言って柊を追い越し、階段を一段飛ばしに上っていく。

柊は思わず足を止め、樹の小さな背中を見つめた。まるで以前の楓を見ているようだった。樹の柔らかな頭と心には、この三ヶ月で確実に何かが刷り込まれている。もっと恐ろしいのは、この小学二年生の少年が、自分の発言の中身について深く理解しているとは思えないことだ。

楓はそのことに気づいているだろうか――柊は不安になった。

部屋に戻ると、楓は着替えもせずに眠ってしまっていた。板張りの床に敷いた布団の上で、みのりに寄り添うように体を横たえている。

楓たち母子三人に与えられているのは、八畳ほどの殺風景な一室だ。真ん中に小さなローテーブルと座椅子が二脚あり、壁際には木製の二段ベッドと安っぽい飾り棚が置かれている。テレビやパソコンはもちろんのこと、電話機すら見当たらない。

足音を忍ばせて、部屋の奥に置いたキャリーバッグを取りに行く。ふと飾り棚の方に顔を向けたとき、見慣れた表紙が目に飛び込んできた。一番下の棚に、『週刊グローブ』が何冊か積まれている。

柊は上の二冊を手にとった。どちらも柊の記事が掲載された号だ。自分が書いたものを楓がここでも読み続けていたということが、柊には意外だった。

みのりが眠っていては話もできないということがよく分かっているのだろう。樹はすぐに二段ベッドの上の段に上り、すっかり黄ばんだ昔のマンガを読み始めた。

柊は、今夜自分が使うことになった下の段に腰かけ、スマートフォンをチェックした。電波状態を示すステータスバーが一本も立っていないのは、ここが北海道の東の果てだからではない。ここ数日、地磁気の乱れが激しいのだ。

柊は上の段をのぞきこみ、ささやくように樹に訊いた。

「ねえ、電話ってどこにある？」

「玄関のところ」樹がうつぶせのまま、小声で答える。「どこにかけるの？」

「松本のおばあちゃんとおじいちゃん。連絡を待ってると思うから」

柊は音をたてないように部屋を出て、一階に下りた。

玄関まで行くと、下駄箱の脇に今どき珍しいピンク電話が一台置かれていた。樹もこれを使って柊や卓志と連絡をとっていたのだろう。

受話器に手を伸ばそうとしたとき、玄関の引き戸が開いた。長髪の若い男が、柊の姿を見て動きを止める。その整った細面は、インターネットで探し当てたリーダーの画像そのものだった。五年ほど前にはロックバンドのボーカリストとしてメジャーデビューを果たしたというだけあって、ミュージシャンだと言われれば今でも確かにそう見える。

「もしかして、楓さんの妹さん？」リーダーの表情がぱっと輝いた。「妹さんが遊びにいらしてるって、さっきうちのメンバーから聞いたんです。やっぱりよく似てらっしゃいますね」

「お邪魔しています」柊は頭を下げた。「あつかましく食事までご馳走になってしまって」

「大歓迎ですよ」リーダーは相好を崩し、土間から廊下に上がってくる。「うちでは一泊二日の農業体験を無料でやってますから。ファームの一員になるには、まずそれに参加してもらうことになってるんです」

「いえ、私はそういうつもりで来たわけでは——」

「分かってますよ」リーダーは笑いながら言った。「そうだ。ちょうど明日は水曜ですね。勉強会に出ていただけませんか」

「勉強会、ですか？」

「毎週水曜の午後は、仕事を休みにして勉強会を開いてるんです。今の地球環境の中で自然と人間がどうやって共存していくか、メンバーが勉強してきたことを皆の前で発表する場です」

「ああ、なるほど」明日になれば、ここがどんなところか、もっとよく分かるよ——昼間楓が言っていたのは、その勉強会のことに違いない。

リーダーは柊の目を見据えて言う。「東京から来たジャーナリストの方に参加していただけたら、みんなの刺激になります」

「え？」自分のことが知られているとは、思ってもみなかった。

「楓さんからうかがってます。地磁気問題の記事を中心にお書きになっているって。

せっかくですから、今東京の方で話題になっていることについて、レクチャーしていただけませんか？」

「そんな、急に言われましても……」

戸惑う柊を、リーダーは人懐っこい笑顔を浮かべて見つめてくる。

「ほんの二十分か三十分程度で構いませんから。有名な週刊誌に寄稿されているジャーナリストの方を、何のお話も聞かないでお帰しするわけにはいかない」

一宿一飯の恩義にあずかった以上、無下には断れない気がした。それに、勉強会でどんな議論が交わされているのか、興味もある。

「最近『週刊グローブ』に書いた記事のことでよければ、少しはお話しできますが――」柊は渋々言った。

「それはありがたい」リーダーが大げさに目を見開いた。「勉強会は午後二時からです。いやあ、楽しみだ」

そう言い残してその場を立ち去ろうとするリーダーに、「あの、一ついいですか」と声をかけた。

「なんでしょう？」リーダーが立ち止まる。

「以前、『GMI』という団体に籍を置かれていたとうかがいました。そこで幹部をしていた船戸亘という人物をご存じですか？」

「面識はありませんが、名前ぐらいはね」リーダーはどこか苦々しげに言った。

「船戸氏は『GMI』を辞めたあと、『零への階段』という団体を立ち上げています。カルトと言っていい団体だと私は見ています」

「カルトかどうかは知りませんが、噂は聞いてますよ。ここを出て行った元メンバーの中にも、船戸さんのところへ行った人がいるらしい」

「船戸氏が妊娠中の女性を集めているという話をお聞きになったことはありませんか？」

「妊娠中？　さあ」リーダーは首をかしげた。「うちからそっちへ移ったのも、小さな子供がいる若い女性でしたが……妊娠していたかどうかは記憶にありませんね」

「そうですか――」

リーダーの言葉に嘘はなさそうだった。むしろ、メンバーを奪われたことへの怒りが甦ってきたらしく、口の端を歪めて言った。

「迷いが捨て切れない人間は、そうやっていろんな団体を渡り歩くんですよ。そして、結局はどこへ行っても救われない」

「——GOES衛星などの太陽観測衛星が抱えているもう一つの問題は、衛星としての寿命が急激に短くなっていることです。ほとんどの人工衛星は太陽電池によって電力が供給されているのですが、太陽電池パネルというのは高エネルギー粒子の直撃にめっぽう弱いのです。ここ数ヶ月に及ぶ地磁気の減衰で、多くの静止衛星の寿命が数年という単位で短くなったと考えられます。お配りした資料の、次のページの記事にありますように——」

27

柊はそこで言葉を区切り、顔を上げて聴衆の様子を確かめた。集会室に集まった四十人ほどのメンバーは、やはり誰ひとり資料のページをめくろうとしない。

資料というのは、楓の部屋にあった『週刊グローブ』数号分の記事をコピーしたものだ。事務室の古いコピー機を使って午前中に作っておいた。だが、柊が話を始めたときから、それを読もうとする者はほとんどいなかった。週刊誌の記事など目に入れたくもないのか、裏返しにしてしまっている女性もいる。

柊は気まずさをごまかすように咳払い(せきばら)いをして、続けた。

「えー、次のページの記事にありますように、太陽観測衛星の寿命がこの先数ヶ月で尽きてしまいますと、ビットエラーによる太陽フレアの捕捉ミスどころか、太陽活動の監視そのものができなくなってしまうわけです。これは航空機の運航などにも大きな影響を与えることになります。場合によっては、中華アジア航空機の被曝事故のようなことが、また起きてしまうかもしれない」

柊はもう一度皆の顔を見渡した。ある者はうつろな目で、ある者は得体の知れない笑みを浮かべて、じっと柊を見つめている。

「あの……こういう話は、ご興味ありませんか？」たまらなくなって、誰にともなく問いかけた。ここまできまり悪い思いをしたレクチャーは初めてだった。

柊のその言葉にも反応はない。たまたま目が合ったふくよかな女性は、口もとだけで微笑んで小首をかしげた。

十数秒の沈黙のあと、部屋の隅にいたリーダーがやっと口を開いた。

「飛行機ですか」長い髪をかき上げ、肩をすくめる。「いや、僕たちには少し縁遠い話なのでね。飛行機だけでなく、新幹線も事故を起こしたんでしょう？」

リーダーが言っているのは、三週間ほど前に起きた東海道新幹線の追突事故のことだ。ＡＴＣ――自動列車制御装置――が誤作動を起こし、静岡駅と掛川駅の間で緊急停止していた先行列車に、後続列車が衝突した。幸い、後続列車は時速三十キロ程度にまで減速していたので、死者は出なかった。運転士と、車内販売をしていた数名のパーサーが怪我(けが)を負った他、数十人の乗客にむち打ちの症状が出ているという。

ATCというのは、線路に流れる信号電流によって走行速度をコントロールする装置だ。今回の誤作動が起きた際には、線路に異常電流が流れた可能性が高い。マスコミは、異常電流の原因は磁気嵐ではないかと報じている。地磁気が大きく乱れると、地上にやっかいな大電流――地磁気誘導電流――が生じることがあるのだ。

「事故が起きたとき、中規模の磁気嵐が発生していたことは確かです」柊はリーダーの方を向いて言った。「しかし、それが原因だと確定したわけではありません。あの程度の磁気嵐はこれまでにもしょっちゅうありましたし、当日は送電線などの異常も確認されていません。今、国交省の運輸安全委員会が――」

柊が「運輸安全委員会」という単語を発したとき、部屋のどこかで失笑がもれた。リーダーがそちらに一瞥(いちべつ)を投げて言う。

「鉄道だけじゃない。道路の信号もあちこちで誤作動を起こしていて、都会では交通事故がものすごく増えていると聞いています」

「ほんとですか？　そんな話どこから――」

驚いて訊ねる柊に、リーダーが言葉を重ねてくる。

「都会の人たちはたいへんですね。安心して水も飲めない。食べ物だってどこから来たものか分からない。放射線量は高く、未知の伝染病のリスクもある。それに加えて、最近はおちおち街も歩いていられないとはね」

後ろの方の席で、また小さな笑いが起きた。柊は思わず声を高くする。

「ちょっと待って下さい。先ほども申し上げたとおり、何がただのデマで、何が科学的根拠の希薄な話で、何が本当に危ないことなのか、みんなで冷静に見極めるべき時期にきていると思うんです。巷（ちまた）にあふれている話をただ集めてきて、そこで思考停止になってはいけない」

柊が熱くなればなるほど、聴衆の表情は冷めていく。それを感じつつも、言葉を止めることができなかった。

「確かに、宇宙線のリスク一つとっても、将来的に目に見える形で健康被害が出てこないとは限らない。それは誰にも分かりません。分からない以上、どんな予測も可能です。それが予防原則というものかもしれない。ですが、声高にリスクをあげつらうことだけが正義で、それ以外の意見を述べることを悪とするような風潮はよくないと思います。地磁気変動調査委員会の国松委員長の話をお聞きになりましたか？」

うなずく者も、かぶりを振る者もいない。最前列にいる年配の男性が、うんざりしたように鼻息をもらした。

柊は構わずに続ける。「国松委員長はこう言いました。安心していいとか悪いとかいうことではなく、皆で耐え抜く努力をしよう、と。地磁気は長くて数年で元通りになる可能性が高い。これは我々が十分耐え抜くことができる長さだ、と。私もこの考えに賛成です。今の地球と共存するというのは、そういうことではないかと――」

「浅田さん」リーダーが続きをさえぎった。その顔には優しげな笑みを浮かべている。

「もうそんな議論は卒業したんですよ、我々は。無磁場状態が何年続いたっていいじゃないですか」

「はい？」聞き間違いかと思った。「何とおっしゃいました？」

「地磁気なんて、このまま元通りにならなくてもいい。リスクを減らすとか、被害を防ぐとか、そういう段階はとうに過ぎているんです」

「どういう意味です？」柊は眉をひそめた。

「これはね、浅田さん」リーダーが噛んで含めるように言う。「生き方の問題なんですよ。個人の生き方のね」

柊は唖然として固まった。次の言葉が出てこない。それを尻目に、最前列の年配の男が初めて口を開く。

「もうこの辺でいいでしょう。どんなレベルかはよく分かりましたよ。東京では本当にまだそんな程度の低いことを言ってるんだなあ」

男は呆れたように言って、柊の記事のコピーをつまみ上げた。

「こんな週刊誌が売れているようじゃあ、仕方ないかねえ」

室内のあちこちで笑いが起きた。年配の男がコピーから手を放すと、それは長机からすべり落ち、床の上で散らばった。

一瞬で顔が熱くなった。ショックと怒りで、握りしめた拳が震えている。口を開こうとしたそのとき、出入り口近くの席で誰かが立ち上がった。楓だ。

「――バカにしないでよ」楓がかすれた声で言った。

メンバーたちが一斉に楓の方を見た。耳を疑うような台詞に、全員が口を半開きにしている。それは柊も同じだった。

楓はあごをつっと上げ、今度は大声で叫んだ。

「私の妹を、バカにしないで！　あんたたちみたいに、ここに閉じこもって耳をふさいでるだけの人たちに、妹をバカにする資格なんてない！」

近くのバス停まで、楓が送ってくれた。路線バスが来るまで十分ほどあったので、丸太で組まれた小さな待合所のベンチに並んで腰かけた。広大な畑の中に真っすぐ延びた二車線の道路には、車が通る気配すらない。

「どうするの？　これから」楓の横顔に訊いた。

「あんなこと言っちゃったんだもん。出て行くよ」楓は正面を向いたまま言った。

「どっちみち、もう限界だったの。ここに私たちの居場所はない」

「うん――」そうだろうとは思っていた。「その方がいいよ。樹のためにも」

「あんた、気づいてたの？」楓が驚いて柊を見た。

「昨日の夜、いろいろ話したから」

「そう……」楓は目を伏せたまま、ゆっくりと自分の腕をさする。「あの子、最近ひどいのよ。東京やそこに住んでいる人たちのことを悪く言って。とくに、このファームの人間以外の大人たちをすごく馬鹿にするようになった」

「ここの友だちとか、その親の影響もあるみたいだね」

「通ってる小学校でも、ファームの子供たちだけでかたまっていることが多いみたい。地元の子供たちに馴染もうとしないらしいの。その親たちにしても、私たちのことを色眼鏡で見てるわけだし、うまくいくはずないよね」

「そうかもね」

「あの子ね、こないだ、松本のおじいちゃんとおばあちゃんのこと、『バカみたい』って言ったの。そのうち卓志さんのこともそんな風に言うわ。ここに来てたった三ヶ月の樹がそうなったんだよ。こんなところでみのりが育ったらと思うと、すごく怖い」

「うん」柊はきつく唇を結んでうなずいた。

みのりという新たな命の誕生が、不安で我を失っていた楓の目を覚まさせたのかもしれない――柊はそう思った。それを察したかのように、楓が続ける。

「このファームにやってくる人はね、何か信念があるわけじゃないの。不安や不満があるだけ。とくに、母親たちの中には、自分が満たされないことを地磁気問題のせいにして、ここへ逃げてきたような人が多い」

「いろんなことから逃避して、人生をリセットする口実が欲しかったってことかな」

「たぶんね。ここには不安と不満を共有できる仲間がいる。居場所がある。それだけで満足して、悩むことも考えることも止めてしまう。ファームという閉じた空間で心地いい情報だけをやり取りしているうちに、どんどん視野がせまくなる。自分たちが選ばれた人間のような気がしてくる」

「カルトと似てるね。『考えることは、すでに不服従のはじまり』――」

「さっき、よく分かったでしょう？　ここの人たちは、考えることも議論することも放棄しちゃったんだよ。生き方の問題だ、なんてごまかして」

遠くの方からかすかなエンジン音が聞こえてきた。一本道をバスがゆっくり近づいてくる。

「身の回りを整理したら、すぐにここを出る」楓が吹っ切れたように言った。「樹の転校の手続きもあるし、来週になるかな」

「いったん松本に帰る？」キャリーバッグのハンドルを引き出しながら訊いた。「顔を見せてあげた方が、お母さんたち安心すると思うけど」

「ううん」楓は首を横に振る。「東京に帰る。そのうち、みのりを連れて松本にも行くよ」

「分かった」柊は立ち上がった。「卓志さんに、ここまで迎えに来るように言おうか？　それなりに荷物もあるでしょ」

「いい。自分で伝える。今夜にでも電話してみるよ。ちょっと気まずいけど」

楓が初めて笑顔を見せたとき、ブレーキをきしらせて古びた車体のバスが止まった。

28

新宿駅西口の改札を出たところで、柊は腕時計に目を落とした。

午前十一時まであと二分。約束の時間にはなんとか間に合いそうだ。コンコースを抜けて、待ち合わせ場所の西口交番へと向かう。

交番の脇にある周辺案内図の前に、梅本の姿があった。そばにいる三人の男性と真剣な表情で話し込んでいる。

柊が近づいていくと、それに気づいた梅本が右手を上げた。

「お待たせしました」柊は初対面の男たちにも会釈した。

「いや、みんな今来たところですよ」梅本がやや緊張した面持ちで三人に視線をやる。

「こないだ電話でお話しした、例の旦那(だんな)さんたちです」

男たちは順に名前を名乗った。三人とも梅本と同世代に見える。

「『被害者の会』のメンバーは他にもいるんですけど、今回はこの三人に声をかけました。みんな奥さんが妊娠中ってことで」梅本が真顔で言った。

先月柊から「零への階段」のことを聞いた梅本は、それから一人で情報を集め、

『〈零への階段〉被害者の会』というブログを開設した。そのブログを通じて、「零への階段」から家族を取り戻したいと考えている人々に会への参加を呼びかけたのだ。「船戸みつ子」や「零への階段」をキーワードにネットを検索していた人々から、様々な反応があったらしい。その中に、妊娠中の妻が「零への階段」に入信したという男たちが含まれていた。それがこの三人なのだ。

これから五人で分杭峠に向かい、「零への階段」の合宿所を訪ねることになっている。直接現地に出向くのは初めてのことだ。四人の夫たちは力ずくでも妻を連れて帰ると意気込んでいる。

新宿駅を出て、近くのコインパーキングへ向かった。そこに停めてあった梅本のミニバンに乗り込み、西新宿から首都高速に入る。そのまま中央自動車道にのって、一路長野県へと向かった。

車内で三人の夫たちからそれぞれの事情を聞いた。

そのうち二人の妻たちは、梅本の妻と同様、船戸みつ子の研究所から頻繁に商品を買っていた。「特別セミナー」に招待されたことをきっかけに、「零への階段」に取り込まれたという。

三人目の男の妻は、通院していた産科で一人の女性と知り合った。その女性は「零への階段」の信者だった。誘われるまま女性のマンションに通っているうちに、洗脳されてしまったらしい。このケースは、曾根あかりと駒井千夏が失踪した経緯に似ている気がした。

四時間ほどで長野県の駒ヶ根インターチェンジに到着した。そこで中央自動車道を下り、三十分ほど走って国道一五二号に入る。

川沿いを走る二車線の道幅が、途中から急に狭くなった。勾配も一気にきつくなり、山を切り通した峠道に入る。いくつかのヘアピンカーブを抜けると、道はますます細くなり、対向車が来ればすれ違うのも難しいほどだ。

目的地に近づくにつれ、皆の口数も少なくなった。車内に緊張した空気が充満していく。いきなり本拠地に押しかけることになるので、何が起きるか予想がつかない。

「この辺りのはずなんだけど……」梅本がカーナビの画面を見ながらつぶやいた。

「あ、ここか？」

梅本はハンドルを右に切り、道路に接した未舗装の駐車場に入った。白いマイクロバスが二台停まっている。

「間違いないですね。ほら」梅本がマイクロバスの車体側面を指差した。黒い塗料で〈零への階段〉と書かれている。

マイクロバスの隣に駐車して、ミニバンを降りた。駐車場の奥にある林道の入り口まで行くと、〈分杭峠　標高一四二四米〉と記された看板があった。

梅本を先頭に、林道を進む。山の中に入ると気温が二、三度下がった気がした。二ヶ月遅れの新緑が頭上を覆っている。空は薄曇りで、日差しはほとんど届かない。足を運ぶたびに、スニーカーの底に水気をたっぷり含んだ土がまとわりつく。

十分ほど行くと、道をふさぐようにチェーンが渡されていた。チェーンの中ほどに、〈この先私有地につき立ち入り禁止〉と書かれたプレートがぶら下がっている。梅本は躊躇なくそれをくぐった。柊と三人の男たちもあとに続く。

カーブを曲がると、視界が開けた。木々の向こうにのぞく斜面に、人の姿が見える。斜面は階段状に整地されていて、全身白ずくめの人間たちが思い思いの段で座禅を組んでいる。七、八人はいるだろうか。

「あそこが例の『気場』ですかね」

「ほんとに防護服を着てるんだな」

「呪文みたいなの唱えてません？」

梅本たちが口々に言った。耳をすませると、白装束の連中が何かぶつぶつ唱えているのが確かに聴こえる。

斜面の向こうには二棟のプレハブがあり、その奥に二階建ての白い建物が見えた。おそらくあれが合宿所だ。そのまわりでも複数の人影が動いている。

五人で身を寄せ合うようにして斜面に近づいていくと、徐々に呪文の中身が聴き取れるようになってきた。

「『零への階段』と繰り返してますね」

「英語みたいなのも聴こえるよ。『ステアウェイ』とかなんとか」

そのとき、すぐ後ろで足音がした。

「なんだ、あんたたち」いきなり声をかけられる。

振り返ると、そこに二人の白装束がいた。一人は男、もう一人は女だ。フードをかぶり、マスクをしているので年齢はよく分からないが、男の方は声の感じからして若くはない。

「禁止！　禁止！　立ち入り禁止！」白装束の男が両手でバツ印を作る。「ここは私有地だぞ。関係者以外立ち入り禁止！」

「俺たちは関係者だ」梅本が男に詰め寄った。「家族に会いに来たんだよ」

「ダメダメ！」男がマスクをあごまで下ろした。「そういうのは許可されない！」

「妻に会うのに、なんであんたらの許可がいるんだ」

「だったら、ここの責任者と話をさせてくれ」

梅本たちがそう言って男を取り囲む。それを見た白装束の女が、金切り声を上げた。

「ちょっと！　人を呼びますよ⁉」

「呼べよ」梅本がどすを利かせる。「望むところだよ。船戸を呼べ。ついでに警察を呼んでもいいぞ。困るのはあんたらだ」

騒ぎを聞きつけたのか、合宿所の方から五、六人の白装束が駆け寄ってきた。今度は白装束の集団が柊たちを取り囲み、一触即発の空気が流れる。

囲みを破ろうとした梅本と白装束の間で小競り合いが始まったとき、「やめなさい！」という声が響いた。

白装束たちが慌てて脇にどく。そこに立っていたのは、若い女だった。切れ長の目をした美人で、ストレートの黒髪が腰まである。大柄な男を二人したがえているところを見ると、教団の幹部なのかもしれない。

若い女は、防護服ではなく、白いチュニックのようなものを着ていた。下は白いパンツだ。柊は女の下腹部に目を留めた。少し膨らんでいるように見えるのだ。

「ご用件は？」若い女が冷たい声で訊いた。

「梅本由衣を連れ戻しにきた。俺の嫁さんだ」梅本が一歩進んで言った。

「連れ戻すと言っても、ご本人にその意思がなければ難しいのではないでしょうか」

若い女は眉一つ動かさない。「ここは、零への階段を上りたいと願う人々が、自らの意思で集う場所です。私たちは、ここにいる方々の行動を一切制限していませんよ」

「本人が何と言おうが、連れて帰るんだよ」梅本は強い口調で言った。「俺たちの嫁さんは、みんな妊娠中だ。こんな山の中で赤ん坊を産ませるわけにはいかない」

「ここには医師と助産師がおりますので、ご心配には及びません」

「他人が勝手なこと言うな！」

梅本が声を荒らげるが、若い女はまるで動じない。

「もしかして、あなたも――」柊は女の腹に目をやった。

若い女が初めて柊に目を向けた。誰ですか、とでも言いたげに小首をかしげる。

「浅田と申します」柊は女の作りもののような瞳を見つめ返した。「雑誌記者をしておりまして、おもに地磁気問題を扱っています」

「記者さん……取材ですか？」

「行方が分からなくなった情報提供者の女性を捜しています。ここに連れて来られた可能性があるんです。曾根あかりさんという方です」

「曾根……」女はつぶやくように繰り返した。

「もちろん、許されるなら取材もさせてもらいます。すごく興味深い団体ですから」

「私たちのメンターは、常日頃から、不勉強なマスコミを批判しています。おそらくお引き取り願うことになると思いますが」

「メンターというのは、船戸亘氏のことですか？」

「そうです。階段を上る手引きをしてくださる、よき助言者です」

「あなた方の団体のことは、私なりに勉強したつもりです」柊はひるまずに微笑んでみせた。「船戸氏がお書きになった論文も読ませていただきました。『ヒト属における脳容積の増大と地磁気逆転に関する一考察』です」

若い女の瞳が、わずかに揺れた。梅本たちの顔をもう一度見回して、静かに告げる。

「ここでしばらくお待ちください」


合宿所の中には独特の臭気が満ちていた。何とは言えないが、漢方薬を煮出しているような臭いだ。

若い女のあとについて、一階の廊下を奥へと進む。床も壁も天井も、すべて真っ白に塗装されている。廊下の両側には白いドアが並んでいるが、どれも固く閉じられていた。

女が突き当たりのドアをノックする。男の声で返事があった。扉を開くと、そこは白い部屋だった。正面に書斎机があり、初老の男性が何か読んでいる。白髪頭を短く刈り込んだ、小柄な男だ。

男は顔を上げ、老眼鏡と思しき眼鏡をはずした。若い女がそのそばに歩み寄り、耳もとで何かささやく。その間、男はまばたき一つせず、感情の読めない小さな目で柊たち五人を見つめていた。

書斎机の向こうには、壁面いっぱいに作り付けられた書棚があって、分厚い本が隙間なく並んでいる。ざっと見たところ、背表紙に「脳」と「人類」の文字が目立つ。脳科学と人類学の専門書が多いようだ。

女がそばを離れると、男が立ち上がった。

「船戸です」男がしゃがれた声を出した。「皆さんの配偶者たちについては、あなた方と会うつもりがあるかどうか、これから訊きにいかせます。彼女らが会いたいと言えば、面会していただいて結構です」

「ふざけるな」梅本が言った。「俺たちは面会に来たんじゃない。たとえ会いたくなかろうが、部屋から引きずり出してでも連れて帰る」

「乱暴なことを言うものではありませんよ」船戸が口もとだけ緩める。「我々は彼女たちをここに閉じ込めているわけではないのですから。あなた方と一緒に帰りたければ、そうするでしょう。とにかく、少しお待ちください」

船戸が若い女に目配せすると、女は足早に部屋を出て行った。

「さて」船戸が柊に顔を向けた。「あなたは記者さんだそうですね。私の論文をお読みになったとか」

「この団体の是非についてはともかく、脳容積と地磁気逆転に関する論文はたいへん興味深く拝読しました」

柊はできるだけ気持ちを込めて言った。船戸には研究者志向がある。この男からできるだけ多くの言葉を引き出すためには、その自尊心をくすぐった方がいいと考えたのだ。

「興味深く、ね」透かし見るような船戸の視線に、柊の肌が粟立つ。「ともあれ、『零への階段』の理論的背景まで勉強してきた方がいたとは驚きです」

「もともとその方面に興味があったんです」柊は真剣な表情を崩さずに言った。「ずっと、異形生物や地磁気逆転による生物の進化について取材してきましたから」

論文のことなど知らない梅本と三人の夫たちは、眉をひそめて互いに顔を見合わせている。

船戸は机を離れ、柊の正面に立った。

「あの論文は、書いたのではありません。書かされたのです」

「書かされた？」

「そう。大いなる存在によってね。私は気づかされたのです。過去の地磁気逆転が、人類をより高次のステージへと押し上げてきたということを」

「それは、アセンションが起きるということですか？」

「アセンションでもグレート・シフトでも何でも構わないが、私は『ゼロ・ポイント』という呼び方が好みです。これはまさに、地球磁場がゼロになることを意味している。地磁気が減っていくたびに、我々は逆に階段を上っているのです」船戸は目を細めて虚空を見つめた。「そして、そのてっぺんには、次のステージが広がっている」

「そこではどんな景色が見えるのでしょう？」

「残念ながら、我々がそれを目にすることはありません。なぜなら、我々旧世代の人類は最上段の一つ手前で力尽きるからです。地磁気逆転とともに生まれ来る次世代の人類を最上段に送り届けたあとに。私の使命は、皆の手を引いて階段を上り、できるだけ多くの子供たちを次のステージに届けることです。私はその崇高な目的のために、こうしてブリュンヌ期の終わりに生を受けたのです」

「次世代の子供たちというのは、新種の人類になるのですか？　ホモ・サピエンスに取って代わるような」

「私の研究によれば、これから生まれてくる次世代は単なる新種ではない。その新種の登場によって人類は幼年期を終え、大いなる存在に近づくのです」

「脳容積が著しく増えるという意味でしょうか？」

「いや」船戸がかぶりを振った。「私の予測では、増大するのは大脳皮質です。脳の高次機能を司る（つかさど）この部位の面積が一気に拡大するはずです。高度に理性を発達させた新種の人類は、無意味な争いなどしない。いたずらに環境を破壊したり、資源を浪費して自らの首を絞めるような愚も犯さない。地球や宇宙の意思と一体化して生きていくことができるのです」

　オカルトめいた単語が入り交じる怪しい話に、柊は真顔でうなずいた。大筋は乾（いぬい）と立花の予想どおりだ。最後にもう一つ、確かめておきたいことがあった。

「次世代の人類誕生の地としてここ分杭峠を選んだのは、なぜです？」

「本来、地磁気逆転時の出生にはリスクがともないます。人体にとって特殊な環境だからです。新種の人類は、その障壁を乗り越えた新生児たちの中に、極めて小さな確率で生まれてくる。だが、ここゼロ磁場地帯で母体を無磁場に順応させておけば、新種が誕生する確率が増える。これは私の仮説だが、それが間違いでないことが間もなく証明されるでしょう」

梅本がしびれを切らしたように一歩進み出た。怒りに声を震わせて言う。

「あんた、いい加減にしろよ。仮説だか何だか知らんが、他人の嫁さんをモルモットみたいに使うんじゃねえ！」

「人聞きの悪いことを言わないでいただきたい」船戸が梅本に向き直る。「これは、あなたの配偶者が望んだことなのですよ。すべて自由意志のもとにおこなわれていることです」

「何が自由意志だ！　そんな言い分は通じない！」

「妊婦たちを騙して、ここに集めてるでしょうが！」

「洗脳だよ！　あんたらのやってることは！」

他の夫たちも口々に声を上げた。

「実際、ここには何人ぐらいの妊婦さんがいるんです？」柊が訊いた。

「少しずつ増えていますが、今は確か、二十二人か二十三人か——」

「私たちをここへ連れてきてくれた女性も、妊娠していますよね？」

「あれは私の娘です」船戸は平然と言った。「あの子なら、きっと素晴らしい新種を産んでくれる」

その言葉を聞いて、柊は慄然とした。船戸という男を衝き動かしているのは、この欲求なのではないか。新種の人類の中に自分の遺伝子を残したいという、焦りにも似た欲求——。

そのとき、ドアが外から叩かれ、さっきの若い女——船戸の娘が顔をのぞかせた。

「三浦陽子さんが、会ってもいいとおっしゃっています」

柊たち五人は、船戸の娘の指示にしたがって部屋を移動した。

面会場所に指定されたのは、白いフロアマットが敷き詰められた六畳ほどの部屋だ。物が何も置かれていないところをみると、瞑想にでも使われているのかもしれない。

床に座って五分ほど待っていると、痩せぎすの女が現れた。

「陽子！」女の夫がひざ立ちになった。

女は無言で夫に軽く頭を下げると、出入り口の近くに正座した。手足は折れそうなほど細いのに、お腹だけが丸く突き出ている。船戸の娘と同じような白いチュニックを着て、赤茶けた髪を無造作に後ろで束ねている。

三浦陽子は、船戸みつ子の「特別セミナー」経由ではなく、産科で知り合った信者に誘われてここへやってきた女だ。夫婦が顔を合わせるのは、四ヶ月ぶりのことらしい。

「順調なのか? お腹の子は」陽子の夫が硬い表情で訊いた。

「はい」陽子は他人行儀に答える。

それきり会話が途切れてしまったので、柊が口を開いた。

「今、何ヶ月ですか?」

「八ヶ月です」陽子はうつむいたまま答える。

「ここで、何か不自由なことはありませんか?」

「特には」

「陽子」夫が無理に声を落ち着かせるようにして言った。「一緒に帰ろう。俺も反省した。もう前のような態度はとらない。だから――」

「私も反省しました」陽子が生気のない声で言葉をかぶせる。「以前の私は、あなたの言うとおり、地磁気ノイローゼだったと思います。でも、ここへ来てそれもすっかり治りました」

二人のやり取りを聞いて、柊は夫婦の間に起きた出来事をおおよそ理解した。妊娠が分かって地磁気ノイローゼになった陽子の行動を、夫が頭ごなしに否定したのだろう。拠りどころを失った陽子は、産科で知り合った信者の女性に依存を深めていったに違いない。

「だったら何も問題ないじゃないか」夫が身を乗り出した。「帰ろう、一緒に」

「ご心配をおかけしました」陽子は頭を下げた。「もう大丈夫ですから、私には構わないでください」

「どういう意味だ?」夫は陽子ににじり寄った。「お前、どうしちゃったんだよ!」

「これを渡しにきたんです」陽子は小さくたたんだ紙をポケットから取り出し、開いてみせた。離婚届だった。「お手数ですが、これに記入して、出しておいてください」

「何言ってんだ?」夫は陽子が差し出した薄い紙を払いのけ、その細い肩を両手でつかんだ。激しく肩を揺すりながらわめく。「なあ! おい!」

陽子は力なくうなだれて、されるがままになっている。陽子のうしろに控えていた船戸の娘が夫の腕をつかみ、「手荒なことは――」と言った。夫は呆然とした表情で陽子から手を放した。

しばらくの間、誰も口を開こうとしなかった。陽子の夫は妻から顔をそむけ、うつむいて目頭を押さえている。

「ちょっといいですか」梅本が右手を上げた。我慢ができなくなったらしい。「お訊きしたいことがあるんです。俺の嫁さんのこと」

「奥さまのこと……」陽子はわずかに首をかしげた。「お名前は？」

「梅本です。梅本由衣。ここにいるんでしょ？」

「はい。いらっしゃいます」

「あいつ、元気ですか？」

「お元気ですよ。お腹の赤ちゃんも」

「あいつの部屋、どこです？」梅本が勢いよく立ち上がった。

「それは……」陽子は船戸の娘の方を気にしながら言った。「階段を上がってすぐ右手、二〇三号室ですけど……」

ドアへと向かう梅本に、船戸の娘が冷たく告げる。

「無駄だと思いますよ。中から鍵をかけていますし」

梅本は一瞬立ち止まったが、そのまま振り返らずに部屋を出て行った。

それをきっかけに、残る二人の夫らも次々と陽子に質問を繰り出した。どちらの妻も夫に会う気はなく、部屋に閉じこもっているという。

やがて、二階の方から扉を激しく叩く音が響いてきた。妻の名を呼ぶ梅本の大声も聞こえる。

残った二人の夫は互いに顔を見合わせたが、腰を上げる気はないらしい。離婚届を差し出される場面を目の当たりにして、怖じ気づいたのかもしれない。

二階の物音がおさまった頃合いを見計らって、最後に柊が訊ねた。

「私が捜しているのは、曾根あかりさんという方です。ご存じでしょうか？」

「曾根さん……？」陽子はあごに手をやった。「ここにはいらっしゃらないと思いますが」

「いない？　本当に？」柊は前のめりになって確かめる。「小柄で色白の女性です。その方も妊娠していて、ちょうど今月出産予定のはずなんですが——以前ここにいたということもありませんか？」

「少なくとも、私が四ヶ月前にここに来てからは——」陽子はかぶりを振った。

「曾根さんという方は、ここにはいません」船戸の娘が平坦な調子で言った。「過去にいたこともありません。さっき、名簿を見てきました」

「では、駒井千夏さんという方はどうです？」

「おりません」船戸の娘が即座に断言した。陽子もうなずいている。

「そんな……」予想を裏切る事態に、柊は激しく動揺した。

船戸の娘はともかく、陽子の反応を見る限り、嘘をついているとは思えない。「零への階段」でおこなわれていることはほぼこちらの見立てどおりだったのに、肝心の曾根がいないとは——。柊は唇を嚙んだ。

「ちなみにですが」柊は上ずる声を抑えて陽子に訊ねる。「産科で知り合って、あなたにここを紹介したという女性は、小早川さんという方ではありませんか?」

「小早川?」陽子が眉根を寄せた。「いえ、違いますけど……」

柊は思わず目を閉じた。小早川というのは、曾根あかりと駒井千夏をどこかに連れ去ったと思われる女の名だ。二人が行方をくらました経緯が陽子のケースに似ていると思っていたが、実際はまるで見当違いだったのだ。

いったいどこで間違えたのか——。柊は両手でこめかみを押さえた。ある程度自信を持ってここまで進んできたのに、振り出しに戻ってしまった。

そう。まるで、反転しかけた磁極が途中で元の位置に戻ってしまう、「地磁気エクスカーション」のように——。

29

一時間残業をこなし、中央合同庁舎五号館の玄関ホールに下りると、片隅に大きな展示台があるのが目に入った。登庁時にはなかったはずなので、昼間のうちに設置されたのだろう。ブリーフケースを提げた男が二人、足を止めて展示物を眺めている。待ち合わせまで五分ほどある。水島はそちらに近づいていった。

「この大変なときに、まだこんなもんに税金使ってるよ」男の一人が口をとがらせている。「だいたい、なんで役所がメーカーの宣伝を肩代わりするんだ?」

「どうせ厚労省の天下り先なんだろ」もう一人があくびまじりに答える。「地磁気がどうなろうと、定年後の行き先は要るってことだよ」

どうやら二人は民間企業の人間らしい。すれ違いざまに水島に一瞥を投げると、出入り口の方へと去っていった。

水島は展示台の前に立った。特別にしつらえられたものだろう。傾斜のついた天板の上に、透明なケースに入った医療機器の模型と、脳の画像などが描かれたパネルが並んでいる。台のてっぺんに貼られたプレートには、大きな文字で〈次世代脳機能イメージングが拓く新たな精神医療〉とある。

模型の医療機器は、〈次世代fMRI——機能的磁気共鳴画像法〉というものだそうだ。大きな筒の中に人体が入る大掛かりなもので、形はCTスキャンの装置に似ている。添えられた説明書きによれば、人が何かを見たり聞いたりしているときに、脳

の ど の部位がどれほどの活動度で働いているか、その絶対値や時間変化まで高精度で分かるのだという。

「〈この次世代技術は、認知症のみならず――〉」いきなり背後で声がした。乾だった。

「驚くじゃないですか。いつからいたんです？」

乾はその問いを無視して、平坦な調子で説明文を読み続ける。

「〈うつ病や統合失調症などの精神疾患の予防、早期発見、治療に極めて大きな効果が期待できます〉――」

「それは結構なことですけど、力の入れどころがちょっと違いません？」水島は乾の横顔を見上げる。「厚労省は今それどころじゃないはずですよね？　宇宙線の問題で」

「省内には、来る『無磁場フェーズ』に備えて、国民の精神のケアに取り組むべきだという声もある」

「それって例の、地磁気の乱れが統合失調症の原因になるという話ですか？　それとも、単に今の暗い世相が人々をうつ状態にしているという話？」

「たぶん両方。因果関係はともかく、地磁気がおかしくなってから精神疾患の患者が増えているというデータは確かにあるし。数字を出されると、無駄なことはやめておけとも言いにくい」

「なるほどねえ」水島はため息まじりに言うと、あらためて模型を見つめた。「この装置、『次世代』ってことは、実用化はまだなんですよね？」

「厚労省とタッグを組んで鋭意開発中、というところだろ」

水島は展示のタイトルが書かれたプレートにもう一度目をやった。タイトルに負けないほど大きな字で、協力企業の名前が記されている。

「〈株式会社 河田メディカル〉――」つぶやくように読み上げた。

「大手の医療機器メーカーだ」乾がぼそりと言う。

水島はさっきの二人組の会話を思い出して、からかうように訊く。「もしかして、おたくの天下り先ですか？」

乾はつまらなそうに鼻息をもらしただけで、何も答えなかった。

乾と一緒に庁舎を出て、徒歩で新橋方面に向かう。

今夜は、新橋駅近くの居酒屋で『週刊グローブ』の浅田柊と会うことになっている。「零への階段」のことで報告がある――と乾のもとに連絡があったのだ。

駅に近づくにつれ、外堀通りの歩道には仕事を終えたサラリーマンの姿が増えていく。

うしろからけたたましいサイレンの音が聞こえてきた。水島たちを含め、ほとんどの歩行者が首を回してそちらに目を向ける。パトカーは二台連なっていた。減速して路肩に寄った通行車両の間を、猛スピードでやってくる。

二台のパトカーはあっと言う間に水島たちを追い越し、タイヤを鳴らして新橋二丁目の交差点を右折した。その数秒後に、サイレンが中途半端なところで止んだ。

現場は近い。水島と乾は交差点で歩みを止め、パトカーが向かった通りの様子をうかがった。百メートルほど先に見えたのは、道路を埋めた数台のパトカーと救急車、そして黒山の人だかりだった。ちょうど、雑居ビルや飲食店が密集するエリアだ。角のうどん屋から出てきたと思われる調理服の男性が、スナックのママ風の女性と言葉を交わしている。

「――飛び降りらしいですよ」調理服の男が言うのが聞こえた。

「あら！　またですか！」女性が口に手を当てる。「先週、銀座の方でもあったでしょう？　確か七丁目の」

「よく通行人に当らなかったもんだよなあ」うどん屋の男は腕組みをしてうなった。

水島は乾と顔を見合わせた。乾は眉をわずかに持ち上げると、パンツのポケットに両手を入れて、また歩き出す。水島は人だかりの方に目を向けたまま、仕方なく乾にしたがった。

ここまで来る途中、柊から電話があった。取材が長引いて二十分ほど遅れるということだったので、先に店に入っていることにした。

雑居ビルの二階にあるその居酒屋は、想像していたよりも小ぎれいな店だった。新橋界隈(かいわい)の飲み屋に詳しい同僚に勧められて予約したのだが、居酒屋と割烹(かっぽう)の中間ぐらいに見える。

通された小上がりには、テーブルが二つあった。サラリーマン風の四人組がすでに奥のテーブルを囲んでいる。

水島が生ビールを、乾がジンジャーエールを注文すると、女将(おかみ)が訊いてきた。

「まだ外は大騒ぎでした？　ほら、飛び降り」

「ですね。やじ馬はいっぱいでしたよ」水島はおしぼりで顔をぬぐった。「それにしても、なんでまた人通りの多い時間と場所であんなことを」

「うちの常連さんで、あのビルに入っている会社にお勤めの方がいましてね」女将は声をひそめた。「さっきその方に聞いた話だと、飛び降りたのは、一つ上のフロアにある会社の社員さんなんですって。ノイローゼだか何だかでずっと休職してたらしいんですけど、ふらっと会社に来たと思ったら、黙って屋上に上がって、そのまま

――」

女将は人差し指をくるっと回して、何かが落ちる手振りをした。

「ノイローゼってことは、例のあれですかね」

「そう。〝地磁気自殺〟だろうって」

先月あたりから、日本中で連鎖的な自殺が続き、話題になっている。もう二十件近いはずだ。原因ははっきりしていないが、遺書に「地磁気」という言葉が遺されていたケースが数件あったことから、マスコミがひとくくりに〝地磁気自殺〟と呼び始めた。

飲み物を運んできた女将が立ち去るのを待って、乾が口を開いた。

「〝地磁気自殺〟なんて、まるでナンセンス。ネーミングのセンスもない」

「今朝、地下鉄で『週刊グローブ』の中吊り広告を見たんです。〈地磁気と心中する人々――〝地磁気自殺〟の不気味〉という記事が出てました。書いたのが浅田さんじゃないことを祈りますよ」

「地磁気逆転が始まる前は自殺など考えたこともないような人たちが次々にビルから飛び降りているというのなら、確かに不気味だ。でも、そうじゃないだろう?」

「つまり、地磁気逆転は自殺のきっかけや口実に過ぎないと?」

「連鎖自殺なんて、そういうもの」乾はそう言ってジンジャーエールをなめた。

お通しをつまんでいると、隣のテーブルからも〝地磁気自殺〟という言葉が聞こえてきた。さり気なく聞き耳を立てていると、サラリーマンたちの話題は「自殺」から「うつ病」へと変わり、やがて、最近会社を辞めた誰かの話になった。

「だから違うんだって。あいつはうつ病で辞めたんじゃないよ」四十がらみの男がアルコールの回った赤い顔で言った。

「でも、心療内科に通ってたんでしょ？」四人の中で一番若い男が訊く。

「それは五年前の話。配置換えになってからは、すっかり元気になってたの」

「じゃあ、なんで辞めたんです？」

「やりたいことがあるんだってさ。はっきりとは言わなかったけど、たぶん自転車屋だな」

「はあ？」若い男が声を裏返した。「自転車屋？」

「ママチャリを売るわけじゃないよ。ツール・ド・フランスで優勝できるような国産ロードバイクを造ってみたいんだって。昔からよく言ってた。あいつ大学時代、自転車競技部だったんだよ」

「四十にもなって、そんな夢みたいなこと」若い男が呆(あき)れ顔で言う。

「実現できるかどうかはともかく、気持ちは分かる」上座に座る年配の男がしわがれた声を出した。「地磁気のことがなかったら、彼もそんなことは考えもしなかっただろう」

「要は、いつ死んだり病気になったりしても後悔しないようにってことですか？」

「お前はなーんにも分かってない」赤い顔の男がからむように言った。「そういう単純なことじゃないの。大人はいろいろ思うところがあるの。分かる？」

「分かりませんよ！」若い男が腹立たしげに言い返す。「僕は辞めません。こんな時代だからこそ、辞めるなんて選択肢はない。リスクが大きすぎます」

「ツール・ド・フランスだってさ。うらやましいよなあ」赤い顔の男は、もうろれつが回っていない。「俺が昔からやりたかったことって、何だっけ？　もう忘れちゃったよ」

「お前はまず、残業をやめることだな」年配の男が言った。「私は最近、なるだけ定時に帰ることにしている。仕事をやり残したまま会社を出ることにも、すっかり慣れた」

「課長は、早く帰って何をされてるんです？」若い男が訊いた。

「何をということはないよ。家族と夕飯を食べるか、昔の友だちと会うか、こうしてお前たちと飲むかだ。今まで、そう頻繁にはできなかったことだからな」年配の課長は皿の料理をつつきながら言う。「最近は、中国史の専門書を本棚から引っぱり出して、毎晩ちょっとずつ読んでる」

「中国史？」赤い顔の男が猪口を持ったまま訊き返す。

「学生時代に挫折した本だよ。いつか勉強し直そうと思ってたんだ」

水島はビールを飲みながら、彼らの同僚になったような気持ちで会話を聞いていた。似たようなことは公務員の間でも起きている。環境省の本庁ではあまり聞かないが、地方の環境事務所や区役所などでは、早期退職や転職者がかなり出ているらしい。

水島の向かいで新聞を読み始めていた乾が、顔も上げずに「そう言えば――」と言った。

「おたくの部署でも若い女のスタッフが辞めるとか辞めそうだとか言っていたが、どうなった？」

「え？」隣の会話など耳に入っていないと思っていたので、驚いた。乾が言っているのは、水島のサポートについていてくれていた臨時職員のことだ。「結局、先月いっぱいで退職しました。辞めてどうするのか訊ねたら、『これから考えます。彼と結婚するのもアリかも』なんて、のん気に笑ってましたよ」

「ということは、今後は一人でクレーム対応か。ますます大変だな」乾はにこりともせずにそれだけ言うと、また新聞をめくり始める。

報道によれば、最近、離婚と結婚の件数が急増しているという。離婚はまだ分かるが、この時期に結婚を決意する人々が多くいることが、水島には解せなかった。その疑問を女性スタッフにぶつけてみると、彼女は「うーん、よく分かんないですけど、自分のことばっかり考えるのをやめた人が増えたからじゃないかなあ」と言っていた。

隣のテーブルは、まだ働き方の話で盛り上がっている。ずっと黙ってスマートフォンをいじっていた三十代半ばの男が、初めて「おっ！」と声を上げた。

「ガウス係数が更新されてる」

「静かだと思ったら、またそんなの見てたのか」赤い顔の男が言った。「お前、完全に地磁気オタクだな」

「g10成分が、ついにマイナス二マイクロテスラを切りましたよ。いよいよだな」

男はスマートフォンの画面を見つめ、一人うなずいている。

「地磁気オタクとしては、無磁場フェーズについてどっちを支持するんですか？」若い社員がスマートフォンの男に訊ねている。「ほら、国の委員会が言っている『一年以内に終わる説』と、どこかの大学教授の『十年から百年続く説』」

「そんなの分かるわけないじゃん」

「意見ぐらいはあるだろうが」今度は赤い顔の男が言う。「お前、雑誌やらネットやら、手当り次第に情報をあさって、一喜一憂してたじゃないか」

「いつの話をしてるんですか。もうそんなことやってませんよ」スマートフォンの男は平然と応じた。「雑誌やネットにまともな情報は落ちてません。やっぱりデータですよ、データ」

「ああ? そのガウス係数とやらをこまめにチェックしたところで、お前に何が分かるってんだよ?」

「何も分かりませんよ。でも、気づいたんです。データを押さえておくと不思議と心が落ち着くってことに。宇宙線量についても同じです」男は顔の前で人差し指を振った。「僕はもう地磁気オタクじゃありません。『地磁気ウォッチャー』と呼んでください」

赤い顔の男と若い男が口々に反論する横で、年配の課長が猪口を置いた。

「私は今年で五十五になる。幸い大きな病気もしていないし、まだ人生の幕引きについて真剣に考えたこともない」

神妙な顔で聞き入る三人を見回して、課長が続ける。

「うちの長男は来年大学卒業でね。もし無磁場フェーズが何十年も続くとしたら、あいつが今の私の歳になる頃には、何かのガンにかかっているのが当たり前のことになっているんじゃないか、なんてな。最近家族と飯を食っていると、よくそんなことを考えるんだよ」

それから五分ほどで、柊が店に到着した。

「お呼び立てしておきながら、遅れてすみません」柊は頭を下げながら、座布団に腰を落ち着ける。

水島は、柊のためにウーロン茶を注文してから、眉尻を下げて訊ねた。

「見ました？　一本向こうの通りの騒ぎ」

「ええ。すごい人でした。テレビの中継車なんかも来ていて」

「〝地磁気自殺〟らしいですよ。取材しなくていいんですか？」

冗談めかして言ったのだが、柊は真顔で「確かに」とうなずいた。

「飛び降り現場の近くにいたことを編集長に知られたら、なんで聞込みの一つもしなかったんだって、怒られそう」

「今週号の『週刊グローブ』にも、連鎖自殺の記事が載ってましたよね」

「あの記事はまだマシです」

柊の言葉に、水島はほっとした。彼女が書いたものではないらしい。柊は意味もなくおしぼりを絞り、言葉を継ぐ。

「ひどいのは、そのあとに載っていた分」

「読みましたよ。通り魔事件の記事でしょ?」突然乾が会話に入ってきた。驚いたことに、その手には今週号の現物がある。

「なんだ、持ってるならそう言ってくださいよ」水島は乾に向けてあごを突き出した。

乾は素早く雑誌をめくり、そのページを開く。上段に極太のゴシック体で〈地磁気逆転が人を狂わせる——〝地磁気通り魔〟の恐怖!〉と書かれている。

「ははあ。地磁気自殺の次は、〝地磁気通り魔〟ですか」水島はあきれ顔で言った。

二週間ほど前、立て続けに二件の通り魔事件があった。一件は名古屋の市街地で起きたもので、男がサバイバルナイフで二人の通行人を刺殺し、三人に怪我(けが)を負わせた。もう一件は広島市内の商店街で発生した事件で、男が包丁を振り回して買い物客に切りつけた。死者は出なかったものの、五人が重軽傷を負っている。

注目すべきは、名古屋の事件の犯人が、取り調べで「異常な磁気で攻撃されているから、身を守るために人を刺した」と語ったことだ。当然マスコミはこれに飛びついた。

　そのうち、海外からの情報も入ってきた。ロサンゼルスやリオデジャネイロでも、〝地磁気のせい〟で無差別殺人や銃の乱射事件が何件か起きているという。

　柊は乾が開いたページを指差し、厳しい声音で言った。

「問題なのは、名古屋の犯人は統合失調症で通院歴があり、あたかも地磁気逆転がその発症を誘発したかのような書き方がされていることです」

「そうですね」乾が記事に目を落としたままうなずく。「事件について明らかになっている事実と、一般論と、識者による推測とを、ごちゃまぜに配置してストーリーを仕立て上げている。週刊誌の典型的なやり口」

「とくに、そこに出てくる〝脳の専門家〟なる人物のコメントがひどいんです」柊が視線を向けてくる。「取材者にのせられたわけではなく、自ら積極的に煽るようなことばかり言っている」

「その専門家、どこの誰なんです？」

　水島が雑誌をのぞき込むと、乾がそれをくるりと回転させ、左ページの隅にある顔写真を指し示した。頭の禿げ上がった四角い顔の男が写っている。

「〈脳力増進研究所の江原所長。江原メソッドの開発者としても知られる〉――」水島は写真に添えられたキャプションを読み上げた。「『脳力増進研究所』?　『脳力』だなんて、何だか怪しげだな」

「江原が設立した社団法人です。江原という人物は、脳科学者というより、幼児教育の専門家ですね。『江原メソッド』というのは、彼が考案した脳トレーニングの一種です。頭の良い子を育てるための。『江原メソッド』の教室は日本各地にあって、熱狂的な信奉者がいます」

「どうして幼児教育の専門家が出しゃばってくるんです?」

「江原は最近、無磁場状態が脳機能に与える悪影響について、いろんなメディアで盛んに発言しているんです。精神疾患が増えるとか、子供の暴力的性向が増長するとか、学習障害が起きるとか。内容的には東都工科大学の城教授の話と似通ったところも多い。ですが江原の場合、どこかで聞きかじったことを自分の信念に沿うように拡大解釈してしゃべっているように見えるんです」

「この記事の発言も、独りよがりで客観性を欠いている」乾が冷たく断定した。「自分をカリスマだと思い込んでいる人間にありがちなことだ」

そのとき、注文した料理が一斉に運ばれてきた。テーブルの新聞と雑誌を乾が片付けたのを機に、柊が切り出す。

「で、本題なんですが――」

柊は、隣のテーブルにちらと目をやった。四人は仕事の話に夢中で、こちらを気にかけている様子はない。

「先週末、『被害者の会』のメンバー四人と、分杭峠に行ってきました――」

柊は、そのときの出来事を細部まで忠実に再現して語った。水島と乾は、箸も持たずに黙って聞き入った。随所に驚くようなことがあったが、大げさに反応するのは控えた。

話を聞きながら、水島は妻の聡美の顔を思い浮かべていた。自分がその夫たちと同じ立場になる可能性も、ゼロではなかったのだ。白装束を身にまとって合宿所に閉じこもる聡美の姿を想像すると、肌が粟立った。

柊がおしぼりを両手で握ったまま、抑揚をつけずに言う。

「――彼らが何か隠しているとは思えませんでした。少なくともわたしには。彼らは、曾根さんのことも駒井さんのことも、本当に知らないんだと思います」

そこでわずかに目を伏せた柊を見て、水島が口を開く。

「うーん」わざと声を高くした。「空振りでしたか。いい線だと思ってたんですけどねえ」

「『零への階段』がやろうとしていることは、ほぼ乾さんたちの読み通りでした。でも、曾根さんも駒井さんも、そこには巻き込まれていない」柊は力なく口もとを緩めた。「振り出しに戻る――です」

束の間の沈黙のあと、ずっと腕組みをしていた乾がおもむろに箸を取った。品よく盛りつけられただし巻き卵を一切れ口に放り込んで言う。

「振り出しまでは戻りませんよ」乾の視線は虚空に向けられていた。「途中で紛らわしいものに目を奪われて、道を逸れてしまっただけです。もう一度地図を見返して、そこまで戻ればいい」

30

乾に言われたとおり、柊は取材ノートをめくりつつ、これまでの道のりを振り返った。

曾根あかりと駒井千夏は、どちらも小早川という女性の手引きによって、一月の半ばに姿を消した。小早川は妊婦たちを「説明会」なるものへ誘っており、少なくとも駒井はそれに参加していた。

曾根も駒井も、家族に対して、これからどこかの「病院」あるいは「医院」に入るのだとは言っていない。駒井の場合は「施設」という言葉を使っている。曾根は母親に「出産のために東京を離れる」と告げており、駒井は夫に「施設」は「田舎にある」と説明した。その言葉を信じれば、二人の居場所は都内ではない。二人ともその「施設」から簡単な手紙と写真を家族のもとへ送っている。その手紙の消印は、なぜか池袋の郵便局のものだ。

ここまでは間違いない。

道を逸れたのは、この先だ。小早川の「説明会」は船戸みつ子の「特別セミナー」ではなく、駒井の言う「施設」も分杭峠の合宿所ではなかった。

したがって、再出発はここからということになるが、手持ちのカードはほとんどない。一つは、もう一度都内の産科を当たって、小早川の「説明会」に関する情報を集めることだろう。

だが、まずは曾根と駒井の現状が気になった。曾根の母親と駒井の夫に届いた手紙を見たのは、三ヶ月以上前のことだ。新しいものが届いている可能性はある。

柊は曾根の母親の携帯電話に電話をかけた。しかし、何度かけても留守番電話サービスにしかつながらなかった。もちろんメッセージは残してあるが、今日までのところ先方からの連絡はない。

次に、柊は中野にある駒井千夏のマンションを訪ねた。駒井の夫はインターホン越しに、「千夏ならまだ戻っていませんよ」と暗い声で言った。あれから手紙は来ていないかと訊くと、五月に一通届いたきりだという。

ドアを開けた駒井の夫は、仏頂面で封筒を差し出した。封筒の消印も、中の一筆箋も、前回のものと同じだった。お世辞にも上手いとは言えない字で、〈ベビちゃんは相変わらず元気いっぱい。わたしも負けずに頑張るぞー!〉と書いてある。写真は同封されていなかったらしい。

三ヶ月も手紙が届かないのは初めてだというが、駒井の夫は「もう臨月だし、いろいろ大変なんでしょ」と面倒くさそうに言った。妻を心配している様子はなく、子供の誕生を心待ちにしている風でもなかった。

柊は今、宇都宮駅からタクシーに乗り、曾根あかりの実家に向かっている。留守番電話に最後のメッセージを残してから、一週間が経っていた。あれだけ娘の身を案じていた母親が柊からの連絡に応じないというのは、ただ事ではない。日に日に不安は増し、とうとう待っていられなくなった。

黒ずんだブロック塀の角で、タクシーを降りる。古い一戸建ての曾根家は、ひっそりと静まり返っていた。門扉の向こうにある植木鉢が、倒れたままになっている。

　柊は息を整えて、インターホンを押した。しばらくすると、「はい」と男の声が応えた。低い、沈んだ声だ。父親だと直感したが、仕方がない。

「浅田と申しますが――奥さまはご在宅でしょうか？」

　やや間があって、父親が言う。「……家内は今ちょっと手がはなせないのですが。ご用件は？」

「あの……」柊はためらった。だが、ここまで来て何もせずに帰るわけにはいかない。「奥さまには一度お目にかかったことがあるんです。あかりさんのことで――」

　返事の代わりに、受話器を置く音がした。一分ほど待ったが、何も起こらない。もう一度インターホンに手を伸ばそうとしたとき、玄関のドアが開いた。背は低いががっしりした体つきの初老の男が、射るような目で柊を見つめてくる。

「突然申し訳ありません。浅田と申します」柊は頭を下げた。「実はわたし――」

「あかりの、お友だちですか？」父親が眉をひそめて言った。

「友だちというか……もちろん、何度かお会いしたことはあるのですが……」

　言葉につまる柊を見て、父親は小さくうなずく。

「とにかく、中へどうぞ。あかりに会っていってください」

「え――？」

思わず固まった柊を、父親が手招きした。どういうことか訊き返す間もなく、父親は先に家の中に消えた。

閉まりかけたドアを慌(あわ)てて押さえ、玄関に入る。すると、よく知った匂いが柊の鼻をくすぐった。

線香の香り――。

言いようのない不安に、胸が締めつけられる。

「おじゃまします――」声を強張(こわば)らせて白いスニーカーを脱ぎ、廊下に上がる。心臓はこれ以上ないほど激しく脈打ち、息苦しいほどだ。

父親は、廊下の中ほどにある開いたふすまの前で待っていた。

和室の前まで進んだ瞬間、柊はバッグを落とした。部屋の奥に小さな仏壇があって、写真立ての中で曾根あかりが微笑(ほほえ)んでいる。その隣にある白い箱は、骨箱だ。

柊は膝(ひざ)を震わせながら仏壇のそばまで行くと、崩れるようにしてひざまずいた。

「――なんで……どういうこと……？」かすれた声で問いかける。

何年か前に撮られた写真なのか、最後に会ったときに比べると、輪郭も表情も丸みを帯びて柔らかい。切れ長の目の奥の瞳(ひとみ)は、屈託のない光を宿している。

「――亡くなったのは、先月――七月二十日です。分娩時に、異常出血を起こしたそうです」

いつの間にか、父親が柊の斜め後ろで正座していた。娘の遺影を見つめながら、静かに続ける。

「主治医は、止血を試みたあと、すぐに輸血をしたと言っています。処置に落ち度はなかったと」

「だったら、なぜ……？」

「運悪く、羊水塞栓症というのを起こしてしまった――そう説明を受けました」

「羊水塞栓症？」

「母体の血液中に羊水が入り込み、それが肺の血管を詰まらせて、急激なショックを引き起こすそうです。滅多にないことのようですが、いったん羊水塞栓になると助かる見込みはほとんどないのだと言われました」

「それで――」柊は唾を飲み込んだ。声を震わせて訊く。「お腹の赤ちゃんは……」

父親は天井を指差した。「二階で眠っています」

「ああ……」息と一緒に声が漏れた。安堵で目頭が熱くなる。

「何とか無事に生まれてきてくれました。目もとがあかりによく似ています」

ハンカチを取り出して涙を押さえると、少しだけ心が落ち着いた。

「あかりさんは、どこの病院で出産に臨まれたのでしょうか？」

「東京の北区にある、『あかばね産科クリニック』というところです」

「北区？」柊は思わず訊き返した。「そこは何か特別なクリニックなんですか？　他にない先端医療が受けられるとか？」

「いや、ごく普通の産科医院だと思いますが……」父親が怪訝（けげん）な顔で言った。「院長を含め、産婦人科医が三人、麻酔医が一人いるそうですから、小さな診療所ではありません。私も二回ほど行きましたが、設備もそれなりにしっかりしているように見えた」

悔しさをにじませた父親の言葉を聞いているうちに、疑問が次々にわき上がってくる。

東京を離れたはずの曾根が、なぜ北区の産科クリニックにいたのか？　父親の話によれば、そこは妊婦が出産までずっと滞在するような特殊な医療機関ではない。そこへ転院することを秘密にしなければならない理由も、まるで分からない。

だが、これ以上質問を重ねるためには、自ら先に告げるべきことがある。今さら父親を蚊帳（かや）の外に置いておく必要もない。柊は父親の方に向き直り、悲しみに冷え固まったその目を真っすぐ見すえた。

「お話ししておきたいことがあります――」

柊はこれまでの経緯を父親に話して聞かせた。父親は厳しい表情を変えることなく、時おり小さくうなずいた。

「――今申し上げたことは、奥さまはすべてご存じです」

「そうだったのですか」父親は畳に両手をついた。「その節は、娘がたいへんお世話になりました」

「それで、今、奥さまは――？」

父親は力なくかぶりを振った。「とても人前に出られるような状態じゃありません。ほとんど食事もとらず、私とも口もきかないで、赤ん坊と部屋に閉じこもっています」

「そうですか……」柊からの電話に出ない理由が、よく分かった。

「無理もない」父親はつぶやくように言った。「娘との数年ぶりの対面が、こんな形になったんですから。死に目に会えなかったばかりか、私たちのところへ初めて連絡があったのは、亡くなって三日後のことでした」

「三日後――。ご両親の連絡先が分からなかったのでしょうか？」

「あかりはクリニックに、自分に家族はいない——と」

父親はそこで声をつまらせた。かすかに唇を震わせながら、続ける。

「そう説明していたようですから。連絡を受けたときにはもう——剖検というんですか——死因を調べるための解剖も済んでいました。都内の大学病院で」

「解剖が必要だったんですか？」

「妊婦がお産で亡くなったときは、よくおこなわれるそうです。裁判になることが多いからでしょうね。今回はとくに、羊水塞栓症という診断の難しい症状が疑われていましたから」

父親は仏壇ににじり寄ると、短くなったろうそくを新しいものに取り替えた。ライターで芯に火をつけながら言う。

「医療過誤に詳しい弁護士さんに相談してみたんです。ですが、羊水塞栓症を起こしたことが剖検で明らかになっている以上、クリニックの過失を問うのは難しいと言われました」

父親はそう言って脇にどき、柊を仏壇前の座布団へと促した。柊は線香をろうそくの炎にかざし、香炉に立てる。しばらく手を合わせたあと、あらためて曾根の遺影と向き合った。

いったい、あなたの身に何があったの——？

一度は自分を頼ろうとしてくれたこの女性に、心の中で問いかける。

写真の中の曾根は、自分が見たことのないような微笑みを浮かべたままだ。柊は曾根にまた突き放されたような気がした。

いや、違う——。悔しさが胸に満ち始める。応えられなかったのは、自分の方だ——。

柊は座布団を下りて、父親に訊ねた。

「東京を離れると言っていたあかりさんが、どういう経緯で北区の産科クリニックでお産をすることになったのか、何かお聞きになっていませんか？」

「あの子が東京を離れていたとは思えません。カルテによれば、あかりは一月の末から『あかばね産科クリニック』を受診していたようです。クリニックに提出した書類の住所も、健康保険証の住所も、野方のアパートのものでした」

「つまり、アパートは引き払ったのに、住所はそのまま使っていたと？」

「そのようです」

「だったら彼女は、どこで暮らしていたんでしょう？」

「それがまったく分からんのです。ここ半年ほどは、銀行の口座から金を引き出した形跡すらない。月に一度、決まった額が入金されているので、どこかで働いてはいたようですが」

その入金は、おそらく曾根の不倫相手——東京大成銀行の北川からのものだ。だが、柊の口からそれを明かすことは、さすがにできなかった。

北川の他にも、曾根の暮らしをサポートしていた可能性のある人物が一人いる。小早川だ。曾根は小早川のもとに身を寄せていたということもあり得る。

「そのクリニックの関係者に、小早川という女性はいませんでしたか？　例えば、看護師とか事務員とか。あるいは、妊婦を装って通院していたかもしれない」

「分かりません」父親は目を閉じてかぶりを振った。

「では、手紙はどうです？　あれから新しい手紙は届いていませんでしたか？」

「手紙？」父親が眉根を寄せた。どうやらその存在すら知らないらしい。

柊はバッグを引き寄せ、封筒を取り出した。曾根の母親から預かったままになっていたものだ。一筆箋と写真を手に取った父親は、それに目を落としたまま首を横に振る。

「初めて見ました。こういうものが最近も届いていたかどうか、少なくとも私は知りません。家内が持っているのかもしれませんが」

柊は横から写真をのぞきこんだ。白い壁の薄暗い廊下に曾根が立っているものだ。

「この写真は、おそらく三月頃に撮られたものです。ここは『あかばね産科クリニック』だと思われますか？」

「さあ、どうでしょう」父親は首をかしげる。「あのクリニックにしては、妙に薄暗い感じがしますが。これだけでは判断がつかないな」

それからしばらく話をしたが、柊の疑問を解消するような情報は何も出てこなかった。今後も連絡を取り合うことを約束して、いとまを告げた。

廊下に出ると、二階から赤ん坊の泣き声が聞こえてきた。曾根の母親がそれをあやす声もする。玄関の方に行き、階段の上を見上げると、そこに母親が立っていた。おくるみに包んだ赤ん坊を胸に抱き、か細い声で何か歌っている。もともと小柄な体が、さらに小さくなったように見えた。

「お邪魔しております、浅田です」柊は母親に声をかけ、深々と頭を下げた。

母親は柊を見ても驚かなかった。うつろな目で柊を見下ろしている。

「この度は本当に――なんと申し上げていいか……」柊はそう言って顔を伏せた。

「……浅田さん――」母親の口から生気のない声がもれる。

「わたし――あの子を殺してしまいました……」

「え——？」柊は思わず顔を上げた。

「あの子が、おかしなことを言い出していたのに——何もしてやらなかった……」

娘とそっくりな切れ長の目から、ひと筋の涙がこぼれた。母親は、うわ言のように続ける。

「——たった一人でこの子を産もうとしたあかりを、助けてやれなかった……。わたしたちがそばにいてやれば、こんなことにならなかった……」

Phase VI

紅炎

31

5 weeks BR

〈宇宙天気特別警報〉

9月6日4時12分（UT）、活動領域3745付近において、X22フレアが発生しました。最大級の太陽フレアであるため、厳重な警戒が必要です。このフレアによって、現在国内の広い範囲で太陽電波バースト現象、およびデリンジャー現象が発生しています。

9月7日（JST）にかけて、コロナ質量放出（CME）によるプロトン粒子フラックスの大幅な上昇が予想されます。関係各所は高エネルギー粒子線量の急増に注意してくださ い。


大規模な太陽嵐にともない、すべての周波数帯の通信、放送、GPS等に深刻な障害が出るおそれがあります。交通機関、航空・船舶関係者、通信事業者、電力事業者は今後の情報に注意してください。

午後三時半の新宿駅西口は、人波に埋めつくされていた。その大半が、早々に仕事を切り上げて家路を急ぐ勤め人たちだ。

互いに逆方向に行き違う人の流れの境い目で、ハンドマイクを手にした駅係員が大声で同じ台詞(せりふ)を繰り返している。

「――太陽嵐にともなう通信障害、列車制御システム障害によりまして、JR線、京王線、小田急線につきましては、すべての電車の運転を見合わせております」

群衆の密度は、平常のラッシュ時の比ではない。にもかかわらず大きな混乱が生じていないのは、人々の動きにさほど迷いが見られないからだ。

駅係員の声が構内に響き渡る。「現在のところ、運転再開の目処(めど)は立っておりません。なお、地下鉄につきましては、一部の路線で運転を――」

いら立って駅員に詰め寄るような利用客はいない。皆一様にうつむき加減のまま、その横を通り過ぎていくだけだ。

柊も大きな人の流れに乗って、駅の外へと向かう。地下鉄で新宿駅までたどり着けたのは幸運だった。ここから先は歩いて帰るしかない。

太い柱のそばにホワイトボードが立てられていて、その前に大勢の人が群がっている。帰宅困難者を収容する公共施設やオフィスビルの情報が手書きされているのだ。あきらめ顔で階段に座り込んだ人々は、皆その手に携帯電話やスマートフォンを握りしめている。だが、それを操作している者はほとんどいない。大規模な太陽電波バーストのせいで、完全に不通になっているのだ。

当然のことながら、五台並んだ公衆電話には大行列ができていた。電波障害対策の一環として、数ヶ月前から主要な駅の構内には公衆電話が増設されている。しかし、今日のような事態になれば、それも焼け石に水だ。

「もしもーし」グレーの受話器に向かって、スーツ姿の中年男性が軽い調子で言っている。自宅の留守番電話にメッセージを吹き込んでいるらしい。「えー、今日は休業になりましたが、また帰宅難民でーす。子供たちは大丈夫でしょうか。こっちは、なんとか歩いて帰りまーす」

十ヶ月前、東京の空に初めて現れたオーロラを見たのも、ここ新宿駅だった。そのときのパニックに比べれば、人々の振る舞い方はずいぶん変わった。不測の出来事に対処する術を身につけたというわけではない。だが、多くの人々の心に、それをひとまず受け入れる素地ができつつあるのかもしれない――柊は漠然とそう思った。

柊は人波とともに道路に吐き出された。目の前のタクシー乗り場では人々が長蛇の列をなしているが、タクシーは一台もいない。甲州街道の方からけたたましいクラクションが鳴り響いてくる。大渋滞が起きているのだろう。

少しは歩きやすくなったものの、ごった返しているのは駅の外も変わりない。柊は青梅街道へと向かう人の群れに混ざった。

空は今日も雲に覆（おお）われている。例年なら大汗をかきつつ歩かなければならないところだが、ひんやりとした空気の肌触りはもう晩秋を思わせるほどだ。

左手に、西口バスターミナルが見えてくる。二十近くある乗り場はどこも人であふれているのに、肝心のバスは二台しか入ってきていない。そのうちの一台に人々が乗り込もうとしているが、すでに車内はすし詰め状態だ。乗降ドアのところで、緑色のポロシャツを着た係員が「危ないから押さないで！」と金切り声を上げている。

足早に進む人々に歩調を合わせて二、三分歩くと、青梅街道に出た。両側に大小さまざまなビルが建ち並ぶ、四車線の大通りだ。イチョウ並木が続く広い歩道を西に向かう。ほとんどの歩行者が柊と同じ方向に進んでいく。中央線沿線に自宅がある人々だろう。

「あの、すみません」右隣を歩いていた若い女性に声をかけられた。パンツスーツを着て、図面を入れるような黒い筒を肩からかけている。

「中野の方に帰りたいんですけど……道はこっちでいいんでしょうか？」女性は不安そうに見つめてくる。

「中野のどちらですか？」柊は歩みを止めずに応じた。

「JR中野駅の近くです」

「だったらこの道で大丈夫ですよ。途中の交差点で右に曲がらないといけませんけど。そこまでご一緒しましょうか？」

「ありがとうございます！」女性ははじけるように言って、胸の前で両手を合わせた。

「わたし、東京に転勤してきたばかりなんです。電車があんなことになったので、帰れる者はすぐに帰れって上司から言われたんですけど……いざ会社を出てみたら、頼みの地図アプリが使えない」

女性はスマートフォンを顔の横で振った。柊はそれを見て頬を緩める。

「そっか。今日はネットも全然ダメですもんね」

「東京の人たちはすごいです。みんな地図も見ないでスタスタ帰っていくから、驚きました」

「東日本大震災のときに一度経験した人が多いですからね。皆さんそれなりに学習したんでしょう」

「なるほどですねえ」

歩道いっぱいの人の流れを乱さぬよう、黙ったまま二人並んで足を動かしていると、女性が独り言のようにつぶやいた。

「これからも、こんなことが続くのかな……」

「覚悟しておいた方がいいかもしれませんね」柊は正面を向いたままうなずいた。

「太陽の活動が活発化する時期に入っているようですから」

「今日電車が止まったのも、大きな太陽フレアのせいなんでしょう?」

「正確に言うと、フレアにともなうコロナ質量放出のせいです。鉄道に悪さをするような電流が流れてしまったようですよ」

「へえ、お詳しいんですね」女性は目を丸くして柊を見た。

七月以降、X10クラスの太陽フレアが度々起きている。

その中でも最大のものが、昨日発生した。今日の正午過ぎになって、太陽から放出されたプラズマの塊——コロナ質量放出が地球に到達した。プラズマにともなう強い太陽磁場と電離圏に生じた突発的な電流が、地表に大きな誘導電流を発生させ、首都圏の鉄道の列車制御システムに深刻なダメージを与えたらしい。

地磁気観測所が先週発表した双極子磁場——すなわちg10成分は、マイナス〇・八マイクロテスラ。逆転開始前の三パーセント以下にまで減衰していて、地球を守るバリアとしての機能は事実上失われたと言っていい。

磁気圏がここまで縮小すると、「地磁気嵐」という概念自体が成立しなくなる。地球を取り巻く磁場は太陽のかすかな息吹にすら激しく揺らぎ、常に〝大嵐〟という状態なのだ。磁気圏や電離圏を含む地球近傍の宇宙環境に擾乱（じょうらん）が生じたときは、「地磁気嵐」の代わりに「太陽嵐」という表現が使われるようになっている。

情報通信研究機構の宇宙天気情報センターは予報のガイドラインを改め、X10クラスのフレアが発生した際は、政府関係機関と報道各社に向けて「宇宙天気特別警報」を発令し、警戒を呼びかけている。

突然、前方の空が明るくなった。薄雲のベール越しに、傾きかけた太陽が輪郭を現したのだ。半ば遮光された日差しが、柊の顔をじんわり温める。

隣の女性は、手を庇（ひさし）のように額に当てて、太陽を見つめていた。前を歩く会社員風の男たちも、同じように空を見上げている。

「なんだか、不気味ですね」女性が瞳を揺らしながらぽつりと言った。

「不気味？」柊は首をかしげて訊き返す。

「だって、そうじゃないですか。あの太陽がちょっと機嫌を損ねるだけで、今日みたいなことが起きる。宇宙線だって、すごく怖い」

女性は目を細めて白い光の円を凝視し続けている。まるで、今にもその縁からフレアの火柱が噴き出すのではないかと怯えているようだった。

女性が続ける。「わたし、太陽の光を浴びるのが嫌いになりました。昔はのどかな気分でお日さまを眺められたけど、今は丸裸で危ない光にさらされているような気持ちになります。これまでずっと地磁気に守られていたなんて、想像もしていなかった」

「そうですね」柊も太陽を見上げて言う。「それはわたしも同じです」

やがて、太陽の輪郭は再び雲にかき消されてしまった。日差しが届かなくなっただけでなく、辺りはより一層暗さを増した気がする。

風が歩道を吹き抜けるのと同時に、北の空で地鳴りのような音が響いた。雷だ。

「ああ、まただ」女性がうんざりしたように言う。「わたし、この音も大嫌いなんです」

八月の初め頃から、夕方になるとほぼ毎日のように雷が鳴るようになった。必ずしも雨をともなうわけではなく、低い雷鳴だけがしつこく轟き続けることも多い。

「雷も、宇宙線のせいなんでしょう？」女性が確かめるように言った。

「ええ。そうらしいですね」

大気物理学者たちの説明によれば、大気上層に入射する宇宙線の量が増加することで、大気のイオン化が進み、電気が流れやすくなるのだという。このメカニズムについては先月来ニュース番組などで度々報じられていて、理解の程度に差はあれ、国民の多くが知っている。

幸い、雨粒が落ちてくることもなく、十分ほどで雷鳴は静まった。

さらに十分ほど歩いたところで、その交差点にたどり着いた。ここを右に十五分ほど行けば中野駅だと教えると、女性は何度も頭を下げながら、そちらに向かう人の流れに合流していった。

その華奢な後ろ姿が、曾根あかりと重なる。

柊はバッグの取っ手を強くつかみ、歩みを速めた。曾根のことを考えると、無意識のうちに全身に力が入る。

あれから一ヶ月、柊は週刊誌の仕事も受けず、曾根の身に起きたことを探ろうとしてきた。

曾根が亡くなった「あかばね産科クリニック」には、もう何度足を運んだか分からない。北区の住宅街にある古い三階建てで、ベッド数は十九床。個人経営の医院としてはかなり大きい。

ウェブサイトによれば、院長はじめすべての常勤医師が、祐天堂大学医学部出身。〈思い出に残る安心のお産〉がクリニックのモットーで、先端医療や特殊な分娩スタイルを売りにしているわけでもない。曾根の父親の言うとおり、ごく一般的な産科医院だ。待合室をのぞいてみたが、それなりに混雑していて、特に変わった様子は見受けられなかった。

柊は、クリニックに出入りする妊婦や母親を片端からつかまえては、曾根あかりについて何か知らないか、根気よく聞込みを続けた。だが、曾根の顔に見覚えがあるという人間は一人も見つからず、それがお産で亡くなった妊婦だと知ると、皆一様に、そんなことは初耳だ、と動揺した。

もう一つ共通していたのは、曾根が母親に送った写真を見せたときの反応だ。全員が、写真が撮られた場所は「あかばね産科クリニック」とは思えない、と答えたのだ。クリニックの部屋や通路には花柄があしらわれたクリーム色の壁紙が貼られていて、もっと明るい雰囲気だという。

駒井千夏の現状も分からないままだ。駒井の夫のもとへは、無事に出産したという知らせはまだ届いていない。柊は見舞客のふりをして、受付で「駒井千夏さんの病室はどちらでしょうか？」と訊ねてみた。受付の女性はしばらく端末を操作したあとで、「当院にはそのお名前のカルテがございませんが……病院をお間違えではないですか？」と言った。駒井だけでなく、小早川という女がクリニックに出入りしているという事実もつかめていない。

曾根の死因についても不審な点は見当たらなかった。曾根の父親から借り受けた剖検の報告書によれば、解剖は東都医科大学でおこなわれている。その報告書を知り合いの産婦人科医に見てもらったが、記載されている所見は典型的な羊水塞栓症のものだった。

手づまりになった柊は、強行手段に出た。お産時の事故について調べている医療ジャーナリストだと名乗り、院長に取材を申し込んだのだ。もちろん〝消えた妊婦〟のことはひと言も口に出さず、知り合いを通じて曾根あかりの家族から七月の不幸な出来事を聞いた、とだけ説明した。案の定、クリニック側の対応は冷たいものだった。特定の通院者について第三者に話せるわけがない、と門前払いされた。

ここ一週間は、都内の産科を回り、小早川の「説明会」に関する情報を集めている。今日の午前中に訪ねた港区麻布十番の産科医院で、ようやく新たな手がかりに指先が触れた。地磁気問題についての妊婦向け「説明会」に顔見知りの妊婦が通っていたという女性を見つけたのだ。女性はそれ以上のことは知らなかったが、小早川がその産科に出没していた可能性はある。さらなる聞込みを続ける価値はありそうだった。

それにしても——。

大きな歩幅で歩き続ける柊は、バッグからハンカチを取り出し、額を押さえた。一ヶ月かけずり回って、収穫はたったそれだけ——。あせりといら立ちが、汗となって全身からにじみ出す。

あの子を殺してしまいました——。

曾根の母親のうつろな目が、頭から離れない。その眼差しは、柊を責めてはいなかった。それでも、母親の言葉は柊の胸にうずくような痛みを与え続けている。

あの子が、おかしなことを言い出していたのに——何もしてやらなかった——。

それは柊も同じだった。曾根あかりの死がただの不運によるものだとは、どうしても思えない。その背後には、妊婦失踪事件という大きな影があるはずだ。

柊は数ヶ月にわたってこの事件を追ってきた。だが、精一杯力を注いだとはとても言えない。ほとんどの時間は、煽りと言われても仕方のない記事を書くことに費やしたのだ。人類の危機を大げさに伝えてきた柊を、たった一人の人間の死が打ちのめした。向かい合い、言葉を交わした人間の死が。

何がジャーナリストだ――。呆れるほどの嗅覚のなさに、自らを殴りつけたいような気持ちになる。曾根の話を初めからもっと深刻に受け止めていれば、そこに潜んでいたSOSを見逃さなければ、曾根は死なずにすんだかもしれないのだ――。

辺りがまた少し明るくなった。濃い霧のような雲の向こうに、太陽の輪郭が浮かび上がる。

柊はハンカチを握りしめ、その白い光を見つめた。まばたきをしたときに視界が涙でにじみ、太陽の輪郭から紅炎――プロミネンスが吹き上がったように見えた。

阿佐ヶ谷のマンションへは、夕方五時前に着いた。新宿駅から徒歩で一時間二十分ほどかかったことになる。

玄関に入るなり、リビングの扉が開いて樹が顔をのぞかせた。

「お母さん、柊ちゃん帰ってきたよ！」キッチンに向かって樹が叫ぶ。

「静かに」楓がたしなめる声がする。「みのりが起きちゃうでしょ」

母子三人が北海道から東京に帰ってきたのは、七月の終わりのことだ。それに際し、夫婦の間でどんなことが話し合われたのか、柊は知らない。ただ、卓志が根室まで三人を迎えに行ったところを見ると、夫婦関係を修復する方向で意見が一致したのは間違いないだろう。

二学期が始まり、樹は以前と同じ小学校に通っている。再び東京で暮らすことへの疑問も、大人たちを馬鹿にしたような言葉も、最近はほとんど口にしない。一昨日などは、このマンションに住むたっちゃんという同級生が遊びにきていた。樹とカードを交換する約束をしていた男の子だ。大きな笑い声が聞こえていたので、楽しく過ごしたのだろう。

リビングには、何かを甘辛く煮る匂いが漂っていた。楓が洗い物をしながら訊く。

「大変だったね。どこから歩いたの？」

「新宿駅。あー疲れた」柊はバッグを床に放り出し、だらしなくソファに座り込んだ。

「卓志さんは？　出かけてるの？」

楓は小さくうなずいて、濡れた手をエプロンで拭いた。「あの人も新宿にいるはずだから、心配はいらないと思うけど」

「新宿？」

「ハローワーク。嫌がってたけど、ついに決心したみたい」

「そっか。やっぱり、転職サイトだけじゃ難しいんだね」

「SEの仕事ならなんでもいいって言ってたんだけど、求人がないんだって。まあ、この不景気じゃしょうがないよね」

結局、卓志が仲間たちと立ち上げた磁場環境コンサルティングの会社は、軌道に乗らなかった。

理由の一つは、屋内に以前の地磁気と同じような磁場を作り出す「GMジェネレーター」を開発したベンチャー企業が、大手医療機器メーカーに買収されたことだ。その大手メーカーは磁場環境コンサルタント部門を新たに設け、自社製品とコンサルティングをパッケージ化する形で手広く商売を始めた。卓志たちの会社への問い合わせは激減し、社内では意見の対立が目立つようになって、先月末には解散が決まった。

「あの人、要領が悪いから」楓は鍋のふたを取り、中の様子を確かめた。「仲間うちには、うまく立ち回った人もいるのにね」

「うまく立ち回ったって？」

「『GMジェネレーター』を買収した大手メーカーにさっさと転職を決めた人が、あの人の会社に三人もいるんだって。それも仲間割れの一因みたいだけど」

「へえ。その三人、自分たちの会社をつぶした商売敵に頭を下げたんだ。なんて会社だっけ？　その医療機器メーカー」

「『河田メディカル』、でしょ」

柊は、コンロの火を弱める楓の顔を見つめた。今の言葉からも、楓が卓志といろんなことを話し合っていることがよく分かる。北海道へ発つ前の楓とは大違いだ。

「悪いね」柊は背もたれから体を起こして言った。「わたしも家計にお金を入れられたらいいんだけど、今あまり収入がなくて」

「わたしも何かできること探さなきゃ。まだここのローンだってたっぷり残ってるし」

楓の口調には、意外なほど暗さがない。家族を一から作り直すのだという開き直りさえ感じられる。生活という現実に直面して、地磁気逆転による健康問題のことなどすっかり頭から抜け落ちているようにも見えた。

柊はバッグを拾い上げ、廊下に出た。自室に戻る前に、姉夫婦の寝室のドアをそっと開ける。ベビーベッドで寝ているみのりに、小さな声で「ただいま」と微笑みかけた。みのりは放っておけば一日中寝ているような赤ん坊で、手がかからないと楓が喜んでいる。

愛らしい寝顔を見ているうちに、赤ちゃんを抱いた曾根の母親の姿を思い出した。そう。何もしてやらなかったと後悔するようなことは、もうあってはならない。自分が対峙している事件は、妊婦だけでなく、小さな命にかかわることかもしれないのだ――。

自室に入り、後ろ手に引き戸を閉めるのと同時に、玄関のドアが開く音がした。すぐに樹がばたばたと廊下を走ってくる。

「お父さん、おかえり！」かん高い声が響いた。樹が卓志に飛びつく姿が、目に浮かぶ。

バッグから取材ノートを取り出し、パソコンの電源を入れる。今日明らかになった事実をまとめておくつもりだった。その前にメールソフトを立ち上げると、新着メールの中に珍しい人物からのものがあった。高校弓道部の女子五人組の一人だ。柊は真っ先にそのメッセージを開いた。

〈ご無沙汰しています。佳苗です。いつ携帯が通じるようになるか分からないので、パソコンのアドレスに送ります。

日奈子が旦那さんの転勤で東京に引っ越したのは、知ってる？　あと、オメデタのことも。もう予定日を過ぎてるのに何も言ってきてくれないから、ずっと日奈子に電話してるんだけど、何回かけてもつながりません。折り返しの電話も、メールの返事もないの。松本にいる弓道部のみんなも何も聞いてないって言うし、心配しています。旦那さんの連絡先は誰も知らないし、こっちにはもう実家もないしね。携帯の番号が変わっただけならいいんだけど。

柊は何か聞いてない？　そっちで日奈子に会ったりしてないかな？　転居ハガキをもらってないから、日奈子の住所は分かりません。東京にいるのは柊だけなので、メールしてみました。何か知っていることがあったら教えてください。返事待ってるね〉

柊はマウスを握ったまま固まった。読んでいる途中から、妙な息苦しさを感じている。三月末に野方の産科医院で偶然に出会って以来、日奈子とは一度も連絡をとっていない。

日奈子の両親は十年ほど前に相次いで他界した。姉が一人いるが、嫁いで名古屋で暮らしているはずだ。松本に親しい親戚がいるという話も聞いたことがない。仲間たちが途方に暮れるのも当然だ。

日奈子には無精なところがある。電話番号を変えたまま放置しているというのもありそうな話だ。だが、妊娠中に連絡がつかなくなったとなれば、嫌な連想もしてしまう。何と言っても日奈子は曾根あかりと同じクリニックに通っていたのだ。

柊は返信に三月末の再会のことだけを書き始めた。キーボードを叩きながら、胸騒ぎがおさまらなかった。

32

夜八時を回った頃、ようやく「あかばね産科クリニック」の待合室の明かりが消えた。

柊は駐車場の隅に立ったまま、玄関の自動ドアと建物横の通用口から目を離さない。待っているのは妊婦ではなく、事務スタッフだ。医師や助産師には箝口令がしかれていても、事務スタッフなら何か口をすべらせるかもしれないと思ったのだ。

昼間は麻布十番の産科医院で聞込みをしたのだが、収穫はなかった。「あかばね産科クリニック」の診療が終わる時間を見計らって、ここに移動してきた。JRや私鉄はまだほとんど動いていないが、地下鉄で近くの駅まで来られたのが幸いだった。

十分ほどすると、自動ドアが開き、しわの目立つスーツを着た中年男が出てきた。地味なネクタイを締め、小さな段ボール箱を小脇に抱えている。

何者か確かめようと柊が近づくと、男と目が合った。いぶかしげに眼鏡を持ち上げる男に、会釈を返す。男は振り返って玄関の方をうかがい、声をかけてきた。

「あなた、もしかして例のジャーナリストさん？」

「例の……かどうかは分かりませんが、こちらに取材を申し込んだことがあるのは確かです」柊は男の全身に視線を走らせる。医師や技師には見えない。「でも、どうして――」

「このクリニックでみんな言ってますから。しつこく何か嗅ぎ回っている自称ジャーナリストがいるって」

「自称、ですか」柊は苦い顔で言った。「あの、失礼ですがそちらは――？」

「私？　私は製薬会社の人間ですよ」

「ああ、MRの方ですか？」製薬会社のMR――医薬情報担当者は、病院や医院を回って自社の医薬品の情報を提供したり、売り込んだりするのを業務としている。

「そうそう」男は小刻みにうなずきながら、足早に駐車場を出て行こうとする。

「すみません、もしよろしければちょっとお話を――」柊は男のあとを追いながら言った。ここの担当MRなら、クリニックの内部事情にも通じているはずだ。

「そう言われてもねえ」男は振り向きもせずに言った。「私らの商売、先生に嫌われたらおしまいですから」

男は道路に出ると、左手の方に歩き出す。一つ目の角のところに、白いバンが停まっていた。車体の側面に大手製薬会社のロゴが見える。来院者用の駐車場は使わないという規則になっているのかもしれない。

「お願いします。話だけでも聞いていただけませんか」

頭を下げる柊には目もくれず、男は荷台に段ボール箱を放り込む。柊は構わずに訊いた。

「七月下旬にこのクリニックで妊婦さんが亡くなったのを、ご存じですか?」

「亡くなった?」ようやく男が振り向いた。「ほんとに? そんな話聞いたことないし、信じられないな。お産で亡くなったんですか?」

「ええ。分娩時に異常出血があって、羊水塞栓症を起こしてしまったそうです」

「羊水塞栓……」男はあごを上げ、何か思い出そうとしている。「もしかして、どこか別のクリニックと間違えてません?」

「どういう意味です?」

「いやね、ひと月ほど前、同僚から似たような話を聞いたんですよ。あれも確か羊水塞栓だと言ってたような……」

「え？」柊は慌てててバッグから取材ノートを取り出した。「その話、もう少し詳しく教えていただけませんか」

「同僚が担当してる医院のことだから、そんなに詳しくは知りませんよ。ある日、そいつがそこに営業に行ったら、先生や看護師さんたちがやけにバタついていて、今日は忙しいからと追い返されたらしい。そのときはわけも分からず帰ったそうですが、三日後にもう一度訪ねたとき、待合室で妊婦さんたちがヒソヒソ噂していたのを聞いたというんです。羊水塞栓で誰か亡くなったらしい――と」

「それ、どこの産科ですか？　いつの話？」

「どこだっけなあ」勢い込む柊にたじろぎながら、男は困り顔で付け加える。「そんなに大事なことなら、今ちょっと訊いてみますか？」

幸い、今日の午後から携帯電話がつながるようになっている。男は素早くスマートフォンを操作して、耳に当てた。

「もしもーし。お疲れさまです。ちょっと訊きたいんだけどさ――」男は余計なことは言わず、柊の質問内容だけを訊ねた。

「うん。ああ、世田谷の『早坂レディースクリニック』。経堂駅の近くの。知ってるよ」男は柊の顔を見つめたまま、同僚の回答を復唱する。「それ、いつのことだっけ？ ちょっと手帳か何か見てみてよ。え？ ああ、噂話を聞いたのが、八月七日。で、亡くなったのが、たぶん八月三日ね——」

八月三日——。

日付が違う。曾根あかりが亡くなったのは、七月二十日のことだ。

「で、死因は羊水塞栓って言ってたよね？ それは確かなの？ ああ、東都医大で剖検やったわけね。だったら間違いないか」

「え——」柊は思わず声をもらした。

東都医科大学——曾根あかりの剖検がおこなわれた大学だ。

「お疲れさまでーす」と電話を切った男が、ノートを見つめて固まったままの柊に心配そうな目を向ける。「ということだそうですが……どうかしました？」

柊は顔を上げ、男に訊いた。「羊水塞栓で妊婦さんが亡くなるというのは、どれくらい珍しいことなんでしょうか？」

「かなり珍しいと思いますよ。今、日本で妊産婦が死亡するケースは、一年に百件もありません。羊水塞栓が原因となると、たぶん全国で年間十件あるかないか——」

そのとき、柊の背後に目をやった男が、慌てた様子で頭を下げた。

「失礼しました、先生。気がつきませんで」

振り返れば、道路の端を一人の若い男がクリニックの方へ歩いていくところだった。水色のデイパックを背負ったその男は足を止めることもなく、疲れた顔で「どうも」と言った。

ＭＲの男は、立ち去る若者の背中を見つめて舌打ちした。

「まずいとこ見られちゃったなあ」

「あれ、どなたです？」

「当直のバイトの先生です。週に何回か、こうして夜間だけ来る」

「ずい分お若い方ですね」

「研修医を終えたばかりだと聞いてますよ。でも、将来は東都医科大学で偉くなるかもしれない。今から顔を売っておかないと」

「東都医科大学？」柊は眉根（まゆね）を寄せた。まただ――。

「ええ。彼は東都医大の医局にいるんです」

「でもここ、祐天堂大学系列のクリニックですよね？」

こだわる柊を、男は不思議そうに見つめ返した。

「そうですけど、ただのアルバイトですから。つてさえあれば、系列外の大学から若い先生が来ることだってあるでしょうよ」

世田谷区経堂にある「早坂レディースクリニック」は、くすんだピンクの外壁が目を引く瀟洒な二階建てだった。

診療が始まる午前九時まであと十五分あるが、シャッターが下りた玄関の前にはすでに二人の女性が待っている。

柊は昨日もここを訪れていた。ここでの妊婦死亡が〝消えた妊婦〟事件にかかわっているかどうかは分からなかったが、羊水塞栓、東都医科大学での剖検、という二つの符合がどうしても気になったのだ。

昨日は丸一日かけてクリニックに出入りする通院者たちに聞込みをした。八月の初めにここで誰かが亡くなったという噂は確かに流れているようで、三人の女性がその話を聞いたことがあると答えた。

そのうちの一人は、噂の出どころについても知っていた。検診に訪れたある母親が、亡くなった妊婦の両親と思しき夫婦を待合室で見たのだそうだ。その夫婦は、娘の死亡の経緯について院長から説明を受けたところだったらしい。事情は分からないが、両親は娘としばらく会っていなかったようで、「やっと会えたと思ったらこんなことに――」と泣き崩れていたという。

偶然と捨て置くには、状況があまりに曾根あかりのケースと酷似している。まずは、亡くなった妊婦の名前を知りたかった。

五分も経たないうちに、低いモーター音を響かせてシャッターが開いた。制服姿の事務スタッフがしゃがみ込んで自動ドアを解錠し、待っていた二人を中に招き入れる。

それと入れ替わるようにして、一人の若い男が外に出てきた。男の背にあるものを見た柊は、目を疑った。

水色のデイパック——。

間違いない。「あかばね産科クリニック」で見かけた当直アルバイトの医師だ。

若い医師はあくびをしながら、駅の方へと歩き出した。柊は思わず駆け出して、あとを追う。訊くべきことも定まっていないのに、体が勝手に動いていた。

「すみません!」デイパックの背中に声をかける。

若い医師はゆっくりと首を回し、眠そうな目を柊に向けた。

「ここの当直の先生でいらっしゃいますよね?」柊はバッグの中の名刺入れを探りながら、早口で訊いた。

「はあ……何ですか?」医師は眉をひそめた。当直明けのせいか、目がひどく充血している。

「わたし、こういう者ですが――」柊は名刺を差し出した。フリージャーナリストとして活動するときのもので、『週刊グローブ』の文字は入っていない。

若い医師は名刺にちらと目を落とすと、それを受け取りもせず、顔をそむけた。アルバイト医師とはいえ、最近「あかばね産科クリニック」の周りをうろついているジャーナリストがいることぐらいは聞いているだろう。目の前の女がそうだということに、思い到ったのかもしれない。

「わたしはお産時の事故について取材をしています。最近こちらのクリニックで亡くなった妊婦さんがいると聞きまして、少しお話をうかがえないかと――」

若い医師は顔の前で手を振った。「僕はただのアルバイトですから。そういう話は院長先生にしてください」

逃げるように歩き始めた医師の隣に張りついて、食い下がる。

「八月三日にここで起きたことについては、ご存じなんでしょう?」

「さあ。ちょっとよく分かりません」若い医師は前を向いたままとぼける。

「でも、驚かれたんじゃないですか?　ここ『早坂レディースクリニック』と『あかばね産科クリニック』――ご自分の二つのアルバイト先で、たった二週間のうちに立て続けに羊水塞栓による死亡事故が起きるなんて」

医師が急に立ち止まった。柊はその横顔に問い質す。

「何もご存じないはずはないと思います。剖検のこともありますし」

医師の瞳が揺れたのを、柊は見逃さなかった。ここぞとばかりにたたみかける。

「ここで亡くなった方の剖検も、東都医科大学でおこなわれたんですよね？　あなたの大学です」

医師がようやく柊に顔を向けた。目を血走らせたまま、語気荒く言う。

「だから何だっていうんです⁉　そんなのただの偶然でしょう？　だいたい、訴訟にもなっていない事案を嗅ぎ回って、どうしようっていうんですか？　いい加減にしてください！」

若い医師は唇を震わせて柊をにらみつけた。そして、すべてを拒むように正面に向き直ると、足早にその場を立ち去った。

だんだん小さくなる水色のデイパックを見つめながら、柊は確信した。

二人の妊婦の死は、不運な羊水塞栓によるものではない。二つのクリニックも、剖検をおこなった東都医科大学も、何か重大なことを隠している――。

柊は、膝がかすかに震えていることに気がついた。

33

柊は大きく息を吐いてソファに体をあずけ、〈通話終了〉の文字をタップした。日奈子はずっと携帯電話の電源を切っているらしく、メッセージも残せない。

「何よ、さっきから何回も。誰にかけてるの？」隣の楓がいぶかしげに言う。

「田上日奈子。覚えてる？　弓道部で一緒だった」リモコンをテレビに向け、落としたボリュームをもとに戻す。

「ああ、日奈子ちゃん。覚えてるよ。うちにもよく遊びにきてたよね。彼女がどうかしたの？」

「ううん、別に。ちょっと連絡とりたくて」日奈子にメールを打ちながら、おざなりに答えた。

通信状況が改善してからは、毎日のように日奈子に電話をかけ、メールを送っている。だが、まだ一度もつながらず、返信も来ない。不安は募るが、今は曾根あかりの一件について調べるだけで手一杯だった。

ＣＭが明けると、「佃とトークバトル」のタイトルバックが流れ、キャスターの佃浩一郎の顔が大写しになった。

〈三日前の月曜日、この時間帯はご存じのとおり、太陽嵐による大規模な電波障害のため、すべてのテレビ、ラジオの放送ができませんでした。その回にお招きするはずだった二人の論客に、今夜あらためてお越しいただいています〉

カメラがパンし、柊のよく知る二人が並んで座っているのが映る。東都工科大学の城教授と、脳力増進研究所の江原所長だ。

「あら」楓が声を上げた。「どっちも『週刊グローブ』でおなじみの顔ね」

佃はそれぞれの肩書きと専門分野を簡単に説明し、カメラ目線で言う。

〈——というわけで、お二方に共通するキーワード、今夜のトークテーマは、ずばり〝地磁気と脳〟です。とくに、江原所長は、厚生科学審議会の「地磁気と脳に関する検討委員会」の委員をつとめられているということで——〉

「厚生科学審議会⁉」柊は思わず口に出した。

「何それ？　お役所？」楓が訊く。

「厚労省の諮問機関だよ。医学関係の重要事項は、全部そこで審議される」

「重要じゃない」

「重要だよ。なのに、なんであんな怪しげな民間研究所の所長を……」

最初に自説を披露したのは、城教授だった。例によって、ハトやクジラの脳には方位磁石があるという話をしたあと、人間にとっての磁場環境の重要性を述べた。言葉が途切れたところで、険しい表情の佃が口をはさむ。

〈最近のことで言いますと、〝地磁気自殺〟や〝地磁気通り魔〟がずいぶん世間を騒がせましたが〉

城教授は小さくうなずいた。さすがにルービックキューブは握っていないが、手が寂しいのか、ずっとネクタイの先をこねくり回している。

〈自殺や精神疾患と地磁気の異常との間に相関があるというデータは確かに存在します。だからと言って、両者の間に直接的な因果関係があることが立証されているわけではありません。ですから、今後はそう言った観点で研究を進めていくことが重要だと申し上げているわけで――〉

城教授が言い終わらないうちに、〈それにつきましてはね〉と江原所長が割って入った。

〈無磁場状態が脳機能に与える悪影響のうち、一番深刻なのは、脳の発達障害です。精神疾患も、学習障害も、ＡＤＨＤのような行動障害も、もとをただせば全部それが原因なんです〉

江原所長の言葉の勢いにつられて、佃が問いかける。

〈無磁場が脳の正常な発達を阻害するというのは、具体的にはどういうことでしょうか？〉

〈それを理解する鍵(かぎ)は、胎児や乳児の持つ「無様式知覚」です〉

〈無様式知覚？〉

〈胎児や乳児の脳の中では、視覚や聴覚などの知覚——いわゆる五感というものがまだ独立していません。ただ一つの知覚様式——無様式知覚しかもっていないわけです。まぶしい、うるさい、熱い、柔らかい、などの感覚がないまぜになったような、抽象的な知覚です〉

江原所長はフリップを立てて解説を始めた。それを見て楓が言う。

「この話、育児書で読んだことがあるわ」

「江原所長が思いついた与太話ってわけじゃないんだ」柊が言った。

「無様式知覚そのものはね」楓がうなずく。「胎児も羊水を通じて感じ取ってるらしいよ。気持ちいいとか悪いとか、流れの強弱やリズムみたいなものとして知覚するんだって」

江原所長はフリップをめくり、ことさら威厳をもたせて言う。

〈私どもは、この無様式知覚に統合されているさまざまな感覚の中に、磁気感覚が含まれていると考えています〉

〈つまり、胎児や乳児は地磁気を感じているというわけですか？　俗に言う第六感的なものとして〉佃が言った。

〈感受はしていますが、脳の中で意味のある情報に変換できないのです。だから、北や南といった方角を感知できるわけではない〉

〈なるほど〉

〈乳児は発達の過程で、無様式知覚から視覚や聴覚などを独立させていきます。ですが、磁気感覚が知覚として発達することはありません。生きていく上で必要ないからです。ハトやクジラと違って、我々人間が地磁気を知覚できないのは、そのためです〉

〈いや、しかしそれは――〉城教授がたまらず口を開くが、江原所長の言葉にかき消された。

〈胎児や乳児が無磁場状態に長期間さらされると何が起きるか。磁気感覚だけを欠いた状態で、無様式知覚が発達します。つまり、無様式知覚として不完全なものになってしまう。私どもは、それがのちに発達障害の源になると考えているわけです〉

佃は深くうなずいて、城教授の方に顔を向けた。

〈城先生は、今のお話をお聞きになって、いかがでしょう？〉

〈〝お話〟としては面白いですが、すべて想像の域を出ない。説を裏づけるデータもありませんし、論理の飛躍も大きい。とても科学的とは言えないと思います〉

城教授の直截的なもの言いにも、江原所長は動じない。

〈これから科学になるのですよ。いろんな実験も始めていますし、興味深い臨床データも出てきています〉

〈臨床データと言えば、江原所長は天才児教育――いわゆる「江原メソッド」の提唱者としても有名でいらっしゃいますが〉佃が言った。

〈これから大事になってくるのは、乳児期の環境です。乳児の未分化な脳を最大限に発達させるためには、どのような磁場環境を構築していけばよいか。我々人類の未来を左右する、極めて重要な課題です。私どもはこれまで幼児向けの「江原メソッド」教室を全国に展開してきましたが、新たに乳児向けの――〉

このままでは単なる宣伝になりそうだと感じたのか、佃がフロアのスタッフに目配せをして、話を止めた。

〈申し訳ありません。いったんＣＭをはさみます〉

楓が何か思い出したように腰を上げ、足早にダイニングへと向かう。

「こないだ、『母親の会』の寒川さんとばったり出会ったのよ。高円寺の駅で」

「そうなんだ。わたしもずっと連絡とってないな。元気そうだった？」

「うん。久しぶりねってお茶に誘われて、駅前の喫茶店に入ったの。彼女、わたしたち家族に何があったか知らないから、まだ仲間だと思ってるみたいでね」楓は買い物袋の中をかき回しながら言う。「二人目が生まれたって話したら、さっきの乳児向け『江原メソッド』を勧められたのよ。できるだけ早いうちに、できれば零歳から始めるのがいいって」

「そうなの？　前はそんなこと話題にも出なかったのに」

「宇宙線のことはいくら騒いでもどうにもならないってことが分かったんじゃない？　今は、子供のための磁場環境を整える、というのが彼女たちのブームみたい。寒川さんの話だと、乳児向け『江原メソッド』の教室には、『GMジェネレーター』が入ってるんだって」

「まさか、『GMジェネレーター』がベビーベッド代わり？」

「あ、あったあった」楓は二つ折りにした薄い冊子を手に戻ってくると、それを差し出して苦笑いを浮かべた。「なるべく興味なさそうにしてたつもりなんだけど、パンフレットを押しつけられた」

表紙に派手なフォントで〈乳児特別クラス二次募集開始!〉と書かれている。ページをめくると、金属の檻の中で赤ん坊がずらりと寝かされている写真が目に入った。

「やっぱり。あまり気持ちのいい光景じゃないな」

「でも、子育て雑誌なんかでもすごく宣伝してるし、若い母親の間では話題みたいだよ」

柊は写真に添えられた宣伝文句を読み上げる。「〈信頼の『江原メソッド』に最高の磁場環境をプラス!あなたの赤ちゃんに健全な脳機能の発達を約束します!〉――だって。さっきの江原所長の話もそうだけど、こういうのって、ほとんど母親に対する脅迫だよね」

次のページには、「乳児特別クラス統括部長」なる人物の挨拶文が顔写真入りで載っている。まだ三十代に見える福々しい丸顔の女性だ。その首もとで大粒のパールのネックレスが輝いているのが、やけに胡散臭く見えた。

やがて、テレビから佃の強張った声が流れてきた。いつの間にか、「佃とトークバトル」のコーナーは終わっている。

〈さて、次は先ほど入ってきたばかりのニュースです。脳も心配ですが、やはり宇宙

線も心配です。こちら――〉

　佃の合図で映像が切り替わり、女性アナウンサーが映った。流れるような口調で原稿を読み始める。

〈NASA――アメリカ航空宇宙局によりますと、太陽観測衛星ACEは、太陽嵐にともなう高エネルギー粒子の度重なる直撃を受け、現在すべての搭載機器が観測不能の状態にあるということです。ACE衛星は、地球に向かって飛来する太陽風や高エネルギー宇宙線を二十四時間体制で監視しており、そのデータは宇宙天気、とくに太陽嵐の予測と警告に利用されています〉

　画面に、太陽電池パネルを四枚広げた人工衛星の写真が映し出された。

　ACE衛星は、SOHO衛星とともに、地上一五〇万キロメートルのラグランジュ点――太陽と地球の引力が拮抗している場所――にいる。一般的な人工衛星よりもはるかに太陽に近い位置で太陽風を直接モニタリングしている、もっとも重要な衛星だ。それが使えなくなったというのは、確かに大きなニュースだった。

〈太陽X線を観測しフレアの発生を監視しているGOES衛星にもトラブルが続いており、宇宙天気予報を発信している情報通信研究機構では、地上の観測装置などを用いた代替監視システムの構築に全力を挙げているということです。なお、JAXA

——宇宙航空研究開発機構では、NASAならびに欧州宇宙機関と共同で、新たな太陽観測衛星の開発に着手しており——〉

楓が湯のみを両手で握りしめて言う。

「これって、相当まずいことだよね」

「だね。場合によっては、大きな太陽フレアとかコロナ質量放出の不意打ちを受けかねない。最近X10クラスのフレアがばんばん起きてるし、このままだと危険だよ」

そのとき、テーブルの上で柊のスマートフォンが震えた。小さな画面に、『週刊グローブ』編集長の名前が表示されていた。

中央線八王子行きの各駅停車は、空いていた。

大きくため息をつく音が聞こえて、柊は四つ折りにした新聞から顔を上げた。正面の座席に座る作業着姿の男がもらしたらしい。見れば、男も柊と同じ新聞を広げている。

〈太陽活動が過去百年で最大のピークに〉——。

第一面に白抜きで大きな見出しが躍っている。

今日は朝からどのニュース番組もこれをトップニュースで伝えていた。アメリカ国立太陽観測所の研究チームが、この先数年間における太陽フレアの発生予測を発表したのだ。

昨夜の編集長からの電話は、ダウンしたACE衛星についてのことだった。情報通信研究機構の小高のもとへ出向き、宇宙天気情報センターが今後どのように対応するのか取材するよう命じられたのだ。そんな時間は取れないと拒んだが、「宇宙天気のことなんだから、お前でなければだめだ。話だけでも聞いてこい」と押し切られた。

そこへ飛び込んできたのが、このニュースだ。今ごろ小高たちはマスコミへの対応に追われているだろう――。

国分寺駅からタクシーで情報通信研究機構に向かい、六号館の宇宙天気情報センターを訪ねた。

エレベーターを降りると、ちょうど目の前の廊下を小高と二人の研究員が通りかかった。

「お、現れたな」小高は足を止めずに言った。「申し訳ないけど、ちょっとそこのセミナールームで待っててくれる？　たぶん三十分はかからない」

セミナールームで新聞を読んでいると、二十分ほどで小高が現れた。

「〝六月の大雪〟の日以来だね」部屋に入るなり、口の端をゆがめて言う。

「突然すみません。お忙しいですよね。大きなニュースが二つ立て続けに出て」

「というより、宇宙天気予報をつくるのが大変なんだよ。さっきもカンファレンスをやってたんだけど、ACEがダメで、GOESも心もとないとなると、他のいろんなところから断片的なデータをかき集めてこなきゃならない。それをまとめるのに時間がかかってしょうがないんだ。とても自分の研究なんてしてる暇がない」小高はうんざりしたように首を振った。

「これからますます大変なことになりそうですね」柊は手もとの新聞を指差す。「この記事が本当なら、太陽フレアをこれまで以上に注視しないといけなくなる」

小高は柊の向かいに腰かけると、渋い顔で腕組みをした。

「日本でも、国立天文台の太陽観測所が同じような試算をしてる。もうすぐ公表されると思うけど、結果はそれと似たようなものだよ。数ヶ月前から太陽活動サイクルの極大期に入っているのは確かなんだが、活発化はとどまる気配がなくてね。いつ山を越えるのか、先が見えない」

太陽の活動度は、「太陽活動サイクル」と呼ばれる平均十一年の周期で変化している。活発さの指標となるのが黒点の数だ。太陽が活発化すると黒点が増え、フレアなどの発生も多くなる。

「黒点が増え続けているんですか？」

「うん。大きな黒点群が次から次へと出来てる。黒点数だけで見ると、第一九太陽活動サイクルのピークを越えるのは確実だね」

「第一九というと……」柊は暗算でその時期を求めようとした。

「一九五八年にピークを迎えたサイクル。この百年間で一番活発だったサイクルだよ。このときは、記録的なフレアや大黒点がいくつも観測された」

「なるほど。それを超えそうだから、〈過去百年で最大のピークに〉と言われているわけですね」

「増え続けているのは黒点数だけじゃない。フレアの規模もどんどん大きくなってる。今週の月曜日、電車が全部止まったじゃない？」

「ええ。わたしも帰宅難民になりました」

「あのときのフレアはX22。観測史上二番目の大きさだった。アメリカの研究チームも、日本の国立天文台も、この先一、二年は同クラスかそれ以上のフレアが頻発する可能性が高いと見てる」

「もしかして……スーパーフレアも？」柊はおそるおそる訊ねた。

「ほら、だからそこは桁で考えなきゃ」小高がいたずらっぽく眉をひそめる。「スーパーフレアというのは、X10クラスよりも二桁から三桁も規模が大きいもののことだ。X1000とか、X10000とかね。実際にそんなものが起きたという証拠はないし、もちろん今回の試算でも想定されていない」

「でも、週刊誌は書くでしょうね。『スーパーフレアが地球を焼きつくす！』とか」

柊は苦笑いを浮かべて、言い添えた。「いえ、わたしは書きませんよ？」

「書くなら僕の名前は出さないでくれ」頬を緩めた小高は、すぐに真顔に戻った。「でも真面目な話、地磁気を失った状態で、X20やX30のフレアが次々にやってくると、我々の身に何が起きてもおかしくない。たぶん世界中がパニックに陥る」

「そんなときに、肝心の太陽観測衛星が次々ダウンするなんて」柊は息を吐いた。

「太陽の活動が激しいからこそ、衛星が壊れるんだけどね。いずれにせよ、ラグランジュ点に残ってるSOHO衛星までぶっ飛んだら、もうアウトだよ」

「SOHOは大丈夫なんでしょうか？」

「すでに満身創痍だよ。衛星はいろんな観測装置を搭載してるんだけど、でかいフレアの直撃を受ける度に、だんだんダメになっていくんだ」

「ACE衛星もそうだったんですか？」

「うん」小高は辛そうな表情を浮かべた。「ずっと前からあちこちガタがきてたんだけど、とどめを刺したのは月曜日のＸ22フレア」
「ああ、やっぱり」
「それ以前にも、ＡＣＥに致命傷を与えた大きなフレアが二回あったんだ。二回とも
Ｘ18。こないだのＸ22に次ぐ規模のフレアだった。忘れもしないよ。一回目が、七月
十九日。このときにモニターが一つ、センサーが二つ壊れた。二回目が、その二週間
後の八月二日。これでセンサーが三つやられた」
小高の言葉が、柊の脳にぴりっと刺すような電流を流した。何か重要な数字を聞い
たような気がしたのだ。
「すみません、もう一度日付を言ってもらえませんか？」
「日付？」小高が眉根を寄せた。「だから、一回目が七月十九日。二回目が八月二日」
七月十九日——曾根あかりが亡くなる一日前——。
八月二日——「早坂レディースクリニック」で妊婦が亡くなる一日前——。
まさか——。
柊の意識が、地上一五〇万キロメートルのラグランジュ点から、不運な死を遂げた
妊婦のもとへと一気に引き戻される。心臓が暴れるように脈打ち始めた。
「それ、日本時間ですか？」柊は身を乗り出して訊いた。

「そうだけど——？」小高は柊の勢いに目を丸くしている。

「フレアの影響が地球に現れたのは？」

「大きなフレアだったから、プラズマは一日足らずで地球に到達した。電波障害やGPSの不調が起きたのは、フレア発生の翌日のことだったはずだよ。どちらの場合も」

「フレア発生の、翌日——」柊はつぶやいた。

つまり、七月二十日と、八月三日。

最大級の太陽フレアが吐き出した凶暴なプラズマが地球を襲った日——七月二十日に曾根あかりが死に、八月三日には別の妊婦が死んだ。

これは果たして偶然だろうか——。

もちろん、因果関係など分からない。だが、偶然であるはずがない——。

本能がそう訴えていた。

曾根あかりは、羊水塞栓で死んだのではない。太陽フレアに殺されたのだ——。

34

水島はボールペンで頭をかきながら、つとめて穏やかに言った。

「ですから、その件につきましてはすでに水環境課に伝えておりますので、担当者からの連絡をお待ちいただいて──」

「連絡がないからこっちからかけてるんです！」電話の向こうで男性がいきり立つ。「担当部署がどうのとか、そんなことはそっちの都合でしょうが！　何回こうして電話しても、人ひとり寄越さない。おたくらで名水に選んでおいて、あとは知らんぷりですか？」

「分かりました。水環境課にはもう一度確認してみます。ただですね、こちらの電話番号は地磁気問題専用の窓口となっておりますので──」

「湧き水が減り始めたのは、ちょうど地磁気がおかしくなり始めた頃からなんです！　関係ないわけないでしょうが！」

「そのお話は前にもうかがいましたが、因果関係がはっきりしない以上──」

「調べもしないで、なんでそんなことが言える！」

あまりの大声に、思わず受話器を耳から離す。田部井室長のデスクにちらと目をやった。田部井は眉をひそめてこちらを見ている。

それから五分かけて男をなだめ、受話器を置いた。すぐに田部井に呼ばれた。

「また上條村からか」田部井がせわしなく目を瞬かせる。

「ええ。あの世話役さん、やたら声が大きいんですよね」水島は耳の穴に指を突っ込んだ。

電話をかけてきたのは、群馬県吾妻郡上條村で農業を営む男だ。村北部の山麓には、環境省が定める「未来にのこしたい名水百選」の一つ、「上條湧水群」がある。湧水地を管理しているのは「上條湧水保存会」という村のボランティアで、男は会の世話役を任されていた。

この世話役から地磁気変動リスク評価室に初めて電話があったのは、二ヶ月前のことだ。湧水の水量が昨年の夏頃から急激に減り始め、いくつかの湧出地点では今やほぼ水が枯れた状態だという。原因を突き止めて対策を講じてほしいというのが、その訴えだった。

しばらく机の上のカレンダーを見つめていた田部井が、口を開く。

「お前、一度現地に行ってこい」

「は？　行ってどうするんです？　我々が行ってなんとかなるような問題とは思えま

せんよ」

「うちから誰かが出向いて直接話を聞いてやれば、その世話役さんも気がすむだろう。水環境課の課長に言って、あっちからも誰か出してもらう。県の環境保全課に応援を頼んでもいい」

「いやしかし……」合点のいかない仕事を命じられたことより、田部井が目を合わせようとしないことの方が気になった。

「今週の後半はどうだ」田部井がカレンダーを指差す。「早い方がいいだろう。一泊で慌(あわ)ただしければ、二泊してきてもいいぞ」

「そんな暇はありませんよ」水島は大きくかぶりを振る。「木曜は連絡会議がありますし、その報告書も作らないと――」

言い終わらないうちに、田部井が立ち上がった。「ちょっと来い」と手招きしながら、足早に部屋を出る。

しばらく廊下を進み、空いている会議室を見つけると、そこへ水島を押し込んだ。

「率直に訊く。お前、何かやったのか？」後ろ手にドアを閉めながら、田部井が訊いた。

「何かって、何のことです？」

「例えば、公務員にあるまじき行為とかだよ。お前に限って、法に触れるようなことはやってないと信じてるが」田部井はどこか腹立たしげに言った。「お前の経歴について、局長を通じて照会があった」

「照会って——なんで僕のことなんか」

「知らん。局長に食い下がってみたが、教えてくれなかった。というより、局長も事情は知らないようだ。分かったのは、それが大臣官房からの指示だということだけだ」

「大臣官房？」体中の毛穴が開くような感覚に襲われる。

「それだけじゃない。今後、連絡会議へはお前ではなく別の人間を帯同するよう言われている」

「そんな……」

「お前には電話番と雑用だけやらせておけということらしい」

連絡会議が開かれる日にわざわざ田部井が出張を命じたのは、これが理由だったのだ。水島を気づかってのことだったに違いない。

それにしても——。水島は乾いた唇をなめた。

連絡会議での水島の役目は、田部井のサポートだ。会場での仕事は資料を出席者に配布するぐらいで、発言の機会などない。それさえ禁じたということは、何者かがあらゆる情報から自分を遠ざけようとしているとしか考えられない。

水島は先日柊から聞いたショッキングな話を思い起こした。

曾根あかりともう一人の妊婦の死。羊水塞栓。東都医科大学——。そんな言葉が頭にねっとりへばりついている。

田部井が声をひそめて続ける。「局長からは、このことはお前に何も伝えるなと言われている。だが、そんなわけにはいかんだろ。何か心当たりがあるなら言ってくれ」

「ちょっと、ちょっと待ってください……」水島は頬を引きつらせて口ごもる。「心当たりと言われても……」

心当たりはなくはない。だが、何一つ確証のない今の段階で、田部井を巻き込むわけにはいかなかった。まずは一刻も早く乾に相談する必要がある——。

「まあいい。言えないこともあるんだろう」田部井が真顔で見つめてくる。「だがな、水島。私はそこまで頼りがいのない上司ではないつもりだ。それだけは忘れないでくれ」

部下を本気で心配しているその目を見ていると、胸がつまった。水島が黙って頭を下げると、田部井は先に会議室を出ていった。

水島はデスクに戻らず、そのまま急いで一階まで下りた。玄関ホールの隅へ行き、まず乾の携帯電話を鳴らしたが、留守番電話サービスにつながった。今度は厚生労働省の乾の部署にかけてみる。ワンコールで女性が出た。

「地磁気変動対策推進室です」

「環境省地磁気変動リスク評価室の水島と申します。乾さんをお願いしたいのですが」

「えー、乾ですね……少々お待ちください」

十数秒待たされたあとで、女性が言った。

「申し訳ありません。乾はお休みをいただいておりますが」

「休み？　じゃあ、明日には出てきますよね？」

「えー……少々お待ちください」

今度はたっぷり一分は待たされた。聞こえてきたのは男性の声だった。

「水島さん、ですか。おたくとうちの乾とで、何か業務がありましたかね？　報告は受けていないんですが」

粘つくような話し方に聞き覚えがある。おそらく室長だ。

「いえ、業務というわけではないんですが……」水島はもっともらしい説明を探した。「乾さんとは連絡会議で知り合いまして、そのう……たまに情報交換を」

「情報交換――」室長の声は曇ったままだ。「申し訳ないが、乾はしばらく出てこないと思いますよ」

「しばらくって――二、三日ということでしょうか？」

「いや、少なくとも二、三ヶ月。休職願を出していきましたから」

「休職⁉」声が裏返った。「どういう事情なんでしょうか？　病気というわけでもないでしょう？　だって先週も――」

「プライバシーに関わることには、ちょっと答えられないな」

水島は言葉を失った。公務員としての本能が、中身の分からぬ危険信号を発している。開いた毛穴から、粘ついた汗がにじみ出ていた。

待ち合わせ場所は、内幸町のワンコインバーにした。乾と何度か来た、オフィスビルの地下にある小さな店だ。

ここを選んだのは、乾が来てくれる可能性を考えてのことだ。乾の携帯電話には、さっきメッセージを残しておいた。

店の奥に一つだけあるテーブル席に陣取った水島は、ウイスキーのソーダ割をひと口含んだ。カウンターのスツールに男が一人座っているだけで、他に客はいない。ジャズのライブ映像が流れていた壁付けのテレビから、急に音声が消えた。見れば、マスターがリモコンをテレビに向けている。画面に官房長官が映った。NHKで夜七時のニュースが始まったのだ。午後に開かれた記者会見の様子が流れている。

〈――という国立天文台太陽観測所の試算等を受け、官邸危機管理センターに「大規模太陽フレアに関する情報連絡室」を設置いたしました。国民の皆様におかれましては、テレビ、ラジオ、インターネット等を通じて発信される「宇宙天気特別警報」に十分留意していただきますよう、お願いいたします。なお、宇宙天気特別警報は、X10以上のフレアが発生した際に発令されるものであります――〉

「その警報が出たらどうしろってのよ。ねえ」スツールの男がマスターに言っている。

「店を閉めるわけにはいきませんしね」マスターは苦笑いを浮かべた。

「会社を休めるわけでもない」

官房長官は手もとのファイルに目を落とし、言葉を区切りながら続ける。

〈X30以上のフレアが発生した場合、不要不急の外出は控えてください。地表に到達する放射線量の増加は、ただちに健康被害を及ぼすものではないと考えられますが、このクラスのフレアについては観測データの蓄積がございません。あくまで予防的な措置とお考えください。小さなお子さんと、妊娠中の方は、とくに注意が必要です。放射線だけでなく、さまざまなインフラで障害が起きる可能性もございます――〉

「なんだかぼんやりした話だねえ」スツールの男がカウンターに肘をついて言った。「何が起きるか分からないし、できることもない。潔くそう言えばいいんだよ。こっちは国に過度な期待はしてないし、自分のことは自分で判断するんだからさ」

そのとき、ドアが開いて柊が店に入ってきた。カウンターでビールを注文し、奥のテーブルにやってくる。

「乾さんと一緒じゃなかったんですか？」水島の向かいに腰を下ろし、柊が訊いた。

「彼はたぶん来ません」水島はガラス扉越しに外の様子をうかがう。「誰かにあとをつけられたりはしてませんか？」

「どういう意味ですか？」柊が眉根を寄せる。

「今さら気をつけたところで、意味はないかもしれませんけど。たぶん、こないだ三人で会っていたところを見られたんです」

柊、乾、水島の三人が日比谷のカフェに集まったのは、先週のことだ。二人の妊婦の死に付随するいくつかの謎めいた事実について、そのとき柊から知らされた。水島はただ呆然と、乾は終始目を閉じたまま、その話を聞いた。

　柊がいら立って訊く。

「何のことです？　ちゃんと説明してください」

「大臣官房から僕の経歴照会があったそうです。何者かの差し金で、仕事も外されました」

「外された？」

「僕は今のところ、省庁横断の連絡会議への出席を禁じられただけです。でも、乾さんはもっとまずいことになっているかもしれない」

　不安げな視線を向けてくる柊を見つめ返し、ソーダ割でいったん唇をしめらせる。

「乾さん、休職したそうです」

「それって、自分の意思でですか？　それとも――」

「分かりません。乾さんの上司は何も教えてくれませんでしたが、休職に追い込まれた可能性もある。本人に確かめようにも、電話に出ないんです」

　マスターがビールを運んできた。柊はそれに口をつけることもせず、テーブルの脇にどける。

「いったい、どうしてそんなことに」

「思い当たるのは、曾根さんの件しかありません。こないだ乾さんが言っていたように、曾根さんの死について東都医科大学が何か隠蔽しようとしているのだとすれば、あり得なくはない」

柊が慌ててバッグからクリアファイルを取り出した。書類のコピーをテーブルに広げる。

「曾根さんのお父様にお願いして、もう一度剖検の報告書をお借りしたんです。ここ——」柊がページをめくった。「解剖を担当したのは、病理学教室の教授と、発生医学教室の准教授となっています」

「発生医学？ 産科の先生が立ち会ったというなら分かりますけど」

「東都医科大学に産婦人科学教室はないんです。というより、産婦人科学教室が分子発生学教室に吸収合併される形で、発生医学教室ができた。大学のウェブサイトによると、卵子、精子の段階から、受精卵、幹細胞、器官形成、お産に至るまでのサイクルを網羅的に研究しようというのがお題目のようです」

「発生医学教室なんて、聞き慣れないですよね」

「先端的な取り組みだそうです。それを強力なリーダーシップで牽引してきたのが、発生医学教室の教授、佐古田栄一。長く学長をつとめています。一度再任されて——

確か今年で七年目。東都医大の絶対権力者ですね」

「しかも、厚生科学審議会の委員長。厚労省で一度見かけたことがあります」水島は、黒塗りの高級車で中央合同庁舎五号館に乗りつけたその姿を思い出していた。「医学政策への影響力は、厚労大臣の比じゃない」

「確認してみましたが、『あかばね産科クリニック』と『早坂レディースクリニック』に当直のアルバイトに来ていた若い医者は、やはり佐古田の医局のスタッフです。それに、もう一つ興味深いことが分かりました。水島さん、医学部出身のご友人はいますか？」

「高校の同級生で医学部に入ったやつはいますけど――なぜです？」

「医学部は勉強が大変ということもあって、医学部生だけで部活動やサークルをつくっていることが多いんです。そうすると、どうしても部員の数が少なくなる。事情は医科大学でも同じです。ですから、練習や合宿を複数の大学が合同でやることがある。大学の壁を越えて強い人間関係ができることも珍しくないそうです」

「なるほど」柊の言わんとすることが、うっすら見えてきた。

「佐古田は東都医大時代、剣道部にいました。そして、『あかばね産科クリニック』と『早坂レディースクリニック』の院長たちは、二人とも祐天堂大学医学部の剣道部出身。当時、二つの剣道部はまるで一つの部のように活動していて、二人の院長は佐古田のことを先輩として慕っていたそうです。二人がそれぞれクリニックを開業した際も、佐古田からいろんな形で援助を受けたという噂も耳にしました」

「つまり、二つのクリニックの院長たちは佐古田に逆らえない。佐古田に命じられて、曾根さんともう一人の妊婦の死に関する何かに協力した――」

水島はオブラートに包んだが、柊は強い口調で応じる。

「おそらく、二人の死亡事故を、丸ごと押しつけられたんです。曾根さんは『あかばね産科クリニック』で出産などしていないし、死因も羊水塞栓なんかじゃない。当直の若い医者は、佐古田が自分の医局から派遣した連絡係。もっと言うと、監視役だと思います。院長たちが〝事故現場〟としての役回りをうまく遂行しているかどうか」

「なるほど」水島は短く言ってソーダ割を飲み干した。今夜は酔いが回る気配さえ感じない。「その連絡係の医者が、浅田さんのことを佐古田に報告したわけだ。で、彼らは浅田さんの動きを見張っている。もしかしたら今も」

柊はガラス扉の方に目をやり、店外の様子を見回した。水島はその横顔に向けて続ける。

「その過程で、僕と乾さんの存在も知られてしまった。佐古田がその気になれば、僕たち下っぱ公務員の動きを封じることぐらい、わけない。でも、浅田さんは民間人で、しかもフリーの記者さんだ。調査を止めさせるのは簡単じゃない。手荒な真似に出てこないとも限りません。身辺には十分気をつけてください」

「そうですね。気をつけます」柊がうなずいた。その瞳に怯えの色はなく、むしろある種の決意がこもっている。

「問題は、佐古田たちが何をやったのか、ですよね」水島は腕組みをした。

「あるいは、何をやっているのか。今も」グラスを握る柊の手の甲に青い血管が浮かぶ。「消えた妊婦は少なくとも数十人はいるはずです。彼女たちの多くは、おそらくまだ戻ってきていない」

「曾根さんたちが亡くなったことと太陽フレアの関係については、何か分かりましたか?」

「まだ何も」柊がかぶりを振った。

「そうですか。でも、僕を連絡会議から外したぐらいです。〝消えた妊婦〟事件が地磁気問題と無関係なはずがない。浅田さんの調査が正しい方向に向かっていることを、向こうが認めてくれたようなものですよ」

「そうかもしれませんね」柊は一瞬頬を緩めたが、すぐに表情を引き締めた。「お仕事のこと、本当に申し訳ありません。水島さんたちを面倒なことに巻き込んでしまって。乾さんのことも心配です」

「大丈夫ですよ」水島は口角を上げた。「あの人、簡単にくたばるようなタマじゃないでしょ。仕事に行かなくていいなんて最高だ、とか思いながら、やり返す方法を密かに練ってますよ。そう思いません？」

35

麻布十番にあるこの産科医院で、ある「説明会」に出入りしていた妊婦を知っているという証言を得たのは、二週間前のことだ。

結論を言えば、この医院は大当たりだった。その後の聞込みで、ここに通っていた五人の妊婦が「説明会」を経て姿を消したことが分かったのだ。

幸運なことに、五人を「説明会」に誘った人物――小早川である可能性がある――と会ったことがあるという通院者が見つかった。

これからその女性と初めて顔を合わせる。待ち合わせたのは、医院のすぐ裏にある小さな児童公園だ。検診の前に少し時間をもらうことになっている。

誰もいない公園で、ベンチに腰かけた。時おり、冷たい北風が吹きつけてくる。まだ九月半ばだというのに、昨日木枯らし一号が吹いたそうだ。妊娠中の女性を屋外に呼び出してしまったことを後悔しながら、柊はストールを肩に巻きつけた。

五分ほど待っていると、お腹の大きな若い女性が現れた。もう臨月に近いのかもしれない。お腹を両手で支えるようにして、ゆっくりした足取りでやってくる。

柊は立ち上がって女性を出迎えた。その手を取ってベンチにうながす。

「わざわざすみません。大丈夫ですか？　外じゃ寒いですよね」

「全然」女性は息を切らして微笑むと、手袋をはめた手で頭のニット帽に触れた。

「ほら、こんなに着込んできましたし」

「ごめんなさい。すぐ終わらせますから」

簡単に自己紹介と挨拶を済ませて、本題に入った。

「わたしが調べたところによると、この産科では少なくとも五人の妊婦さんが『説明会』に通っていたようです。その中に、あなたのお友だちがいたわけですね？」

「わたしが知ってるのは二人だけです。プレママ友だちってとこですかね。待合室で知り合って」女性は軽い調子で言うと、やや投げやりに付け加える。「今どうしてるか分からないけど」

「それで、その二人を『説明会』に誘った人物にもお会いになった」

「ええ。偶然出会っただけですけど。駅前に、わりと有名なパン屋があるんですよ。芸能人もよく来る、みたいな。で、私がその店に行ったら、そこのイートイン・コーナーで三人がお茶してたんです。その二人のプレママ友だちと、『説明会』の人が」

「その人の名前をご記憶ですか？」

「うーん。覚えてないなあ」

「小早川という名前ではありませんでしたか？」

「小早川……そんな感じだった気もするけど……ごめんなさい。あの頃は二人からその人のことをよく聞かされてたので、名前も聞いたとは思うんですけど」

「どんな方でしたか？　例えば、年齢は」

「見た目は、三十五、六かな。背は低い方だと思います。丸顔で、目鼻立ちがはっきりしてる。あと、洋服が少しクラシック？　悪く言えば、ちょっとババくさい」

「なるほど」

メモをとる柊の横で、女性が「そうだ！」と声を上げた。

「ブログにその人の写真が載ってますよ」

「え？　あなたのブログですか？」

「違います、違います。いなくなったプレママの一人がやってたブログ。パン屋のことを記事に書きたいからと言われて、そのイートイン・コーナーで私が二人の写真を撮ったんです」

「二人というのは、プレママさん二人組？」

「そうです。『説明会』の人は、写りたくないと言って横にどいてました。でも、何枚か撮ってるうちに、一枚だけその人もフレームに入っちゃったんですよね。顔半分ぐらい。あとでブログを見たら、その写真が使われてたんです」

検診に向かう女性を見送ったあと、柊は駅前に戻った。

インターネットが使えるファストフード店を探し、飛び込んだ。コーヒーを頼み、テーブル席に着く。バッグからノートパソコンを取り出して、ブラウザを立ち上げる。

さっき教わったキーワード——ブログを書いた妊婦のニックネームなど——を打ち込んで検索をかけると、目当てのサイトはすぐに見つかった。

妊娠が分かってからの出来事を日記風にまとめたブログだ。最後に更新されたのは、およそ四ヶ月前。この妊婦の行方が分からなくなったのは、その数週間後のことだ。

柊は、最終更新日から日記をさかのぼっていった。二週間分ほど戻ったところで、それらしきページを発見した。〈麻布十番のパン屋さん〉というタイトルがついている。

他愛ない文章をスクロールしていくと、目当ての写真があった。クロワッサンを持った二人の女性が、レンズに向かって微笑んでいる。

向かって左側の妊婦の背後に、顔を斜め下に向けた女性が写り込んでいた。確かに、その顔は半分切れている。

写真の下はコメント欄だった。一件だけ投稿がある。視線を走らせた柊の目に、探し求めていた三文字が飛び込んできた。

〈パンおいしそうに撮れてるじゃん。あ、私の後ろで小早川さん見切れてるし〉

柊は思わず「よし!」と声を上げそうになった。このコメントは、左側に写っている妊婦が書いたのだ。

あの産科に出没していたのは、やはり小早川だった。柊はその丸顔をまじまじと見つめた。何ヶ月も追い続けてきた女の顔だ。

服装が印象的というのもよく分かる。クラシックというより、やけにフォーマルなのだ。丸襟のスーツのジャケットに大粒のパールのネックレスが目を引く。

大粒のパールのネックレス――?

柊の心臓が、一拍強く打つ。最近、何かを見て同じことを感じた。

そう、誰かの写真だ――。

柊は慌ててバッグを探り、調査資料をまとめて入れてあるファイルケースを取り出した。楓が寒川からもらった「江原メソッド」のパンフレットをつかみ取る。ちぎれるほどの勢いでページをめくると、その写真があった。

〈乳児特別クラス統括部長　雨宮順子〉

二枚を並べてみるまでもない。ブログの写真の端に写り込んだのと同じ丸顔の下で、同じパールのネックレスが輝いている。

やっと見つけた――。

動悸はおさまりそうにない。それでも、柊は大きく息を吐いた。

36

「なるほど。小早川というのは偽名だったわけですね」

水島はスマートフォンを右手に持ち替え、腕時計を見た。発車時刻まで十分ほどある。

「おそらく」柊が硬い声で言った。「雨宮順子は、部長に抜擢されたばかりのようです」

さっきから柊の声が小刻みに途切れる。電波状況が悪くなってきたようだ。水島は改札の前で立ち止まり、転がしてきたキャリーバッグを立てた。

「報賞人事ですかね」わざと軽い調子で言った。「妊婦の勧誘を命じられた人間の中で、雨宮順子が一番成績がよかったのかもしれない」

「あるかも」柊の声が少し柔らかみを帯びる。「とにかく、妊婦の失踪に江原の脳力増進研究所が関わっているのは確実になりました。『江原メソッド』の教室の他に、何かおおっぴらにはできないことをやっている可能性があります」

「でも、江原は産科の病院なんて持ってないでしょう？　妊婦じゃなくて、乳児を集めているというのなら分かるけど」

「だから、そこに東都医科大学がからんでくるはずです。江原は、厚生科学審議会の『地磁気と脳に関する検討委員会』の委員をつとめているんです」

「なるほど。佐古田とのつながりはあるわけだ」水島は一人うなずいた。「その話、乾さんにも伝えたいですね」

「やっぱり電話には出ないので、メールを打っておきました」

水島もあれから毎日乾に電話をかけている。メッセージも残しているが、反応はない。

「浅田さん、身のまわりに変わったことは起きてませんか？」

「ええ、大丈夫です。でも、一つだけ変化がありました」

「変化？」

「こないだ『週刊グローブ』のために書いた記事、ボツになりました。編集長に電話しても、やけによそよそしいんです。たぶん仕事を切られると思います」

「どこからか圧力がかかったんですか」

「かもしれません。確かなことは言えませんが」

水島は改札の上の案内表示に目をやった。そろそろホームに向かった方がいい。

「すみません、もう行かないと」

「お出かけですか？」

「これから出張で群馬なんです。普段なら出張っていく必要などない案件ですけど、今日は例の連絡会議がありますし、庁舎内をうろうろするなということでしょう。何かあったら、いつでも携帯鳴らしてください」

上越新幹線を高崎で降り、ＪＲ上越線と吾妻線に一時間ほど揺られた。

上條駅の改札を出ると、〈水島様、加藤様〉と書いた紙を持った作業着姿の男が立っていた。「上條湧水保存会」の世話役だ。会釈しながら近づく水島を、値踏みするような目で見つめ返してくる。

隣にスーツ姿の若者がいた。細い肩に大きなショルダーバッグをかけている。水環境課の加藤という職員だろう。一足先に着いていたようだ。

名刺を差し出しながら自己紹介を済ませ、深々と頭を下げる。

「この度は対応が遅くなりまして、申し訳ございません」

その言葉に満足したのか、世話役の男が初めて黄色い歯を見せた。

「早速ですみませんが、現場まで車でご案内しますから、そこでお話を」

加藤が青白い顔でうなずいた。まだ入省三年目だと聞いている。加藤とも手短かに挨拶を交わしつつ、世話役のあとについて駅舎を出た。

車はシルバーのワンボックスだった。助手席には水島が座り、加藤は後部座席に回った。町を抜けた辺りで、世話役が言った。

「この国道をずっと行くと、上條温泉です」

「へえ。温泉があるんですね」水島はそんなことも知らなかった。

「今夜、楽しみにしてるんです」ずっと黙っていた加藤が言った。「ずっと来てみたかったんで」

「その温泉のこと、前から知ってたの？」意外な言葉に、水島が訊ねる。

「ええ。僕、温泉めぐりが趣味なんで」

「草津ほど有名じゃありませんが、いい温泉ですよ」世話役が嬉しそうに歯を見せた。

「湧水地は、温泉の少し先にあるんです」

上條村は、新潟県との県境に位置している。川に沿って北に向かう国道は徐々に細くなり、峠道へと変わっていく。山あいに田畑は見えるが、民家はまばらだ。

三十分ほど走り、トンネルを抜けると、最初の温泉宿が現れた。小さな宿が点在する一帯を抜けると、道幅はさらに細くなる。ヘアピンカーブをいくつも過ぎ、さらに十五分ほど走ると、小さな集落が見えてきた。

車は集落の手前で左に折れ、未舗装の山道を上っていく。右手に鳥居があった。ハンドルを握る世話役が、そちらにあごをしゃくる。

「この神社の裏手が、村内で一番大きな湧水地になります」

神社の駐車場で車を降りると、二人の男が待っていた。「上條湧水保存会」のメンバーだ。一人は黄色いキャップをかぶっていて、もう一人は色付きの眼鏡をかけている。挨拶を済ませて、神社の裏に回る。しめ縄の巻かれた大きな杉の向こうに、小さな池があった。

「湧き水の一部がこの池にたまるんですが、今はこんな状態です」世話役が水面を指差す。

「前はもっと大きな、きれいな池だったんだがのお」キャップの男が言った。

「なるほど」水島は水面をのぞきこんだ。「確かに、水もかなり濁ってますね」

デジタルカメラで黙々と池の様子を撮っていた加藤が、水島の隣にやってきた。土がむき出しになった池の縁にカメラのレンズを向けて言う。

「あの色が変わっているところが以前の水面ですかね」

「ええ。水位は一年前の半分もありません」背後から世話役が答えた。

縁をぐるっと回ると、池に注ぎ込む小さな流れがあった。水量は少なく、丸みを帯びた石の間をちょろちょろ流れている程度だ。その流れに沿って、小径が山中へと続いている。

世話役を先頭に、小径を進んだ。加藤は地形図を広げ、現在地を確かめながら歩いている。

「さすが、専門部署の人は準備がいいね」水島は感心して言った。

「いえ、半分は僕の趣味です」加藤は平然と答える。「温泉めぐりには、野湯も含まれますから」

「野湯？」

「山とか川辺に自噴している温泉です。ちゃんとした温泉施設がなくても、入りに行くんです」

「そりゃすごい。見かけによらず、ワイルドなんだね」

五分ほど歩くと、水場があった。背丈ほどの岩のそばに足場が組まれ、〈上條湧水〉と書かれた手作りの看板が立っている。だが、その周囲に水が湧いている場所は見当たらない。

「ここです」世話役が立ち止まった。

「その岩の上から湧き出てたんですか？」水島が訊いた。

「この辺り、全部だんべ」色付き眼鏡の男が言う。「前はあちこちからこんこんと出とった」

「信じられねえだろ？」キャップの男が眉尻を下げる。「一年かそこらですっからかんになるなんてのお」

「観光客というほどのことはありませんが、以前はこの湧水を目当てに村に来てくれる人も大勢いたんです。それが今じゃあ、この有り様だ」世話役は力なくかぶりを振った。

しばらく付近の様子を見て回り、いったん神社に戻った。

社務所の奥の座敷で詳しい話を聞くことになった。五人で大きな座卓を囲むと、エプロン姿の中年女性が緑茶を運んできてくれた。

世話役が青い表紙のファイルを座卓に広げた。上條湧水群の資料らしい。すべての湧水地点を記した地図を示して言う。

「以前は、湧水群全体で一日に一万トンの水が湧いてたんです。それが今では、その四分の一から五分の一。さっき見た神社裏みたいに、まるで出なくなった場所もある」

世話役はファイルをめくった。湧水地点の写真をはさんだページを開いて見せる。以前の様子と現状を写したものを並べて比較してある。

「湧出量が減り始めたのは、去年の夏ということでしたね?」水島が確かめた。

「そんなことはっきり分かるわけねえよ」キャップの男が口の端をゆがめる。

「こりゃおかしいと保存会の皆がはっきり気づいたのが、去年の夏なんです」世話役が言った。

「ちょうど地磁気のことが騒ぎになり始めてたから、それが原因じゃねえかということになったわけだ」色付き眼鏡の男が一人うなずいた。

「しかしですね」水島は申し訳なさそうに眉根を寄せる。「地磁気の減衰によって地下水に影響が出たという報告は、今のところないんですね」

「そんなわけねえだろ」キャップの男が口をとがらせた。「大きな地震が起きたせいで、地下水が出たり、出なくなったりするって言うじゃん」

「地震、ですか」水島は弱々しく微笑んだ。「しかし、地震と地磁気の間に直接的な関係は認められていませんし……そもそも最近この辺りで大きな地震は起きていませんよね？」

「地震は起きていなくても、重力が変わったら、地盤の様子も変わっちまうんじゃねえの？」キャップの男が食い下がる。

「重力と磁力は違うだんべ」色付き眼鏡の男が口をはさむ。

「違わねえだろうよ？」

「重力はリンゴが落ちることだんべ。磁力は磁石がくっつくあれだろ？」

「それでも、まるで関係ないなんてことあるわけねえじゃん」

「いや、重力は関係ねえよ」二人の声のトーンが徐々に上がっていく。

「まあまあ」水島はつくり笑いを浮かべて割って入った。「どんなことであれ、原因がたった一つということはあり得ないわけですから」

険しい顔で腕組みをしていた世話役が、おもむろに口を開く。

「この一帯は磁場がおかしいんじゃないかという話もあるんですが、それはどうですかね？」

「磁場がおかしい？」水島は眉をひそめた。「どういうことでしょう？」

保存会の二人もそれは初耳らしく、じっと世話役を見つめている。

「村の人間から聞いたんです。一ヶ月前だか二ヶ月前だか忘れましたが、この山の中で、つなぎを着てヘルメットかぶった作業員だか技術者だかに出くわした、と。初めは電力会社の連中かと思ったそうですが、『こんなところで何をしてるんだ？』と訊ねたら、『磁場を調べに来た』と言ったらしい」

「磁場を調べに？」水島は加藤と顔を見合わせた。加藤も首をかしげている。「磁場というのは、地磁気のことでしょうか？」

「他に何があるんです。わざわざ調べに来るということは、この辺りで何か特別なことが起きているということでしょう？　湧水が減ったのと無関係とは思えない」

「どういうことですかね――」水島はあごに手をやった。「とりあえず、東京に戻りましたら、関係部署に問い合わせてみます」

「是非お願いします」世話役は渋い顔のままうなずいた。

ずっと黙っていた加藤が、不意に「あの」と言った。

「温泉はどうですか？　上條温泉の湧出量」

「いや」今度は世話役が保存会の二人と顔を見合わせる。「湯の量が減ってるなんて話は、聞いてません」

「そうですか。地下水の水系が少し違うのかな」

加藤はそうつぶやいて、持参した地形図を座卓に広げた。ある一点を指し示して言う。

「ここにも温泉のしるしがあるんですが、これは何ですか？」

見れば、この神社から北西方向に尾根をまたいだ向こうの谷に、湯けむりのマークだけがぽつんと描かれている。

加藤が続ける。「この温泉も距離的にはここからそう遠くないと思うのですが、湯量に変化があったなんていう話は――？」

「ああ」世話役が何か思い出したように声を上げた。「そこは温泉地じゃありません。たぶん湯は出るんでしょうがね。そこには昔、温泉科学研究所というのがあったんですよ」

「温泉科学研究所?」水島が言った。

「ええ。どこかの財団法人の施設でね。地下水の研究やら、地質の研究やら、温泉療法の研究やら、いろいろやってたようです。閉鎖されたのは——昭和五十年ぐらいでしたかねえ」

「昭和五十二年か三年だんべ」色付き眼鏡の男が横から言った。

「そこが今どうなってるかなんて、誰にも分からんよ」キャップの男が吐き捨てる。

「この辺りからは道も通じてねえし、わざわざ山越えて行く者もいねえよ」

「草津町の方からは道が通ってたが、もう廃道になってるだんべ」色付き眼鏡の男が顔をしかめる。「あすこには研究所しかなかったしのお」

そのとき、上着の内ポケットでスマートフォンが震えた。

柊からかもしれない。「ちょっと失礼します」と言って腰を上げ、電話機を取り出しながら座敷を出る。〈厚労省　乾さん〉——液晶に浮かんだ発信者の名前を見て、慌てて〈通話〉の文字をタップする。

「もしもし⁉　乾さん?」声が高くなる。

「そんな大声を出さなくても、聞こえてる」乾が相変わらずの冷めた口調で言った。

「何があったんです?　突然休職なんて」

「なんだ、おたくはまだ休職してないのか。気楽でいいぞ。どうせおたくも職場で暇にしてるんだろ?」

興奮してしゃべる水島に驚いているのだろう。背後から皆の視線を感じる。早足で小さな事務室を抜け、建物の外に出た。

「何のん気なこと言ってるんですか。僕は連絡会議を外されました。乾さんは?」

「俺は出向を命じられた。神戸の検疫所だ」

「検疫所?」

「ああ。何の脈絡もない。東京から追い出せれば、どこでもよかったんだろ。手続きはいいから今すぐ手伝いに行けなどと無茶なことを言うので、休職願を出した」

「心配してたんですよ? 僕も浅田さんも」

「彼女からのメールを読んだ。だいたいの事情は分かってる」

「それで、今どこにいるんです?」

「国会図書館だ」

「なんでそんなところに」

「調べものに決まってる」乾がだんだん早口になる。「おたくにも手伝ってほしい。『河田メディカル』という会社のことを覚えてるか?」

「ええ。医療機器メーカーですよね。庁舎の玄関ホールで、次世代ｆＭＲＩの展示を見た――」

「その会社に、『ＧＭジェネレーター』などの磁場関連機器を扱う部署がある。その部署が最近どんな仕事をどこでしているか、知りたい」

「どんな仕事をって……納入実績みたいなことですか？」

「いや、表には出せない情報だ」

乾は厳しい声で、今朝の柊と似たような台詞（せりふ）を口にした。

「あの会社は、何かおおっぴらにはできない仕事をしているはずだ」

Phase VII

逆転の日

37

10 days BR

〈宇宙天気日報〉
現在メンテナンス中です。次回の配信は未定です。

ちょうど帰宅ラッシュが始まったところで、山手線の車内はこみ合っていた。柊は吊り革につかまりながら、片手でスマートフォンを操作した。宇宙天気情報センターのサイトにアクセスする。

画面に現れたのは〈現在メンテナンス中です。次回の配信は未定です〉という文章だ。細かな数値が表示されるはずのところはすべて〈NO DATA〉となっている。無駄だと分かっているのだが、日に一度はこのサイトに接続しないと落ち着かない。

二週間前、宇宙天気情報センターの小高が怖れていたことが起きた。ACE衛星のあとを追うように、SOHO衛星までもがダウンしたのだ。GOESやSDOといった太陽観測衛星が断続的に送ってくるデータにももはや信頼性はなく、宇宙天気予報は事実上不可能になった。

小高の話によれば、現在アメリカ海洋大気庁――NOAAが中心となって、世界中の地上観測データを集約する予報システムの構築に全力を挙げているという。だが、完成までには何ヶ月かかるか分からない。

電車が速度を落としながら新橋駅のホームに入っていく。柊は大きく息を吐き、スマートフォンをしまった。

ホームに降り立つなり、冷たい北風に髪が乱れる。柊はマフラーに顔を鼻までうずめ、人波にもまれながら改札に向かった。ホームにあふれた人々も、みな冬物の上着に身を包んでいる。

十月に入ったばかりだというのに、東日本は真冬並みの寒さに見舞われている。秋と呼べる季節は九月半ばに去り、その後は連日冬型の気圧配置が見られるようになった。偏西風ジェット気流が再び大きく蛇行し、日本上空に北極地域から寒気を運んでいるのだ。気象庁によれば、数日後にはさらに強力な寒波が日本列島を襲うという。

駅構内からSL広場に出ると、人だかりができていた。その中から、「号外でーす!」と繰り返し叫ぶ声が聴こえる。号外を受け取った会社員風の男とすれ違った。男が広げた紙面には、白抜きの大見出しが打たれている。

〈IUGGが「無磁場フェーズ」の開始を宣言〉

柊も人だかりに体をねじ込み、腕を伸ばして一部つかみ取った。紙面すべての見出しにだけざっと目を通すと、適当に折り畳んでバッグに突っ込む。数時間前にニュース速報がテレビとインターネットに流れたので、概要は知っている。足早に広場を抜けて、待ち合わせの喫茶店へと急いだ。

店内に足を踏み入れると、暖房の効いた空気とタバコの臭い(におい)がまとわりついてきた。四人掛けのボックス席はすりガラスのパーティションで仕切られていて、密談にはもってこいだ。

客の多くがテーブルに号外を広げていた。二人組の中年女性が文面を指でなぞりながら神妙な面持ちで言葉を交わしている。その隣で、拡大鏡を手にした初老の男性が大きなため息をついた。

水島も例に漏れず、壁際の席で号外を読んでいた。柊に気づくと「ああ、お疲れさまです」と目を細め、紙面を指で叩く。

「これ、もらいました？」

「ええ、さっき駅前で。いよいよですね」柊はウェイターにコーヒーを注文し、水島の向かいに座る。「いかがですか？　霞が関の反応は」

「とくに表立った混乱はありませんよ。判定会議が招集された時点で、間もなく発表があることは分かってましたからね」

九月二十四日、双極子磁場が逆転開始前の一パーセント以下にまで減衰したことを受け、ＩＵＧＧの「地磁気逆転判定会議」がボストンで初めて招集された。日々更新される観測データの評価を続けていた判定会議は、日本時間の十月二日十三時、g１０成分の週平均値がほぼゼロになったことを確認し、無磁場フェーズの開始を宣言した。

「今夜、官房長官からあらためて記者発表があるようです」水島が言った。

「地磁気変動調査委員会の会見は、いつになりそうですか？」

「国松委員長がボストンから戻るのが明々後日だそうですから、その夜か、次の日でしょうね」

「そうだ」委員長という言葉を聞いて、柊はあることを思い出した。「水島さんはご存じでしたか？　東都医大の佐古田教授が副委員長になったこと」

「僕も今日知ったんです。そういった情報からは遠ざけられていましたから」苦笑いを浮かべた水島は、紙面に素早く視線を走らせて、中段の一文を指差した。「ほら、ここにも出てますよ。〈地磁気変動調査委員会の佐古田副委員長は——〉って」

「いったい、いつの間に佐古田が」

「調べてみたら、今月一日付けの人事でした。前の副委員長が持病を悪化させて辞任したらしく、代わりに佐古田が選ばれたそうです。厚生科学審議会委員長と兼任という形で」

「地球物理学の専門家でもない人間が、いきなり副委員長だなんて」

「どういう力がはたらいたのか分かりませんが、一つ言えるのは、佐古田が厚労省だけでなく、文科省でも影響力を増しているということですね」

柊のコーヒーが運ばれてきた。ウェイターが去るのを待って、バッグからクリアケースを取り出す。中からA4サイズの紙を抜き出して、テーブルに置いた。

厚生労働省「地磁気と脳に関する検討委員会」の委員名簿だ。脳力増進研究所の江原所長を筆頭に、医学、生物学、脳科学の有力研究者たち、そして「河田メディカル基礎研究所」の所長が名を連ねている。

八名からなるこの小さな委員会は、佐古田が設置を命じ、自ら人選をおこなったという。表向きの目的は、「無磁場状態が脳機能や精神活動に与える影響について検討をおこなう」というものだ。だがおそらく、佐古田の狙いは別のところにある。そして、妊婦失踪事件の背後には、この委員会の存在がある――それが柊たちが達した結論だった。

柊と水島は密に連絡を取り合いながら調査を進めている。乾にも常にメールで状況を報告しているが、ほとんど返信はない。今もどこかで一人、何か調べているようだ。

「江原の線はどうでした？　何か分かりましたか？」水島が訊いた。

「具体的なことはまだ何もつかめていないんですが――」柊はクリアケースから江原メソッドのパンフレットを取り出した。「小早川こと雨宮順子が統括している乳児特別クラスの教室を、とりあえず全部回ってみたんです。都内十四ヶ所」

「十四ヶ所ですか。それは大変でしたね」

「姉にも事情を話して、協力してもらいました。姉にはもうすぐ五ヶ月になる赤ちゃんがいるんです。みのりという女の子」

情報収集のためには、楓と卓志の力がどうしても必要だった。柊は姉夫婦をリビングのソファに座らせて、妊婦失踪事件にまつわるすべてのことを時間をかけて説明した。二人は唖然として互いに顔を見合わせたが、すぐにことの重大さを理解したらしく、声をうわずらせながら柊の頼みを引き受けてくれた。

「教室にやってきた母親たちを道ばたでつかまえて、話を聞きました。産科をあたったのと同じやり方です。入会希望者のふりをして教室の様子を訊ねながら、さりげなく曾根あかりさんや駒井千夏さんの名前を出して」

「もしかして、二人のことを知っている母親が——？」水島が身を乗り出した。

「いえ、残念ながら」柊はかぶりを振った。「でも一つだけ、気になる施設があったんです」

「施設？　教室じゃなくて？」

柊はパンフレットを開いた。右のページに、〈代々木教室〉、〈自由が丘教室〉などと、都内の教室の所在地や電話番号がリストアップされている。

「これです」柊はリストの一番下を指差した。「池袋研修センター。〈教室〉とは付いていないんですが、念のためにと姉がみのりを連れて見に行ってくれました。南池袋にある五階建ての真新しいビルで、あの派手な江原メソッドの看板は出ていなかったそうです。隣のハンコ屋のご主人に訊ねたら、江原メソッドというのは知らないが、赤ちゃんを連れた母親がたくさんそのビルに入っていくのは確かだ、と」

水島は無言で先を促した。柊は水で唇を湿らせ、続ける。

「姉がしばらくビルの前で待っていると、赤ちゃんをベビーカーに乗せた若い母親が本当にやってきたそうです。するとその赤ちゃん、どういうわけかみのりの方に手を伸ばして、アーとかウーとかしきりに声を上げたんですって。それを見た若い母親が可笑しそうに、『コクーン生まれのベビちゃん同士、やっぱり通じるものがあるんですかね』と言ったというんです」

「コクーン？」

「ええ。姉も、コクーンとは何のことか、訊き返したそうです。するとその若い母親は、しまったという顔をして、何も答えずにビルに入っていった」

「うーん、どういうことでしょうねえ」

「コクーンは英語で『繭』という意味だそうですが」

「繭から生まれたとでもいうんですかね。なんだか不気味だな」

「その話を聞いたあと、すぐに池袋研修センターに電話をかけて、そこに教室が併設されていないか問い合わせました。応対した女性は、ここはスタッフの研修施設で、教室ではない、と」

「だったら、そのビルに通っている母親と赤ん坊は……」水島はそこで声をひそめた。

「もしかしてそれが消えた妊婦たちでしょうか?」

「そこまでは分かりません。でもおそらく、研修センターに通っているのは何か特別な母子だけで、一般の会員ではない。だからこそ、その若い母親は姉を仲間だと勘違いした。そういう可能性はあると思います」

「その研修センター、実は産院の設備も持っているなんてことはありません? だってほら、曾根さんや駒井さんから家族に送られてきた手紙、あれは確か――」

「ええ。池袋の郵便局で出されていましたね」

そのとき、後ろから「あのう」と声をかけられた。振り返ると、薄緑色の作業着を着た男がどこか申し訳なさそうな顔で立っている。

「浅田さん、ですよね? 私、河田メディカルの山下です。遅くなってすみません」

「ああ」柊は慌てて立ち上がり、頭を下げる。「はじめまして、浅田です。いつも義兄がお世話になっております」

山下に奥の席をすすめ、その向かいに柊と水島が並んで座った。

山下は卓志の元同僚で、二年ほど後輩にあたるらしい。卓志たちが立ち上げた会社に一度は加わったものの、早々に見切りをつけて河田メディカルに転職した。楓が言うところの、うまく立ち回った三人の一人だ。

河田メディカルについて調べろという乾の指示を水島から聞いた柊は、すぐに卓志に相談した。ちょうどいい男がいると言って卓志が紹介してくれたのが、この山下だった。

山下の紅茶が運ばれてきたところで、柊が切り出した。

「いきなりぶしつけな質問で恐縮ですが、河田メディカルには退職願を出されたとか」

「ええ」山下は自嘲するように息をもらす。「転職して入ったばかりだってのに、虚しい話ですよ。先月、群馬の前橋支社に異動を命じられたんですが、同居していた母が倒れて介護が必要になっちゃいましてね。とても家を出られる状況じゃなくなった。前橋に遣るつもりで採用したのにと言われたら、もう辞めるしかないですよ」

「そんな大変なときにお呼び立てして、申し訳ありません」柊はあらためて頭を下げた。

「辞めると決めてなかったら、さすがに何もお話しできませんけどね」山下が小さく首を振る。「だって、医療事故にかかわることなんでしょ？　卓志さんからそう聞いてます」

「具体的なことは申し上げられないんですが、ある死亡事故の真相を追っているんです」柊は目に力を込めて言った。「山下さんは、『GMジェネレーター』を扱う事業部にいらっしゃるんですよね？」

「ええ。磁場環境計測を担当しています」

「脳力増進研究所との取り引きはありますか？」

「お得意様ですよ。江原メソッドの教室に山ほど納入してますから。私も何度も磁場計測に行きました。『GMジェネレーター』の中で赤ん坊たちが寝かされてましたよ」

「他に何か特殊な装置を導入したことはありませんか？」

「私の知る限り、一般的なタイプの製品だけでしたけど」

「池袋の研修センターに何か納入したという話も、ご存じないでしょうか？」

「知りませんねえ」山下は首をかしげた。「だいたい、『GMジェネレーター』で重大な事故なんて起こらないと思いますよ？　大きな電流を流すわけでもないし」

「そうですか……」柊は水島にちらと目をやり、また山下に向き直る。「ちなみに、『コクーン』という言葉にお心当たりはありませんか？」

「コクーン？」山下は眉間にしわを寄せた。「それ、製品の名前ですか？」

「それはわたしたちにも分からないのですが……」

「では──」隣で水島が口を開く。「おたくの研究所が極秘に新たな医療機器を開発しているなんて話、お聞きになったことはありませんかね？」

「極秘に、ですか」一瞬口もとを緩めた山下は、すぐに真顔に戻った。「新製品の開発かどうかは分かりませんが、秘密めいた話なら一つだけ心当たりがあります。実は、私が異動を命じられた先も、それに関係する部署だったかもしれないんですよ」

「前橋の話ということですか？」

「そもそも、前橋支社には営業部門しかないはずなんです。それなのに、うちの部署からメンテナンス担当と磁場環境計測担当のエンジニアが三人ずつ常駐させられることになった。まあ、私もその要員として雇われたわけですけど」

「常駐して何をするか、何も聞かされていないんですか？」柊が訊いた。

「ええ。もう仲間が四人も前橋に異動していきましたけど、彼らの所属先すら分かりません。電話番号もメールアドレスも、どこを調べても出てこない」

「それはちょっと異常ですね」柊は頬に手をやった。

「一度、前橋支社からの依頼で磁気シールド材を送ったことがあるんです」

「磁気シールド材？」

「病院のＭＲＩ室なんかの壁に使われる特殊な合金です。磁場を遮蔽することができるんですよ。ＭＲＩが発生させる磁場が、部屋の外に漏れないようにするわけです」

「ああ、確かＭＲＩ装置の内部にはものすごい磁場がかかっているんですよね」水島が言った。

「地磁気のざっと一万倍です。『ＧＭジェネレーター』ではせいぜい地磁気と同じレベルの磁場しか作りませんから、磁気シールド材なんて滅多に使わないんですが、うちの事業部にも少しだけ在庫がありましてね。用途は分かりませんけど、前橋支社はそれを大慌てで社内中からかき集めていたみたいなんですよ」

「何かトラブルでもあったんでしょうか」

「私もちょっと不審に思ったので、送り先の担当者のことを調べてみたんです。すると、その人の名前が基礎研究所の名簿にあった。肩書きは主任研究員でした。研究部門のない前橋に、なんで研究員がいるのか――」

「それ、いつ頃のことですか？」

「確か――七月の終わり頃だったはずです」

日時に敏感になっている柊の脳裏に、七月二十日という日付が浮かんだ。曾根あかりが亡くなった日だ――。

虚空を見つめる柊を横目に、山下がもったいをつけて言う。

「磁気シールド材が必要だってことは、相当な強磁場を発生させる装置を扱っているってことです。『GMジェネレーター』どころじゃない」

38

6 days BR

文部科学省の特設会見場はどこか雑然とした緊迫感に包まれていた。それはおそらく、ここに集まった三百人超の記者たちの中で、さまざまな懸念が交錯しているからだ。

これから国松委員長が何を語るのかに集中している者もいれば、ついに日本列島を飲み込んだ大寒波の記事を考えている者もいるだろう。今日の午後には東京でも雪が降り始め、関東の平野部でも積雪になる怖れがあるという。十月の東京に雪が積もるなど、もちろん前代未聞のことだ。

そして、大寒波よりも重大な懸案が――科学記事を担当するほとんどの記者の心を占めていることだろうが——三日前に太陽表面に出現した巨大黒点群だ。直径十五万キロ超にまで発達したこの黒点群を、ＮＡＳＡは〝モンスター級〟と表現した。しかもそれは、大規模フレアを頻発させるデルタ型と呼ばれるタイプらしい。すでにX10クラスの爆発が数回観測されている。

モンスター級黒点群は、太陽の自転とともに地球の真正面へと移動しつつある。それはまるで、戦艦がゆっくり砲台を回して主砲をこちらに向けてくるかのようだ。黒点の動きはますます活発化していて、蓄積した膨大なエネルギーが巨大フレアとして放出されるのも時間の問題だという。当然のことながら、マスコミの報道合戦は過熱気味だ。

柊の隣に座る記者も、さっきから携帯電話にいら立った声をぶつけている。

「はい？　野辺山？　だから、さっきから言ってるじゃないすか。何度かけてもつながらないんですって。もしもーし、くそ、電波わりいな」記者は携帯電話を耳から離して毒づいた。「もしもし？　ええ、三鷹には行きますってば。この会見が終わったらすぐ」

国立天文台の野辺山観測所には太陽電波望遠鏡が、三鷹には太陽フレア望遠鏡がある。人工衛星が使えない今、頼みの綱はこうした地上観測装置だ。しかし、これらの装置を駆使しても、高エネルギー粒子線やコロナ質量放出の到来を事前に察知することは困難だ。

柊は伊達眼鏡を鼻まで下げ、壁際に立ち並ぶ役人たちを見回した。乾がいるはずはないが、水島の姿も見当たらない。

開始時間を十五分過ぎて、国松が会見場に姿を現した。そのあとに続いて入ってきた男に目を留める。佐古田栄一だ。

国松より頭一つ分背が高く、豊かな白髪を後ろになでつけている。小さな頭にうすい皮膚が張りついているように見えるが、刻まれたしわだけは深い。くぼんだ眼窩の奥で鈍く光る黄色みがかった目と、下がった口角が印象的だ。

柊がここへ来た一番の目的は、佐古田という男の顔つきをその目で確かめておくことだった。以前何度か仕事をしたネット系ニュース配信会社のデスクに頼み込み、その記者の名前を借りてここにもぐり込んだ。伊達眼鏡とマスクをつけてきたのは、佐古田やお付きのスタッフに気づかれないようにするためだ。

海洋地球課長が会見の開始を告げると、国松が顔を上げた。

「国松でございます」

その声にいつもの張りがないように思えた。連日の激務に疲れがたまっているのだろう。

「すでに報道されておりますように、去る十月二日、ＩＵＧＧの『地磁気逆転判定会議』は、地球磁場が無磁場フェーズに入ったことを正式に確認いたしました」

国松の言葉が途切れると、記者たちがノートパソコンのキーボードを叩く音が響く。

「ボストンで開催された『地磁気逆転判定会議』には、我が国から私を含む三名の委員が出席いたしました。判定の経緯をあらためて申し上げます――」

国松は手もとの資料に目を落とし、ゆっくりとした口調で説明を始める。

柊はメモもとらず、佐古田の顔をじっと見つめていた。佐古田は長机の上で両手を組み、目を閉じている。事前に配布されたレジュメを見る限り、おそらく佐古田が発言する機会はない。

それから二十分あまり続いた国松の解説を、記者たちは黙々と記録した。それは、すでに来ている冬の始まりをあらためて聞かされるようなものだった。だが、国民にとってより重要なことは、立冬の正確な日付などではなく、春の訪れがいつになるかということだ。案の定、その後の質疑応答では真っ先にその質問が出た。

「『週刊大日』の井上です」最前列の男にマイクが手渡される。「無磁場フェーズの継続期間については、何か新しい知見が得られているのでしょうか？　近々ＩＵＧＧの第三次評価レポートが出るということでしたが」

「第三次評価レポートは、今月中旬にも臨時総会で承認される見込みです」国松が質問者の目を見てうなずいた。「専門のワーキンググループがシミュレーションを続けておりますが、今のところ、第二次評価レポートの結論と大きな違いはありません。無磁場フェーズはやはり六〇パーセントの確率で十二ヶ月以内に終了します。ただし、議論はもう少し精密になっていて、六ヶ月以内に終了する確率が四〇パーセント近くあると見積もられています。わずかではありますが、希望は大きくなったと言っていい」

「しかし、西都大の市田教授などはまるで違う見解を主張し続けていますよね？　フランスやドイツの研究機関もかなり悲観的な試算を出してきている。そういう話を聞くと、具体的なパーセンテージにどれほどの意味があるのかと思ってしまうのですが」

答えようとした国松が机上のマイクに手をかけたとき、予想外のことが起きた。国松に先んじて、隣の佐古田が「だからこそ」と鋭い声を発したのだ。ノートパソコンに目を落としていた記者たちが、一斉に顔を上げる。

「だからこそ、楽観は禁物だ」佐古田は黄色みがかった目を見開いて言った。「半年で終わるのと同じ程度の確率で、数年、数十年と無磁場状態が続く可能性がある。当然、そちらを想定した対策は必要だ。当委員会としてもそれを踏まえた上で政策提言をしていくことになる」

　佐古田の強い語勢に気圧(けお)されたのか、記者は黙り込んだ。まるで不規則発言でもあったかのように、場内がざわついている。国松以外の委員が回答したことも異例だが、「政策提言」という言葉がこの会見で聞かれたのも異例だった。

　佐古田はこの発言だけで、一瞬にして会場を支配した。医学界の大物の言葉を受け、記者席で一斉に手が挙がる。真っ先に立ち上がった記者が、佐古田に向かって言う。

「例のモンスター級黒点群のこともあってですね、国民の間には太陽フレアや宇宙線に対する不安がまた広がっています。先生のおっしゃる対策には、健康被害に対するものも含まれるという解釈でよろしいわけですか？」

「当然だ」佐古田が言った。「先日の官房長官の話にもあったように、この度の諸々(もろもろ)の異変に関しては、医学的なデータの蓄積が何もない。『リスクが分からない』ことを『リスクがない』かのごとく言い換えるような態度は、科学的とは言えない。まずは疫学データを集めつつ、基礎的な研究を進めていくことが肝要だ。現段階ではそれが何よりの対策ということになる」

柊はそこでやっと気がついた。官邸にそう発表させたのは、佐古田の厚生科学審議会だったに違いない。

「つまり、X30を超えるようなフレアは健康にとって危険因子になり得ると、そうお考えなわけですね？」

もはや厚生科学審議会の記者会見のような空気になっている。柊は国松の様子をうかがった。国松は険しい顔で正面を見つめ、口を真一文字に結んでいる。

「どんな可能性も排除するべきではない」佐古田は明言を避けつつ、厳しい口調で応じた。「検討すべき問題は宇宙線だけではない。無磁場状態が長期間にわたって続くこと自体が、人類の存続に深刻な影響を与える可能性もある」

場内のざわめきは収まるどころか、さらに大きくなった。何人もの記者が発言を求めて手を挙げている。海洋地球課長がそのうちの一人を指そうとしたそのとき——。

「さすがは副委員長殿！」

いきなり後ろの方で誰かが叫んだ。よく知った声に、柊は慌てて振り返る。

やはり、乾だった。出入り口のそばに立ち、不敵な笑みを浮かべている。隣には水島もいた。柊と目が合うと、水島は泣き笑いのような表情で肩をすくめる。

会場は水を打ったように静まり返った。全員の視線を一身に受けながら、乾は平然と続ける。

「副委員長殿は、科学の〝公平性〟について深い見識をお持ちのようだ。国松委員長が〝希望〟を口にされるなら、佐古田副委員長はそれに釘をさしておく。どちらか一方に意見が傾き過ぎてはいけない。万事バランスが大事です」

「いや、ちょっと」海洋地球課長が慌ててマイクを構える。「発言は指名されてからに――」

「申し遅れました。厚労省の乾です」

乾はさらに大きな声で言い放ち、数歩前に出た。

「ですが副委員長殿、くれぐれも誤解を招かないようお気をつけください。あなたの言う〝科学的〟な態度が、癒着だの利益誘導だのと邪推されることのないように。事実、かつてアメリカで核戦争による『核の冬』の脅威が世に広まったとき、そんなものは恣意的な試算に過ぎないと攻撃した科学者たちがいたのですよ。大統領や軍需産業の周辺にね」

「君、いい加減に――」と顔を紅潮させる海洋地球課長を、佐古田が右手を上げて制した。乾は構わず続ける。

「どんな局面であれ、科学の〝公平性〟を盾に、自分たちに都合のいい主張をする連中は出てくるものです。喫煙が肺がんの原因になると言われれば、まだデータが十分でないと非難する。タバコ産業から金をもらって。地球温暖化が問題視され始めれば、それが人為的二酸化炭素のせいかどうかはまだ不明だと喧伝する。石油メジャーから金をもらってね。たちが悪いのは、そうした科学者が政府の中枢にはびこりがちだということです」

佐古田は眉一つ動かさず、黄ばんだ目で乾を見つめ返している。

乾はそこで記者たちを見回した。

「皆さんに、科学史家の間でもはや常識となっていることを教えて差し上げましょう。科学者の意見は、何も信用できないこの世における客観性と信頼性の最後の砦――なんてことは嘘っぱちですよ。科学者だって、政治的な思惑、研究費を含む金銭的な理由、個人的な信条や偏見などによって行動を決定している。科学者のコミュニティは、他のあらゆる人間のコミュニティと何ら変わりはないのです。つまり――」

乾は真っすぐ佐古田の顔を見据えた。

「副委員長殿にも、お立場というものがある」

「まったく、こっちは冷や汗ものでしたよ。派手にぶちかましちゃって」

水島はそう言うと、グラスの水をひと息に飲み干した。当の乾はソファの背もたれに体をあずけ、のん気な顔でメニューを眺めている。

「ほんと」柊も乾の顔をのぞきこんだ。「大丈夫なんですか？　あんなこと」

「何かまずいことを言ったか？」乾は顔も上げない。「俺は色んな事例を挙げて、一般論を述べただけ。佐古田がそうだとは言ってない」

あのあと、乾と水島は文部科学省の役人に追い出されるようにして会見場から消えた。柊もすぐにあとを追い、庁舎のロビーで二人をつかまえた。乾が「どこか静かな場所で話がしたい」と言ったので、そのまま三人で日比谷公園まで歩き、日比谷公会堂一階にあるこのレトロなカフェに入った。

乾と顔を突き合わせて言葉を交わすのは、三週間ぶりのことだ。柊たちの前に姿を現したということは、何か重要な情報をつかんだに違いなかった。

間もなく正午になるが、ランチメニューのないこの店は空いている。柊たちの他には、カウンターに男が一人座っているだけだ。乾は右手を挙げてウェイトレスを呼ぶと、ホットレモネードを注文した。柊と水島はさっきコーヒーを頼んである。

飲み物が運ばれてくるのを待って、乾が右手に丸めて持っていた書類をテーブルに置いた。英語で書かれた論文のコピーだ。筆頭著者は〈Eiichi Sakoda〉——佐古田栄

「すべてはこの論文から始まった」

乾が何の前置きもなく言った。すでに乾は事件の全体像を見通している——柊はそう直感した。

「これは佐古田がまだ四十代のときに書いたものだ。タイトルを和訳すると、〈磁場環境がNMDA型グルタミン酸受容体NR2Bサブユニットの発現に与える影響について〉」

難解な用語の羅列に、柊は水島と顔を見合わせた。乾はそれを横目に続ける。

「ひとことで言うと、〝頭のいい〟ラットを作る研究だ。NMDA型グルタミン酸受容体というのは、脳や脊髄に広く分布する物質で、記憶や学習に深く関わっていることが知られている。アルツハイマー型認知症や統合失調症とも関係があるらしい。この受容体にはNR2Bというサブユニットがある。この論文が書かれる一年前、アメリカの研究グループが興味深い発見をした。このNR2Bを過剰発現させるような遺伝物質をラットの胚に注入したところ、普通のラットよりも長時間記憶を保持していられる個体が生まれたんだ」

「記憶力のいいラットが生まれたということ？」柊が確認する。

「そう。NR2Bは学習能力と記憶力を向上させるスイッチとして働くことが分かったわけだ。NR2Bを標的にした薬が開発できれば、学習障害や認知症の治療に役立つかもしれないということで、今も研究が続けられている」

「佐古田の研究も、そういうものですか?」水島が論文を指差した。

「違う。佐古田は、ラットの胚に遺伝子操作を加える代わりに、物理的な環境因子を変えるというアプローチを思いついた。温度、重力、光、と試した末に、磁場環境でついに当たりくじを引いた。地磁気を遮蔽した飼育容器の中でラットの胚が発達すると、NR2Bの発現が著しく抑制されてしまうことを発見したんだ」

「つまり、無磁場環境で生まれたラットは、知能が劣っていると――」柊は眉をひそめた。

「そういうこと」乾がうなずいた。「佐古田は実験を次のステップに移した。ラットに与える磁場を逆にどんどん強くしていったんだ。地磁気の十倍から百倍程度の磁場では、有意な違いは見られなかった。だが、千倍程度まで磁場強度を上げてやると、NR2Bの発現が飛躍的に増大し、学習能力の高いラットが生まれることを突き止めた」

「重要な結果じゃないですか!」水島が声を高くした。

「地磁気がこういう状況になった今だから、そう思えるんだ。当時の医学界からは完全に黙殺された。薬の開発と違って、脳障害の治療法としては実用性がないに等しいからな」

　乾はレモネードをひと口含み、続ける。

「それでも佐古田は先へ進もうとした。ラットの代わりにサルを使った実験を試みたんだ。だが結果は思わしくなかった。磁場をコントロールした中でサルに仔を産ませるという実験的な難しさがある上に、ラットと違ってデータ数もかせげない。結局、はっきりした結論は得られないまま、佐古田はいったんこの研究から離れた」

「いったん、ということは……」柊は言いよどんだ。乾が言わんとすることを想像しただけで、背筋が凍る。

「その後、佐古田はまっとうな発生学の研究に路線を変え、成果を上げた。教授に昇進し、発生医学教室を立ち上げ、学長にまで昇りつめた。そんなとき、佐古田は地磁気に異変が起きていることを知る。計画の規模から考えても、二年前には準備を始めていたと思う」

「二年前ってことは――」水島が視線を上にやる。「地磁気の減衰率がわずかに跳ね上がったときか。まだ誰も事態を深刻にはとらえていなかった時期ですよね」

「佐古田の嗅覚の鋭さは、認めざるを得ない」乾が口の端をゆがめた。「佐古田の中で、ずっとくすぶり続けていた情熱と野望が鎌首をもたげてきたはずだ。一度挫折した研究を完成させるチャンスが、思いがけない形で訪れたわけだからな。このまま地磁気が急激な減少を続ければ、壮大な実験が実現できるかもしれない。しかも今度は、人間を実験材料にして」

「そんな……」実験材料という言葉に、柊は絶句した。

「この論文に、繰り返し出てくる数値がある」乾はテーブルの紙束を人差し指で叩いた。「〈DIQ164〉だ」

「DIQ？　IQってことは――」柊は乾の目をのぞき込む。

「偏差知能指数。同年齢の集団の中での知能レベルを示したものだ。佐古田は強磁場中で生まれたラットの知能を独自の方法で数値化し、人間の知能指数に換算すれば164以上に相当すると見積もった」

「164――IQの平均値は、確か100ですよね？」

乾がうなずいた。「DIQ164を超えるような人間は、理論上三万人に一人しか存在しない。佐古田は明らかにこの数字にこだわっている。人間の胎児に強磁場を適用した場合、知能はそのレベルまで達し得ると想定しているのだろう」

「天才児をつくるってことですか……」水島がつぶやく。

「ふん。IQなんてものは、知性のほんの一面を評価する指標に過ぎん」

乾はそう吐き捨てると、また背もたれをきしらせた。

「佐古田は密(ひそ)かにチームを立ち上げた。それがそっくりそのまま厚労省の『地磁気と脳に関する検討委員会』になっているんだろう。佐古田自身もそうだが、委員たちはそれぞれ表向きの研究プロジェクトをもっていて、厚労省や文科省の地磁気対策関連予算から潤沢(じゅんたく)な研究費を措置されている」

「その金が佐古田の計画に流用されているわけか」水島が先回りした。

「佐古田にとって一番大事なのは、無磁場フェーズがある程度の期間――できれば数年以上続くこと。少なくとも、続く可能性があると政府や国民が信じ込むことだ。でないと研究予算もつかないし、被験者も集められない」

「じゃあ、地磁気変動調査委員会にまで乗り込んできたのも、国松委員長を牽制(けんせい)するため?」柊が言った。

「他にどんな理由がある」乾が素っ気なく言った。「当然、河田メディカルや脳力増進研究所も資金を提供しているだろう。研究がうまく進めば、のちのち大もうけできるはずだからな。佐古田は脳力増進研究所の江原に協力を要請し、実験に参加する妊婦を集めさせた」

「小早川たちの『説明会』では、どんな風に妊婦たちを言いくるめたんでしょうね」

水島が険しい顔で腕組みをした。

「無磁場状態は胎児の脳の発達に悪い影響を与えると言えば、イチコロさ。グルタミン酸受容体がどうの、サブユニットがどうのと小難しい説明で煙に巻けば、医学的に十分根拠のあることだと信じ込む。何せ責任者は東都医科大学の学長様だ」

「じゃあ、妊婦たちはそれがまだ実験段階だとは知らされずに――」柊がつぶやくように言う。

「少なくとも、自分たちがラット扱いされているとは思っていないだろう。最先端の医療行為、あるいは安全な治験だと説明を受けたはずだ。あなたたちは選ばれた幸運な妊婦だ、だからこのことは決して口外するな、と」

「妊婦たちが実際にどんな実験を受けているか、具体的なことは分かってるんですか？」柊は身を乗り出した。

「正確なところは分からない」乾はかぶりを振った。「だが、おそらく妊婦たちは少なくとも二つの実験群に分けられていると思う。一つは、従来の地磁気と同じぐらいの磁場のもとで生活するグループ」

「それは『GMジェネレーター』があれば簡単に実現できますよね」水島がうなずく。

「大したリスクもなさそうだ」

「そしてもう一つは、地磁気の千倍以上という強磁場を受けるグループだ。こちらは被験者もかなりの苦痛を強いられるはずだ。それに耐えてでもDIQ164の〝頭のいい〟子を産みたいという希望者だけが、そのグループに参加しているんだろう」

そう言ってレモネードを飲み干した乾に向かって、柊は青ざめた唇を震わせる。

「でも……今の話は想像の域を出ませんよね？　まだ信じられない。だってそんな、まるで優生学の実験みたいなことが本当に……」

「想像じゃない。推論だ」

乾は柊をひとにらみすると、テーブルの論文を手に取った。数枚めくると、別の論文の表紙が現れた。

「これは、佐古田がラットの次におこなった、サルを使った実験結果をまとめた論文だ。共著者の欄に、河田メディカルの研究員の名前がある。これだ」

乾が指差した名字に、見覚えがあった。

「それは確か──基礎研究所の所長？」

「この論文が書かれた当時は、まだ部長だった。この人物は、佐古田の依頼を受けて、強磁場を発生させる装置を製作したんだ。装置の写真がある」

乾がさらに数枚めくると、ページの下半分にモノクロ写真が載っていた。それは細長い筒状のカプセルで、ケーブルや管が何本も接続されている。

「このカプセルの両端には大きな電磁石が取り付けられている。金属の芯に銅線を分厚く巻いたものだ。銅線に電流を流すと、二つの電磁石の間に一様な強磁場が生じる」

「てことは、このカプセルの中に妊娠中のサルを閉じ込めたんですか？」

「もちろん一日中というわけにはいかないがな。睡眠薬を飲ませたりして、かなり強引なことをしたらしい。面白いのは、この装置に佐古田たちが付けた呼び名だ」

乾は写真に添えられたキャプションを示した。斜字体で〈Magnetic Cocoon〉と書かれている。

「マグネティック・コクーン……コクーン？」柊ははじけるように顔を上げた。

コクーン生まれのベビちゃん——。

姉が池袋で出会った若い母親が言った言葉——。

「〝磁気の繭〟とは、うまく言ったもんだ」乾がにやりとした。「江原メソッドの研修センターには、コクーン・ベビーたちが通ってくるんだろ？　コクーンという符合のおかげで、推論はぐっと確度が高くなった」

もう疑う余地はない――柊は唾を飲み込んだ。

「つまり江原たちは、コクーンで生まれた赤ちゃんを池袋の研修センターに集めて、発育の状態を調べてるわけか」

「せっかく実験群を分けたんだ。二つのグループの赤ん坊の間にどれほど知能の差が生じてくるか、比較のための追跡調査が不可欠だ」

柊は肝心なことを思い出し、乾の瞳に問いかけた。

「曾根あかりさんともう一人亡くなった女性の身には、いったい何があったんでしょう？ 実験中に事故でも起きたのか――」

「うん」乾はソファにもたれると、両手を頭の後ろで組んだ。「二人が死んだのは、どちらも大きな太陽フレアが起きた翌日だ。それを踏まえると、可能性が高いのは、誘導電流による電気系統のトラブル。コクーンなどの装置に重大な不具合が生じ、そのせいで母体が危険な状態に陥ったということだろうな。実験現場がどういうところか分かれば、もう少しはっきりすると思うが」

「問題は、施設の場所ですよね」柊は頰に手をやった。

「そんなの、もう二ヶ所に絞られてるじゃないですか」水島が口をとがらせる。「一つの候補は、池袋の研修センターでしょ？　大きなビルみたいだし、スペース的にも十分だ」

「曾根さんたちの手紙の消印のこともありますしね」柊はうなずいた。

「もう一つはもちろん、河田メディカルの前橋支社ですよ。山下さんが言ってた基礎研究所の怪しげな動きは、今の乾さんの話ともつじつまが合う」

「直接乗り込んでみるのが早いかもしれませんね。まずは池袋に――」

突然、柊の言葉がざらついたノイズにかき消された。FMラジオを流していた天井のスピーカーが雑音を発している。電波障害かと辺りを見回したとき、外でけたたましくサイレンが鳴り響いた。

「これってもしかして――」柊は窓の方に目をやった。

ウェイトレスがトレイを持ったまま店を飛び出した。そのあとを追うように、柊たちも建物を出る。

サイレン音を発しているのは、日比谷公園の南東角に設置されたばかりの防災スピーカーだ。電波を使う警報システムが機能しない場合に備えて、有線の防災スピーカーが街中に増設されている。

サイレンが止むと、若い女性の声が響いた。

〈緊急警報です。数分前に、大規模な太陽フレアが発生しました。推定されるクラスは、X35です――〉

柊は二人と顔を見合わせた。その数字が確かならば、観測史上最大のフレアということになる。モンスター級黒点群がついに火を噴いたのだ。

〈現在、太陽電波バーストによる通信障害が発生しています。テレビ、ラジオ、携帯電話などの機器は使用できません。フレアX線放射はすでに到達しています――〉

公園の一画にいるすべての人々が、その場に立ちつくしていた。身を切るような北風の冷たさも忘れ、身じろぎもせずスピーカーの方を見上げている。

〈数分から数時間以内に、高エネルギー粒子線の到達が予想されます。不要不急の外出は控えてください。とくに、妊娠中の方、小さなお子さんは、屋内に退避してください。また、一日から三日以内に、コロナ質量放出の到達が予想されます。通信、交通、電力供給などに障害が出る怖れがあります。繰り返します――〉

柊の目の前を白いものがふわりと横切り、頬に冷たいものが触れる。知らぬ間に、雪が舞い始めていた。

39

柊はリビングの窓に近づき、カーテンを開けた。結露したガラス戸の向こうでは、まだ雪が降り続いている。うっすら雪化粧をした阿佐ヶ谷の街明かりが、いつもより柔らかく見えた。

間もなく夜十一時になるが、目の前のマンションではほとんどの部屋に電灯がついている。眠る気になれないだけの人もいるだろうし、雪の中を歩いて帰ってくる家族を待つ人もいるだろう。鉄道は多くの路線で不通になっている。

この家でも、みのり以外の全員がまだリビングにいた。樹が寝る時間はとっくに過ぎているが、今夜は楓も口うるさく言わない。

「ねえ、お姉ちゃん」柊はソファで雑誌をめくる楓に言った。「ここって、防災スピーカーの音はちゃんと聞こえるの？」

「ちゃんとじゃないけど、お昼の警報は半分ぐらい聞き取れたよ」

「僕、ほとんど分かった！」樹が自慢げに言う。

楓の隣で新聞を眺めていた卓志が、テーブルのリモコンを取った。テレビに向けて電源ボタンを押すが、黒い画面に〈受信できません〉というメッセージが出るだけだ。

卓志は十五分に一度この操作を繰り返している。

そういう柊も、ずっとスマートフォンを握りしめたままだ。通じないことは分かっているのに、つい何度も画面を確かめてしまう。

テレビもラジオも放送されず、携帯電話も使えないという状況は、想像していた以上に心もとない。何より情報が欲しいときだというのに、どこにあるかも分からない防災スピーカーが唯一の情報源なのだ。求めていない情報まで流れ込んでくる日常との落差に、酸欠に陥ったかのような息苦しさを感じる。

「ねえ、高エネルギー粒子線量とか二次宇宙線量が増えてるっていう警報、ほんとになかった？　わたしが帰ってくるまでの間に」

「だから、なかったって。少なくともここでは聞こえなかった」

楓はうんざりしたように言うと、キッチンに入った。電気ポットに水を入れて、スイッチを入れる。

その瞬間、突然リビングの照明が落ちた。

「わっ！」樹が声を上げる。

「何だ？　ブレーカーか？」卓志が立ち上がった。

「あれ――？」柊は窓の外を見て声を漏らす。

阿佐ヶ谷の街が、ほぼ完全な暗闇に包まれていた。窓明かりも街灯も、すべて消えている。

「停電だ！　街中停電してる」

窓に近づこうとした卓志が、何かにつまずいて「痛っ」と声を上げる。楓がダイニングの戸棚から手探りで懐中電灯を探し出し、リビングを照らした。

四人並んで窓辺に立った。もう雪が降っているかどうかも分からない。ところどころでぼんやりした光がうごめいている。懐中電灯やろうそくの光だろう。

「まずいよ、これ」卓志が険しい顔で言った。

「太陽フレアのせい？」楓が訊く。

「分かんない」柊はスマートフォンで時刻を確かめた。フレアの発生からまだ十一時間しか経っていない。「コロナ質量放出が到達するには、ちょっと早すぎると思うけど」

ほんのいくつかの家々で、明かりがつき始めた。ガスによる燃料電池システムや太陽光発電を導入している家庭が、蓄電池に切り替えたのだろう。

手分けしてリビングにろうそくを立てていると、サイレンの音が聞こえた。樹が窓に駆け寄り、ガラス戸を半分ほど開く。冷気が流れ込むと同時に、遠くで女性の声が響いた。

〈ただ今、都内の広い範囲で停電が発生しています。安全のため、外出は……ださい。交通信号が停止して……車の使用も控えてください。また、自宅で人工呼吸器などの医療機……さい。繰り返します——〉

「都内の広い範囲って言ったな」卓志が舌打ちする。「送電網全体がダメになったのかも。こりゃ長引くぞ」

「原因とか復旧見込みのことは、何も言わなかったね。意味ないよ」柊は息を吐いた。

「防災スピーカーは停電してても動くんだねえ。ま、当たり前か」楓が気楽な口調で言う。

エアコンの切れた室内が、徐々に冷えていく。卓志が押入れから毛布を持ってきて、一枚ずつ配った。楓は寝室で眠っていたみのりをリビングまで抱えてきて、厚着をさせた。

玄関の方で音がした。誰かがドアを叩いている。卓志と楓が懐中電灯を手に玄関まで見にいった。柊と樹はリビングから様子をうかがう。

卓志がドアを開けると、男の子とその母親らしき女性が立っていた。

「あ、たっちゃん！」樹が駆け寄っていく。このマンションに住む樹の同級生だ。男の子の母親は申し訳なさそうに「夜分にすみません」と頭を下げた。楓と互いの家族を気づかう言葉を交わしたあとで、おずおずと切り出す。

「あのう……石油ストーブなどは、お持ちですか？」

もしかしたら、灯油を分けてほしいと言いにきたのかもしれない——柊は思った。

「ごめんなさい、うちはエアコンだけなんですよ」楓が眉尻を下げる。「だから今、毛布を引っ張り出したところで」

「だったら、これ使ってください」母親はペンライトで足もとを照らした。小型の石油ストーブと灯油の容器が置いてある。

「え——？」意外な申し出に、楓が目を丸くする。

「達也がしつこく言うんですよ。樹くんのうちには石油ストーブがなかった。樹くんの妹はまだ赤ちゃんだから、こんな雪の夜に暖房がないと風邪ひいちゃうって。それに、停電はいつまで続くか分かりませんから」

達也という男の子は、恥ずかしそうに母親の後ろに隠れた。

「でも、それをお借りしてしまったら、おたくが……」楓が言った。

「うちにはもう一台あるんです。家族三人、一部屋に固まっていればいいだけのことですから」

楓と卓志は困惑顔で顔を見合わせている。その横から、樹が言った。

「たっちゃんち、ろうそく、ある?」

「あるの?」達也が母親を見上げた。

「ろうそくはないかな」母親は身をかがめて樹に笑いかける。「でも懐中電灯なら余ってるよ。貸してあげようか?」

樹は卓志の手から懐中電灯を奪い取ると、走ってリビングに戻ってきた。テーブルの上のろうそくの箱をつかみ、また大急ぎで玄関に駆けていく。

「これ」樹はろうそくの箱を達也の母親に差し出す。「だって、電池が切れちゃったら困るから」

今度は達也の母親が目を丸くした。

結局、石油ストーブを借りることになった。リビングが暖まると、樹と卓志はソファで眠ってしまった。

「ねえ、柊――」楓が樹に毛布をかけ直しながら、静かに言った。「わたし、この子を北海道から連れて帰ってきて、よかった」

柊は楓に微笑(ほほえ)み返し、「そう」とだけ言った。

「大事なことってさ」楓が少し恥ずかしそうに続ける。「想像力なんだね」
日付が変わっても、防災スピーカーから第二報は聞こえてこなかった。柊も眠気に襲われ始めている。毛布をかぶってラグに体を横たえると、五分も経たないうちに眠りに落ちた。

どれくらい眠っていただろう。耳もとの振動音で、目が覚めた。いつの間に通じるようになったのか、スマートフォンが震えている。

時刻は午前零時四十七分。液晶画面に表示された〈田上日奈子〉という文字を見て、瞬時に脳が覚醒する。毛布を蹴ってとび起きた。

「柊⁉　ああ、やっとつながった！」電話の向こうで上ずった声が叫ぶ。

「日奈子⁉」鋭く訊くが、声がかすれる。「連絡がつかないって、みんな心配してたんだよ？　今どこにいるの？」

「助けて！　たいへんなの！　早くしないと！　破水しちゃってるの！」

「破水⁉　日奈子が？」

「違う違う！　一緒に閉じ込められてる妊婦さん！」

「落ち着いて！」柊はスマートフォンを強く耳に押し当てた。雑音がひどい。「閉じ込められてるって、どこに？　病院？」

「わたしたちは『施設』って呼んでる。ほら、野方のクリニックで出会ったとき、柊が捜してた小早川さん。あのあとわたしも小早川さんと知り合って、『説明会』に――」大きなノイズとともに、声が途切れた。

「もしもし⁉　あなた今、彼らの施設にいるのね？　もしもし！」

問いかけを繰り返しているうちに、音声が復活する。

「――に入ったら、すぐ停電が起きて、電動ドアが開かなくなって。わたしとうちの子とその妊婦さんと、三人閉じ込められたの！」日奈子は早口でまくしたてる。「そしたら、その妊婦さんが破水しちゃって、すごく苦しみ出して」

「電話がつながるなら、とにかく一一九番に――」

「かけたよ！」日奈子が金切り声でさえぎる。「一瞬だけつながったけど、ここの場所が伝えられなくてまごまごしてるうちに、切れちゃったのよ。場所が分からなかったら、どうしようもないじゃない！」

「住所が分からないってこと？」

「住所どころか、何県かも分かんない。たぶん、群馬か長野か、その辺りだと思うけど」日奈子が声を震わせる。「施設からは一歩も外に出られないし、テレビもラジオもネットもない。ここへ来るときも、カーテンで外が見えないようにしたマイクロバスに乗せられてきたから」

「それで、柊のことがすぐ頭に浮かんだの。柊は小早川さんに取材しようとしてたんだし、この施設のことも知ってるんでしょう？」

「施設の存在は知ってる。でも、場所はわたしにも分からない」

電話の向こうで、かすかに赤ん坊の泣き声がした。

「……ねえ、助けて、柊」日奈子が涙声になる。「うちの子、まだ二ヶ月なの。この部屋、寒くてたまらないの。ここはどこなの？　わたしたち、どうしたらいいの？　ねえ……」

「しっかりして、日奈子」柊は声に力を込めた。「どんなことでもいいから、落ち着いて思い出すのよ。何か場所の手がかりになるようなこと」

「そんなの、分かんないよ……」

「じゃあ、どうしてそこが群馬か長野だと思ったの？」

「マイクロバスでここに連れてこられたとき、カーテンの隙間（すきま）から一瞬だけ道路の案内標識が見えたの。その行き先の中に〈草津〉って地名があったから――」

日奈子の力ない声は雑音にかき消され、そのまま通話は途切れてしまった。

40

5 days BR

深夜二時にもかかわらず、環八通りは所々で渋滞していた。信号機が動いていないので、警察官が手信号で交通整理をしているからだ。

交差点の真ん中に立つ警察官の指示に従って、水島が車を停止させた。バックミラー越しに後部座席の柊に訊く。

「池袋に向かうならここを右ですけど――ほんとに前橋でいいんですね？」

「そうとしか考えられないじゃないですか！」思わず語気が荒くなる。「〈草津〉の看板を見たって言ったんだから」

柊から連絡を受けた水島と乾は、すぐに阿佐ヶ谷まで駆けつけてくれた。水島が車を出し、四谷に住んでいる乾を途中で拾ったそうだ。

太陽電波バーストが弱まりつつあるのか、携帯電話が通じる時間帯が増えている。

大部分の基地局には自家発電装置や蓄電池が備えつけられているそうだ。だがそれも何時間もつかは分からない。

助手席の乾は古ぼけた関東全域の道路地図を広げている。GPSの民間向けサービスはすでに停止されていて、カーナビは使えない。

「群馬の方も停電しているのか？」乾が地図に目を落としたまま訊いた。

「関東はほぼ全域、ダメみたいです」水島はかぶりを振る。「コロナ質量放出による瞬間的な大電流のせいで、あちこちの大型変圧器が同時多発的にいかれたらしい」

「それ、どこの情報ですか？」柊が後ろから訊く。

「うちの室長です。さっき電話してみたら、もう役所に出てきてましてね。霞が関には徐々に情報が集まってきているようです。送電線が切れたり垂れ下がったりしているという報告もあると言ってました」

「この寒さのせいで、電力使用量も限界近くまで増えていただろうしな」乾が小さくうなずく。

「でも――」柊はずっと疑問に感じていたことを口にした。「原因がコロナ質量放出だとしたら、ちょっと到達が早すぎませんか？」

「室長の話だと、理論的にはあり得るそうです」水島が言った。「最速レベルのコロナ質量放出なら、フレアの発生から半日で地球に届くんですって。その直撃にともなうものと見られる急激な磁場変動を地磁気観測所がとらえていますし、まず間違いない」

街中を走っていて気づいたが、一部の大通りではまばらに街灯が光っている。大規模停電対策として国土交通省が急ピッチで導入を進めていた太陽電池式のLED街灯だ。水島の話によれば、停電時でも数日は点灯するという。

警察官が笛を鳴らし、進めと指示を出した。水島はアクセルを踏み込む。

「首都高は通れたから、関越も大丈夫だと思うんだけど」

「高速には非常用電源がある。しばらくの間は通してくれるさ」乾が言った。

関越自動車道への入り口、練馬インターが見えてきた。赤いテールランプの列がどんどん高架へと上っていく。

「よかった、まだ閉鎖されてないみたい」柊は電光掲示板に目を向けた。「でも、群馬の奥まで行くと、チェーン規制があるみたいですね」

「この車は四駆ですけど、一応チェーンも積んできました」水島が親指で後ろのラゲッジスペースを示す。

「困るほどの雪はないだろう。前橋までならな」乾が含みをもたせて言った。

車は高速道路の本線に入った。フェンスに沿って並ぶ照明灯はすべて消えている。

フロントガラスに向かって飛んでくる雪片を、ヘッドライトが照らす。路肩にはみぞれ状の雪がたまっているものの、タイヤが踏む路面は濡れているだけで、走行に不安は感じない。

渋滞を起こすほどではないが、上下線とも車列が途切れることはない。交通が完全に遮断される前に首都圏に出入りしたい人々がたくさんいるのだろう。

「それにしても、浅田さんのお友だちが『施設』にいたなんて、すごい偶然ですね」

水島が正面を見つめたまま言った。

「……いえ」柊はつぶやくように答える。「たぶん偶然じゃありません。日奈子が小早川の話に簡単に乗ってしまったのは、わたしのせいなんです。彼女、地磁気問題の『説明会』なら自分も参加したいって、すごく興味を持ったみたいだった。それなのにわたし、小早川には関わるなと、はっきり日奈子に伝えなかった」

「浅田さんに責任はありませんよ。その日奈子さんて方が選んだことです」バックミラーに映る水島が、きっぱりと言った。「それに、日奈子さんは無事に出産も終えているわけだし。閉じ込められているのを助け出してあげさえすれば、何も問題ないでしょ?」

「破水した妊婦さんはもちろんだけど、日奈子の赤ちゃんも心配です。まだ生後二ヶ月だって言ってたから」

「ちょっと疑問に思ったんですけど、普通は出産して一週間ぐらいで退院するものなんじゃないんですか？」

水島が誰にともなく訊くと、地図を見ていた乾が顔を上げた。

「もしかしたら、出産後も数ヶ月は赤ん坊と施設で過ごすのかもしれない。佐古田の論文でも、生まれたラットをしばらくの間コントロールした磁場環境におくことの有効性が言及されていた。人間の場合、脳のシナプス――神経細胞のつなぎ目の平均密度が急激に増えるのは、生後三、四ヶ月までだ」

「なるほど、あり得ますね」水島がうなずいた。

融雪剤を散布する黄色い作業車を右から追い越した。走行車線に戻ると、今度は赤色灯を回したハイウェイパトロール車が柊たちを追い抜いていく。

柊はスマートフォンを取り出すと、電波が入ることを確かめて、日奈子の携帯電話にリダイヤルした。また同じメッセージが流れ始めたので、すぐに電話を切る。さっきから何度もかけているのだが、一度もつながらない。

「やっぱりダメですか」水島がミラー越しに言った。「電源を切ってるのかな」

「この緊急事態にそんなことしないと思うけど」

「そもそも、携帯でSOSを出したってこと自体、ちょっと意外ですよね」水島が首をかしげる。

「そうなんです。施設の妊婦たちが自由に外部と連絡をとれるとは、とても思えない」

「もしかしたら――」乾があごをなでた。「ほんのわずかな時間だけ、携帯がつながったのかもしれない。停電のおかげで」

「どういう意味です?」

「いや」乾は小さくかぶりを振る。「確かなことは行ってみれば分かる」

一時間ほどで前橋インターに到着した。高架の上から見る市街はやはり真っ暗だ。料金所を通過し、国道を市の中心部へと向かう。

大通りとの交差点にパトカーが二台停まっている。警察官の手信号に従って右折すると、中層ビルが隙間なく建ち並ぶ一画に出た。水島はライトを上向きにしてゆっくり車を進める。やがて、左前方に〈河田メディカル〉の看板が見えた。前橋支社だ。全面ガラス張りの四階建てで、一階部分が駐車スペースになっている。

路肩に車を停め、各々懐中電灯を手にビルへと向かう。窓から漏れる明かりはなく、物音もしない。柊は出入り口に駆け寄り、ガラス扉から中を照らす。

「普通のオフィスビルですね」隣で水島が言った。「大勢の妊婦さんが暮らしているようには見えない」

「ふん」後ろで乾が短く息を吐く。「そうだろうな」

そのとき、ガラス扉の向こうで光が動いた。通路を二つの人影が近づいてくる。大きなライトを持った二人組の警備員だ。年配の方がいぶかしげな顔で扉を開き、柊たちをライトで照らす。

「ここの社員の方？」

「いえ」柊は声を硬くした。「実は、このビルのどこかに人が閉じ込められていると通報がありまして――」

「ええっ？ ほんとですか？」警備員たちは驚いて顔を見合わせる。「今ぐるっと回ってきましたけど、異常はありませんでしたがねえ。エレベーターも含めて」

「そちらはこのビルに常駐されているんですか？」

「いえいえ。停電になったので、契約先を順番に巡回してるんですわ」

「中に人はいませんでしたか？」

「もう誰も」年配の警備員がかぶりを振る。「私らがここへ来たときは、駐車場に社員さんが二人いましたがね。すぐにヘルメットを抱えて車で出て行きましたから。医療機器のメーカーさんも、停電になると大変ですな」

「中を確かめさせていただくわけにはいきませんか？」柊は扉に手をかけた。

「いや、さすがにそれは」警備員が顔をしかめて立ちはだかる。

「ちょっと様子を見るだけですから」

「困りますよ。無断で社外の方を入れるわけにはは——」

「もういい」後ろから乾が鋭くさえぎる。

「いいわけないでしょう⁉」柊は声を荒らげた。「人の命がかかってるんですよ！」

「だからこそ無駄足を踏んでいる暇はない。現場はここじゃない」乾はひと息に言い切ると、さっさと車の方に歩き出す。

「ちょっと乾さん！」柊は小走りで乾を追った。水島も慌ててついてくる。

後部座席に乗り込むなり、助手席の乾に問い質す。「確認ぐらいはするべきでしょう？」

乾は道路地図をめくりながら言う。「ここが佐古田の拠点の一つだということに異論はないが、こんなところで大がかりな実験は無理だ。オフィスビルを改修してできるようなことじゃない」

「もっと広々とした場所に専用の建物があるってこと？」水島が訊いた。

「それに、警備員が言ってたろう？　ヘルメットを持った社員が二人、車で出て行ったって」

「そうか！」柊は前のめりになって助手席のシートをつかむ。「その二人、異動した山下さんの元同僚か。謎の任務につかされているエンジニア」

「つまり、そいつらはここから施設に向かったっていうんですか？」水島が乾の横顔に問いかける。「でも、手がかりゼロじゃあ、探しようがありませんよ。何かないんですか？　どういう場所なら都合がいいとか」

「俺がその施設を作るとしたら――」乾は前橋市内を南北に流れる川を地図上でなぞる。「利根川沿い」

「利根川？」水島が眉根を寄せた。「なんで？」

「水だ。たくさんの巨大な電磁石を長時間使うとなると、膨大な電力とともに、コイルの過熱を防ぐ冷却水が大量に必要になる。河川か地下水が利用できる環境がベスト」

「日奈子が〈草津〉の看板を見たってことは――」柊は後ろから地図をのぞき込む。

「利根川に沿ってもう少し北の方かもしれない」

「前橋の北で、利根川に別の川が流れ込んでるでしょ。これだ、吾妻川」水島が地図上の河川名を指差した。「この川沿いという可能性もありますよね。そういえば僕、こないだ出張で吾妻川の支流の水源地に行きました。上條村っていうんですけど――」

そこで水島が固まった。「ちょい待ち」とつぶやいて乾の手から乱暴に道路地図をもぎ取り、いくつかの地点を指で素早く確認する。

「乾さん！」水島が顔を上げた。いつになく表情が強張っている。「湧水地の近くで地下水を汲み上げ始めたことで、水源の湧水量が激減することって、あり得ますか？」

「そりゃあり得るだろう」

「この村に上條湧水群という名水があるんですが、去年から湧水量がガタ落ちになってるんです」水島は勢い込んで言う。「おまけに、湧水群の奥の山中でヘルメットをかぶった技術者風の男たちが目撃されていて、『磁場を調べに来た』と言っていたと――」

「その男たちって、もしかして河田メディカルのエンジニア？」柊は水島と乾の横顔を交互に見た。

「湧水地の近くで実験施設かプラントらしきものを見なかったか？」乾が矢継ぎ早に

訊く。「あるいは村の人間から何か聞かなかったか？」

「直接見たわけじゃありませんけど」水島は小刻みにうなずいた。「湧水地から尾根を一つ越えたところに、可能性のある施設があります。温泉科学研究所です」

「温泉科学研究所？」意外な言葉の響きに、柊は思わず訊き返す。

「地質とか地下水とか温泉療法とか、温泉がらみの研究をいろいろやっていたらしいんですが、四十年ほど前に閉鎖されました。人里はなれた谷間に今もぽつんと建っているそうです」

「なるほど」乾が片方の口角を上げた。「佐古田は掘り出し物件を見つけたわけだ。研究所として建てられたところなら、基本的な設備もそろってる。場所は分かるか？」

「ここには載ってませんけど——確かこの辺り」水島は地図上の一点を示した。「当時は草津町の方から研究所に行く道があったそうです。ずいぶん前に廃道になったようですが」

41

片側一車線の国道を西へとひた走り、草津町に入った。

わずかではあるが、雪はまだ静かに降り続いている。運転席のデジタル時計の表示は、午前四時五十分。日の出まであと一時間ほどだろう。東の空の明度が増し、厚い雲が漆黒から薄墨色に変わりつつある。

路面を覆う雪の量が増えてきたので、タイヤチェーンを装着することにした。農協の駐車場に車を突っ込み、スキーが趣味だという水島が慣れた手つきで作業を始める。柊と乾も車外に出て、懐中電灯で水島の手もとを照らした。

すっかり車の通りがなくなった国道の先に、ヘッドライトの光が見えた。白い軽トラックだ。柊はすかさず道路に出て、両手を大きく振る。軽トラックは目の前で停まり、助手席の窓が開いた。乗っていたのは七十代ぐらいの夫婦だ。

「すみません、ちょっとお尋ねしたいのですが」頭を下げながら言った。「以前この辺りに温泉科学研究所があったのをご存じではないですか？」

「温泉科学研究所？」運転席の男性がこちらに首をのばす。「あすこはとっくにつぶれたんべ？　去年だったか一昨年か、どこかの会社の保養所だか療養所だかに建て替えるって話はあったがの」

「違う、温泉病院だんべ」妻が夫を小突いた。「いっとき工事の車が盛んに出入りしてたけど、どうなったんかねえ」

「結局、病院としては開業してないんですね？」柊は女性に確かめた。

「してたらあたしも通うもの。頓挫しちまったんじゃないん？」

「あんなとこに今から行ぐんかい？」男性は不思議そうな顔で訊いた。

「ええ、行き方を教えていただきたいんです」

「行ってもしょうがねえと思うよ？」男性は心配そうに眉をひそめ、来た道を指差す。「もうちょっと先に県道が出てくっから、そこを右に曲がって五、六キロかな。昔はその辺りに、谷沿いに北へ上がってく道があってよ。温泉科学研究所へ行くためだけの林道。でも、今は通れるかのお」

　柊が軽トラックを見送っているうちに、チェーンの装着が終わった。

　夫婦に教わった通りに細い県道を進んでいくと、木々の切れ目にその林道への入り口らしきところが見えた。普段はコの字型の車止めでふさがれているようだが、今は真ん中の数個が取り外されていて、進入できるようになっている。

水島は慎重に車を進めた。道幅は狭く、路肩は草木に覆われている。左側はすぐ崖で、下から川のせせらぎが聞こえた。積もった雪の上に、轍がいくつも重なっている。この数時間のうちに車が何度も行き来したようだ。

緩やかな上りを十五分ほど走り、右に大きくカーブする。曲がりきると、右手前方の木々の向こうに光が見えた。

「あそこ、何か光ってます」柊はそちらを指差した。黒い影の上で白い光がぼうっと盛り上がっている。

水島がフロントガラスに顔を近づけた。「建物があるみたいですね。きっとあれだ」近づくにつれ、直方体の黒い影がはっきり浮かび上がってきた。同じような建物が二棟、前後に並んで建っている。わずかに窓明かりも見えた。白い光は屋上から発せられているらしい。

「ストップ！」突然乾が叫んだ。水島が慌てて急ブレーキをかける。乾は十五メートルほど先の岩陰を指差していた。「人だ。そこに隠れた」

乾が素早く車を降りる。柊もすぐあとに続き、懐中電灯の光を崖に向けた。

「誰かいるんですか？」柊が声をかける。

数秒の沈黙の後、岩陰からおずおずと人影が現れた。ニット帽をかぶった三十代ぐらいの女性だ。上着は薄手のパーカだけで、手にはライトも持っていない。柊は女性のお腹がふくらんでいることに気づいた。

「違うんです！」ニット帽の妊婦はお腹をかばいながら力なくかぶりを振った。「違うの……わたし……ごめんなさい……」

「大丈夫ですか？」柊は妊婦に駆け寄った。驚いたことに、妊婦の足もとはサンダルで、厚手の靴下が泥にまみれている。「この先の施設にいる方ですね？」

「あの……あなたたちは……？」妊婦は怯える瞳で柊と乾の顔を見比べた。

「心配しないで。わたしたちは施設のスタッフではありません」

「私は厚生労働省の者です」乾が後ろから告げる。

「厚生労働省？」妊婦は目を見開いた。

「ただし、佐古田教授や江原所長からは目の敵にされている役人です。要するに――」乾はきっぱりと言った。「あなたたちの味方です」

「ああ……」と膝(ひざ)から崩れ落ちそうになる妊婦を、柊が慌てて支えた。

柊と乾で妊婦の両脇(りょうわき)を抱え、車の後部座席に座らせた。水島はバックミラーでその様子をうかがいながら、ギアを入れる。「とにかく車出しますよ？　時間がない」

水島は返事を待たずに車を発進させた。施設まであと数百メートルだ。

ニット帽の妊婦はシートの上で体を震わせている。柊はその肩に自分のダウンコートをかけてやった。

「危ないじゃないですか。ライトも持たずに」

「ちょっと空が明るくなってきたから……」妊婦はかすれた声で答えた。

「どこへ行くつもりだったんです？　こんな薄着で、体に障りますよ」

「とにかくあそこを逃げ出さなきゃって、そう思って……」妊婦はまつ毛を震わせた。

「停電のせいで、建物のオートロックが全部開いてたから……」

「逃げ出すって、監禁でもされていたみたいに聞こえますが――」

「監禁でしょ！」妊婦は突然声を張り上げた。「わたし一人、研究棟から一歩も出られないようにされてたんだから！」

「どうしてそんなことに？」

妊婦が「それは……」と口ごもったとき、水島が大きく左にハンドルを切った。タイヤが砂利を鳴らしてアスファルトの舗装路に乗る。施設の正面にある広い駐車場に入ったらしい。

窓に顔を寄せ、あらためて施設を見上げる。手前の建物は六階建てだ。二階の一部だけから照明の光が漏れている。奥のもう一棟はここからだとよく見えない。

「明かりが点いているということは、非常用の自家発電装置があるんですね?」乾が妊婦に訊いた。

「よく分かりませんけど、三十分ほどで照明は点くようになりました」

「さあ、入り口はどこだ?」水島は速度を緩め、建物の一階に視線を走らせる。

「中に入るんですか?」妊婦が不安げに言った。

「あなたのことはわたしたちが全力で守ります」柊は妊婦の瞳をのぞき込んだ。「だから、どうか力を貸してくれませんか。停電のせいで二人の女性と赤ちゃんがどこかに閉じ込められていると通報があったんです」

「閉じ込められてるって――」妊婦が顔を上げる。「もしかして、またあのコクーン?」

「あのコクーン?」柊は妊婦を見つめ返す。「何かご存じなんですね?」

「だから、もしかしたら、ですよ!」妊婦は急にいら立った。「わたしが研究棟に監禁されたのも、そのせいだから」

「え? どういう意味――」

妊婦は柊の言葉をさえぎり、運転席に身を乗り出した。

「だったらこの建物じゃありません。奥の研究棟の方に行ってください」腕を伸ばして水島に行き方を示す。「こっちは居住棟なんです」

水島はハンドルを右に切り、居住棟に沿って進む。

「ここには何人の女性が？」柊が訊いた。

「たぶん、今は百二十人ぐらい」

「百二十人――」柊は頬に手をやる。すでに出産を終えて東京に戻った被験者もいることを考えると、おそらく二百人近い女性たちが集められたことになる――。

「皆さん今も居住棟にいるんですか？　ほとんどの部屋は真っ暗ですが」

「マイクロバスが何度も出入りしてたから、もうみんな避難したのかもしれない」

居住棟の脇を通り抜けると、研究棟が全貌を現した。ヘッドライトに照らされた外観の奇妙さに、柊は思わず目を見張る。窓はすべて鋼板でふさがれ、壁一面に鉄骨が斜めに組まれている。白い光の源はこの屋上にあった。

「止めて！」ニット帽の妊婦が建物の端を指差した。古めかしいスチールドアが見える。「そこから入ります」

水島はスチールドアの前に車をつけた。各々懐中電灯を手に車を降りる。

柊が妊婦に手を貸している横で、乾が懐中電灯の光を研究棟の正面に向けた。照らされたのは一台の白いバンだ。

「見ろ」乾が言った。「河田メディカルのロゴがある」

「やっぱり彼らもここにいるんですね」

スチールドアの横には真新しいカードキーの差し込み口があったが、水島がノブを回すとそれはすんなり開いた。ニット帽の妊婦の言うとおり、オートロックは解除されている。

建物に入ると、そこはロッカーが並ぶ小さな前室だった。懐中電灯で奥を照らすと、白い両開きドアが見えた。

「あのドアです。鍵（かぎ）はかかってません」後ろからニット帽の妊婦が言った。

水島が扉を押し開ける。中に一歩足を踏み入れた途端、空気が変わったのが分かった。饐（す）えた金属の臭（にお）いがかすかに鼻をつく。

「広い——」柊のもらした声が、思った以上に響く。

懐中電灯の光は部屋の奥で大きく広がった。体育館のような広さを感じる。天井も高い。二階までぶち抜いてあるのだ。それを支えるコンクリートの太い柱が何本も立っている。柱と柱の間に、細い管が無数に垂れ下がっているのが気になった。

「この部屋は——?」柊が天井を照らしながら訊く。

「コクーン・ホールです」

ニット帽の妊婦はそう言って壁のスイッチを探った。天井で光が明滅したかと思うと、梁から吊り下げられた無数の蛍光灯が一斉に点灯する。柊は眩しさに目を細めた。

「なんだこれ……」

水島の声に、柊は開いた目を正面に向ける。そこに広がっていたのは、異様な光景だった。

ホールの床一面に、長さ二メートルほどの白いカプセルがずらりと並んでいる。コクーンだ。四、五十台はあるだろう。等間隔に整然と置かれている。

「まるで繭棚だな」乾が口の端を歪めた。

「ほんと……」柊も同じものを連想していた。

繭棚とは、蚕に繭を作らせるための、仕切りがついた枠のことだ。故郷の長野は養蚕が盛んだった土地なので、それに繭がびっしり敷き詰められているのを子供の頃に見たことがある。

柊は近くのコクーンに歩み寄った。形状は佐古田の論文で見た写真とそっくりだ。本体は光沢のある白いプラスチックでできている。カプセルの両端には電磁石があるはずだが、カバーで覆われていて外からは見えない。その一端からはケーブルとチューブが何本も出ており、途中で束ねられて天井へと伸びている。

「日奈子！」柊は声を振り絞って叫んだ。「誰かいませんか！　装置の中に閉じ込められている人がいたら、声を上げて！　中からカプセルを叩いて！」

　耳をすますが、コクーンの群れからは何の反応もない。

「ここじゃないと思います」妊婦がかぶりを振った。「このタイプのコクーンは手動で開け閉めできるから、閉じ込められたりはしないはず」

　乾が近くのコクーンのそばにしゃがみ込み、側面の取っ手を握って持ち上げた。カプセルの上半分がふたのように開く。中には白いマットレスが敷かれている。使用時はその上で横になるということらしい。

「一応確かめましょう。中で気を失ったりしている可能性もなくはない」水島が端から順に手早くふたを持ち上げ、内部を検（あらた）めていく。

　妊婦は反対側の出入り口を指差した。

「最上階に、違うタイプのコクーンがあるんです。わたしが言ったのは、そっち」

「だったらここは水島に任せて、そこへ急ごう」乾が立ち上がる。

「そうしてください」水島は手を止めずに言った。「すぐ追いかけます」

42

柊を先頭に、急ぎ足で廊下を進む。気持ちは逸るが、妊婦を連れて駆け出すわけにもいかない。

廊下は薄暗い。むき出しの蛍光灯が点いているのだが、まばらにしかないのだ。壁は寒々しいモルタルで、床のシートはあちこちで剝がれている。内装にまでは手が回らなかったらしい。

曾根あかりが送ってきた写真の背景が脳裏によみがえる。居住棟の中も似たようなものなのだろう。

両手でお腹を支えながらついてくるニット帽の妊婦に、柊が訊いた。

「違うタイプのコクーンというのは、どんなものなんですか？」

「最新型のコクーンです。さっき見た従来型よりずっと強い磁場を作ることができる」

乾が最後尾から口をはさむ。「ちなみに、従来型のコクーンで作られる磁場強度は？」

「一〇〇ミリテスラです」

柊は素早く暗算した。地磁気の二千倍だ。

「で、最新型は？」

「従来型の百倍——一〇テスラです」

「一〇テスラ！」乾は口笛を吹いた。「世界最高のＭＲＩと同水準だ。どんなシステムでそんな強磁場を？」

「専門的なことは分かりませんけど——『超伝導コクーン』というものだそうです」

「超伝導？」柊が訊き返した。よく耳にする言葉だが、正確な意味は分からない。

「なるほど」乾が鼻を鳴らす。「医療用ＭＲＩ装置の容れ物だけを流用したわけか」

「どういうことです？」

「さっきも言ったが、電磁石で強い磁場を作ろうとするとき、最大の問題となるのはコイルの電気抵抗による発熱だ。コイルの銅線が熱で溶けてしまわないように、大掛かりな冷却装置が必要になる。さっきの従来型コクーンにも、冷却水を流す管がつながっていただろう？」

「ああ、あのチューブはそのための——」

「だがそれにも限界がある。ＭＲＩ装置のように、一テスラを超える強磁場を生み出すためには、コイルの電気抵抗自体を無くして発熱を抑えるしかない。そこで使われるのが、超伝導だ。ある種の金属や化合物を極低温に保つと電気抵抗がゼロになるという現象。ＭＲＩ装置では、特殊な電磁石を液体ヘリウムで冷却して超伝導状態にしている」

「なるほど」柊は乾の顔を見やった。「それにしても、一〇テスラといえば、地磁気の二十万倍ですよ？　そこまで強い磁場をかける実験は、佐古田の論文にも出てきてませんよね？」

乾は険しい顔で小さくかぶりを振った。佐古田は、動物実験でもやらなかったことを、人間を使って初めて試していることになる――。

エレベーターホールまでやってきた。上階行きのボタンを押してみるが、ランプは点灯しない。

「ダメだ、動いてない」

「電気はまだ部分的にしか来てないのかもしれない」乾が言った。

「階段で行きましょう」ニット帽の妊婦はそう言って、エレベーターの横にある薄暗い階段へ向かった。

手すりをつかんで一段ずつ上り始めた妊婦に、柊が訊ねる。

「以前にもその超伝導コクーンでトラブルがあったんですか？　研究棟に監禁されたのもそのせいだとおっしゃっていましたが」

妊婦は足を止めることなく答える。「わたしも以前は超伝導コクーンを使ってたんです。最高レベルの治験を受けるグループにいたから」

「やはり、治験にはレベルがあるのですね」

「三つのグループに分けられています。一番下のレベルは、以前の地磁気とほぼ同じ、五〇マイクロテスラ。被験者の半分がこのグループです」

「ということは、その人たちはコクーンを使わないわけですね？」

「使いません。被験者はみんな居住棟で寝起きするんですけど、壁にGMジェネレーターみたいな装置が埋め込まれていて、中は常に五〇マイクロテスラに保たれていますから」

「つまり、そのグループの被験者たちは、単に居住棟で生活するだけでいいと」

「ええ。診察室や処置室も居住棟にありますから。その人たちは研究棟に出入りするためのカードキーも持たされていません」妊婦がうなずいた。「で、もう半分が、一〇〇ミリテスラの治験を受けるグループ。さっきのコクーン・ホールで従来型のコクーンに入ります」

「どのくらいの時間ですか？」乾が後ろから訊いた。

「毎日八時間です。四時間ずつ二回に分けて」

「まあそのくらいが限界か」

乾は淡々と言ったが、あの狭い空間でそれだけの時間じっとしているのは、相当苦痛だろう。

ニット帽の妊婦が続ける。「そして、選ばれたほんの数人だけが、超伝導コクーンで一〇テスラの磁場を受けています。主治医から、それに入れば飛び抜けてＩＱの高い子が生まれる可能性が高いと説明を受けたので、わたしは喜んで承諾しました。超伝導コクーンは開発されたばかりの装置で、施設に二台しかないんです」

「そこで何か事故が起きたんですね？」柊は妊婦の横顔に訊ねた。

妊婦が深くうなずく。「七月のことです。わたしは指示されたスケジュールにしたがって、朝から超伝導コクーンに入っていました。二時間ほど経ったころだと思います。いきなり、バン、と音がして、真っ暗になりました。部屋の中ではいつも、ブーン、ブーン、と機械が動く音がしているんですが、それも止まりました。停電したんです」

「それは、七月二十日のことだったのではないですか？　大きな太陽フレアが発生した翌日」

「太陽フレア？」妊婦は眉をひそめて繰り返した。どうやら施設の外の情報はまったく入ってこないらしい。「日付はたぶんそうですが……そういうことだったんですね」

うなずく柊を見て、妊婦が続ける。

「わたしは怖くなって、とにかくコクーンから出ようと思いました。でも、当たり前ですけど、ベッドが動かない」

「動かない、とは？」

「超伝導コクーンは、従来型と形も構造も違うんです。MRIやCTスキャンみたいに、電動でスライドするベッドに横になって、頭の方から筒の中に入っていく。操作は部屋の外にいる検査技師がやります」

「部屋というのは、磁気シールド室？」乾が訊いた。

「そうです。大きな実験室の中に、磁気シールド室が二つ並んでるんです。磁気シールド室はすごく小さくて、超伝導コクーンが一台置いてあるだけです」

「MRI室みたいなものですね」柊が言った。発生する強磁場が外に漏れ出すのを防ぐために、壁が磁気シールド材でできているのだ。

ニット帽の妊婦が続ける。「わたしはパニックになって、コクーンの中で叫びました。しばらくすると、磁気シールド室のドアの外から検査技師が大声で呼びかけてきました。停電で磁気シールド室のドアが開かないというんです」

「ドアも電動なんですね？」

「はい。金属でできた分厚いドアで、ボタンを押すと自動ドアみたいに開くんです」

三階までやってきた。妊婦は踊り場で立ち止まり、背筋をのばして腰を両手で押さえた。しばらく呼吸を整えたあと、四階へと踏み出す。

「なぜか非常用発電装置が動かないということで、検査技師は確認に行ってしまいました。わたしはせまい筒から抜け出すこともできずに、ただじっと待っていました。三、四時間はそうしていたんじゃないかな。やっと発電機が動き出したらしく、ドアが開いて検査技師が入ってきました。コクーンのベッドから下ろされたのと同時に、外で看護師の叫び声が聞こえたんです。慌てて見に行ったら、隣の磁気シールド室の出入り口から、白い煙がもうもうと――」

「煙？」柊は眉根を寄せた。「火事ですか？」

「そうか――」乾があごを上げた。「液体ヘリウムだ」

妊婦がうなずく。「停電で冷却器が止まって、気化した液体ヘリウムがコクーンから外に漏れ出たんです。すごく冷たい煙でした」

「どういうこと？」柊は振り返って乾を見た。仕組みがよく分からない。

「電磁石を超伝導状態に保つために、液体ヘリウムで極低温に冷却していると言っただろう？　液体ヘリウムの沸点はマイナス二六九度だ。放っておくとすごい勢いで蒸発していくから、ＭＲＩ装置の液体ヘリウム槽は、周りが真空層になっている」

「魔法瓶みたいになっているってことですか？」

「そうだ。だが、真空層だけではまるで不十分なので、高性能の冷却器を使って液体ヘリウム槽自体を冷やし続けている。冷却器が止まると、液体ヘリウムが急激に気化し、液体ヘリウム槽内部の圧力が上がる。ヘリウムが液体から気体になると、体積は七百倍にもなるからな」

「中の圧力が上がって、液体ヘリウム槽が壊れてしまったということでしょうか？」

「医療用ＭＲＩなら、冷却器が数時間止まったぐらいで壊れることはないが——」乾が首をかしげる。「超伝導コクーンは急ごしらえの装置だろうからな。どこかに不具合があったのかもしれない」

「なるほど」柊は頬に手を当てた。「とにかく、漏れ出た大量のヘリウムガスが、密閉された狭い磁気シールド室に充満したわけか」

妊婦はどこか息苦しそうに続ける。「すぐに医師と看護師が何人も駆けつけてきて、人工呼吸器を持ってこいだとか、いや換気が先だとか、大騒ぎになりました。コクーンに入っていた被験者が、酸素欠乏症で危険な状態だって。しばらくすると、部屋からストレッチャーが出てきて、そこに真っ白な顔をしたあかりさんが――」

「あかり――」柊はつぶやいた。「曾根あかりさん、ですね？」

妊婦は足を止め、柊に向き直る。「どうしてそれを？」

「わたしたち、あかりさんの死亡事故について調べているうちに、ここにたどりついたんです」

「死亡事故？」妊婦は大きく目を見開いた。「やっぱり……亡くなっていたんですね……」

「赤ちゃんだけは助かりました」柊が静かに告げる。「彼女の実家で、ご両親が育てています」

「部屋が逆だったら、死んでいたのはわたし……」妊婦は唇を震わせてお腹に触れた。

「あかりさんが亡くなったことは、ご存じなかったんですね」

妊婦は顔を引きつらせてうなずいた。「事故のあと、わたしはろくに事情も聞かされないまま、ここの三階にある小さな個室に入れられた。その一画は閉鎖病棟みたいにロックがかかるようになっているんです」

「閉鎖病棟って、なんでそんなもの――」

「なにせ、ここは秘密の施設だ」乾が皮肉を込めて言った。「扱いに困ったり、指示に従わなかったりする被験者が出た場合に備えて、そういう場所を作っておいたのかもしれない」

「わたしは必死に抗議して、治験も拒否しました。あんな事故を目の前で見て、コクーンなんかに入れるわけがない。でも結局、施設に入るときに書いた誓約書を持ち出されて、退所はおろか、居住棟に戻ることさえ許してもらえませんでした。わたしが見たことを誰かに話されては困るからだと思います」

ようやく六階にたどり着いた。ニット帽の妊婦は肩で息をしながら、「あっちの突き当たり」と右の廊下を指差す。見れば、二十メートルほど先に白い両開きドアがある。

妊婦が身振りで、先に行け、とうながしたので、柊と乾は小走りでそちらへ向かった。

扉を押し開けると、そこは照明が絞られた薄暗い空間だった。天井の低い小部屋が二つ並んでいる。磁気シールド室だ。壁はステンレスに似た金属でできていて、正面に同じ素材の重そうなドアがついている。

柊はまず右側の磁気シールド室に駆け寄った。ドアの脇に緑と赤のボタンがあり、それぞれ〈開〉、〈閉〉と印字されている。〈開〉のボタンを押してみるが、ドアはぴくりとも動かない。乾は左の磁気シールド室で同じことをしている。

「赤ん坊の泣き声がする」乾が鋭く言った。

柊もすぐそちらに駆けつける。ドアに耳をつけると、確かにそれらしきものが聞こえる。

「日奈子！」柊は力の限り声を張り上げ、ドアを強く叩く。「わたしよ！　日奈子！」

すぐに反応があった。「ここよ！」とくぐもった声がして、ドアを叩き返してくる。

「ドアのそばでしゃべって！」柊は怒鳴るように言った。

「分かった！」声が少し明瞭になった。「聞こえる？」

「あなたと赤ちゃんは、大丈夫？」

「うん、平気。でも、もう一人の彼女が、すごく苦しんでる」

「その妊婦さん、コクーンの中にいるの？」

「ううん、わたしが何とか引きずり出した。床に寝かせてる」

「早く助けを呼ばないと――」

柊はスマートフォンを取り出したが、画面には〈圏外〉の表示が出ている。すでに乾が部屋の隅で備え付けの電話機を手にしていた。いくつか番号を押したあとで、かぶりを振る。

「ダメだ。外線にはかからないようになってる。一一〇番も一一九番も」

柊はもう一度ドアを叩いた。「ねえ日奈子、そっちに電話はある？」

「わたしの携帯ならあるけど、もう通じない」

「携帯だけか――」

「携帯は入所したときに預ける規則なんだけど、明日の朝ここを退所することになってたから、今夜他の私物と一緒に返してもらったの。施設内は電波が入らないと聞いてたから、さっき一瞬だけつながったときは、驚いた」

「おそらくこの施設には、ジャミング装置がある」乾が天井を指差した。「妨害電波を出して、携帯などを通信圏外にしてしまう装置」

「ああ、劇場とか病院でたまに使われてる――」柊が言った。

乾がうなずく。「停電が起きて、非常用発電装置が動き始めるまでのわずかな間だけ、それが働いていなかったんだ」

そのとき、廊下の方でわめき声が響いた。大勢の足音が近づいてくる。勢いよく扉が開き、まず水島が飛び込んできた。ニット帽の妊婦の手を引いている。

「一階の廊下で河田メディカルのエンジニアに出くわしたんです」水島が息を切らして言う。「事情を説明したら、彼らが施設のスタッフに連絡を――」

言い終わらないうちに、白衣の一団が部屋になだれ込んできた。男が五人、女が二人だ。続いて、ヘルメットをかぶった作業着姿の男が二人、おずおずと顔をのぞかせる。部屋の出入り口は人であふれた。

先頭にいた眼鏡の男が柊たちをにらみつけてくる。コート型の白衣を着ているので、おそらく医師だろう。他のスタッフは上下セパレートタイプの白衣だ。

「何をしているんだ？　あんたたちは誰だ？」眼鏡の医師は居丈高に言った。

「浅田という者です」医師の目を正面から見返す。「曾根あかりさんの死亡事故について調べているジャーナリストです」

「私は厚労省の乾。こっちは環境省の――」

「水島です」

医師はまだ事態が飲み込めないらしく、目を泳がせながら恫喝（どうかつ）する。

「不法侵入だろうが！　出て行け！　さもないと――」

「警察呼ぶ？」乾が挑発した。「望むところだ。早くしてくれ」

「磁気シールド室に人が閉じ込められているんです。田上――いえ、稲垣日奈子さんと彼女の赤ちゃん」柊は日奈子の結婚後の姓名を告げ、息も継がずに付け加える。

「それにもう一人、妊婦さんが」

別の男性スタッフが後ろで声を上げる。「稲垣日奈子は、レベルⅠの被験者です。八月に出産を終えていて、明日退所することになっていたはずなんですが……」

「なんでレベルⅠの被験者がここにいるんだ！」眼鏡の医師が怒鳴った。

「とにかく急がないと！」柊が言った。「妊婦さんの方は、もう破水してるんです」

「破水？」白衣の若い女性がそちらに走り寄った。ドアのボタンを乱暴に何度も押しながら、大声で問い質す。「妊婦は誰？　名前を言って！」

「佐々木さんです！　五〇五号室の」日奈子が答えた。

「佐々木美里――」白衣の女性が顔を引きつらせて振り返る。「わたしが主治医なんですが――佐々木美里は、前置胎盤なんです」

「なんだと!?」眼鏡の医師が目を見開いた。「帝切適応じゃないか！」

「前置胎盤……？」柊はそばにいた年配の女性スタッフをちらっと見た。

ベテラン看護師に見えるその女性が、柊の耳もとでささやく。「胎盤が子宮の出口をふさいでるの。ほとんどの場合、帝王切開じゃないと分娩できない」

「陣痛は起きてる？」女性医師は左の耳をドアに近づけた。

「まだだと思います！」日奈子が言った。「辛（つら）そうですけど、陣痛の痛みとは違うようです」

「いつからそこにいるの？」

「そうだ、なんでこんな時間に一人でコクーンに入ったんだ！　治験時間外だろう！」眼鏡の医師がわめき散らす。

「ごめんなさい……わたしのせいなんです」日奈子が急に涙声になった。「わたしが、一度でいいから研究棟の中を見てみたいなんて言ったから。佐々木さんとは、食堂で知り合って仲良くなったんです。明日退所するんだと言ったら、消灯後にこっそり連れて行ってあげるって……」

「いえ……わたしが頼んだんです」絞り出すような声が聞こえた。佐々木という妊婦だろう。「どうしてもコクーンに入りたくて、日奈子さんに操作を手伝ってもらうつもりで……」

「検査技師もいないのに、無茶でしょう⁉」女性医師が声を高くする。

「わたし、もうすぐ出産だから……一時間でも長く、コクーンに入らなきゃ……」

「今までもこうして勝手にコクーンを使っていたのか？　ええ？　どうなんだ！」眼鏡の医師が問いつめる。

「……申し訳ありません。勝手なことをして……」

「とにかく、早く処置しないと。陣痛が始まったら、母子ともに危ない」女性医師は、部屋の出入り口で立ちつくすエンジニアたちに訴える。「何とかしてドアを開けて！」

二人は慌てて磁気シールド室に駆け寄った。若い方の男がドアに両手をつき、力任せに引き開けようとする。だが、ドアは微動だにしない。

「無駄だって」年長のエンジニアがかぶりを振る。「手動じゃ回らないタイプのモーターなんだよ」

「非常用発電装置はどうなってるんです？」柊が訊いた。「照明は点いてるじゃないですか！」

「発電機自体は動いてます。ただ、電源の系統によって、電気がきてる設備ときてない設備があるんです。照明とかコンセントとか、一〇〇ボルトの方は大丈夫です。この建物にもともとついていた二〇〇ボルトの古い配電盤が、いかれてしまっている。この電動ドアも含めて、実験設備の大半はそこから電気をとってますから――」

「ドアは壊せないんですか？」水島が言った。

「我々には無理です。とにかく配電盤を交換して、モーターを動かすしか――」

「そんな時間はない」乾が厳しい声でさえぎる。「すぐ消防に連絡だ。レスキュー隊ならドアを切断できる」

「ダメだ！　そんなことは！」眼鏡の医師が怒鳴った。「配電盤をなんとかしろ！」

二人のエンジニアは顔を見合わせて固まった。白衣のスタッフたちも口々に何かささやき合っている。

柊は眼鏡の医師の前に進み出た。

「また同じことを繰り返すつもりですか？」

「何を言ってるんだ、あんた」医師は柊をにらみ返し、震える指で眼鏡を持ち上げる。

「研究成果を急ぐあまり、安全性に問題がある設備を使い、被験者が命を落とした。一度ならず、二度も。それだけじゃない。あなたたちは卑劣にもその事実を隠蔽(いんぺい)した。それをまた繰り返すのかと訊いてるんです」

柊の厳しい声音に、室内が静まり返った。磁気シールド室から赤ん坊の泣き声だけがかすかに漏れ聞こえてくる。

「命を落としたって……」年長のエンジニアが眉間にしわを寄せた。「それは一体、何のことですか？」

乾がこちらを見て肩をすくめた。このエンジニアたちは、真実を知らされていないのだ――。

柊はエンジニアに向かって言う。「七月二十日の液体ヘリウム漏れ事故で、曾根あかりさんという女性が亡くなったんです」

「いい加減なことをべらべらしゃべるな！」眼鏡の医師が顔を歪める。

柊は構わず続けた。「そして、八月三日の停電時には、おそらく同じ理由でもう一人妊婦が亡くなっている」

「そんな……そんな話、聞いてませんよ……」エンジニアは医師に詰め寄りながら、次第に声を荒らげる。「七月二十日に液ヘリの漏洩が起きたとき、磁気シールド室は無人だったと言ってたじゃないですか！」

乾が横から確かめる。「たった数時間の停電で漏洩が起きてしまったのは、超伝導コクーンに何か不備があったからですか？」

「真空層にわずかな破れがあったことに加えて、液体ヘリウム槽のリークバルブに設計ミスがあったんです」エンジニアが辛そうに言った。

「それはもう修理したわけですね？」

「しました。でも――」エンジニアはまた医師の方に向き直る。「八月三日の事故って、どういうことなんです？　その時点ではまだリークバルブの問題がクリアされていなかったはずだ。再稼働は待ってくれとあれほど言ったのに、被験者に使わせていたんですか⁉」

医師は額に汗をにじませ、うなるように言う。

「死亡事故など起きていない！　君たちは、私の言うことより、どこの馬の骨とも知れない自称ジャーナリストの与太話を信じるのか？」

「信じる信じないの話はもういい」乾が言った。「とにかく消防に連絡だ。誰でもいいから、外線につながる電話まで連れていってくれ」

「行きましょう」年長のエンジニアが進み出た。「一階の電気工作室に電話があります」

乾は柊に小さくうなずいて見せた。二人のエンジニアに続いて、急ぎ足で部屋を出て行く。白衣のスタッフらは後ずさって道を開けた。

「おい！　そいつらを止めろ！」

眼鏡の医師が上ずった声で命じたが、部下たちは皆すくんだように固まったままだ。

そのとき、妙な振動音が窓の外に張られた鋼板を震わせ始めた。部屋の空気がびりびりと震える。振動音は徐々に大きくなり、バラバラと空気を切り裂くような音へと変わっていく。

「ヘリ――？」水島が小さく口走った。

それを聞いて柊も理解した。ヘリコプターのローター音だ。

若い男性スタッフが部屋に飛び込んできた。眼鏡の医師に駆け寄り、何か耳打ちする。医師は驚きに目を見開き、血相を変えて廊下に飛び出した。部下たちもあとに続いたが、女性医師と年配の女性看護師だけがその場に残った。

「佐古田先生だ――」部屋の隅にいたニット帽の妊婦がつぶやいた。

「あのヘリですか？　どうして分かるんです？」柊が訊く。

「前にもヘリコプターで来たことがあるんです。ここの屋上に降りられるところが作ってあって」

43

水島を日奈子たちのそばに残し、柊はニット帽の妊婦と部屋を出た。

階段まで戻ると、下から女たちの声が聞こえてくる。足音からして、かなり大勢がこっちに上がってきているようだ。

一つ下の踊り場に、先頭の数人が姿を見せた。皆マタニティウェアの上に防寒着を羽織っている。そのうちの一人が柊たちに気づき、食いつくように訊いてきた。

「あのヘリコプター、何人ぐらい乗れそう？」

ニット帽の妊婦がかぶりを振る。「残念だけど、わたしたちの迎えじゃないと思う。佐古田先生が来たのよ」

「そんな！」女性は非難めいた目で柊たちを見た。「もう何時間も待ってるのに、バスが来ないのよ。暖房も効かないし不安だし、もう限界」

妊婦たちがどんどん階段を上がってくる。十五、六人はいるようだ。最後の方にやってきた女性が、ニット帽の妊婦を見てかん高い声を上げた。

「あれ⁉　なんでいるの⁉」目を丸くして言う。「看護師さんから、退所したって聞いたよ？　急だったから、三〇一号室のみんなで心配してたんだけど——」

「閉じ込められてたのよ、研究棟に」ニット帽の妊婦が疲れた声で答える。

「は？　どういうこと？」女性は眉をひそめた。

別の妊婦が大声で言う。「もしかして、曾根さんも一緒でした？　四〇六号室の曾根あかりさん」

「曾根さんは、亡くなったよ」

「え——？」女性たちの顔が凍りつく。

「あなたたちも、早くここから脱出した方がいい」ニット帽の妊婦は柊の腕に触れた。

「この浅田さんのお話だと、今回の停電は長引くらしい。すぐに医療機器も使えなくなるよ。ここの人たちは、わたしたちを見殺しにすることなんて、何とも思ってない」

女性たちが騒ぎ始める。だがその声も、ほぼ真上に到達したヘリコプターのローター音にかき消された。

ニット帽の妊婦が「さあ」と柊の袖を引いた。柊はうなずいて屋上への階段を上り始める。

上りきったところに、アルミ製のドアだけがあった。開いた途端、吹き込んできた強風に押し戻されそうになる。

夜明け間近の空は、かなり明るくなっていた。まだわずかに雪が舞っている。

ヘリコプターは今まさに着陸しようとしていた。四人乗れるかどうかという青い小型ヘリだ。ヘリポートは屋上の端にある。白い照明灯とオレンジ色の誘導灯がまぶしい。その手前に白衣のスタッフがかたまっていた。

誰かが急いで除雪したのだろう、ヘリポートまで雪のない細い通り道ができている。

柊はそこを数歩進んだ。

鼓膜を叩くような轟音と風をまき散らしながら、ヘリコプターの脚がゆっくり接地した。エンジンが止まり、ローター音が小さくなっていく。

眼鏡の医師を先頭に、スタッフがヘリポートに駆け寄る。透明なドアが開き、黒いロングコートを着た男が降りてきた。佐古田だ。ブリーフケースを抱えた秘書らしき男をしたがえている。スタッフらは一列に並び、佐古田を出迎えた。

眼鏡の医師が佐古田に近づき、顔を近づけて何か言った。佐古田は黙ってそれを聞いていたが、途中で顔を上げて柊の方を見た。

佐古田は小さくうなずくと、医師を軽く押しのけた。両手をコートのポケットに入れて、ゆっくりこちらに歩いてくる。柊からは一瞬も視線をそらさない。

柊も佐古田に向かって足を踏み出す。

この一年間、道を迷い続けた果てにたどり着いた男。ジャーナリストとして初めて激しい思いで突き止めた真実の中心にいた男。その男と、ついに対峙するときがきた――。

膝が震えている。心臓からあふれそうな怒りと怖れで、鼓動は際限なく速まっていく。

柊まで三メートルほどの距離で、佐古田が立ち止まった。感情の読めない黄色い目で、柊を見つめてくる。

「あなたが浅田さんですか」穏やかといっていい声音だった。

「はい」柊もつとめて声を落ち着かせる。

「浅田柊さん、ですね。お名前は前にもどこかでうかがった」

「覚えていただいていたとは、光栄です」

「先ほどは、我々の被験者が危険な状況にあることを、わざわざうちのスタッフに通報してくださったそうですね。責任者として礼を申し上げる」

「これ以上被害者を出すわけにはいきませんから」

「被害者、ですか」

佐古田の口もとにかすかな侮蔑が浮かんだ。柊の顔が瞬時に熱を帯びる。

「あなたを、告発します」

震える声を必死で抑えた。佐古田は眉一つ動かさない。

「君に有利な要素は、何一つないと思うが」

「証言してくれる人がきっと何人もいます」

「そういう人間はこちらにも大勢いる。そもそも――」佐古田は幼子に語りかけるように言った。「我々がやっているのは、確立された医療行為ではない。法的な意味では治験ですらない。これはあくまで実験なのだよ」

「そう。危険極まりない人体実験」

「実験にリスクはつきものだ。彼女たちはそれをよく理解した上で、我々と契約を交わしている。見なさい――」

佐古田が柊の背後に向けてあごをしゃくる。振り返ると、屋上への出入り口近くで、妊婦たちが身を寄せ合っていた。佐古田とのやり取りが聞こえているとは思えないが、冷たい風に震えながら、誰もが不安げにこちらを見つめている。

佐古田が続ける。「我々は、彼女らを騙して連れてきたわけでもなければ、報酬を受け取っているわけでもない。あの女性たちは、我々と目的を同じくして集まった、いわば同志だ」

「同志?」こみ上げる怒りが言葉ににじむ。「だったら、ここで二人の同志がどうやって亡くなったか、包み隠さず彼女たちに説明してあげたらどうです」

「説明するのは構わんが、羊水塞栓は出産時に起こり得ることだ。妊婦ならそれはよく理解していると思うが」

平然と言い募る佐古田をにらみつけ、爆発しそうな感情を抑え込む。

「本当のことが言えないのは、あの事故があなたたち自身にとっても想定外の出来事だったからよ。あなたは、この実験の怖さを分かっていなかった。そんな人に自己責任論を語る資格はない」

「分からんな」佐古田が黄色い目を曇らせる。「君は妊婦たちのことを、まるで被害者か何かのように言う。繰り返しになるが、彼女らは自ら望んでここへやってきたのだ」

「わたしはあそこにいる女性たちに共感も同情もしていません。ただ、あなたは自分の権威と立場を背景に、女性たちを信用させた。地磁気逆転を利用して妊婦たちの不安を煽り、そこにつけこんで実験材料にした。何より、曾根あかりさんら二人の女性と、その子供たちの命を粗末に扱った。それだけはどうしても許せません」

柊はひと息に言い切ると、右腕を上げて佐古田を指差した。

「たとえ、わたしの告発であなたが正しく裁かれなかったとしても、あなたがしようとしていることを世界中の人々が知ることになる」

「望ましいことじゃないか」

「強がり言わないで」柊はぴしゃりと言った。「だったら、どうして施設の場所を秘密にするんです？　なぜ実験の中身を公表しないんですか？　不自然な操作をして頭のいい子を作るという実験が、歪んだことだとご自分で分かっているからでしょう？」

「そう、それでいい」佐古田が深くうなずいた。「やっと本音を言ってくれた。君は、知能の高い子を作り出すという行為を、卑しいことだと考えている。ならば是非教えて欲しい。より体の丈夫な子を産むために、母親が体に気を使い、栄養を摂る。より学習能力の高い子を産むために、母親が適切な磁場環境で過ごす。この二つの行為の本質的な違いは何かね？」

「それは……」柊は口ごもった。

「医療というのはね、浅田さん。極めて個人的な行為なのだよ。健康や長寿は、社会の目的でもなく、倫理上の善でもない。個人の欲望だ。より良い医療とは、それをより効果的に実現する手段のことなのだ。もっと健康でいたいと欲するから、できるだけ長く生きたいと願うから、最高の医療を求めるのだ」

佐古田は柊の瞳をのぞき込み、なぶるように続ける。

「君はそれも否定するのかね？　君は純粋な理想主義者で、世界中の人が皆等しく同じ医療を受けるべきだと考えているのかもしれない。だとしたら君は、君がこの日本で当たり前に受けている医療が、世界の水準に比べてどれだけ恵まれたものか、想像したことはないのかね？」

柊は一つ息をついた。その言葉は確実に柊の心のある部分を鋭く突いていた。

「確かに、わたしにもその欲望はあると思います。偉そうにこんな考えを振りかざしているのも、わたしが子供を作ろうとしているわけでもなく、重い病に冒されているわけでもないからかもしれない」

続けて柊は、ずっと佐古田に訊いてみたかったことを口にした。

「でも、あなたのこの計画に対する欲望は、いったいどこからきているんですか？お金や名誉ではないはずです」

佐古田は眉間にしわを寄せ、しばらく考えてから言った。

「君の友人、あの厚労省の役人が記者会見場で演説してくれた言葉を借りれば、『個人的な信条』の実現、ということになるのかもしれん。しかし私自身は、それが個人的なものだとは考えていない。知能の高い人類の創出は、普遍的に価値あることだ」

「なるほど――」柊は胸が熱くなるのを感じた。何か言葉をぶつけたいという衝動が、じりじりと胸を焦がしている。だが、その言葉が見つからない。

「直感的に思ったことを言います」

柊はそう言って腹に息をためた。声が震えるのも構わず、一気に吐き出す。

「ちょっと人より頭のいい子が生まれたからって、それが何だって言うの⁉」

佐古田は一瞬意外そうに目を見開き、頬を緩める。

「確かに、極めて直感的な発言だ」佐古田はそこで口もとを引き締めた。「このまま無磁場フェーズが何十年、何百年と続き、人類が貧困と争いに苦しむ時代が訪れるとしよう。食糧や資源が底をつきかけたとき、君ならどうする？」

「もしかしたら、醜く奪い合うかもしれませんね」喉を絞るようにして答えた。「腕力には自信がないので、負けるでしょうけど」

「愚かな人間同士が暴力を用いて互いに争い、一時的に勝ち負けがついたところで、愚かな勝者などすぐに滅びる」

佐古田は柊の目を真っすぐ見据えたまま、淀みなく続ける。

「最終的に生き残るのは、暴力をも支配するような知能を備えた者たちだ。人類が種として生き残るためには、今の人類を遥かに凌駕するような知性を持つ新しい人類を生み出し、彼らにノアの方舟に乗ってもらうしかない」

「それがあなたの本音ですね」強張った口角を無理に上げた。「でも、わたしの直感は、あながち間違ってないかもしれませんよ。わたしの遺伝子が言わせたのかもしれないから」

「ほう」佐古田が眉を上げた。「どういうことかね？」

「以前、ある古環境研究者から聞いた話です。今や七十億人を超えている人類も、祖先をたどっていけば、たった千組から一万組ほどのカップルに行きつく」

「遺伝学的には、そうだ」

「人口がそこまで減ってしまったのは、今から七万四千年前、インドネシアのトバ火山が破局噴火を起こしたからだという説があるそうです。噴火で大気中に放出された大量の硫酸塩エアロゾルが雲を作り、それが地球を覆って、気温が一気に一〇度から一五度も下がった」

佐古田は濃い灰色の空を見上げた。「今の世界のように――いや、今より遥かに暗くて寒い時代が訪れたわけだな」

「その極端な寒冷化は何年も続き、ホモ・サピエンスは絶滅の危機に瀕しました。そこを生き延びた集団が、わたしたちの祖先ということになります。その集団はなぜ生き残ることができたのか？ あなたに言わせれば、彼らが他の集団よりも強く、頭がよかったからだ、ということになる」

佐古田は無言で口角を上げ、同意を示した。柊は続ける。

「でも、まるで違う仮説を立てた研究者がいます。その集団が生き残ったのは、彼らが他者と分かち合い、協力し合ったからだ、というのです。つまり、極限的な状況下では、利他的な行動こそが正しい戦略だった。だから、その子孫であるわたしたちは皆、利他的な行動をとる遺伝子を受け継いでいる」

「興味深い話ではあるが――」佐古田はかぶりを振った。「科学というよりは妄想に近いと言わざるを得ん」

「わたしは素朴にその仮説を信じている。このまま厳しい時代が続いて、生き残る人々と滅びる人々とに分かれるとしたら――」柊は声に力を込めた。「生き残るのは、きっとわたしと同じ直感を抱いている人々よ！」

知らないうちに拳を握りしめていた。視界をにじませる涙とともに、言葉があふれ出る。

「大事なことは、他人を出し抜く賢さじゃない。今夜みたいな暗くて寒い夜に、わずかな食糧を分けてくれる友人がいることよ！　一本のろうそくを届けてくれる隣人がいることよ！」

佐古田はまばたきもせず柊を見つめている。突風が吹きつけて、佐古田の豊かな白髪が乱れた。

飛んできた雪片が柊のまつ毛に引っかかり、溶けて涙と混ざる。洟をすすり、冷えきった手の甲で涙をぬぐった。

佐古田は腕時計に目を落とし、穏やかな声で言った。

「たとえ平行線でも、君と議論ができてよかった。だが、もう行かなければならない」

「逃げるんですか？」

「政府の対策本部が名古屋にできることになった。霞が関はしばらく機能しそうにないからね」

柊は背後の女性たちを指差した。「彼女たちはどうなるんです？」

「君が心配することではない。閉じ込められた被験者を救う手立ても含めて、すでに指示を出してある」

佐古田はそう言い捨てると、きびすを返してヘリポートに向かう。

スタッフたちに見守られながら、佐古田はヘリコプターに乗り込んだ。ローター音がまた大きくなる。

屋上に風を叩きつけながら、ヘリコプターは飛び立った。南へと向かう青い機体が、みるみる小さくなっていく。

ローター音がほとんど届かなくなった頃、かすかにパトカーか消防車のサイレンの音が聞こえてきた。

44

Day of the Reversal

マサチューセッツ工科大学の大きなレクチャールームは、騒然としていた。

飛び交う言語は様々だ。ＩＵＧＧ「地磁気変動に関する特別コミッション」の本部として使われているこの部屋には、各国の委員たちが詰めている。

「日本はどうなってる！」恰幅のいいイギリス人コミッショナーがいら立ちをあらわにする。「まだ誰もつかまらないのか？　停電は復旧したんじゃないのか？」

「まだ部分的にです」日本人委員の永田は受話器を耳に当てたまま、流暢な英語で答えた。「柿岡のある茨城県は、とくに復旧が遅れているようなんです」

電話の相手は柿岡の地磁気観測所だった。さっきから何度もかけているのだが、まったく通じない。

かぶりを振る永田の向こうで、アメリカ人の委員がディスプレイを見て大声を上げる。

「カリフォルニア工科大学のグループも、ほとんど同じ結果を出してきたぞ！」

コミッショナーは立ったまま指示を出す。「誰か、カルテクの連中が使ったデータセットの中身をチェックしてくれ！」

ずらりと並ぶ端末の前でキーボードを叩いていた委員が、大声でそれに応じた。普段は隣室で作業をおこなっている地磁気観測ワーキンググループのメンバーが、コンピューターを持ち込んで確認のための計算を続けているのだ。

永田は立ったまま「くそっ」と日本語で毒づくと、受話器を叩きつけるように置いた。隣のドイツ人委員が驚いて見上げてくる。確かに、普段の自分なら絶対にしない振る舞いだ。

この六日間、巨大太陽フレアとそれによって世界各地で引き起こされた大規模停電のせいで、ＩＵＧＧによる地磁気観測データの収集は中断を余儀なくされていた。ところが今朝になって、パリ地球物理研究所の研究者が、誰も予想だにしなかった計算結果をコミッションに報告してきた。その研究者が独自にまとめたデータセットにインバージョン解析を施し、ガウス係数を求めたところ、ｇ１０成分――双極子磁場の値――がプラス一・五マイクロテスラになったというのだ。

六日前まで、ｇ１０成分はマイナス〇・一からマイナス〇・二の間をふらついていた。それがプラスに転じたということは、双極子磁場の極性が反転したことを意味する。つまり、地磁気逆転が起きた可能性を示唆(しさ)しているのだ。しかも、その大きさは一・五マイクロテスラまで一気に跳ね上がっている。にわかには信じ難いような、唐突な変化だ。

コミッションはただちに各国の委員をこの部屋に集め、観測データの収集を再開した。しかし、大規模停電に見舞われた国々と地域からはなかなかデータが上がってこなかった。その筆頭が、日本だ。

日本の観測網は、沖縄から北太平洋、オホーツク海まで広くカバーしている。得られた観測値は柿岡の地磁気観測所がまとめて補正を施し、公式なデータセットとしてIUGGに提出することになっている。その柿岡と連絡がとれないのだ。

「上海(シャンハイ)管轄(かんかつ)のデータ、届きました!」中国の委員がディスプレイから顔を上げ、ワーキンググループのテーブルに向かって言う。「そっちに転送します」

「残る大きな空白域は、極東だけか」コミッショナーが聞こえよがしに大きなため息をついた。

永田は額に脂汗(あぶらあせ)をにじませながら、もう一度受話器を取る。

そのとき、もう一人の日本人委員が部屋に飛び込んできた。

「西都大学の地磁気解析センターと連絡がつきました！」握りしめた携帯電話を頭上に掲げ、日本語で声を張り上げる。「柿岡のと同じデータセットがあるそうです！補正済みのものを、今こちらに送ってもらいました！」

届けられたデータをワーキンググループのメンバーがデータベースに追加した。地磁気ダイナモのシミュレーションなどとは違って、プログラムが走ると結果は瞬時に出る。

コンピューターを操作したアメリカ人研究者が、ディスプレイを見つめて眼鏡を上げた。

「出ました。ｇ１０成分は、一・八マイクロテスラ。プラス一・八マイクロテスラです」

広いミーティングルームは一瞬にして静まり返り、やがてさざ波のようなざわめきが広がった。

コミッショナーは崩れるように椅子（いす）に座り込み、背もたれをきしらせた。一同を見回しながら、かすれかけた声で言う。

「理性的な科学者のふりをもう少し続けて、観測データの収集を継続しよう。数日後にはｇ１０成分がまたマイナスに逆戻りなんてことも、十分あり得る。ここにいるみんなにこんなことを言うのは失礼かもしれないが、先走った解釈を外でもらすことだけは避けてくれ。とにかく——」

コミッショナーは出入り口に向けてだぶついたあごをしゃくった。

「誰か、スタッフに言ってコーヒーを人数分用意させてくれ。ここのサーバーにあるアメリカ人好みのうすいやつじゃなく、淹(い)れたての濃いやつだ。今だけは早とちりの愚かな科学者に戻って、コーヒーで祝杯といこう」

Last Phase

18 months AR（AR：After the Reversal）――磁極反転から一年半

〈宇宙天気日報〉

４月３日11時（ＵＴ）頃から続いていたＳＣ型（急始型）磁気嵐は５日12時（ＵＴ）頃終了しました。

活動領域４３１６などでＣクラスフレアが多数発生し、太陽活動はやや活発でした。太陽風速度は通常速度の４２０キロメートル／秒前後で推移しており、地磁気活動は静穏です。今後数日間、この状態が続くでしょう。


柊（しゅう）は、タブロイド判のうすい冊子を三部、丁寧に二つ折りにして茶封筒に入れた。手紙も同封しようかと思ったが、気恥ずかしくなってやめた。松本に帰って何をしているかは伝えてあるし、発行人の欄には自分の名前が書いてある。

たった八ページのフリーペーパーでも、記念すべき創刊号だ。実家の和室を編集部にして、執筆から紙面デザインまで柊一人でこなし、半年かけて発行にこぎつけた。

古い日本家屋にばたばたと足音が響く。樹(いつき)だろう。春休みを利用して楓(かえで)と遊びにきていたのだが、今日東京に戻ることになっている。明日には新学期が始まるそうだ。足音が近づいてきたかと思うと、勢いよく襖(ふすま)が開いた。リュックを背負った樹がかん高い声で告げる。

「柊ちゃん、もう帰るよ!」

「待って、わたしも駅まで行く」

楓も顔をのぞかせた。みのりがその足もとにまとわりついている。「わざわざいいよ。お父さんが車で送ってくれるみたいだから」

「だからよ。郵便局まで乗せてってほしいの」柊は封筒を掲げて見せた。

「誰に送るの? ああ、環境省の人か」楓が宛(あ)て先(さき)を見て言う。「そうだ、わたしも一部もらって帰らなきゃ。卓志さんに見せてあげないと」

座卓に積んだ冊子の山から二、三部取って渡すと、楓が眉根(まゆね)を寄せた。

「それにしても、どうすんのよ。そんなにたくさん刷って。置いてもらえるあて、あるの?」

「これからあちこちお願いして回るのよ。本屋さんとか図書館とか学校とか」

「内容がこれだからねえ。コンビニに置いてもらっても、あんまりはけないかも」楓がページをめくりながら言う。「まあ、あんたのやりたいことは分かるけどさ」

柊のフリーペーパーには、地域のグルメやショッピングの情報は何一つ載っていない。基本的には長野県内で取材した話題を取り上げているが、内容は環境、科学、教育に関することが中心だ。

創刊号の目玉は、『太陽と地球――今母親たちが知りたいこと、研究者が伝えたいこと』という特集だ。県内で母親たちの生の声を集め、それをそのまま野辺山の国立天文台の研究者にぶつけてみたのだが、互いの本音が満載の面白い記事に仕上がった。

こんな特集が第一面では当然かもしれないが、広告はほとんど集まらなかった。

「赤字なんでしょ？」楓は冊子を折ってバッグに差し込んだ。

「当たり前じゃない。そんなことはいいの。すごく楽しいから」

それは本心だ。小学生の頃、夢中で学級新聞を作ったときのような気分を、この半年間ずっと味わっていた。もう何年も忘れていた感覚だった。

玄関の方で父が楓たちを呼ぶ声がする。楓は大声で返事をすると、小さく息を吐いて微笑(ほほえ)んだ。

「お父さんたちが好きにさせてくれるうちは、甘えてればいいんじゃない？　今はまだ、あんたが帰ってきたことが嬉しくて仕方ないみたいだし」

母だけを残し、父の運転するミニバンで松本駅へ向かった。

みのりはチャイルドシートで眠ってしまっている。樹が「お城が見たい」と言ったので、松本城のそばを通って行くことになった。

お堀の桜はまだ蕾だった。ソメイヨシノの開花は全国的に一週間ほど遅れているらしいが、一昨年や去年に比べればずいぶん暖かな春だ。

チャイルドシートに手を添えたまま、楓が言う。

「そう言えば、お母さんから聞いたんだけど、こないだ日奈子ちゃんがこっちに帰ってきてたんだって？」

「そうなの」柊は助手席から答える。「真夏ちゃん連れてうちにも遊びにきたよ」

「真夏ちゃん、大きくなってた？」

「うん、あちこち走り回って大変だった」

一年半前のあの日、日奈子と娘の真夏、そしてもう一人の妊婦は、レスキュー隊の到着後三十分ほどで救出された。破水していた妊婦は施設で応急処置を施され、その日のうちに前橋市内の病院で帝王切開手術を受けた。無事に元気な男の子が生まれたそうだ。

以来、日奈子は裁判にも積極的に協力してくれていて、今では大事な仲間の一人だ。

「今度はいつ東京？」楓が訊いた。

「次に裁判所に行くのは――六月かな」

「日が近づいてきたら連絡して。またあの部屋空けとくから」

柊は、曾根あかりの両親と弁護士の協力を得て、佐古田栄一を医師法違反、業務上過失致死などの罪で刑事告発した。施設の医師ら四名と、死亡事故の隠蔽に協力した二つの産科医院の院長たちも、ともに訴えた。

検察は告発の受理を表明したものの、いまだ起訴にはいたっていない。佐古田はあらゆる方面から手を回し、捜査当局と関係者に圧力をかけているらしい。物的証拠にも乏しく、立件は困難ではないかという見方もある。遺族らが原告となった民事訴訟はすでに裁判が始まっているが、そちらも先行きは不透明だ。

その告発も、当初は大停電や巨大太陽フレアの話題に埋もれていた。だが、ある週刊誌が『疑惑の人体実験！　磁気の繭で生まれた子供たち』というセンセーショナルな記事を掲載したのをきっかけに、テレビや新聞も一斉にこの件を取り上げ始めた。

佐古田という医学界の大物と、江原という幼児教育のカリスマ、そして河田メディカルという一流企業がかかわったこの事件は、人々に大きな衝撃を与えた。インターネットの世界を中心に、佐古田と被験者の妊婦たちに対する非難と擁護の声が渦巻いた。

強磁場環境が本当に胎児の学習能力を高めるかどうかについては、もはや検証のしようもない。今のところ、かなり疑わしいという意見が学界の趨勢だ。

告発者である柊のもとには取材が殺到した。だが、柊はマスコミにほとんど顔を出さず、雑誌に記事を寄せることもしなかった。代わりに立ち上げたのが、真相究明のためのウェブサイトだ。関係者のプライバシーに細心の注意を払いつつ、取材したすべてをそこで公開し、広く情報提供を求めてきた。

東京を引き払ったのは、事件から丸一年が経った去年の秋のことだ。裁判を始めるにあたってやるべきことが一段落したというのもあるし、いろんなことを一度リセットしたいという気持ちもあった。ここ松本でも事件のウェブサイトを通じた活動を続けながら、裁判があるたびに上京している。

駅の駐車場に車を停め、改札まで見送ることになった。

春休み最終日だからだろうか、コンコースには家族連れの姿が目立つ。特急の発車時刻まで十五分あることを知ると、樹は父の腕をつかんで売店の方へ引っ張っていった。

柊は弁当屋の隣にあるジューススタンドに目を向けた。カラフルなジュースサーバーが並んでいる。

「うーん」カウンターの端に目を凝らし、頬に手をやる。「減ってないなあ」

「何が？」楓が訊いた。目を覚ましたみのりがぐずっている。

「実はね、あのジュース屋さんに置いてもらってるんだよ」

「あんたのフリーペーパー？　なんであんなとこに？」

「お父さんが頼んでくれたの。社長さんと友だちなんだって」

カウンターに積まれた二百部の山はほぼ手つかずに見える。三、四組の客が順番待ちをしているが、それに目を留める者さえいない。

「ま、大丈夫よ」楓が軽い調子で言った。

「うん」柊は何も確かめずに応じる。

「あんたは変わった。わたしだって変わった。みんな、少しは変わったもの」楓は一人うなずいた。「あんたがこれから書くものは、いつかたくさんの人に届くようになる」

樹と父が戻ってきた。樹はお菓子の入った袋を持っている。

「そろそろ行くよ」楓が樹に切符を差し出す。

それをもぎとった樹は、一人改札に向かって駆け出した。楓は「これ、待ちなさい！」と声を張り上げ、柊に向き直る。

「あんまり肩肘張らずにやりなよ。リハビリだと思ってさ」

楓はそう言い残すと、みのりを抱いて樹を追いかけた。

改札を抜けた二人が、並んでこちらに手を振っている。ふと楓の視線が逸れたかと思うと、振っていた手が止まった。楓は満面の笑みを浮かべ、ジューススタンドの方を指差した。

見れば、列に並んでいた子連れの若い夫婦が、柊のフリーペーパーを広げて何か話している。すぐに注文の順番がきて、母親の方がフリーペーパーをバッグに突っ込んだ。

その瞬間、柊の全身にじんわりと温かいものが広がる。

メジャーな週刊誌に初めて自分の記事が載ったときの高揚感とは、まるで異質のものだ。

冷え固まった手足に再び血が通い始めるような感覚に、目頭まで熱くなる。リハビリだと言った楓の言葉がよく当たっている気がして、可笑しくなった。

泣き笑いのような表情で、楓にピースサインを送る。

楓はピースサインを返すと、樹の手を引いてホームへと消えた。

＊

「――しかしですね、ご存知かとは思いますが、地磁気の強さはすでに逆転前の五割以上まで回復しているわけですから、オゾン層の破壊ももうかなり収まって――え？ミリ波分光計データ？ それは……一体どういうものでしょうか？」

水島は受話器をあごと肩ではさみ、オゾン層関連の資料を探す。

「ええ、ええ――なるほど。そういうアンテナがあるわけですか。勉強になります」水島はボールペンで頭をかいた。「そうしましたらですね、国立環境研究所の担当者をご紹介しますので、そちらにお問い合わせいただいた方が――ええ。申し上げてよろしいですか――」

最近は、インターネット上にも出てこないような情報に関する問い合わせがときどきある。国民の科学リテラシーがどれほど向上したかは知らないが、データの出どころと質を気にかける人々が増えたことは間違いない。少なくとも、目に触れた情報を短絡的に鵜呑みにしたような、感情的な電話はほとんどなくなった。

受話器を置くと、またすぐにベルが鳴った。

「はい、環境省宇宙環境対策準備室です」舌を嚙まないよう気をつけて応える。「いえ、こちらで大丈夫ですよ。地磁気変動リスク評価室というのは廃止されまして、今年度からこちらで対応することになりましたから、ええ――」

今後は地磁気だけでなく、リスクアセスメントの範囲を地球近傍の〝宇宙環境〟にまで広げていく必要がある――それが、部署の看板が掛け替えられた表向きの理由だ。大方、新たなニッチを見つけたとばかりに上層部の誰かが思いつきで言い出したことだろう。

変わったのは部署の名前だけで、業務の中身や人員配置はほとんどそのままだ。水島は相変わらず市民やマスコミへの対応を担当させられている。

電話を終えたとき、室長の田部井が連絡会議から戻ってきた。水島は腰を上げ、その背中に声をかける。

「室長、さっき小高さんから電話がありました。夏休みのイベントの件、ＯＫだそうです」

「そうか、それはよかったが——」田部井はデスクにたまった書類をめくりながら言う。「参加者は親子だってことはちゃんと伝えたか？　子供の相手はできないという研究者も結構いるぞ」

七月末に、環境省と文部科学省の共催で、親子を対象にした「地球と宇宙のかんきょう大学」というイベントを開くことになっている。企画の一つとして「出張宇宙天気情報センター」というものを検討中で、情報通信研究機構の小高に協力を打診していたのだ。

「もちろん伝えましたよ」水島は言った。「嫌がるどころか、小高さんの方からいろいろアイデアを出してくださいました。実際に子供たちに宇宙天気を予報してもらうのはどうか、とか、みんなで霧箱を作って宇宙線を観察するのはどうか、とか」

「ずいぶんやる気だな。子供好きなのか？」

「いえ、むしろ苦手だとおっしゃってました。でも、センターでは小高さんの発案で、今年から小学校への出張授業を始めたそうですよ。子供たちに方位磁石を配って、赤い針のN極が南を指すことを確かめさせるだけでもずいぶん違う、と言ってました」

「それをやってあらためて驚くのは、むしろ大人たちの方だろうがな」田部井は神経質そうにまばたきをしながら、真顔で言った。

小高を紹介してくれたのは、柊だ。柊は「研究が忙しいって断られるかもしれないけど――」と念を押していたので、小高の積極的な反応は水島にも意外だった。

水島は、もう一つ田部井に訊こうと思っていたことを思い出した。

「連絡会議で第六次評価レポートの話題は出ませんでした？　いつになったら新しい磁極期が正式に認定されるのかって、マスコミから問い合わせが結構きてるんですよね」

「レポートがまとまるのはもう少し先だろうな。宣言を出すことに強硬に反対している一派がＩＵＧＧにいるらしい。海洋地球課長の話では、国松委員長も相当かりかりしているそうだ」

「でも、磁場強度の回復がほぼ頭打ちになっていることは、世界中の人々が知っているわけですから。あまり発表を遅らせると、要らぬ不安を煽(あお)りませんかね」

「問題は『磁極期』というものの定義だよ。科学者というのは、定義に妙に厳しい連中だからな。行政側の心情になどはまるで配慮してくれない」

ＩＵＧＧの特別コミッションが極性の反転を確認したのは、一昨年の十月十二日のことだ。この〝逆転の日〟を境にして、世間では「逆転前」、「逆転後」という言い回しが盛んに使われている。科学の世界を中心に、「ＢＲ」、「ＡＲ」という時代区分も用いられるようになった。

無磁場フェーズがわずか十日間で終わったことは、それが長期化しないという楽観的な予測をさらに大きく上回る出来事だった。「逆転の日」を迎えて以降、N極とS極が入れ替わった新たな双極子磁場は、一度も減少に転じることなく成長を続けた。

当初、地磁気の回復は、減衰とほぼ同じペースで進んだ。ところが、一年かけて逆転前の半分程度まで強度を取り戻したところで、シミュレーションは予測を外すことになる。回復のスピードが急激にダウンしたのだ。

逆転から一年半が経った現在、日本付近における磁場強度は約二五マイクロテスラ。逆転前の五四パーセントという値だ。

研究者の間では、今の地磁気の状態が安定的なものなのか、あるいは長い逆転プロセスにおける一時的な揺らぎに過ぎないのか、議論が続いている。つまり、ここをピークに再び双極子磁場が弱まり始める可能性も捨て切れないということらしい。地磁気逆転は、短いスパンで極性の反転を何度か繰り返したあとで、やっと完了するという学説もあるからだ。

もしこれがブリュンヌ期に続く数十万年間の磁極期の始まりだったとしても、学界からそれに正式な名前が与えられるのはまだまだ先のことになるだろう。そこまで厳密な事情を勘案しないマスコミは、現在の状態を〝新磁極期〟と呼び始めている。

六時十五分になるのを待って、職場を出た。ちょうど田部井も帰宅するところだったので、一緒に霞ケ関駅へ向かった。

自宅と逆方向——新宿方面行きの路線に乗ろうとする水島を見て、田部井が目を瞬かせる。

「どうした？ 帰るんじゃないのか？」

「今日は新宿です。食事の約束があるんですよ」

ホームにすべり込んでくる列車を見て、ため息まじりに言う。

「今日もすし詰めですねえ」

「しょうがない。一昨日の磁気嵐の影響で、中央線はまだ間引き運転中だ」田部井は平然と応じる。

地磁気の盾が機能し始めて宇宙線に対する心配はなくなったが、活発な太陽活動はまだ衰える気配がない。大きな太陽フレアによる小規模な停電や通信障害は今も日常茶飯事だ。

近頃は誰もが時間に余裕をもって行動するようになった。水島自身も、多少の不便には耐性ができている。電車がだめならバスを乗り継いで行く。エアコンが効かないなら厚着をする。誰かのせいにして文句を言う前に、別の方法を考えるくせがついた。

こみ合う車内を奥まで進み、シート前の吊り革に田部井と並んでつかまった。鞄から茶封筒を取り出して、中の冊子を田部井に見せる。

「これ、あの浅田さんが作ったフリーペーパーなんですよ。創刊号です」

「この写真、野辺山か」田部井は第一面の写真を見て眼鏡を上げた。

「ちょっと堅い記事が多いですけど、面白かったです。よかったら一部どうぞ」

佐古田の事件が明るみに出ると、水島もそれに関わっていたことが省内に知れ渡った。水島の行動が公務員として適切だったかを問う声が上層部で上がったのも当然のことだ。田部井は水島を擁護し続け、それまで通り自分のもとに置きたいと頑強に主張した。

田部井が顔を上げて訊く。

「浅田さんで思い出したが、厚労省の彼はどうしてる？　役所は辞めたんだろ？」

「今はオランダにいます。ユトレヒト大学の大学院で科学哲学を勉強しているそうですよ」

「学者にでもなるつもりか」

「さあ。あの人のことですから、飽きたらまた違うことを始めるんじゃないですかね」

田部井が特集記事を読み始めた。フリーペーパーはもう一部余っているので、乾に送ってやるのもいい。家に帰ったら、柊に「おめでとう」とメールを打ってやろうと思った。

携帯電話を持ち歩くという習慣を失くしたのは、水島に限ったことではない。もう磁気嵐はおさまっているのに、目の前の七人掛けシートに携帯電話やスマートフォンをいじっている人はいなかった。学生風の青年も、派手なネイルの若い女性も、文庫本を開いている。

迅速な連絡のやり取りに人々が期待しなくなったというだけのことで、社会全体の動きが少しゆっくりになった気がする。スピード礼賛（らいさん）のような風潮はすっかり影をひそめた。

田部井がフリーペーパーを鞄に突っ込みながら言う。

「あの二人は、大きく人生が変わったわけだ」

「ええ。相変わらずなのは僕だけですよ。地磁気が逆転しても、地球は回る」いつかの乾の言葉を真似（まね）て、自嘲（じちょう）する。「日は昇り、店は開き、主婦は洗濯を始め、僕は役所へ出るわけです」

「当たり前だ。このごたごた続きの三年間もそうだっただろうが。日常ってのは、そう簡単に途切れたりしない。それに――」

田部井は窓を見つめたまま続けた。

「お前は、変わらなかったというより、立ってる場所を変えなかっただけだろう」

新宿駅で降り、私鉄に乗り換える田部井と別れた。

家路を急ぐ人波から抜け出し、西口の繁華街へと向かうサラリーマンの群れからも離れる。ショッピングモールで買い物を楽しむ人々に混じって、南口へと向かう。

地磁気は逆転したが、世界は逆転しなかった。

逆転はしなかったが、何も変わらなかったわけでもない。

小高のような研究者の中でも、水島の部署に電話をかけてくる少々面倒な人々の中でも、ごく普通の市民の中でも、目に見えない何かが少しずつ変わった。人々の携帯電話離れは目に見える現象だが、たぶんそれは、もっと大事な変化の結果に過ぎない。

自分も少しは変わったのだろうか――。水島は胸に問いかけながら、黙々と歩いた。

　夜七時前の新宿駅南口はごった返していた。

　人ごみをぬってひと回りしてみたが、妻の聡美の姿はまだない。

　事件のあと、水島は船橋にある妻の実家に出向くたびに、聡美が閉じこもる部屋の前で事件の詳細と自分の考えを一方的に語り続けた。それにどれだけの意味があったのかは分からない。だが、地磁気が回復するにつれ、聡美の状態も少しずつよい方向へ向かった。去年の秋からは、江東区清澄の官舎でまた一緒に暮らしている。

　今日は結婚記念日だ。結婚してちょうど十年の節目になる。

　今夜、また子供のことについて話し合ってみないかと聡美に伝えるつもりでいた。聡美が戻ってきてからもずっと避けていた話題だ。不妊治療を再開しようということではない。二人で子供を持つということの意味を――答えなど出ないにせよ――一緒に考えてみようということだ。

　結婚し、子が生まれ、家族が完成する――それは二人にとって当たり前すぎることだった。そこを一度リセットして考えることは、おそらく、二人がこれからどう生きていきたいかという問いになる。

　もしかしたら聡美は、暗い部屋で一人、このことを何度も自問していたのかもしれない。だからこそ、水島からこの話を切り出すことが、何より大事なことに思えた。

人いきれに息苦しさを感じて、南口が面している甲州街道の歩道まで出る。

ふと正面に目をやると、横断歩道の向こうに聡美が見えた。紙袋を下げ、信号が変わるのを待っている。デパートに寄ってから行くと言っていたことを思い出した。

水島に気づいた聡美が、微笑みながら上を指差す。見上げれば、緑色に輝く見事な光のカーテンが、雲一つない新宿の夜空に舞っている。

そう。逆転後、目に見えて変わったことがもう一つある。

以前はグリーンランドの北西にあった地磁気極——双極子の軸が地表と交わる点——の位置が、逆転にともなってシベリア東部に移動したのだ。そのせいで、東日本がオーロラベルトの端っこに引っかかるようになった。今やオーロラは東京で日常的に見られる現象だ。

ひたすらオーロラを見つめる水島につられて、信号待ちの人々が夜空を見上げ始めた。その表情も、以前とは違って見える。オーロラがもたらす美しさや畏れのさらに向こうにあるものを、人々は確かに感じ取っている。

信号が青になった。水島は聡美に、そこで待っていろ、と手ぶりで伝える。

まだ動こうとしない水島を、人々が追い越していく。

水島は自分に言い聞かせるように、うん、と小さくうなずいた。
顔を上げて、聡美の方へと歩き出す。

あとがき

地磁気逆転は、地球史にわたって数え切れないほど繰り返されてきた、ある意味ではありふれた出来事です。直近の逆転からすでに七十八万年が経過しており、過去の逆転ペースから考えれば、いつこの人類未経験のイベントが始まってもおかしくありません。

とはいえ、本作で設定したような急激な逆転プロセスは、コアやマントルの物理的性質から考えて、まず起こり得ないだろうというのが専門家の意見の趨勢です。その一方で、わずか数年で逆転が完了するほど急速な地磁気方向の変化が古地磁気記録として岩石に残されているのもまた事実であり、さらなる研究が待たれるところです。

作中に描かれた逆転にともなうさまざまな現象も、実際に起きる可能性が指摘されているものがほとんどですが、それらの規模や具体的な数値、社会に及ぼす影響などはすべて筆者の想像に過ぎません。純粋なフィクションと捉えていただけると幸いです。

本作の執筆に際し、筆者の質問に丁寧な回答をお寄せくださった千葉大学の松本洋介さん、岡山理科大学の畠山唯達さん、東京大学の並木敦子さんに、この場をお借りして厚く御礼申し上げます。

この小説は、モチーフから細部にいたるまで、新潮社の中村睦さんと毎月のように重ねた議論を培地として生み出されたものです。一年以上にわたった本作の連載期間中、たびたび筆が止まった筆者を励まし続け、生みの苦しみを分かち合ってくださった中村さんに、心より感謝申し上げます。どうもありがとうございました。

二〇一四年七月　伊与原　新

主要参考文献

『太陽活動と地球 生命・環境をつかさどる太陽』ジョン・エディ著 上出洋介、宮原ひろ子訳 丸善出版(二〇一二)
『太陽と地球のふしぎな関係 絶対君主と無力なしもべ』(ブルーバックス)上出洋介著 講談社(二〇一一)
『古地磁気学』小玉一人著 東京大学出版会(一九九九)
『地磁気逆転X年』(岩波ジュニア新書)綱川秀夫著 岩波書店(二〇〇二)
『太陽 大異変 スーパーフレアが地球を襲う日』(朝日新書)柴田一成著 朝日新聞出版(二〇一三)
『総説 宇宙天気』柴田一成、上出洋介編著 京都大学学術出版会(二〇一一)
『宇宙からヒトを眺めて 宇宙放射線の人体への影響』藤高和信、福田俊、保田浩志編 研成社(二〇〇四)
『〝不機嫌な〟太陽 気候変動のもうひとつのシナリオ』ヘンリク・スベンスマルク、ナイジェル・コールダー著 桜井邦朋監修 青山洋訳 恒星社厚生閣(二〇一〇)
『宇宙から恐怖がやってくる! 地球滅亡9つのシナリオ』フィリップ・プレイト著 斉藤隆央訳 NHK出版(二〇一〇)
『人工衛星の〝なぜ〟を科学する』NEC「人工衛星」プロジェクトチーム著 アーク出版(二〇一二)

『疑似科学と科学の哲学』伊勢田哲治著　名古屋大学出版会（二〇〇三）
『もうダマされないための「科学」講義』（光文社新書）菊池誠、松永和紀、伊勢田哲治、平川秀幸、飯田泰之＋SYNODOS編　光文社（二〇一一）
『世界を騙しつづける科学者たち（上・下）』ナオミ・オレスケス、エリック・M・コンウェイ著　福岡洋一訳　楽工社（二〇一一）
『アナザー人類興亡史　人間になれずに消滅した〝傍系人類〟の系譜』金子隆一著　技術評論社（二〇一一）
『ヒューマン　なぜヒトは人間になれたのか』NHKスペシャル取材班著　角川書店（二〇一二）
『環境問題の本質』クロード・アレグレ著　林昌宏訳　NTT出版（二〇〇八）
『子育て支援と世代間伝達　母子相互作用と心のケア』渡辺久子著　金剛出版（二〇〇八）
気象庁地磁気観測所　http://www.kakioka-jma.go.jp
情報通信研究機構宇宙天気情報センター　http://swc.nict.go.jp
TDKテクノマガジン「磁気と生体」　http://www.tdk.co.jp/techmag/magnetism
ナショナルジオグラフィックニュース「遺伝子操作で知能向上、人への適用は？」（ウェブサイト公開終了）
Jacobs, J. A. (1994) Reversals of the Earth's Magnetic Field (2nd ed.), Cambridge University Press
Merrill, R. T., McElhinny, M. W. and McFadden, P. L. (1996) The Magnetic Field of the Earth:

Paleomagnetism, the Core, and the Deep Mantle, Academic Press
Bogue, S. W. and Glen, J. M. G. (2010) Very rapid geomagnetic field change recorded by the partial remagnetization of a lava flow, Geophysical Research Letters, vol. 37, L21308

解説

浜野洋三

地球は、広い宇宙の中で、生命を持つことが分かっている、唯一(ゆいいつ)の天体です。つい最近まで、宇宙の数多くある星の中で、惑星をもつ太陽系のような存在は稀(まれ)で、さらにその惑星で地球のように生命が存在することは、奇跡とされてきました。

しかし、天体観測の進歩によって、二〇世紀の終わりごろに太陽系外の惑星（系外惑星）が初めて見つかって以来、いまでは多数の系外惑星が観測され、宇宙にある一〇〇〇億個の星（恒星）の半数が惑星を持つと考えられるようになりました。そして、系外惑星探査の最終の目的である、地球外の生命、いわゆる宇宙生命の存在の可能性を探る取り組みは、現在急激に加速しているところです。

生命が存在するための条件は、地球の海のように表面に液体の水があることとされていますが、最近になって、惑星が巨大な磁石であり、周りに磁場を作っていることが、その惑星で生命が生きて行くために必須(ひっす)であることが、分かって来ました。地球が生命の星であり続けるためには、磁場を持つことが是非必要なのです。

伊与原新さんの小説は、一般にはほとんど知られていないけれど、地球の歴史の中では繰り返し起こってきた、地球磁石の反転に伴う災害を描いています。地球科学の研究者としての科学知識の裏付けと、人間の本性と社会生活についての非凡な洞察力をもとに、数々の災害に際しての、人と社会の対応を繋（つな）ぎ合わせて、あたらしいタイプのミステリーとしてまとめあげています。

この小説では、これまでに無かった設定でのミステリーとしての面白さに加えて、磁極反転に伴う通信障害、人工衛星の落下、オゾンホールの拡大、急激な寒冷化等の自然の災害に対して、人々がどのように振る舞うか、どのように対処するのが良いかについて、説得力のあるストーリーが展開されています。

二一世紀を生きる私たちは、地球温暖化等の環境問題、地震・火山・台風等の自然災害への対応、資源の枯渇やエネルギー問題等、人類にとって重要な数多くの課題に直面しています。これらの課題の解決のためには、私たちすべてが必要な科学知識、科学リテラシーを学び、科学的思考に基づいて自ら考え、行動できることが必要です。この小説は、これらの科学知識、科学リテラシーを、楽しみながら習得させる教科書的な役割も担（にな）っているといっても良いかと思います。

地球における人間の生活圏は、地球表面の陸地で、その外側に広がる厚い大気層の底に位置します。そのため私たちの生活は、大気に起因する気象変化、気候変動と、地震、火山噴火等の固体地球の活動の、両方の影響を受けます。これらの変動の振幅が大きかったり、短時間に起きたりすることで、人間社会に大きな災害をもたらします。日本は、世界的にみても、最も頻繁に著しい自然災害の被害を受ける場所であることは、二〇一一年の東日本大震災を始めとして、この数年間に起こった出来事からも、私たちの心に深く刻み付けられています。これらの災害で、人命に対する被害を軽減するためには、私たちそれぞれが、現象が起こった際の対処の仕方の素養を身につけていることが、最強の対策となります。

本書の主題である磁極反転に伴う災害は、主に太陽が原因となっています。地球表層を生命が存在できる環境に整え、大気や海洋の活動のエネルギー源となっているのは、太陽から可視光線として降り注ぐ日射によるものです。つまり地球上の生命は、太陽のおかげで存在できているのです。

一方で、太陽からは太陽風とよばれる荷電粒子の流れ（宇宙線）が放射されています。この太陽風は、地表の生命、そして人類にとっても、極めて有害なものです。地球磁石の作る磁場が、これらの宇宙線を地表近くに到達することを防いでいるために、地球上の生命は宇宙線の被曝（ひばく）から守られています。磁極反転の際には、この防護壁が無くなり、宇宙線が地表付近まで進入し、様々の現象を生じて、人間と人間生活に害を与えます。この災害は、数年から数十年以上続くことで、先に述べた地震や火山噴火、さらには台風のような自然災害とは異なっています。

また、地震、火山、津波、台風やハリケーン等の災害は、たとえ超巨大地震にしても、地球上に住むすべての人々に災害を与えるわけではありません。これに対して、磁極反転に伴う災害は、地球全体に関わるグローバルな現象であるために、人間すべてが影響を受けることになります。このような今まで人類が経験したことがない新しいタイプの災害を、小説の題材として選んだ著者の着眼点は大変面白く、地球科学者としての感性が光っていると思います。

伊与原新さんは、東京大学大学院では、地球誕生後すぐの、今からおよそ四〇億年前に始まる太古代と呼ばれる時代の、地球の磁場の様子を調べるために、遠くアフリカ、カナダ、オーストラリア等に出かけて当時の岩石を採集し、太古代の磁場を復元する等、過去の地球磁場変動を調べる古地磁気学という分野の研究を行なってきました。このような地球科学の研究者としての経験と知識に裏付けられているため、本書で述べられたほとんどのエピソードは、架空のものではなく、実際に起こって来たこと、あるいはこれから起こる可能性があることと、考えてよいと思います。

彼の博士論文では、地球が誕生してすぐに地球は磁石となり、それ以降現在まで地球の磁場は存在してきたと結論しています。一方、地球生命も、約四〇億年前の地球で生まれ、その後のゆっくりとした進化によって、人間まで進化してきました。この生物進化の過程は、長い時間と多くの偶然が積み重ねられてきていますが、その間常に地球の磁場は存在していました。そのため、地球上の生物にとって、そして人間にとっても、この磁場の記憶は残っていて、個々の生体活動、種の維持機能等に影響を与えているだろうと考えられます。

多くの生物は、磁性細菌から渡り鳥や回遊魚など、生命活動を維持するために地磁気を感知する手段をもち、活用していることが分かっています。人間の脳細胞からも、磁気の影響を受ける磁性鉱物が発見されており、磁気が人間の生命活動にも重要な役割を果たしている可能性が示唆されています。さらに科学技術の進歩に伴い、人間が自然環境には無い強い磁場にさらされる機会が増えたことから、磁場の生体への影響についても精力的に調べられるようになりました。しかし、現在までのところ、磁場の生体への効果で確実に分かっていることは非常に少なく、本書でも述べられているように、科学的な根拠に基づかない神秘的な取り扱いが多く見られます。

このような磁場の生命活動への効果についての科学的知見と一般常識とのずれを考慮し、磁極反転による災害を発端として、人類の種の存続に関わる妊婦の失踪(しっそう)事件というミステリーに絡(から)めて、面白くて役に立つ作品を生み出していることは、彼の研究者としてのセンスが、見事に小説としての作品に結びついた結果です。これからもこのような、伊与原さんでなければ書けないような、科学と小説を大胆に結びつける作品を、是非沢山読ませてもらいたいところです。

（平成二九年一月、東京大学名誉教授）

この作品は平成二十六年八月、『磁極反転』として新潮社より刊行された。
文庫化に際し改題した。

伊与原新著

月まで三キロ

新田次郎文学賞受賞

わたしもまだ、やり直せるだろうか——。ままならない人生を月や雪が温かく照らし出す。科学の知が背中を押してくれる感涙の6編。

伊与原新著

八月の銀の雪

科学の確かな事実が人を救う物語。二〇二一年本屋大賞ノミネート、直木賞候補、山本周五郎賞候補。本好きが支持してやまない傑作！

恩田陸著

図書室の海

学校に代々伝わる〈サヨコ〉伝説。女子高生は伝説に関わる秘密の使命を託された——。恩田ワールドの魅力満載。全10話の短篇玉手箱。

筒井康隆著

パプリカ

ヒロインは他人の夢に侵入できる夢探偵パプリカ。究極の精神医療マシンの争奪戦は夢と現実の境界を壊し、世界は未体験ゾーンに！

篠田節子著

銀婚式

男は家庭も職場も失った。混迷する日本経済を背景に、もがきながら生きるビジネスマンの「仕事と家族」を描き万感胸に迫る傑作。

北村薫著

スキップ

目覚めた時、17歳の一ノ瀬真理子は、25年を飛んで、42歳の桜木真理子になっていた。人生の時間の謎に果敢に挑む、強く輝く心を描く。

佐々木 譲著

ベルリン飛行指令

開戦前夜の一九四〇年、三国同盟を楯に取り、新戦闘機の機体移送を求めるドイツ。厳重な包囲網の下、飛べ、零戦。ベルリンを目指せ！

朝井リョウ著

何者

直木賞受賞

就活対策のため、拓人は同居人の光太郎や留学帰りの瑞月らと集まるようになるが――。戦後最年少の直木賞受賞作、遂に文庫化！

荻原 浩著

コールドゲーム

あいつが帰ってきた。復讐のために――。4年前の中2時代、イジメの標的だったトロ吉。クラスメートが一人また一人と襲われていく。

横山秀夫著

深追い

地方の所轄に勤務する七人の男たち。彼らの人生を変えた七つの事件。骨太な人間ドラマと魅惑的な謎が織りなす警察小説の最高峰！

帚木蓬生著

三たびの海峡

吉川英治文学新人賞受賞

三たびに亙って〝海峡〟を越えた男の生涯と、日韓近代史の深部に埋もれていた悲劇を誠実に重ねて描く。山本賞作家の長編小説。

宮部みゆき著

ソロモンの偽証

―第Ｉ部 事件―
（上・下）

クリスマス未明に転落死したひとりの中学生。彼の死は、自殺か、殺人か――。作家生活25年の集大成、現代ミステリーの最高峰。

宮本輝著　**錦繍**

愛し合いながらも離婚した二人が、紅葉に染まる蔵王で十年を隔て再会した――。往復書簡が過去を埋め織りなす愛のタピストリー。

三浦綾子著　**塩狩峠**

大勢の乗客の命を救うため、雪の塩狩峠で自らの命を犠牲にした若き鉄道員の愛と信仰に貫かれた生涯を描き、人間存在の意味を問う。

松本清張著　**黒革の手帖**（上・下）

横領金を資本に銀座のママに転身したベテラン女子行員。夜の紳士を相手に、次の獲物をねらう彼女の前にたちふさがるものは――。

江國香織著　**きらきらひかる**

二人は全てを許し合って結婚した、筈だった……。妻はアル中、夫はホモ。セックスレスの奇妙な新婚夫婦を軸に描く、素敵な愛の物語。

城山三郎著　**官僚たちの夏**

国家の経済政策を決定する高級官僚たち――通産省を舞台に、政策や人事をめぐる政府・財界そして官僚内部のドラマを捉えた意欲作。

安部公房著　**飢餓同盟**

不満と欲望が澱む、雪にとざされた小地方都市で、疎外されたよそ者たちが結成した〝飢餓同盟〟。彼らの野望とその崩壊を描く長編。

新潮文庫の新刊

宮島未奈著
成瀬は天下を取りにいく
R-18文学賞・本屋大賞ほか受賞
中二の夏を西武百貨店に捧げ、M-1に挑み、二百歳まで生きると堂々宣言。最高の主人公・成瀬あかりを描く、圧巻の青春小説！

畠中恵著
いつまで
場久と火幻を助け出すため、若だんなが「悪夢」に飛び込むと、その先は「五年後の江戸」だった！　時をかけるシリーズ第22弾。

千早茜著
しろがねの葉
直木賞受賞
父母と生き別れ、稀代の山師・喜兵衛に拾われた少女ウメは銀山で働き始めるが。生きることの苦悩と官能を描き切った渾身の長編！

重松清著
答えは風のなか
いいヤツと友だちは違う？　ふつうって何？　あきらめるのはいけないこと？　〝言いあわせなかった気持ち〟が見つかる10編の物語。

田村淳著
母ちゃんのフラフープ
「別れは悲しい」だけじゃ寂しい。母親との希有な死別をもとにタレント・田村淳が綴る大切な人との別れ。感涙の家族エッセイ。

川上和人著
鳥類学は、あなたのお役に立てますか？
南の島で待ち受けていたのは海鳥と大量のハエ？　鳥類学者の刺激的な日々。『鳥類学者だからって、鳥が好きだと思うなよ。』姉妹編。

磁極反転の日

新潮文庫　い－123－11

平成二十九年四月一日発行
令和七年六月二十五日三刷

著者　伊与原新

発行者　佐藤隆信

発行所　株式会社新潮社

郵便番号　一六二―八七一一
東京都新宿区矢来町七一
電話　編集部(〇三)三二六六―五四四〇
読者係(〇三)三二六六―五一一一
https://www.shinchosha.co.jp

価格はカバーに表示してあります。

乱丁・落丁本は、ご面倒ですが小社読者係宛ご送付ください。送料小社負担にてお取替えいたします。

印刷・株式会社光邦　製本・加藤製本株式会社

ISBN978-4-10-120761-2　C0193